Dirk van den Boom

Der Kalte Krieg: Canopus

DIRK VAN DEN BOOM

DER KALTE KRIEG

CANOPUS

ATLANTIS

Eine Veröffentlichung des
Atlantis-Verlages, Stolberg
März 2018

Druck: Schaltungsdienst Lange, Berlin

Titelbild und Schriftzüge: Dirk Berger
Umschlaggestaltung: Timo Kümmel
Lektorat und Satz: André Piotrowski

ISBN der Paperback-Ausgabe: 978-3-86402-561-7
ISBN der eBook-Ausgabe (ePub): 978-3-86402-582-2

Dieses Paperback/eBook ist auch als Hardcover-Ausgabe
direkt beim Verlag erhältlich.

Besuchen Sie uns im Internet:
www.atlantis-verlag.de

Introduktion

Sie kamen zusammen, um das Ende der Scissaro zu bezeugen. Der Himmel war bedeckt, wie immer auf Sciss, es war kalt, windig und der Boden graubrauner Matsch. Dendh hatte sich aus Respekt entschlossen, den Levitator nicht zu aktivieren. Seine Stelzfüße versanken tief im kühlen Morast und das schmatzende Geräusch seiner Schritte vermischte sich mit dem der anderen Zeugen. Sie waren nicht mehr viele und bald würden sie noch weniger sein. Das machte Dendh nicht einfach nur traurig. Er war zornig, vor allem auf den Fatalismus der anderen, nicht zuletzt den seines Begleiters Girn, der neben ihm in stiller Kontemplation einherging. Sie starben alle dahin – und alle akzeptierten es mit Gleichmut. Dendh fand dies nur sehr schwer zu ertragen.

Alle fünf Spezies des Alten Rates waren vertreten, die letzten, die es noch gab in den hundert Galaxien, zumindest die letzten, die ihre Planeten noch zu verlassen bereit oder in der Lage waren. Das tiefe Rot des Sternenhimmels kündete vom Ende allen Seins und das Präludium fand hier auf Sciss statt. Noch einige wenige Minuten würden es fünf Spezies sein, bis die Scissaro, die letzten dreizehn ihrer Art, den Suizid vollziehen würden, der gleichzeitig ein Völkerselbstmord war. Danach wären sie nur noch zu viert und beim nächsten Mal dann, wenn wieder eine der ganz alten Zivilisationen aufgab … Dendh wollte gar nicht daran denken.

Die Scissaro waren nicht die Letzten und nicht die Ersten, die diesen unumkehrbaren Weg beschritten. Als die Nachricht mit der Einladung von Sciss gekommen war, hatte sich niemand gewundert. Dendh selbst war an drei weiteren dieser Zeremonien beteiligt gewesen, als Zeuge, und mit jedem Mal war sein Unwille ob der Mutlosigkeit aller angestiegen. Es deprimierte ihn nicht einfach nur, es machte ihn wütend. Damit schien er über stärkere Emotionen zu verfügen als jeder andere hier, inklusive der Selbstmörder in spe, die sie hierhergerufen hatten, um aus ihrer Selbstaufgabe ein Schauspiel zu machen.

Er sah den Berg hoch und erkannte die Lichter der anderen Ätherschiffe. Dendh beobachtete die restlichen Zeugen, wie sie die Anhöhe herunterliefen zum Tümpel, in dem die Letzten der Scissaro darauf warteten, dass man ihr Ende beobachte.

Die Wargi waren wie immer durch den alten Feketer vertreten, seine gebrechliche Gestalt durch das angepasste, kaum sichtbare Exoskelett aufrecht gehalten. Feketer war Dendh voraus, er hatte schon siebenmal dieses deprimierende Schauspiel miterleben dürfen. Nach allem, was man wusste, hatte dies seiner geistigen Gesundheit nicht gutgetan. Es sprach aber für ihn, zumindest nach Dendhs Auffassung, dass er sich ans Leben klammerte. Alle sollten das tun.

Die Siebten waren vertreten durch drei Gesandte. Deren Name tat nichts zur Sache. Ihre humanoide Form war eine Schimäre, ihr Bewusstsein seit Jahrtausenden in Kristallcomputer hochgeladen, hochwertige Quantenmaschinen, die teilweise in mehrdimensionalen Räumen jenseits des Einsteinuniversums existierten. Die Siebten waren unerbittliche Protokollanten des Wärmetods des Universums. Ihre Prognosen waren von dermaßen erschreckender Genauigkeit, dass niemand sie mehr lesen wollte. Auch die Siebten nahmen die Zeugenpflicht ernst. Von ihnen vermutete Dendh, dass sie ihre eigenen Pläne schmiedeten. Mit ihnen wollte er ein Wort wechseln, anschließend, nach dem Genozid, wenn alles getan war und man miteinander sprach oder eben auch nicht.

Dann waren da noch die Stelzenmänner, die mit einem einzigen Vertreter gekommen waren. Dessen hohe Gestalt, dünn wie Stroh, beweglich durch wulstige Kugelgelenke, zeichnete sich deutlich vor dem trüben Himmel ab. Sein Strahlenkopf mit den Lichttendrilen schimmerte wie ein Leuchtturm. Die Stelzenmänner, das war Dendhs Vermutung, waren die Nächsten, die aufgeben würden. Anders ließen sich die Kommentare nicht interpretieren, die diese nach der Einladung durch die Scissaro von sich gegeben hatten. Es war traurig. Die Stelzenmänner hatten einst über eine ganze Galaxis geherrscht. Gut, es gab nichts mehr zu beherrschen außer ausgebrannten Sonnen, Roten Riesen, Schwarzen Löchern und leeren, verwaisten Systemen. Aber sie hatten so viel erreicht, so viel mehr als alle anderen zusammen, Dendhs eigenes Volk inbegriffen.

Dann blieben nur noch er und sein Gefährte Girn von den Nomaden, und die Gruppe war komplett. Im Umkreis von hundert Galaxien war sonst niemand zu finden gewesen, hatte keiner dem Aufruf des Alten Rates eine Antwort geschickt. Dendh hielt es durchaus für möglich, dass da noch jemand lebte und vielleicht sogar zuhörte. Aber von denen strebte anscheinend keiner mehr danach, die uralte Tradition aufrechtzuerhalten. Der Rat war ein Schatten seiner selbst geworden, seit er nichts mehr entschied oder beriet, sondern nur noch den Tod bezeugte. So, wie Dendh es heute wieder tun würde.

Schwach. Schicksalsergeben. Abstoßend. Es stank nach Verfall, selbst dann, wenn es nichts zu riechen gab. Dieser Verfall transzendierte ihrer aller Existenz und sie alle schienen ihn zu umarmen. Dendh wurde wieder zornig, wenn er nur daran dachte.

Sie erreichten den Tümpel.

Die schwache, bläuliche Sonne beleuchtete ihn nur mit müdem Glanz. Sie war schwach wie die Scissaro. Dendh trat an den Rand und blickte in das trübe Gewässer. Es kräuselte sich unter sanften, trägen Bewegungen. Die dreizehn letzten Scissaro schwammen darin umher, ihre aufgedunsen wirkenden Schwimmkörper deutlich zu erkennen, wo Biolumineszenz die Flüssigkeit durchdrang. Auf der anderen Seite des Tümpels, auf einer Anhöhe, standen die beiden letzten Ätherschiffe ihres Volkes, einst mit dem gleichen Wasser gefüllt. Vor achthundert Jahren noch hatten sie den kollektiven Selbstmord der Ponto bezeugt. Das war Dendhs erste Tat als Zeuge gewesen. Er hatte es damals mit einem Stolz gemacht, der ihm heute fehlte, der Verachtung und Wut Platz gemacht hatte. Gemeinsam hatten sie die Welt der Ponto umkreist und beobachtet, wie die letzten rund zehntausend dieses Volkes den Feuersturm auslösten. Es sei ein würdiges Ende gewesen, hatten die Scissaro damals kommentiert. Dendh verstand erst jetzt, dass sie zu dem Zeitpunkt bereits an ihr eigenes Ableben gedacht hatten. Vor achthundert Jahren hatte es noch gut 200 ihres Volkes gegeben, doch dann war irgendwann die Fortpflanzung eingestellt worden.

Sie ergab einfach keinen Sinn mehr.

Als sie alle versammelt waren, hörten sie die verstärkte Stimme eines Scissaro, der aus dem Tümpel zu ihnen sprach. Passend zum Anlass klang er müde und erschöpft, obgleich er die Modulation des Transkribors selbst manipulieren konnte. Alle hörten ihm zu, dem Abgesang. Dendh musste an sich halten, nicht in den Tümpel zu spucken.

Nein, das war unfair. Sie gaben ihm eine Chance. Dafür sollte er ein wenig dankbar sein.

»Ich danke allen Anwesenden dafür, dass sie das Ende unseres Volkes bezeugen. Wir gehen diesen Schritt leichten Herzens und aus großer Überzeugung. Wir beweinen weder unser Schicksal noch erwarten wir, dass andere unserem Vorbild folgen. Unsere Gedanken gelten all jenen intelligenten Spezies, die noch hoffnungsvoll und in Unkenntnis zu den verblassenden Sternen blicken und denken, eine große Zukunft läge vor ihnen. Wir Scissaro ertragen nicht mehr, ihnen die Aussichtslosigkeit ihrer Ambitionen vor Augen führen zu müssen. So treten wir ab, die letzten dreizehn, und ein jedes Individuum hat sich aus freien Stücken dazu entschlossen. Es wurde kein Zwang ausgeübt. Sobald wir fort sind, stehen alle technischen Anlagen unseres Volkes auf dieser Welt, in diesem System zur freien Verfügung. Unsere beiden Ätherschiffe sind bereits versprochen. Behandelt sie gut, sie haben uns über viele Jahrtausende treu gedient. Wir danken allen, die in den letzten Jahren unsere Begleiter waren, uns Mut zusprachen und zum Bleiben aufgefordert haben. Wir bleiben nicht. Wir ermuntern aber alle, die noch einen Sinn in ihrer Existenz finden, diesen auszuleben, und sei es nur, Zeugen des endgültigen Untergangs zu sein.«

Der Vortrag wurde kurz unterbrochen und der Scissaro vor ihnen im Wasser, im Halbkreis von seinen verbliebenen Artgenossen umgeben, stieß sanft einige Luftblasen aus. Die alten Rhetoriker, dachte Dendh. Mit Worten konnten sie umgehen. Mit dem Leben aber nicht.

»Wir Scissaro haben, wie alle uns bekannten intelligenten Lebewesen außer den Siebten, gewisse spirituelle Vorstellungen. Diese helfen uns dabei, darauf zu hoffen, dass wir den Tod dieses Universums auf einer höheren Daseinsebene überleben und der Geburt eines neuen Zyklus beiwohnen werden. Dies erleichtert uns natürlich gleichfalls die Entscheidung, diesen Zyklus für uns vorzeitig zu beenden. Daher sollte niemand um uns trauern. Wir wollen, dass dies ein natürlicher, wenngleich selbstbestimmter Vorgang des Werdens, Seins und Vergehens ist, der nun seinen Abschluss findet, ohne dass dies von Tadel sei oder zu negativen Emotionen Anlass gibt. Wir sind ruhig. Ihr solltet die gleiche Ruhe finden. Wir sehen die anderen Spezies des Rates als Freunde und Gefährten an, als unsere Anker in einer Zeit des universellen Untergangs. In diesem Sinne wollen wir gehen und so wollen wir gerne in Erinnerung bleiben.«

Der Vortrag endete. Dendh war dankbar dafür. Er hätte das dumme, selbstverliebte Geschwafel nur noch wenig länger ertragen. Das nun folgende Ritual war immer das Gleiche. Es wurde darauf gewartet, dass jemand etwas sagte, und diesmal war Dendh an der Reihe. Er hatte einen Text vorbereitet, aus wohlgesetzten Worten, voller Respekt und Abschied. Aber er kam ihm hohl und leer vor, eine Hülle von Silben, jeder echten Bedeutung beraubt. Er wollte diesen furchtbar abgestimmten Text ohne Ecken und Kanten nicht vortragen und niemand konnte ihn dazu zwingen. Es fehlte ihm an Respekt vor dem Anlass? Dann war das eben so. Er fühlte den warnenden Blick Girns. Girn wusste, wie er dachte. Er würde sich anschließend einiges anhören dürfen.

Er holte tief Luft und die Aufmerksamkeit aller richtete sich auf ihn.

»Ich bin Dendh von den Nomaden. Mein Volk kennt alle einhundert Galaxien und wir waren an vielen weiteren Orten, haben mehr gesehen, als alle Völker des Rates zusammen. Das war unsere Aufgabe. In keiner Galaxis, egal wie fern, gab es ein Volk wie die Scissaro und der Schmerz des Verlustes wiegt schwer. Wir werden die Weisheit und die Sanftmut unserer Freunde vermissen. Wir werden den Rat und den Einsatz unserer Freunde vermissen. Wir werden vor allem ihre Gesellschaft vermissen, deren Fehlen eine tiefe Wunde reißt, die bis zum Untergang niemals mehr heilen wird. Wir Nomaden haben unser Wissen immer mit den Scissaro geteilt und ihre Interpretation unserer Erkenntnisse hat zu jedem Zeitpunkt beigetragen, dass wir selbst noch dazugelernt haben. Wir sind unseren Brüdern und Schwestern zu großem Dank verpflichtet. Über die Jahrtausende haben wir von ihnen mehr erhalten, als wir haben geben können, und wir Nomaden haben ein langes Gedächtnis.«

Das war nicht nur so dahingeredet. Die Ursprünge der Nomaden lagen weit, weit zurück. Sie waren die älteste und stabilste noch existierende Zivilisation in den einhundert Galaxien und das entpuppte sich zunehmend als große Bürde. Lief es nicht darauf hinaus, dass sie ganz am Ende allein sein würden? Das musste einen doch verrückt machen!

Bis jetzt hatte Dendh nichts gesagt, was Aufsehen erregt hätte oder gar Unwillen. Es war auch nötig gewesen, erst einmal den aufrichtigen Respekt vor den bald Verstorbenen, wenn schon nicht vor dem Anlass, auszudrücken. Es war keine Lüge in seinen Worten gewesen. Die Scissaro würden vermisst werden und ihre Beziehung zu den Nomaden war eng und freundschaftlich gewesen. Dendh spürte den Verlust, von dem er gesprochen hatte, und als er von der Entscheidung zum kollektiven Suizid erfahren hatte, war dieses Gefühl wie ein körperlicher Schmerz gewesen, eine materielle Verletzung seiner Integrität. Er hasste die Scissaro für ihre Feigheit. Ihre Worte kamen ihm immer mehr wie Heuchelei vor. Sein Lob und seine Trauer hatten sie eigentlich gar nicht verdient.

»Doch gerade weil wir so ein langes Gedächtnis haben, ist es jetzt genug, zumindest für uns. Es ist *genug*. Wir bezeugen den Tod unserer Freunde, doch damit legitimieren wir den Verfall allen Lebens. Wir unterwerfen uns dem Gesetz der Natur oder dem Höheren Willen, dabei machen wir uns selbst zu Opfern. Es ist Zeit, den Status als Opfer abzuwerfen. Es ist genug. *Ich habe genug.*«

Dendh erkannte an den Reaktionen der anderen, dass er den vorgegebenen Pfad einer Bezeugungsrede verlassen hatte. Sie wurden alle auf ihre Art unruhig. Die Scissaro selbst aber blieben ganz gelassen, obgleich es am ehesten ihre Aufgabe gewesen wäre, ihn zu unterbrechen. Das war nicht verwunderlich. Er hatte sie darum gebeten, den Anlass in seinem Sinne nutzen zu dürfen. Sie hatten zugestimmt, auch wenn sie seine Absichten nicht teilten. Das war typisch für sie. Und die Dankbarkeit dafür war es, die seinen Zorn ob ihrer Scheinheiligkeit in zivilisierten Grenzen hielt.

»Wir wollen nicht mehr diejenigen sein, die unter dem breiten Stiefel des Schicksals zermalmt werden. Wen oder was repräsentieren wir hier? Primitivste Wesen, zu instinkthaftem Verhalten fähig, aber nicht zu mehr? Oder Zivilisationen, die Hunderttausende von Jahren Entwicklung und Aufstieg hinter sich haben, die dem Universum ihren Stempel aufdrückten, zumindest in dem Bereich, den wir den unseren nennen dürfen? Da sollen wir noch zurückschrecken, den letzten Kampf gar nicht erst aufnehmen und uns stattdessen nach und nach selbst töten, bis das Ende dieses Zyklus uns allen jede Alternative nimmt und mit ins Verderben reißt? Nein. *Nein!* Das sollten wir nicht tun. Wir sollten jetzt dafür sorgen, dass wir überleben. Wir sollten jetzt beweisen, dass wir Herren der Natur sind, nicht ihre Sklaven. Jetzt ist die Zeit zu zeigen, wer wen beherrscht – und was wir tun können, um die ewige Abfolge von Zerstörung und Neuerschaffung zu durchbrechen oder zumindest aufzuhalten.«

Er schwieg nun und schaute hinab in das trübe Wasser des Tümpels. Die Scissaro trieben in der Flüssigkeit dahin. Sie bewegten sich nicht mehr, wirkten ganz entspannt. Natürlich, das waren sie auch. Die ultimative Entspannung. Seine Worte und die darauf gerichtete Aufmerksamkeit hatten sie benutzt, das vorbereitete Gift zu nehmen und sich zu töten. Dreizehn Leichen schwebten durch das seichte Gewässer, die Körper ausgebreitet, ohne eigene Bewegung, eine stille, kontemplative Form des kollektiven Selbstmords und ohne weiteren Pathos. Ein Tod, wie er zu den Scissaro passte, und anstatt auf Dendhs Aufruf zu reagieren, blickten sie alle nur schweigsam auf die Wasserleichen und versuchten zu verstehen, dass hier eine Zivilisation zugrunde gegangen war, die einst mehr als zweihunderttausend Systeme besiedelt hatte.

Es war kaum zu glauben.

Nach einigen Minuten wandten sie sich alle ab. Dendh wurden feindselige, ablehnende Blicke zugeworfen, die er an sich abprallen ließ. Er marschierte den Hügel hoch, auf dem die beiden letzten Ätherschiffe der Scissaro standen, in der zuletzt vorhandenen Konfiguration, nur ohne das Wasser. Sie warteten auf ihre neuen Herren. Eines der Schiffe war für die alten Freunde, die Nomaden, gedacht und es war Dendhs Pflicht, es in Empfang zu nehmen. Das war der beste Teil der ganzen Zeremonie, denn er hatte Pläne.

»Dendh, auf ein Wort«, hörte er die Stimme, die zu hören er erwartet hatte. Während im Hintergrund bereits die Ätherschiffe der anderen Zeugen wieder lautlos in den Himmel stiegen, um diese tote Welt auf immer hinter sich zu lassen, stand der Gesandte der Siebten vor ihm, hatte sich auf seine übliche, lautlose Art genähert und musterte nun das Ätherschiff.

»Es wird uns gute Dienste leisten«, erklärte der Siebte mit seiner wispernden, kaum hörbaren Stimme.

»Wenn wir alles richtig machen. Es bleibt bei unserem Plan?«

»Wir haben es besprochen und beschlossen. Was sollte uns davon abbringen?«

Dendh lachte glucksend. Es klang unpassend, am frischen Grab der Scissaro zu lachen, aber es machte ihm nichts aus. Er wusste, dass es niemandem mehr etwas ausmachte.

»Die Nomaden und die Siebten kennen sich … wie lange?«

»Fast eine Million Standardjahre. Wir sind neben euch die Ältesten, wie du weißt.«

»Und ich kenne euch davon rund 820 Standardjahre und ich bin nicht einmal der Älteste der Nomaden.«

Der skelettartige Leib des Siebten deutete eine Verbeugung an.

»Wir gehen einen langen Weg«, sagte er dann.

»Ich habe euch bis heute nicht richtig verstanden, weder eure Art noch eure Absichten oder die Motivation, die euch zum Handeln treibt. Niemand hat euch verstanden.«

Der Siebte bewegte sich, was irgendwas bedeutete, das Dendh auch nicht begriff. Die Gestik der Siebten wirkte auf ihn immer noch völlig zufällig, obgleich ihm bestätigt worden war, dass sie es nicht war. Die Verbeugung hatte Sinn ergeben. Andere Bewegungen taten es nicht.

»Wir wissen uns selbst oft nicht einzuschätzen. Aber tröste dich. Die Nomaden stellen uns manchmal auch vor Fragen.«

Dendh blies stoßartig Luft aus. Er breitete seine Arme aus. Die blank polierten Manipulatorklauen blitzten im fahlen Licht der Sonne von Sciss auf.

»Wir tun es also.«

»Wir werden das Ergebnis nicht miterleben – wie die Scissaro.«

»Das kann sein. Aber wir werden etwas getan haben. Und du weißt, dass es so nicht ganz stimmt. Ihr habt die Dinge besser im Blick als wir. Und ich gedenke, euer Angebot anzunehmen.«

»Damit sind Risiken verbunden.«

»Endlich! Endlich ein Risiko! Wie lange habe ich darauf gewartet!«

Dann standen sie noch für einen Moment zusammen auf dem Hügel, die beiden letzten Lebewesen auf Sciss. Unten im Tümpel begannen die Leichen der dreizehn sich ganz langsam aufzulösen, als die Bakterien des Wassers zu einem letzten Festmahl anhoben. Es war ein trauriger Augenblick und gleichzeitig einer, der Hoffnung in sich barg.

Progress 1

»Ich kann nichts sehen. Wer kann etwas erkennen?«

Niemand antwortete ihr. Sergeant Tani Vocis kauerte hinter der Mauer und atmete schwer. Hierherzurennen war nicht einmal das Anstrengende gewesen. Dass die Schmerzstiller nicht mehr richtig wirkten, hatte ihre Energie aufgebraucht.

Sie hob ihren Kopf über den Rand der Mauer. Durch die neblige Dunkelheit konnte sie nur schemenhafte Umrisse ausmachen. Die Infrarotverstärker des Helms halfen ihr nicht, da vorne war derzeit nichts, was Wärme ausstrahlte. Die Kalten Geher waren auf diese Weise nicht zu erfassen.

Auch sonst machten sie sich rar. Das war gut. Das war beunruhigend. Durch Bewegung nahm man sie wahr. Wenn sie still blieben, waren sie fast unsichtbar. Wenn man dann in einen hineinrannte, war es meist zu spät. Aber gut. Ruhe. Ein paar Minuten Ruhe. Sie atmete tief durch. Jetzt nur nicht schlappmachen.

Vocis hockte sich wieder hin, schaute nach hinten. Acht Lebenszeichen wurden ihr in den Helm projiziert, acht von einstmals 120. Es waren nicht mehr viele übrig von der VII. Kompanie, wie generell die Personalstärke der Arturischen Husaren nach der Landung stark gelitten hatte. Vocis fragte sich, wie es an den anderen Landestellen aussah. Seit drei Stunden war das Comnetz ausgefallen und der Leitstand meldete sich nicht mehr.

Falls es noch einen Leitstand gab. Für einen Moment fühlte sie sich furchtbar verlassen und ratlos. Sie musste aufpassen, dass sie diese Gefühle nicht auf ihre Leute übertrug. Denen ging es schlecht genug.

Soldat Amneos Dolmer saß direkt neben ihr. Er steuerte die beiden verbliebenen Aufklärungsdrohnen durch die Trümmer vor ihnen. Das war einmal die malerische Kleinstadt von Andami Port gewesen, etwa 40 000 Einwohner. Ob von diesen noch jemand lebte, war ebenso ungewiss wie das Schicksal des Leitstandes. Die Stadt bestand nur noch aus Ruinen. Wer genau für welche davon verantwortlich war, konnte man im Nachhinein kaum noch auseinanderhalten. Wer gegen die Kalten kämpfte, konnte sich den Luxus besonderer Rücksichtnahme nicht leisten. Jeder Sieg wurde so zu einer Niederlage, das war die Natur dieses Krieges.

Der kleine Schirm, der das zeigte, was die Drohnen aufnahmen, war schwarz. Sie wagten es nicht, den Radar einzuschalten. Der Radar weckte die Kalten Geher, wenn sie in den Ruinen schliefen und auf ihre Gegner warteten. Die Drohnen durften allein ihre optischen Sensoren benutzen und das war in dieser dunklen Suppe wenig hilfreich.

Sie hatten aber sonst nichts mehr. Es mochte wenig nützen, aber es war alles, was sie tun konnten.

»Kevins«, vokalisierte Vocis mit ihrem Kehlkopfmikro. Der Funker der Truppe war blutjung, frisch aus der Grundausbildung und er hatte sich zweimal eingenässt. Die sehr saugfähige Unterkleidung des Kampfanzuges hatte alles aufgesogen und war damit beschäftigt, aus der Flüssigkeit Trinkwasser zu machen. Kein angenehmer Gedanke. Doch Kevins hatte überlebt und das sprach für ihn. Und er hatte noch genug zu trinken. Man musste immer das Positive sehen.

»Kein Signal. Ich höre nur Maschinengeschnatter.«

Kevins Stimme zitterte.

»Von wo?«

»Ich glaube Nordwest.«

Vocis nickte. Die meisten der Satelliten waren abgeschossen worden, bereits kurz nach der Landung. Eine ganz große Verarsche. Wer auch immer der Ansicht gewesen war, diese Invasion sei ein Kinderspiel, der war hoffentlich tot. Angesichts des Schweigens des Leitstandes gab es dafür gute Chancen.

»Was für Maschinen?«

»Unsere. Aber sie reden nicht mit mir.«

»Ist besser so.«

Was sie ebenfalls gelernt hatten, war, dass jede Kontaktaufnahme mit den KIs der AKE – der Autonomen Kampfeinheiten – die Kalten Geher auf den Plan rief. Es war, als würden sie nur darauf warten. Nein, genau das taten sie ja auch. Dass noch AKE aktiv waren, beruhigte Vocis ein wenig. Die Kampfroboter waren intelligent und rücksichtslos, vor allem aber sehr gut bewaffnet. Wenn einige von ihnen operierten, dann hieß das, irgendwo da draußen wurden Kalte Geher vaporisiert. Ein schöner Gedanke. Er half ihnen hier draußen nicht, aber es war ein schöner Gedanke.

Vocis nickte Kevins zu, hob den Daumen, sah seine unmerkliche Reaktion, ein unsicheres Grinsen. Mehr konnte sie nicht für ihn tun. Er musste es selbst schaffen.

»Der Lieutenant?«

Die Frage galt dem Sanitäter, Marksen, der sich über den leblosen Körper des Offiziers gebeugt hatte. Sie hatten mal drei Sanitäter gehabt und Marksen war auch nur noch halb da, nachdem die Geher ihm den linken Arm abgeschossen hatten. Doch sein Kampfanzug hatte die Wunde perfekt versiegelt und seinen Kreislauf stabilisiert. Die Nanobots taten das Ihre, und da Sanitäter ohnehin mit Medtech aufgerüstet waren, konnten sie eine Menge aushalten. Genug, um Marksen seine Arbeit tun zu lassen. Einhändig, aber für den Lieutenant konnte er ohnehin nicht mehr viel tun. Marksen war ein Veteran. Wenn die Nanos irgendwann seinen Arm hatten nachwachsen lassen, dann war das bereits sein dritter neuer. Er nahm es mit stoischer Gelassenheit.

Vocis hatte fragen müssen. Fürs Protokoll. Solange der Offizier atmete, kommandierte sie unter Vorbehalt. Starb er, war sie endgültig verantwortlich.

»Er lebt noch, Sarge.«

»Wie lange noch?«

»Halbe Stunde.«

Marksen sagte es mit kalter Ruhe, entweder aufgrund der Dinge, die er in den acht Jahren Dienst schon gesehen hatte, oder weil sein Blut voller Drogen steckte, die ihn effektiv, aber nicht sonderlich empathisch machten. Doch auf die Information konnte sie sich verlassen. Wenn er sagte, der Offizier habe nur noch dreißig Minuten zu leben, war dies weder besonders optimistisch noch konservativ gerechnet. Es war einfach so. Es war schade. Ein guter Mann, der Sterbende. Etwas unerfahren, aber kein Dummkopf. Schade.

Vocis sah an sich herab. Die Stelle, in die der Metallsplitter gefahren war, als ein Kalter Geher ihr Transportfahrzeug angegriffen hatte, war vom Anzug gut verschlossen worden. Er hatte dazu Blut und Gewebe ihres Körpers benutzt, denn davon hatte sie einiges verspritzt. Darunter versuchten die Nanobots, die zerrissene Niere wiederherzustellen, von dem Gewebe drumherum einmal ganz zu schweigen. Es war ein schmerzhafter Prozess und er dauerte länger als sonst, da sie ihren Körper nicht schonte. Man starb heutzutage an so etwas nicht mehr, wurde nicht einmal großartig beeinträchtigt. Die Medtechnik war gut, zu gut. Sie verlängerte das Leid dieses Krieges und gab ihnen keine Ruhe.

Falsch, korrigierte sie sich. Die Geher gönnten ihnen keine Ruhe.

Die halbe Stunde konnten sie hier auch noch abwarten, befand sie. Alle waren sie am Ende ihrer Kräfte. Und sie hatte ohnehin keine Ahnung, wohin sie jetzt noch sollten.

»Munition und Waffen?«, fragte sie.

»Zwei Magazine, drei Granaten«, kam die erste Stimme. »Ein Magazin«, berichtete die nächste. So ging es reihum. Corporal Antonov, der den Plasmawerfer trug, meldete ein volles Energiepaket. Ohne den Plasmawerfer – und ohne Antonovs stoische Sicherheit im Umgang mit der mächtigen Waffe – gäbe es nicht einmal die acht Überlebenden, die Vocis um sich geschart hatte. Alles in allem war die Situation erbärmlich. Sie schaute auf ihre eigene Bewaffnung: der HGX Pulsator, die Standardinfanteriewaffe der Arturischen Husaren, lag neben ihr auf dem Boden. Ein volles Magazin. An der Hüfte trug sie die Handfeuerwaffe des Lieutenants, der dafür keine Verwendung mehr hatte. Zwei Magazine. Drei Granaten hingen an ihrem Gürtel. Sie war kaum dazu gekommen, sie einzusetzen.

Sie aktivierte mit einer Zungenbewegung die taktische Karte und betrachtete sie schweigend. Der HUD-Projektor flackerte etwas, seit sie böse mit dem Helm aufgetroffen war. Er würde demnächst seinen Geist aufgeben. Vielleicht besser so, wenn man das Leid nicht mehr ansehen konnte. Sie schaute sich die Karte an, drehte und wendete sie, kontemplierte, plante, verwarf. Am Ende war sie so klug wie vorher und die Zeit war verstrichen ohne weitere sinnlose Grübelei.

»Sergeant!«

»Marksen?«

»Er ist tot.«

Vocis holte tief Luft. Sie schaute auf die Uhr. 28 Minuten. »Nehmen Sie seinen Chip und schließen Sie seine Augen. Wir lassen ihn hier.«

»Sergeant.« Marksen hatte eine ganze Chipsammlung in der Gürteltasche. Die Reste der Kompanie. Ein paar letzte Worte waren darauf. Vielleicht würde es jemanden geben, der sie eines Tages abhörte. Vocis glaubte nicht recht daran.

Sie schaute sich um.

»Ich habe das Kommando. Der Lieutenant ist tot.«

Niemand widersprach. Keine Neuigkeit. Sie hatte sie ja ohnehin seit Tagen rumgescheucht, seit es den Mann erwischt und er nur noch pro forma das Kommando geführt hatte.

»Wir haben zwei Möglichkeiten. Nach Nordwesten, wo das Maschinengeschnatter herkommt. Wenn wir uns einer AKE anschließen können, wäre das eine Chance, wenn sie nicht völlig austickt und die Beschützerroutine wieder hakelt.«

Allgemeines Gestöhne. Jeder hatte die Geschichten gehört.

Vocis hob eine Hand und fuhr fort.

»Nach Südosten, wo wir herkamen. Irgendwo da hinten könnte es weitere Überlebende geben, vielleicht sogar eine aktive Evakuierungszone, zumindest laut Notfallplan. Problem in beiden Fällen: Kalte Geher. In den anderen Richtungen: nicht einmal die Ahnung unserer Truppen, aber auf jeden Fall Feinde. Ich plädiere für Nordwesten. Jeder darf mal meckern, ich bin müde.«

»Sergeant«, meldete sich Antonov, der jetzt offiziell ihr Stellvertreter war, da er der einzige Überlebende außer ihr war, der mehr als einen Balken auf der Uniform trug. »Mir isses egal. Alles die gleiche Scheiße.«

»Corp hat recht«, murmelte jemand anders. »Alles egal. Wir folgen Ihnen, Sergeant, alleine verrecken will hier keiner.«

Niemand kommentierte das. Vocis nickte, was niemand sah, vielleicht mehr zu sich selbst. Sie hatte mit keiner anderen Reaktion gerechnet. Das waren die Freuden der Befehlsgewalt.

»Nordwest«, sagte sie schließlich. »Modersohn, Albenk, Sie gehen vor. Antonov macht die Nachhut. Der Rest in Gefechtsformation. Nutzt jede Deckung. Wer einen Geher sieht, schießt erst, wenn alle anderen in Reichweite sind. Ihr wisst, wie zäh die Viecher sind.«

Gemurmelte Bestätigung. Vocis erhob sich vorsichtig, lugte über die

Mauer. Nebel, Dunkelheit, Schemen von Ruinen. Nichts. Da draußen konnten tausend Geher hocken und sie würden ihre Gegenwart erst bemerken, wenn die ihre tiefgefrorenen Molekülwaffen abfeuerten.

»Dolmer, schick die beiden Drohnen nach Nordwest, halb automatischer Modus.«

Der Mann nickte. Die Drohnen würden in diesem Modus nicht dauernd Beaufsichtigung brauchen und ein eigenes Suchmuster fliegen. So konnte Dolmer auf seine Umgebung achten und versuchen zu überleben. Leider waren Drohnen dumm. Sie überlebten diesen Modus meistens nicht allzu lange.

Besser als gar keine Vorwarnung.

»Alle bereit? Ich will was hören, von jedem!«

Gemurmel. Bereit war im Grunde keiner. Aber hier sitzen zu bleiben, war auch keine Alternative. Vocis warf einen letzten Blick auf den toten Lieutenant. Der hatte es immerhin hinter sich.

Sie machten sich auf den Weg. Das Eis knirschte unter ihren Sohlen. Nordwest. Eine Richtung so gut wie eine andere.

Sie kamen nicht weit.

»Die Drohnen sind tot!«, meldete Dolmer nach etwa zehn Minuten. Seine Stimme klang mutlos, fast traurig. Er hatte die Beschäftigung verloren, die ihn einigermaßen bei Verstand gehalten hatte.

»War da was?«

»Nein, einfach weg.«

Jeder wusste, was das bedeutete. Vocis gab das Signal. Die Truppe verstreute sich, suchte jede Deckung, die sie finden konnte. Jemand schluchzte. Vocis beschloss, es zu überhören.

»Modersohn«, zischte der Sergeant.

»Ich sehe nichts, ich höre nichts«, kam es von vorne. »Ich glaube nicht … Ach Scheiße! Geher auf zwei Uhr.«

Vocis' Kopf ruckte nach rechts. Ein Schemen, mehr nicht. Groß wie ein Haus, von kalter Präsenz. Er war kaum auszumachen, aber mittlerweile wusste sie, wonach sie zu suchen hatte.

Tatsächlich senkte sich die Umgebungstemperatur. Die Geher liefen nahe dem Gefrierpunkt und sie ließen die Luft um sich herum erstarren. Die kalte Brise war die einzige Vorwarnung, die ihnen blieb. Die Thermometer der Anzüge blinkten.

»Bleibt ruhig«, befahl Vocis, obgleich sie selbst das Zittern ihrer Stimme unterdrücken musste. »Ganz ruhig. Er sieht euch nur, wenn ihr euch bewegt.«

Das stimmte nur fast. Geher reagierten bevorzugt auf Bewegung, ihr langsames Gehirn nahm diese am besten wahr und ihre Schwerfälligkeit machte sie anfällig gegen sich rasch bewegende Ziele. Doch auch Funk- und Radarsignale schreckten sie auf. Niemand wusste, wo genau in den tropfenförmigen Aufsätzen auf den mächtigen vielgliedrigen Körpern die dafür notwendigen Sensoren saßen. Bis heute war noch kein Geher erbeutet worden. Wer einen traf, zerschmetterte ihn sofort in Tausende Einzelteile, die für sich wenig Erkenntniswert besaßen. Es gab keine beschädigten Geher, nur funktionierende oder zerstörte. Funktionierende töteten, bis man sie zerstörte. Der Krieg war so einfach, obgleich immer noch niemand wusste, warum sie ihn überhaupt führten.

»Das Gebet«, meldete Modersohn. »Sie fangen an.«

Bevor die Geher angriffen, sendeten sie. Es war eine wirre Botschaft, die bisher nicht sinnvoll transkribiert worden war. Es gab endlos viele Interpretationen, aber die hohe, singende Stimme, in die die Translatoren die Signale übersetzten, sorgte für den Spitznamen. Es klang wie die Anrufung einer Gottheit, wie ein Gesang, um sich auf das Gemetzel einzustellen. Das Gebet. Das Gebet war immer Pflicht. Noch nie hatte ein Geher angegriffen, ohne es vorher auf allen Frequenzen zu senden, und obgleich es niemand verstand, hatte es immer den gleichen Effekt: Es verursachte Angst.

Wenn ein Geher kam, kehrte er nicht wieder um. Er siegte oder er starb.

Wer hier sterben würde, daran hatte Vocis keinen Zweifel.

»Antonov.«

»Geladen und bereit.«

»Wenn du danebenschießt, sind wir am Arsch.«

»Mit Verlaub, wir sind auf jeden Fall am Arsch.«

»Sehr gut, Corporal. Das ist die richtige Einstellung.«

Irgendwer kicherte. Galgenhumor war besser als Panik und verbreitete eine sehr fatalistische Form von Kameraderie, die viele davon abhielt, schreiend davonzurennen. Wer rannte, war tot. Ein Geher schoss selten daneben und er war beharrlich, seine Munitionsvorräte unermesslich. Die

Projektile bestanden aus Kälte, winzigen Pellets nahe dem Gefrierpunkt. Keine Explosion nötig, keine Lenksysteme, gar nichts. Der Tod kam kalt, schnell, vieltausendfach und er überwand jeden Schutzschirm – den keiner von ihnen trug – und jeden Kampfanzug. Er verwandelte jeden in ein Stück Eis, wenn der Anzug das getroffene Körperteil nicht rechtzeitig isolierte oder die Nanos die Vereisung eingrenzten. Der einzige echte Schutz lag darin, nicht getroffen zu werden.

Vocis sah sich um. Sie lag in einem Einschlagkrater. Was hier vorher gewesen war – undefinierbar. Neben ihr lag Marksen, seine Waffe vor ihm, er kaute irgendwas. Marksen saß an der Quelle. Sein Anzug war vollgestopft mit Psychopharmaka, Schmerzkillern, Aufputschmitteln. Er war ständig high. Nie so stark, dass er seine Arbeit nicht erledigen konnte, aber weit genug, dass ihm alles egal war und er sich auch beim Sterben gut fühlen würde. Beinahe beneidenswert. Die Langzeitwirkungen seines Drogenkonsums waren unabsehbar.

Vocis seufzte.

Als ob das noch irgendeine Rolle spielte.

Der Geher kam. Seine hohe, schlanke Gestalt, seine staksigen, fahlweißen Beine – es schien ein Wunder zu sein, dass er nicht sofort umkippte, wenn er anfing, sich zu bewegen. Doch Vocis wusste es besser. Geher gingen, Geher rannten, Geher sprangen, tänzelten zur Seite, hüpften, wenn es sein musste. Sie waren groß, schwer, echte Ungetüme und dabei von tödlicher Grazie. Niemand wusste, welche Mechanik dies ermöglichte, welche Energieerzeuger oder Technologie. Genau gesagt wusste niemand, ob die Geher überhaupt Technologie waren oder … irgendwas anderes.

Dieser Geher stolzierte. Er schaute sich um, womit auch immer er es tat. Er beobachtete seine Umgebung. Vocis drückte sich in den Krater, bewegte sich nicht. Bewegung war das Problem. Geher suchten nicht nach Energiesignaturen, nach Hitzeentwicklung. Sie reagierten wirklich fast ausschließlich auf Bewegung und Signale aus dem Funkäther. Die einzige Möglichkeit, sich vor ihnen zu verstecken, war absolute Regungslosigkeit. Zum Glück sah man im Anzug nicht, wie sie atmete. Auch das nahmen Geher wahr.

Der Geher machte einen Schritt. So nahe an ihm dran spürte man die Erschütterung. Die Dinger waren schwer, konnten Mauern und Gebäude durch bloßes Treten zerkrümeln. Vocis schloss die Augen. Was war der angenehmere Tod? Durch einen Geherfuß zerquetscht oder von der unermüdlichen, zielsicheren Eisgatling auf dem Kopf des Dings getroffen zu werden? Wahrscheinlich war es egal, wenn es nur schnell ging.

Sie betete, dass jetzt keiner die Nerven verlor.

Progress 2

Er wurde in die Zelle gestoßen. Das war möglicherweise gar nicht so grob gemeint wie ausgeführt, aber er stolperte und schlug gegen die Metallkante der Pritsche, fügte damit den Schrammen an seinem Körper eine weitere hinzu. Die Zellentür schloss sich mit einem Geräusch, das Unerbittlichkeit signalisierte.

Er war allein. Das wusste er. Alles andere war ... unklar.

Mit etwas Mühe zog er sich auf die dünne Plastikmatratze. Das eiskalte Polster war durch den dünnen Stoff seiner Hose gut zu spüren. Es quietschte leise, als es belastet wurde. Er zitterte.

Die Zelle wurde durch eine fahlblau scheinende Lampe erhellt. Er blickte sich um, beide Arme fest um den Oberkörper geschlungen: ein Loch in der Wand, viereckig, dahinter ein winziges Waschbecken; in der einen Ecke unweit der Pritsche ein Loch im Boden, das seine Notdurft aufnehmen würde; ein ausklappbarer Tisch, ein ausklappbarer Stuhl, beide derzeit verborgen in der Wand. Sonst war die Zelle leer.

Würde er hier lange ausharren müssen?

Er wusste es nicht.

Warum war er hier?

Er wusste so vieles nicht.

Wer war er?

Das war sicher die drängendste Frage.

Seine Zähne klapperten aufeinander. Ihm war so kalt. Er zog die Beine an den Oberkörper und umschlang sie mit seinen nackten Armen. Das eingerissene und stinkende Hemd hatte keine Ärmel.

Er versuchte, ein Zittern zu unterdrücken, doch es gelang ihm nicht. Sah ihn niemand frieren? Hatte niemand zumindest etwas Erbarmen?

Er schloss die Augen und versuchte, sich an etwas zu erinnern. Wieder kreisten die Fragen in seinem Kopf. Er bestand nur aus Fragen. Das war etwas, an dem er sich festklammern konnte, wenngleich das Fehlen der Antworten ihn mehr schmerzte als seine eher oberflächlichen Verletzungen.

Wie war er hierhergekommen? Wo war »hier« eigentlich? Warum saß er in dieser Zelle, ernsthaft der Gefahr einer Unterkühlung ausgesetzt?

Und wohl am wichtigsten: Wer war er? Wie lautete sein Name?

Er fühlte, wie sich seiner Kehle ein Schluchzen entrang. Die Erkenntnis, dass er auf keine dieser Fragen eine Antwort wusste, traf ihn erneut hart. Er hatte keine Tränen mehr, er musste sie ein andermal vergossen haben. Es war bezeichnend für seinen Zustand, dass er sich nicht einmal mehr daran entsinnen konnte.

Er schaute auf seine Arme, ausgemergelt und abgemagert. Seine Beine sahen nicht besser aus. Er öffnete seine Umklammerung und blickte auf seinen Körper. Er hob das Hemd, unter dem er nichts trug. Die Rippen zeichneten sich deutlich unter seiner Haut ab.

Er fühlte sich schwach. Er verspürte Hunger und Durst. Wann hatte er zuletzt etwas zu sich genommen? Noch eine Frage, die er nicht beantworten konnte.

Als wäre jemand Zeuge seiner wachsenden Verzweiflung geworden, öffnete sich die Tür wieder. Jemand stand im Türrahmen: groß, breit, ein Mann. Er trug einen Overall. Sein Blick zeigte kein Mitleid. Doch zeigte er sich barmherzig, ob nun aus eigenem Antrieb oder auf Anordnung. Er machte einen Schritt nach vorne, legte ein Bündel auf der Pritsche ab. Dann drehte er sich wortlos ab und ging. Die Tür schloss sich. Kein Wort. Kein Hinweis.

Der Gefangene betrachtete das Bündel: eine Decke und ein zusammengefalteter Overall, ähnlich dem, den der Mann getragen hatte. Es gab kein Zögern. Ohne die eigene Kleidung auszuziehen, entrollte er das Bündel, streifte sich den Overall über. Etwas war zu Boden gefallen und er bückte sich danach. Ein Metallteller, eisig in seinen Händen. Wieder spürte er seinen Magen, schmerzhaft, drängend.

Ein Geräusch. Ein Summen. Warme Luft von irgendwoher. Ein wunderbares Gefühl. Er reckte dem Luftstrom sein Gesicht entgegen. Erbarmen. Jemand zeigte Erbarmen. Beinahe empfand er so was wie Dankbarkeit.

Ein weiteres Geräusch, ein Gurgeln aus der Öffnung in der Wand. Ein Symbol leuchtete auf, ein Teller, aus dem es stilisiert dampfte. Instinktiv stand er auf und schob den Metallteller in das Loch. Er passte genau. Etwas dampfte. Hitze wurde spürbar. Wieder das Gurgeln, das abrupt endete.

Er nahm den Teller heraus. Eine ihm unbekannte Masse lag da, offenbar heiß, von bräunlicher Farbe, aber ohne unangenehme Assoziationen zu wecken. Sie roch nicht schlecht, etwas künstlich vielleicht. Es gab kein Zögern. Die Alternative war der Hunger. Der Brei brannte auf seinen kalt gefrorenen Fingern, als er ihn hastig, ja gierig in den Mund schaufelte; er hatte eine halbflüssige Konsistenz. Der Mann setzte mehrmals den Teller an den Mund, schlürfte vernehmlich. Er achtete peinlich darauf, nichts zu verschwenden, keinen Tropfen. Er holte Luft, als der Brei seine Zunge zu verbrennen drohte. Doch er wagte nicht, ihn wieder auszuspucken. Und das warme Gefühl, das sich nach dem ersten Schluck in seinem Magen ausbreitete, war eine Belohnung seiner Disziplin. Sein Hunger verblasste. Sein Durst seltsamerweise auch. So etwas hatte er noch nie gegessen.

Oder doch?

Das wusste er auch nicht.

Er leckte den Teller aus, bis dieser vor Sauberkeit im Blaulicht zu schimmern begann. Neugierig stellte er ihn zurück in die Öffnung. Es gurgelte. Wasser umspülte den Teller. Dann wurde dieser zum Abschluss mit Flüssigkeit gefüllt, wie mit einer Suppe.

Den Behälter wieder in den Händen, trank der Insasse der Zelle begierig. Er seufzte leise. In seinem Magen rumorte es wohltuend. Die letzte Mahlzeit musste entweder sehr lange zurückgelegen haben oder war sehr klein gewesen. Sein Magen schien sich noch nicht recht entschieden zu haben, ob er die Gabe behalten oder abweisen sollte. Der Gefangene hoffte auf das Beste.

Er betastete seine Rippen, seine hervorstechenden Beckenknochen.

Das war nicht gesund.

Er stellte den Teller ab und wickelte sich in die Decke. Es war nicht direkt warm geworden in der Zelle, aber nunmehr erträglich und sowohl die Decke wie auch die Mahlzeit halfen. Er zitterte nicht mehr. Er fühlte eine Erschöpfung, für die er bis eben keine Aufmerksamkeit gefunden hatte.

Er genoss Wärme und Ruhe für einen Moment, bis die Unruhe wieder von ihm Besitz ergriff. Den Kopf in die Hände gestützt, den Oberkörper nach vorne gebeugt, versuchte er sich zu erinnern. Es fehlte so viel. Er konnte es nicht auf sich beruhen lassen. Erinnern. Erinnern!

An irgendwas.

Was war seine früheste Erinnerung?

Er schloss die Augen, konzentrierte sich.

Er entsann sich kräftiger Hände, die ihn hochrissen von ... irgendwas. Er hatte sich gewehrt und war geschlagen worden. Der Schmerz war stark gewesen. Man hatte eine Art kurze Peitsche benutzt.

Die Unbekannten hatten ihn in einen dunklen Raum gestoßen. Dann war da Licht gewesen. Noch mehr Schläge. Stimmen. Was sie sagten ... es fiel ihm nicht ein. Wie lange all das gedauert hatte ... er wusste es nicht. Es war lange her, das fühlte er. Eine lange Zeit, in der er offenbar wenig zu essen bekommen hatte und während der man ihm nicht nur Körperfett nahm, sondern auch sein Gedächtnis.

Dann diese Zelle.

Und das war alles.

Verdammt wenig.

Hilflosigkeit und Verzweiflung drohten von ihm Besitz zu ergreifen. Er kämpfte die Emotionen herunter. Dafür war später immer noch Zeit. Es war warm. Er aß. Das war kein Präludium für seinen nahen Tod, das war ein Zeichen dafür, dass er leben sollte. Also konzentrierte er sich darauf. Leben. Leben und erinnern, alles zu seiner Zeit. Methodisch vorgehen. Ja, das berührte eine Saite in ihm.

Was konnte er über sich herausfinden?

Er kannte sein Gesicht nicht, es gab hier keinen Spiegel, aber er vermochte den Rest seines Körpers zu inspizieren. Er war etwa 1,80 m groß und hatte seit langer Zeit zu wenig zu essen bekommen. Er war nicht alt, soweit er das feststellen konnte. Jung. Ziemlich jung. In den Zwanzigern. Das fühlte sich richtig an.

Seine Hände waren voller Abschürfungen aber ohne Hornhaut. Eine harte Zeit, aber keine harte körperliche Arbeit. Seine nackten Füße sahen nicht viel besser aus. Er war zuletzt nicht in den Genuss bequemer Schuhe gekommen, vorher aber schon. Auf der Außenseite seines rechten Oberschenkels fand er eine dünne, drei bis vier Zentimeter lange Narbe.

Messerwunde.

Woher wusste er das?

Eine zweite, vergleichbare Narbe am Brustkorb.

Unruhige Vergangenheit. Gewalt. Gefahr. Sein Leben hatte sich zumindest nicht wesentlich verschlechtert. Hier war derzeit niemand, der ihm nach dem Leben trachtete, das spürte er deutlich. Oder war es nur eine Hoffnung, die jederzeit vernichtet werden konnte?

Kein tröstlicher Gedanke.

Ihm fielen derzeit ohnehin keine sehr tröstlichen Gedanken ein. Doch. Nicht so schnell. Er hatte es schon erkannt: Er sollte hier offenbar nicht verhungern oder erfrieren.

Er schloss seine Augen und lauschte. Er hörte seinen eigenen Atem. Wenn er diesen ausblendete, was hörte er dann?

Da war ein leises, kaum hörbares Summen. Eine Art Hintergrundgeräusch, etwas Permanentes. Eine Maschine. Ein tiefer Ton mit einer Vibration.

Ein Raumschiff. Das war wieder einer dieser spontanen Gedanken. Woher wusste er das nur? Aber er empfand eine gewisse Sicherheit bezüglich dieser Annahme. Ein Raumschiff. Er befand sich in einem Raumschiff. Er war unterwegs. Das beunruhigte ihn. Es stellte zu irgendwas einen Kontrapunkt dar, wenngleich er natürlich nicht wusste, wozu. Es war falsch. Es sollte nicht sein.

Er hatte das vage Gefühl, damit eine gewisse Erfahrung zu haben. Er war nicht das erste Mal in einer solchen Umgebung.

Hoffentlich nicht immer in einer Zelle.

Die Vibrationen nahmen fast unmerklich zu.

Er streckte sich auf der Pritsche aus, in die Decke gewickelt. Der lauwarme Luftzug aus der Ventilation strich wohltuend über sein Gesicht. Die Luft roch etwas abgestanden, als ob jemand sie bereits einmal geatmet hätte. Recht betrachtet dürfte das sogar stimmen.

Er fühlte, wie ihm die Augen zufielen. Obgleich er kein Zeitgefühl hatte, war ihm klar, dass sein Körper seinen Tribut forderte. Gegessen hatte er. Jetzt musste der Schlaf folgen. Er schaltete die rotierenden Fragen aus, eine nach der anderen. Zeit brachte Antworten. Und er musste ausgeruht sein, um zu verstehen. Schlaf. Jetzt.

Er musste sich nicht weiter dazu zwingen.

Progress 3

»Hier wären wir dann!«

Der Taxifahrer drehte sich um, das unrasierte, schweißglänzende Gesicht Hamid zugewandt. Er kaute irgendwas. Es stank. »Eine schöne Gegend. Sie wohnen hier?« Er kicherte hässlich.

»So sagte man mir«, erwiderte Hamid und nickte dem Mann zu. Er öffnete den Verschlag und trat heraus, sog die Luft ein, geschwängert von Abgasen, den Düften, die aus den unteren Ebenen emporstiegen, vor allem viel zu viel altes Frittierfett. Und Blut. Er sah, wie sich die Heckklappe des Taxis öffnete und die Automatik eine Transportkiste heraushievte, die sich daraufhin selbst aktivierte, auf ihr Gravkissen stellte und neben Hamid glitt. Der rund zwei Meter lange Transportsarg enthielt alles, was der Mann sein Eigentum nennen konnte, das Ergebnis von zehn Jahren Dienst in den Streitkräften, eine Zeit, die ihm Blessuren, Beförderungen und Traumata gebracht hatte.

Er sah sich um.

Und eine Pension sowie die lebenslange Nutzung eines Apartments auf seiner Heimatwelt Stratum, gelegen im Canopus-System. In einer schönen Gegend. Das war natürlich nicht ernst gemeint vom Taxifahrer, der sich über ihn lustig machen wollte. Turm 4 in Stratum City war nicht der mieseste Slum, aber weit davon entfernt, zu den guten Wohngegenden der Stadt zu gehören. Es war das, was man bekam, wenn man ein regelmäßiges Einkommen bezog, das gerade mal so zum Leben reichte.

Das Taxi hob ab, seiner Ladung entledigt.

Hamid schaute sich immer noch um. Direkt an der Landeplattform begann der um das Gebäude laufende Ring, den man zu Fuß benutzen konnte und der zu den äußeren Apartments führte, die aneinandergereiht wie auf einer Schnur nebeneinander in Modulbauweise in den Turm eingefügt waren. Ebene 4, Turm 16, das bedeutete auf einer Scheibe mit einem Gesamtdurchmesser von 850 Metern eine Anzahl von gut 200 Apartments, größere wie kleinere, und davon gab es in diesem Turm 36 Ebenen übereinander. Die äußeren Apartments hatten so etwas wie einen Balkon, der einen Ausblick nach draußen ermöglichte, die inneren, preiswerteren, mussten sich mit holografischen Illusionen eines solchen Blickes ermöglichen. Hamid hatte es gut, er hatte ein äußeres. Er hatte darauf bestanden.

Dafür war es klein.

Das war nicht schlimm. Es gab ja nur ihn und seinen Transportsarg vom Typ »Defender«.

Er betrat sein neues Zuhause nach einem kurzen Fußweg. Turm 16 war dreckig. Die Wände waren fleckig, es roch unangenehm, selbst dort, wo die Dämpfe der unteren Ebenen nicht die Luft schwängerten. Graffiti an der Wand, manche revolutionär, manche obszön, manche verzweifelt, ein paar Gangmarkierungen: territoriale Ansprüche, künstlerisch verbrämt. Der Boden war verwaschen, die Spuren Hunderter von Schritten über Dutzende von Jahrzehnten. Turm 16 war während der dritten Stadtexpansion errichtet worden, vor gut 160 Jahren, und seitdem bewohnt und mehr schlecht als recht gewartet. So sah es hier auch aus. Trotzdem eine der besseren Gegenden. Das wiederum sagte so manches über Stratum aus. In der größten Stadt des Planeten hausten rund 22 Millionen Lebewesen und nur ein Bruchteil davon unter Lebensumständen, die man als würdig bezeichnen konnte.

Aber das war ohnehin ein dehnbarer Begriff.

Der »Balkon« war zwei Quadratmeter groß und vom Rundgang nur durch eine einen Meter hohe Plastikwand abgetrennt. Eine Klapptür ließ ihn eintreten, er sah durch das Fenster, etwas verkratzt und milchig, in den dahinter liegenden, leeren Raum. Hamid nestelte die Identmarke hervor, die man ihm bei der Ausmusterung gegeben hatte. Sie sollte sein Wohneigentum für ihn öffnen. Es funktionierte. Die elektrische Tür fuhr knarrend in den Rahmen. Ein Schwall abgestandener Luft kam ihm entgegen, sodass er reflexartig den Kopf abwendete.

Das Apartment bestand aus einem Raum sowie einer Nasszelle. Die Möbel waren in die Wände eingeklappt, sodass auf den ersten Blick der Eindruck von Geräumigkeit entstand. Die Wände bestanden aus angelaufenem Plastik. Sie waren offenbar chemisch gereinigt worden, ein scharfer Gestank wurde bemerkbar, wenn er sich einer der Wände näherte. Wer hatte hier vorher gewohnt? Wer war hier gestorben? Wer hatte sein Leben in 22 Quadratmetern Plastik beendet, genau so, wie man es von Hamid erwartete?

Er legte seine Hand auf den Identscanner, eine flache Scheibe an der Wand, das einzig sichtbare Stück Einrichtung. Letzte Verifikation. Sekunden später akzeptierte das Haus ihn als neuen Eigentümer der Unterkunft. Eine krächzende Stimme erklang aus einem Gitter in der Wand. Vor 150 Jahren mochte sie melodiös gewesen sein, jetzt war sie nur noch anstrengend. Sie klang etwas müde. Vielleicht dachte sich die Haus-KI das Ihre. Noch ein Säufer. Noch ein Junkie. Noch eine mehr oder weniger gescheiterte Existenz, wie so viele in diesem Turm.

»Willkommen. Ich konfiguriere die Wohnung nach Ihren Wünschen. Designaufpreis 100 Kredite, zahlbar sofort.«

Hamid schüttelte den Kopf. Er war sein eigener Innenarchitekt. Zehn Jahre hatte er in engen Kabinen auf Raumschiffen der Flotte zugebracht. Davor war er auf Stratum aufgewachsen, einer der unteren Ebenen. 33 Quadratmeter für seine Mutter und seine sieben Geschwister. Ebene 35, Turm 3. Zerstört, als das Bombardement begann und die Abwehr diese eine, nur diese eine Lenkrakete durchließ, vor sieben Jahren.

Er war jetzt allein. Er hatte keine Bedürfnisse, jedenfalls nicht in Bezug auf Innenarchitektur. Bett. Tisch. Stuhl. Bildschirm. Hygiene. Nahrung.

Hamid setzte sich auf die Transportkiste. Er war müde, bedurfte dringend einer Dusche. Drei Wochen hatte der Flug hierher gedauert, bezahlt von der Flotte, aber genau deswegen nur auf der Basis sehr günstiger Linien, denn er war jetzt ein Reservist und damit teuer genug. Nur etwa 20 Prozent der Zehnjährigen überlebten die Dienstzeit – eine Tatsache, die man Hamid und anderen Rekruten wohlweislich erst mitgeteilt hatte, als sie sich bereits auf dem Flug ins Ausbildungslager befunden hatten. Doch was hätte er tun sollen? Er hätte sich einer Gang anschließen können. Er hätte vielleicht eine einfache Arbeit gefunden, zu viel zum Sterben, zu wenig zum Leben. Eine Existenz irgendwo auf Ebene 35. Es gab für Jungs wie ihn nicht viele Auswege aus dem Slum und die Flotte suchte nach Kanonenfutter, gerade wegen des Krieges, der glücklicherweise so richtig ausgebrochen war, als Hamid das passende Alter erreicht hatte.

Er hatte Talent bewiesen. Nicht im Töten, da waren andere besser und ihn verlangte auch nicht danach. Technisches Talent, würdig der Förderung und Ausbildung. Marineingenieur war er geworden und hatte es bis zum Rang eines Spezialisten erster Klasse gebracht. Man hatte ihm noch einmal zehn Jahre angeboten, als sich seine Dienstzeit dem Ende zuneigte. Etwas höherer Sold, Aussicht auf ein Offizierspatent nach fünf Jahren. Er war versucht gewesen, doch dann hatte er in seinen Spiegel geschaut und es hatte ihm nicht gefallen, was der Krieg aus ihm gemacht hatte. Es war notwendig, die Reißleine zu ziehen. Und vor allem: Wenn nur ein Fünftel der Zehnjährigen überlebte, wie viele von den Zwanzigjährigen schafften es dann bis zum Ende ihrer Dienstzeit?

Hamid war zu dem Schluss gekommen, dass es sich nicht lohnte, das eigene Glück unnötig zu strapazieren. Er hatte das Angebot abgelehnt und war gegangen.

Jetzt, hier, daheim, in 22 Quadratmetern Ödnis, den Gestank der Ebenen in der Nase, fragte er sich, ob er die richtige Entscheidung getroffen hatte.

Er fuhr sich mit der Hand über den Kopf. Haarstoppel. Seit drei Wochen kein Flottenfraß mehr, keine Inhibitoren, die seinen Haarwuchs aus hygienischen Gründen massiv begrenzten. Auch andere Dinge würden sich jetzt wieder regen, wie er an seinen zunehmend feuchten Träumen bemerkt hatte. Er war froh, dass der Drogencocktail, den er seit zehn Jahren geschluckt hatte, nun nicht mehr zu seiner täglichen Nahrung gehörte. Ein Grund mehr aufzuhören. Wieder normal werden. Ein Mensch.

Er war auf die Nebenwirkungen und Langzeitfolgen gespannt.

Offiziell gab es keine.

Offiziell gab es so einiges nicht, unter anderem auch keine 80-prozentige Todesrate.

Hamid hätte jetzt aufstehen können, um sich häuslich einzurichten. Stattdessen blieb er so sitzen. Draußen begann ein leichter Regen, dessen Tropfen auf die Plastikmauer vor seinem Eingang platschten. Es war ein bemerkenswert lautes Geräusch, aber nicht unangenehm. Er spürte, wie die Spannung aus seinen Schultern verschwand. Ja, es war doch etwas anderes, zehn Jahre lang ruhelos zu sein, von einer Station zur nächsten versetzt zu werden und jetzt hier zu sitzen. Es waren 22 fleckige

Quadratmeter und es roch. Aber es war das erste Mal seit dem Zeitpunkt, da er sich freiwillig gemeldet hatte, dass er etwas sein Heim nannte. Und er sah keinem Leben in Armut entgegen. Da war die Pension. Er würde Arbeit finden, er wusste was. Und er hatte vorgesorgt.

Es war ein seltsames Gefühl. Er versuchte sich zu erinnern, wie es damals gewesen war. Zu Hause war es anstrengend gewesen, laut, eng, arm, hungrig. Auf seinem Konto lag der Bonus, ein Jahressold, das Geld, das er gespart hatte, und dieses Apartment war sein Eigentum, ein großzügiges Geschenk einer dankbaren Regierung. Es war kein schlechter Start, beileibe nicht. Und die Stange mit unmarkierten Denominatoren in seinem Koffer, Ergebnis aller schrägen Geschäfte eines zehnjährigen Einsatzes, machte ihn im Grunde sogar wohlhabend.

Er musste nur sehr vorsichtig beim Ausgeben sein. Dies war nicht die beste Gegend.

Es wurde dunkel und der Regen hatte noch nicht nachgelassen. Irgendwann schaltete die Automatik das Licht draußen auf dem Rundgang ein, es schien auf die Wasserspritzer der Plastikmauer und beleuchtete die Feuchtigkeit auf dem Fenster. Es war immer noch schwülwarm, die Abendluft brachte keine echte Erleichterung. So war Stratum.

Hamid erhob sich und verließ sein Heim, einige Schritte. Er stellte sich an den Rand des Rundgangs, an das Gitter, von dem er aus in die Tiefe sehen konnte. Vier Ebenen unter ihm gab es eine Promenade, von dort kamen die Gerüche, auch die der Garküchen. Hamid bekam Hunger.

Ein besserer Einstand als keiner, dachte er bei sich. *Geld unter die Leute bringen. Irgendwer da unten produziert etwas Genießbares.*

Vier Ebenen tiefer stand er schließlich, durch einen Baldachin vor dem intensiver gewordenen Regen geschützt, vor »Wongs Delikatessen und Apotheke«, einem Stand, an dem man eine seltsame Mischung lokaler Speisen sowie die üblichen Medikamente kaufen konnte. Wong, ein spindeldürrer Mann unbestimmbaren Alters, hockte hinter der Theke und sah seinen einzigen Gast mit einer Mischung aus Neugierde und professionellem Misstrauen an. Ebene 8 war keine Gegend mehr, in die sich oft Sicherheitskräfte verirrten, erst recht nicht um diese Zeit. Darüber hinaus waren diese auf Stratum nicht immer von den Gaunern zu unterscheiden, wie Hamid in seiner eigenen Jugend mehrfach hatte erfahren dürfen.

Hamid schaute auf die Speisekarte, speckig, mit abblätterndem Laminat.

»Die Bratnudeln ... ist das Schweinefleisch?«

Wong nickte. »Selbst gezogen im Vat-Tank. Beste Qualität.«

»Und ein Bier.«

Wong kam zu dem Schluss, dass Hamid ihn nicht überfallen, sondern tatsächlich nur etwas essen wollte. Dass er trotzdem in einer unbewussten Geste das Holster unter seiner Jacke zurechtrückte, nahm der ehemalige Soldat ihm nicht übel.

»Neu in der Gegend?«, fragte Wong, als er Öl in einen Wok goss. Frische zubereitete Speisen. Hamid fühlte sich gleich wohl. Wong verlangte auch einen guten Preis. Das konnte er nur, wenn er Qualität bot. Ebene 8 hin oder her, niemand hatte hier etwas zu verschenken, auch nicht für Bratnudeln mit Schweinefleisch.

»Zehnjähriger«, sagte er dann. »Ich wohne jetzt hier.« Er zeigte mit dem Daumen nach oben. Sein Apartment war damit beschäftigt, eine Standardkonfiguration zu erstellen, sodass er ein Bett hatte, wenn er zurückkehrte. Bett war wichtig.

»Nicht die übelste Gegend«, meinte Wong, seine Miene aufgehellt in Erwartung eines neuen Stammkunden, in den man etwas Freundlichkeit investieren konnte.

»Gibt bessere.«

»Die gibt es immer. Armee? Flotte?«

»Flotte.«

»Ah.« Wong hob einen Arm, der Ärmel rutschte herunter, zeigte das Tattoo. Auch Herr Wong hatte seine zehn Jahre gemacht, aber sicher zu einer Zeit, als es noch keinen Krieg und keine 80-prozentige Todesrate gegeben hatte. Hamid kniff die Augen zusammen. Flotte, medizinischer Dienst. Das erklärte die Apotheke.

»Sanitäter, fast die ganze Zeit auf der ADRIANUS SUPERIOR. Gibt es die alte Dame noch?«

»Die ADRIANUS wurde vor Tantak vernichtet, zusammen mit der Dritten Flotte.«

»Ach fuck!«

Das war sieben Jahre her. So richtig hatte es Wong dann anscheinend doch nicht interessiert. Er warf vorgekochte Nudeln in den Wok und schnippelte Gemüse hinein, dazu gewürfelte Fleischbrocken. Er tat es mit fließenden, routinierten Bewegungen und behielt dabei Hamid im Auge. Ein Meister seines Faches, ohne Zweifel. Auf Sicherheit bedacht. Ein Überlebender von Ebene 8.

Respekt!

Das Geräusch des Regens auf der Plane wurde intensiver. Ein leichter Wind kam auf, sprühte Feuchtigkeit in die Theke hinein. Wong drückte einen Knopf und seitlich schoben sich knirschend Markisen aus ihrer Halterung.

»Scheißwetter heute.«

Eine Gestalt löste sich aus der Dunkelheit, als Wong den Teller mit der Mahlzeit vor Hamid abstellte. Es war ein junger Mann, er trug Tattoos, die sicher eine Bedeutung hatten. Hamid hatte die Gangs in seinem Viertel gut gekannt, aber das war zehn Jahre her und dies war nicht sein Turm, zumindest noch nicht richtig. Dass der Ankömmling aber Mitglied einer der Banden war, sprach aus seiner Haltung, der Nonchalance, mit der er sich ans andere Ende der Theke setzte, und aus dem Blick, den Wong ihm zuwarf.

»Kettik«, sagte der alte Mann. »Was darf ich dir bringen?«

»Ein Bier, Wong. Einen Fleischspieß. Und die Rate.«

Hamid aß. Die Rate war das Schutzgeld. Die einzige Möglichkeit für einen Geschäftsmann, auf den Ebenen zu überleben. Das war schon immer so gewesen und würde immer so sein, wenn kein Wunder geschah. Deswegen wollte Hamid kein Geschäftsmann werden. Er hatte es ja auch nicht eilig. Als Reservist und Zehnjähriger stand ihm jederzeit eine ehrliche, einigermaßen gut bezahlte Arbeit im Manufaktorium offen, der großen Waffenfabrik auf Stratum. Er musste nur zusagen.

Hamid sagte nichts. Noch nicht. Er würde sich schnell genug langweilen.

Er aß und trank sein Bier, ein Getränk, tausendmal besser als die Flottenplörre. Er genoss es. Das Essen war frisch, nicht chemisch konserviert. Wong kochte gut. Er würde wiederkommen.

Der junge Typ bekam sein Bier und seinen Fleischspieß, und als er seine Karte hinhielt, dann nicht, um zu bezahlen, sondern um eine Zahlung zu erhalten. Wong blieb ungerührt. Er zahlte natürlich. Er überlebte.

»Neu?«

Hamid sah auf und nickte dem Tattoo zu.

»Im Turm?«

»Zehnjähriger.«

»Hast das Apartment geschenkt bekommen?«

Hamid nickte. Die Praxis war bekannt. Kein Grund, es abzustreiten.

»Suchst Arbeit?«

Hamid schüttelte den Kopf. Er wusste, worauf der Junge hinauswollte. Es gab genug zerbrochene Zehnjährige, die jederzeit bereit waren, ihren Hass auf alles dadurch auszudrücken, dass sie für eine Gang den Muskel machten. Wurden sicher nicht schlecht bezahlt. Überlebten keine weiteren zehn Jahre. Das war nicht Hamids Weg.

Der junge Mann aß schweigend. Dass er dabei Hamid immer wieder forschend ansah, war nicht verwunderlich. Er würde seinem Boss berichten müssen. Zur effektiven Herrschaft gehörte immer, über alles Neue informiert zu sein.

Beide beendeten sie ihr Mahl schweigend. Als der Junge sich verabschiedete und im Regen verschwand, sah Hamid Wong an.

»Die hiesige Gang?«

»Ebene 4 bis 12. Die oberen Ebenen … na ja, da gibt es Streit. Die Sicherheit regiert im Grunde nur die Ebenen 1 und 2. Was darunter passiert …« Wong ließ das Ende des Satzes in der Luft hängen.

»Wie heißen sie?«

»Die Unglücklichen.«

»So nennen sie sich?«

Wong grinste freudlos, buchte von Hamids Karte ab, was dieser ihm schuldete.

»Hat etwas Poetisches, oder? Es ist zwar eher ihre Aufgabe, andere unglücklich zu machen, aber es gibt ihnen das gewisse Etwas.«

Hamid schüttelte den Kopf. Die Temperaturen sanken jetzt ab, wie immer etwa eine Stunde nach Sonnenuntergang. Er kaufte dem Mann noch ein Sixpack Bier ab, das Zeug war gut. Dann ging er zurück zum Lift und vier Ebenen höher betrat er schließlich sein Apartment. Die Automatik hatte ein Bett, einen Stuhl und einen Tisch aus der Wand gefahren, fleckig, abgenutzt. Die Plastikmatratze war sicher sauber, wirkte aber wenig einladend. Hamid hatte mit nichts anderem gerechnet. Er öffnete seine Transportkiste und holte die Decke hervor. Echte Baumwolle. Sie gehörte zu seinen kostbarsten Besitztümern. Handgewebt, auf Trantor III. Ein schönes Muster, beruhigend, einladend. Ein Platz der Wärme und Geborgenheit.

Draußen trommelte der Regen sein Stakkato. Das Fenster zum Balkon war nass und Hamid überlegte sich kurz, die Rollläden herunterzulassen, entschied sich aber dagegen. Regen, das war neu. Er musste sich gewöhnen, den Klang schätzen lernen. Und er machte sich keine Sorgen.

Er würde gut schlafen.

Er schlief immer gut.

Progress 4

Das Knacken des sich entspannenden Materials weckte Holoban Kerr auf und er stellte zu seiner Überraschung fest, dass ihm gar nichts wehtat.

Damit hatte er so eigentlich nicht gerechnet.

Es war nicht diese Schmerzfreiheit, die Medikamente verursachten. Nicht dieses dumpfe Gefühl von »alles ist gut« mit der deutlichen Ahnung im Hintergrund, dass alles ganz und gar nicht gut war und man besser keinen Blick auf den Zustand seines Körpers warf. Er fühlte seine Knochen und es war eindeutig so, dass er keine richtigen Schmerzen verspürte, weil es dazu keinen Anlass gab.

Angesichts der Tatsache, dass die FRIEDBERT gerade eine Bruchlandung auf einer Welt gebaut hatte, und das mit ihm im Pilotensitz, war das eine bemerkenswerte Erkenntnis.

Er lauschte noch einen Moment in sich hinein, die Augen geschlossen. Vielleicht mussten sich seine Nerven erst auf ein abgetrenntes Bein oder einen zerquetschten Brustkorb einstellen. Er holte tief Luft: nichts. Er bewegte Arme und Beine innerhalb des Anzugs, wackelte mit den Zehen: nichts. Er drehte den Hals, ein wenig nach rechts, dann nach links: Es knackte nicht einmal.

Kerr öffnete die Augen. Sein Helm war geschlossen, wie es sein sollte. Er lag in einem etwas seltsamen Winkel im Sessel, bis er merkte, dass es die FRIEDBERT war, die den seltsamen Winkel einnahm, und die Schwerkraft, die er spürte, die des Planeten war. Er aktivierte die Mikros. Immer noch hörte er Geräusche und das hieß, es gab noch Atmosphäre in der Kanzel. Er schaute auf den Monitor. Ja, Druck normal. Ein kleines Wunder. Noch eines. *Wunderbar!*

Er öffnete die Gurte und glitt etwas seltsam seitlich aus dem Sessel, hielt sich an der Lehne fest. Alles war schief. Wenn er nicht aufpasste, würde er zur Wand rutschen. Es war, als stände er an einem Hang.

Vom Knacken der zurückgleitenden Gurte einmal abgesehen, blieb alles ruhig. Die Kalten hatten den Frachter abgefangen und wie nebenher erledigt. Er hatte sich auch nicht gewehrt. Die FRIEDBERT hatte keine aktive Bewaffnung. Kerr transportierte Material für Landungstruppen in der Etappe. Und nun, das eine Mal, dass er sich aus den Grenzen des Imperiums hinausgewagt, den schnelleren Trip gewählt hatte, das größere Risiko ...

Das kam davon, wenn man als ziviler Kontraktor anfing, Befehle wie ein Soldat auszuführen. Man endete wie ein Soldat: am Arsch.

Aber er lebte und er atmete, damit war nicht alles schlecht.

Die Notlampen leuchteten und er bahnte sich seinen Weg in den Maschinenraum. Überall herrschte Chaos. Er hatte die FRIEDBERT in so etwas Ähnliches wie einen Landeanflug gezwungen – die meisten Triebwerke ausgefallen, drei große Löcher im Leib – und es war ein Wunder, dass er es in einem Stück heruntergeschafft hatte. Der Aufprall hatte ihn ausgeknockt, aber das Schiff war nicht völlig auseinandergebrochen. Als er jedoch vor dem Schott zum Maschinenraum stand, leuchtete ein rotes Warnlicht über dem Türrahmen. Es gab dahinter einen Hüllenbruch.

Kein Problem. Sein Anzug war Militärausrüstung, echte Qualitätsware, die er abgezweigt hatte, wie es alle zivilen Kontraktoren taten. Er kontrollierte reflexartig den Sauerstoffgehalt: Da war noch Atemluft für eine Ewigkeit.

Kerr öffnete die Tür und Schwaden schlugen ihm entgegen. Die Sensorfelder an seinem Unterarm meldeten ihm sofort, dass dies keine Dämpfe aus zerstörten Anlagen waren, sondern Planetenatmosphäre. Eine ungenießbare Mischung aus Stickstoff und einigen weiteren Gasen, so gut wie keinem Sauerstoff, nicht atembar und, wie Kerr mit Bedenken feststellen musste, leicht entzündlich. Angesichts des Zustands der FRIEDBERT war das hochgefährlich und er eilte auf das Kontrollpult zu. Es war tot. Er probierte ein wenig daran herum, aber es fehlte ihm schnell der Enthusiasmus. Die Energieversorgung war weitgehend zusammengebrochen.

Der Augenschein überzeugte ihn davon, dass es um den Rest der Anlagen nicht besser bestellt war. Die FRIEDBERT würde nie wieder fliegen, dessen war er sich nun sicher. Eine ernüchternde Erkenntnis, die die Erleichterung über seine Unversehrtheit minderte. Gestrandet auf einer Welt, deren Luft er nicht atmen konnte, war seine Lebensperspektive nun stark begrenzt und er musste sich zusammenreißen, um nicht sofort in Trübsal zu verfallen. Und selbst wenn ihn jemand rettete, war er pleite. Die Versicherung würde, mit Glück, die Ladung abdecken. Die Prämie für alles hatte er sich nie leisten können. Er würde wieder ganz von vorne anfangen müssen. Falls er dazu die Gelegenheit bekam.

Überleben, das war jetzt die höchste Priorität.

Er hatte einen vollgestopften Frachter notgelandet. Es musste etwas an Bord geben, das ihm helfen würde, sein Leben zu verlängern. Landetruppen. Die harten Jungs. Die hatten doch allen möglichen Krempel dabei.

Er kannte das Lademanifest nicht. Das war so üblich: Zivile Kontraktoren luden nummerierte Kisten und Paletten, manchmal so groß wie Häuser. Die konnten alles enthalten, von Fertignahrung bis zu taktischen Sprengköpfen. Die Piloten wussten es nicht und fragten auch nicht nach. Sie waren froh, wenn sie die Ladung abgeliefert hatten und das Geld auf dem Konto war.

Er würde nachsehen müssen, in jedem verdammten Container.

Kerr kämpfte sich langsam zum Laderaum. Er musste feststellen, dass in den meisten Schiffssektionen die planetare Atmosphäre die Oberhand gewonnen hatte. Als er die Halle des Hauptladeraums erreicht hatte, war das Chaos kaum zu überblicken. Hier war der Rumpf aufgerissen und es regnete irgendeine säurehaltige Substanz herein. Die Container und Paletten waren größtenteils aus den Halterungen gerissen worden und aufgeplatzt. Er konnte sich keinen Weg durch dieses Durcheinander bahnen, ohne ernsthaft eine Verletzung zu riskieren. Aber er würde auch viele der Behälter nicht mehr mühsam öffnen müssen. Sie waren es schon.

Dann fiel sein Blick auf das Gerümpel direkt neben dem mächtigsten, mehrere Garagentore großen Riss. Durch ihn hindurch erhaschte er einen Blick auf die Umgebung: aufgeworfenes Erdreich, ein massiver Regenguss, eine dunkle, trübe Suppe von Atmosphäre, durch die die Sonne sich nur mühsam hindurchkämpfte. Eine trostlose und tote Welt, wenn es überall so aussah wie hier.

Doch direkt neben dem Riss schaute die stumpfe Schnauze eines Fahrzeugs aus einem aufgeplatzten Transportcontainer, gesichert mit Schaumstoffteilen größer als Kerr. Er erkannte die Form sofort, denn es war ein Standardtransporter der Armee, ein großes Vehikel auf sechs Ballonreifen, jedes mit eigenem Motor und Gelenk versehen. Die stumpfe Schnauze ragte etwas hervor, darüber die Fahrerkanzel. 22 Soldaten passten in das schwer gepanzerte und hermetisch versiegelte Fahrzeug hinein, angetrieben durch zwei Nuklearbatterien, deren Lebenszeit deutlich länger war als die seine.

Kerr nahm Maß. Sein Blick wanderte vom Riss zurück zum Fahrzeug, hin und her, hin und her.

Das könnte klappen.

Es wäre sein Fluchtweg aus dem Schiff, es wäre eine mobile Heimat mit viel Platz, die er mit Vorräten vollstopfen konnte, und es wäre eine sichere, extrem robuste Zuflucht. Sollte jemals jemand nach ihm suchen, die Scanner des Transporters würden ihn darauf aufmerksam machen. Sollte er auf dieser Welt versauern, dann war ein solches Fahrzeug zumindest besser als ein in sich zusammenfallendes Wrack, in dem er gefangen sein würde wie in einer großen Zelle. Der Transporter hatte sicher auch ein ordentliches Funkgerät, eine kleine KI und ja, eine Waffe. Es gab keine idealere Zuflucht auf einer fremden, bedrohlichen und alles in allem furchtbar ätzenden Welt.

Kerr wollte nicht gefangen sein. Er war ein ruheloser Mann, niemals irgendwo zu Hause. Er musste unterwegs sein, auch, wenn es denn so sein sollte, auf einer lebensfeindlichen Welt wie dieser. Stillstand war der Tod.

Er machte sich an die Arbeit. Er wollte nicht zu lange warten, denn die Wahrscheinlichkeit, dass imperiale Rettungskräfte hier draußen seinen Notspruch auffangen würden, war erst einmal gering. Irgendwann würde jemand nach ihm suchen, aber das konnte Monate dauern. Und vielleicht kam sogar keiner, denn es gab Krieg und die Front war ein sich ständig verschiebendes, dreidimensionales Durcheinander, das Flugrouten mal möglich, mal unmöglich machte. Wenn die Kalten sich in dieser Gegend aufhielten, tippte Kerr aktuell eher auf unmöglich.

Und, das musste er auch einräumen: Er war nicht so wichtig. Ein winziges Rädchen, ohne Freunde, ohne Einfluss, mit einer Ladung, deren Verlust die gigantische Kriegsmaschinerie des Imperiums verschmerzen konnte. Schwund war immer. Kerr war nicht mehr als Schwund. Das war die bittere Wahrheit. Besser, sich ihr gleich zu stellen, als irrationalen Träumen nachzuhängen.

Es dauerte sechs Stunden, dann hatte er den Transporter nicht nur betreten und die Batterien aktiviert, sondern auch eine Inventur seiner Vorräte gemacht und diese so weit aufgefüllt, wie Platz war. Er sammelte Nahrungsmittel für mindestens ein halbes Jahr an, dazu Kleidung, andere Ausrüstungsgegenstände, einen zweiten Druckanzug. Eine Waffe – nur weil er sich damit besser fühlte. Er erwartete nicht, hier irgendwen erschießen zu müssen außer vielleicht sich selbst.

Letzteres war eine Option, die man sich immer offenhalten sollte.

Als er den Transporter in Millimeterarbeit aus dem Schiffswrack herausbugsierte und den Schaden erstmals von außen beobachtete, wusste er, dass er keine Sekunde zu früh gehandelt hatte. Die FRIEDBERT war nicht für Landungen auf Planeten gebaut worden, wurde normalerweise im Weltraum entladen. Ihre Struktur war auf diese Erfordernisse hin ausgerichtet. Hier, mit fast 1,2 *g* registrierter Schwerkraft, begann das sowieso ernsthaft beschädigte Schiff langsam, an seinem eigenen Gewicht zu scheitern. Von außen war deutlich zu erkennen, wo sich Risse verbreiterten und Stützstreben allmählich nachließen. Der Planet zerrte an seinem Schiff, langsam und beharrlich. Im Inneren auszuharren, hätte ein stetig steigendes Risiko bedeutet. Es würde noch einige Wochen dauern, aber dann würde der Körper des Frachters in sich zusammengebrochen sein.

Da war sein schöner, großer Transporter von anderem Kaliber und Kerr verliebte sich sofort in das Vehikel. Das Fahrzeug war auf 4 *g* zertifiziert, wie er dem Handbuch entnahm, von einem Trottel zu fahren, wenn er die elektronischen Fahrhilfen in Anspruch nahm, hatte eine kommunikative KI, die echte Unterhaltungsqualitäten besaß, und war so robust, dass Granatentreffer und das Beharken mit Strahlenwaffen als bloße Verkehrshindernisse zu bewerten waren. Als einziger Passagier hatte Kerr zudem trotz all der angehäuften Vorräte ausreichend Platz. Eine rollende Suite mit aufklappbaren Sitzen und einem Klo.

Kerr übertrug auch Daten: seine persönlichen Dateien, die Sternkarten; die verschlüsselten Dateien der Flotte, die zur Ladung gehörten, das für ihn uneinsehbare Lademanifest. Alles, was er auf den Transporter übertragen konnte.

Die Welt, auf der er bruchgelandet war, trug die Kennziffer X992124 und war vor rund einhundert Jahren von einer Explorersonde des Imperiums registriert worden. Der Planet war alt, ebenso wie der Stern, und er war uninteressant. Niemand hatte es für nötig gehalten, ihn erneut zu besuchen, und so war Kerr die Ehre zuteilgeworden, diese Welt für das Imperium in Besitz zu nehmen. Als er in der großen, weit herausragenden Kanzel des Transporters saß und das Fahrzeug von der dem Tode geweihten FRIEDBERT fortsteuerte, regnete es immer noch heftig. Die Landschaft war karg, felsig, mit Hügeln und Gebirgen in der Ferne, tiefen Rissen und scharfen Schluchten. Der Bodenscanner bot ihm diverse Routen an und er wählte eine, die einigermaßen sicher aussah. Der Regen prasselte auf die Plastglaskuppel, unter der er saß, und er widerstand der Versuchung, das Geräusch zu dämpfen. Er mochte Regen, liebte die meditative Wirkung des Geräuschs. Nach einer halben Stunde versank das Wrack des Schiffes hinter ihm aus dem Blickfeld, als er über einen Hügel navigierte, und er beschloss, diese Welt »Friedberts Grab« zu nennen, was er der Stimmung sowie den Tatsachen entsprechend für sehr passend hielt.

Er blickte nicht allzu lange zurück. Die alte Ruhelosigkeit erfasste ihn. Er war unterwegs.

Holoban Kerr fuhr weiter, und der Transporter fraß sich mit seinen verstärkten Ballonreifen unermüdlich nach vorne, nicht sehr schnell, aber niemand hier hatte es eilig. Der Regen blieb sein steter Begleiter, das Tageslicht war trübe und das Rumpeln des Fahrzeugs wirkte einschläfernd. Zwei Stunden fuhr er so, dann merkte er, dass die Dämmerung einsetzte. Er hatte gegessen und getrunken, aber er hatte den Schock des Absturzes nicht richtig verarbeitet und hart für sein Überleben geschuftet.

Er war müde.

Kerr stellte das Fahrzeug schließlich an einem Hang ab, von dem aus es einen guten Überblick gab, schaltete die Motoren aus und legte sich zur Ruhe.

Er war sehr müde.

So begann die erste von vielen Nächten auf Friedberts Grab, einer Welt, die aller Wahrscheinlichkeit auch das seine werden würde.

Progress 5

Es war bereits dunkel, als Dr. Thasri Caldin das Gebäude verließ. Die Temperaturen waren niedrig und ein steifer Wind blies über den Parkplatz vor dem Universitätskomplex. Natürlich stand ihr Gleiter am anderen Ende und die Laufbänder waren einmal mehr ausgefallen. Die Universität von Tabor City stand jedes Jahr erneut vor dem Bankrott. Die staatlichen Zuwendungen reichten vorne und hinten nicht und die Studiengebühren sanken kontinuierlich. So viele potenzielle Studierende gingen in den Krieg. Nicht alle kamen sie zurück, um sich anschließend noch einer akademischen Ausbildung zu unterziehen. Thasri Caldins Arbeit konzentrierte sich mehr und mehr auf die Forschung, da sie kaum noch Studenten zu betreuen hatte. Als Vertreterin eines eher exotischen Faches war sie von der Entwicklung besonders betroffen.

Sie selbst hatte eine Stelle auf Lebenszeit. Das war immerhin etwas.

Ein Windstoß ließ Eiskristalle aufwirbeln, die ihr Gesicht piksten. Sie zog die Kapuze des Mantels tiefer nach unten und stapfte durch den Schnee. Das Wetter passte zu ihrer Stimmung. Sämtliche aktuellen Anträge auf Forschungsgelder waren abgelehnt worden. Sie hatte sich, ihr Gehalt, eine Hilfskraft und ein Büro. Damit ging es ihr nicht besser als den Kollegen, die alle die Frustration teilten. Doch Thasri war noch nicht ganz so verkalkt wie diese und sie wollte noch etwas erreichen, hatte sie ihre wissenschaftliche Karriere doch später begonnen als der Rest. Das Erreichen hehrer Ziele wurde ihr durch die Umstände allerdings verwehrt, und wie es aussah, war es ihr Schicksal, hier zu versauern. Es gab nichts zu tun, als in den Journalen von Kollegen auf anderen Welten zu lesen, wie diese Fortschritte erzielten, weil dort die Gelder reichlicher flossen.

Natürlich war Tabor eine arme Welt. Natürlich konnte sie fortziehen, sich woanders bewerben.

Aber es war ihre verdammte Heimat und wie alle Tabori war Thasri dickköpfig.

Und mit dieser Sturheit stapfte sie durch den Schnee auf ihren Gleiter zu. Als sie das fleckige und hinfällige Gefährt erreichte und sich die Zugangstür mit einem erbarmungswürdigen Quietschen öffnete, fragte sie sich wie so oft, ob sie die richtige Entscheidung getroffen hatte, damals, als …

»Dr. Caldin?«

Ihr Körper versteifte sich unwillkürlich. Ja, der Campus hatte eine Sicherheitsabgrenzung, und ja, es passierte hier eher wenig. Aber man konnte nie ganz sicher sein und Thasri konnte ihre Vergangenheit nie ganz ablegen. Es waren schwierige Zeiten. Manche Veteranen kamen zurück und trugen eine schwere Last mit sich, die man ihnen von außen her nicht ansah.

Sie tastete unwillkürlich nach der stumpfen kleinen Waffe unter ihrem weiten Mantel, ein Werkzeug, das sie seit 23 Jahren nicht mehr ernsthaft genutzt hatte. Doch die alten Reflexe funktionierten noch und Dr. Caldin hasste sich in diesem Moment dafür.

»Wer will das wissen?«

Aus dem Schneegestöber traten zwei Männer in das Licht der Parkplatzbeleuchtung. Thasri entspannte sich ein wenig. Sie waren gut gekleidet, in schöne, neue Wintermäntel, und teure Stiefel drückten sich in den Schnee. Keine Banditen, zumindest nicht von der Sorte, die ihr Kleingeld haben wollten.

Etwas wurde ihr gezeigt, eine irisierende Plakette, die sofort ein *Ping* in ihrem Implantat auslöste, als die Sicherheitsprotokolle ansprachen und eine Identifikation bestätigten.

Ein Geräusch, das sie seit 23 Jahren nicht mehr gehört hatte. Es hallte in ihrem Kopf wider, weckte unangenehme Erinnerungen, alte Qualen und Gefühle. Das konnte einfach nicht sein. Sie hatte mit diesem Kapitel doch abgeschlossen. Hatte man ihr nicht versprochen, es sei damit genug? Sie habe ihre Pflicht erfüllt?

Sie verzog das Gesicht. Ihre Hand ließ die Waffe keine Sekunde lang los.

»Ich habe mit Ihnen nichts mehr zu tun.«

»Es ist ein Notfall. Mein Name ist Smith. Ich muss Sie bitten …«

»Macht eure Notfälle alleine.«

Sie klang unwirscher als beabsichtigt. Die beiden Jungs konnten nichts dafür, dass sie einer alternden Archäologin auf einem verschneiten Parkplatz auflauern mussten. Das war die Idee eines Vorgesetzten in einem angenehm temperierten Büro gewesen.

Sie kannte die Sorte. Einen besonders. Ob er noch lebte? Ganz sicher. Die Sorte war zäh.

»Wir müssen Sie bitten, mit uns zu kommen.«

»Da könnt ihr lange warten.«

Die Männer zeigten sich unbeeindruckt.

»Wir haben Anweisungen.«

»Davon gehe ich aus.«

Thasri wandte sich einfach ab und kletterte in ihren Gleiter. Die Tür schloss sich mit dem gleichen entsetzlichen Quietschen wie zuvor und übertönte damit irgendwas, das einer der Männer sagte. Thasri beobachtete sie auf dem Schirm der Außenkamera. Sie zogen keine Waffe.

War wohl doch nicht so wichtig.

Sie aktivierte die Turbine des Gleiters und es geschah nichts. Sie versuchte es kein zweites Mal. Ihr altes Fahrzeug hatte seine Macken, aber es sprang immer an. Die Männer da draußen mussten ihre Waffen nicht ziehen, sie hatten anderweitig vorgesorgt.

Sie schaute für einen Moment vor sich hin, starrte auf das Display ihrer Instrumente. Sie war all die Jahre wirklich davon ausgegangen, dass es vorbei war. Irgendwann hatten sogar die Albträume nachgelassen und ihr Leben war auf vorhersehbare und beruhigende Art normal verlaufen. Sie war älter geworden, hatte Hüftgold angesetzt und nichts dagegen getan, hatte sich in Forschungen vergraben über Zeiten, die endlos lange zurücklagen und die ihr halfen, die jüngere Vergangenheit zu vergessen. Die Illusion, dass vor so vielen Jahrhunderten oder Jahrtausenden alles irgendwie besser gewesen war, hatte ihr geholfen, das Schlechtere der Gegenwart zumindest zu verdrängen. Vor allem jene Aspekte, an denen sie aktiv beteiligt gewesen war.

Doch auch das war nur eine Illusion gewesen. Das Weglaufen und Verdrängen hatte ein Ende. Thasri öffnete die Kanzel des Gleiters und stieg in den Schnee hinaus, ging die paar Schritte auf die wartenden Männer zu, die sich nicht geregt hatten.

»Ich bin nicht mehr im Dienst«, sagte sie mit trotzigem Ton. Und es klang fatalistisch, gegen ihren Willen. Sie hasste sich für ihre Schwäche.

»Sie waren einmal im Dienst und stehen daher in unserer Kartei«, erwiderte einer der Männer geduldig.

»Ich werde mich nicht reaktivieren lassen.«

»Das ist nicht unsere Absicht. Zumindest nicht so, wie Sie vielleicht denken.«

Thasri verspürte für einen Moment Erleichterung, doch dann erinnerte sie sich daran, mit wem sie da sprach. Es waren professionelle Lügner und sie wusste das so genau, weil sie selbst so gut darin gewesen war, dass sie irgendwann die Wahrheit nicht mehr von ihrer eigenen Lüge hatte unterscheiden können.

»Was ist Ihre Absicht?«

»Sie ins Hauptquartier zu begleiten.«

»Sie hätten anrufen können.«

»Wir wollen nicht, dass es jemand bemerkt. Es ist vertraulich.«

Thasri stieß ein Schnauben aus. Natürlich war es das. Das war es immer. Der Wust an alten Geheimnissen, der sich in ihr im Verlauf der Arbeit ihres vorherigen Lebens angesammelt hatte, wog schwer auf ihr. Sie hatte ihn dadurch im Griff, dass sie sich mit noch älteren Geheimnissen beschäftigte, deren Aufdeckung niemanden mehr alarmierte oder ins Gefängnis brachte.

»Wann werde ich zurückgebracht?«

»Das wissen wir nicht.«

Immerhin, sie waren ehrlich. Thasri holte tief Luft, ihr war kalt, äußerlich wie innerlich. Was machte sie sich hier vor? Sie hatte natürlich keine Wahl in diesen Dingen. Mit 19 Jahren hatte sie einen Eid geschworen. Er war von der Art gewesen, die man für den Rest seines Lebens nicht mehr loswurde, egal wie weit man reiste oder wie alt man wurde. Thasri hatte diese Erkenntnis viele Jahre erfolgreich verdrängt, doch vergessen hatte sie niemals.

Sie schaute in den schwarzen Himmel, aus dem weiße Flocken auf sie herabwirbelten. Sie konnte niemandem Bescheid sagen und da war ohnehin keiner, den es wirklich interessierte. Ihre Anstrengungen, normale

Beziehungen zu Männern aufrechtzuerhalten, waren alle gescheitert. Zu Hause warteten zwei Katzen auf sie, und solange der Fütterungsroboter lief, würden die sie kaum vermissen.

Also für recht lange Zeit.

Die Katzentür war offen. Sie konnten sich jederzeit eine neue Bleibe suchen. Damit waren sie gegenüber ihrer Besitzerin im Vorteil. Die schaffte es nicht einmal, ihre Vergangenheit abzustreifen, die sie längst hinter sich gelassen hatte.

»Gut. Wir nehmen Ihren Gleiter?«

Smith lächelte und machte eine einladende Handbewegung.

»Hier entlang, bitte.«

Progress 6

»Sie sind des Todes. Sie müssen sterben. Und jetzt ist die richtige Gelegenheit dafür.«

Das klang überzeugend.

Feydaman starrte vor sich hin, als er die Worte des Anführers vernahm. Er spürte, wie die Entschlossenheit in seinem Herzen wuchs. Ja, es lag Tod in der Luft. Und Gefahr, Risiko, für Leib und Leben. Ein Opfer, das er zu bringen hatte. Ein Schlag, der getan werden musste. Und er war dran.

Er schaute hoch, blickte den anderen ins Gesicht. Wie alle Audh hatte Feydaman nur eine begrenzte Mimik zur Verfügung, die festen, knöchernen Gesichtsplatten machten eine Bewegung fast unmöglich. Es waren die Augen, die am meisten Gefühle und Regungen ausdrückten. Hurriy, der Anführer ihrer Zelle, ein alter Audh, dessen Vater noch in der kostbaren Zeit der Freiheit gelebt hatte, dann Ildaya, die Gefährtin Feydamans, die weder ihre Sorge noch ihre Angst verbergen konnte. Gyuent schließlich, der Feydaman begleiten und sein Schicksal teilen würde, woraus es auch immer bestehen sollte. Er wirkte genauso entschlossen und opferbereit wie Feydaman selbst und das war irgendwie tröstlich.

»Wir haben alle Informationen gesammelt«, fuhr der Anführer fort. »Eine Patrouille, sieben imperiale Soldaten, auf dem Weg zur Station in Kernt. Zwei Fahrzeuge, Militärbuggys. Standardausrüstung. Auf der Straße hat es seit einem Jahr keinen Anschlag mehr gegeben. Sie sind nachlässig geworden. Der letzte Minesweep ist zwei Wochen her. Luftaufklärung ist schwach, die meisten Militärgleiter sind in die Provinz Hondh verlegt worden, da gibt es nun schon zum neunten

Mal Ärger. Wir werden sie daran erinnern, dass sie auf Audur nicht willkommen sind und der Ruf nach Freiheit in unserem Volk stetig wächst.«

Das hörte sich wirklich gut an, fand Feydaman. Er sehnte sich oft danach, in Hondh aktiv zu werden. Dort war die Bevölkerung besonders rebellisch. Hier in der Gegend ... nicht so.

»Wir legen Minen«, sagte Gyuent. »Wenn welche überleben, erledigen wie sie mit den Gewehren.« Er legte eine Hand auf den Lauf seiner Waffe. Ursprünglich ein Jagdgewehr, war es von den Technikern der Revolutionsbewegung umgebaut werden. Erhöhte Durchschlagskraft, erhöhte Reichweite. Noch kein echtes Scharfschützengewehr, aber nicht weit davon entfernt. Gyuent hatte lange damit trainiert und hatte es zu einer gewissen Meisterschaft gebracht.

Tatsächlich war er sehr gut, viel besser als Feydaman, der sich dafür mit den Minen auskannte, so gut, dass er sie in der Untergrundwerkstatt selbst zusammengebaut hatte. Er war stolz auf seine Arbeit und darauf, sie in Aktion erleben zu dürfen. Sieben imperiale Unterdrücker, sieben Leichen. Ihren zerfetzten Leib sehen zu dürfen, darauf freute er sich. Er würde alles mit der Kamera festhalten und die Bilder würden sich rasend schnell verbreiten. Das war fast noch wichtiger als der Anschlag selbst. Sie wussten, wie das lief. Sie taten es seit 80 Jahren, seit die Terraner ihre Welt erobert und für sich reklamiert hatten.

Das Imperium. Das verdammte, widerwärtige Imperium. Es gab wenig, was Feydaman mit größerer Inbrunst hasste. Und diesem Hass nun Ausdruck geben zu dürfen, war ein echter Höhepunkt in seiner nunmehr vierjährigen Karriere beim Widerstand.

»Wir nehmen alle vier Minen«, sagte er und wies auf die graubraunen Behälter, die er vor sich hin platziert hatte. »Ich möchte, dass wir so sichergehen wie möglich. Die Fahrzeuge sind unten recht gut gepanzert, wir brauchen die volle Sprengkraft.«

»Der richtige Zeitpunkt ist wichtig«, sagte Ildaya. »Sie müssen in der richtigen Position sein.«

Feydaman wies auf die Karte, die sie vor sich auf dem Tisch ausgebreitet hatten.

»Es sind Bodenfahrzeuge und wir machen es hinter der Kurve beim Felsen. Sie werden da nicht herumrasen, sondern sich vorsehen.«

»Aber sie wissen auch, dass es eine gute Stelle für einen solchen Anschlag ist.«

Feydaman nickte. »Seit einem Jahr ist es eine gute Stelle und es ist nichts passiert. Und vor einem Jahr hat Robiks Zelle sie vor dem Fluss angegriffen.«

»Und er ist gescheitert«, murmelte Hurriy traurig. Es war ein schlecht vorbereiteter Angriff gewesen, mit unerfahrenen Kämpfern. Alle fünf Mitglieder waren im darauf folgenden Schusswechsel gestorben. Seitdem gab es in der Ebene von Tiv nur noch zwei Zellen und nur die von Hurriy war stark genug, wieder in Aktion zu treten. Es war überfällig. Die lange Phase der Passivität hatte etwas Beschämendes.

Sie alle brannten darauf, diese zu beenden.

Sie waren besser vorbereitet und erfahrener als Robik damals. Dies war Feydamans dritter Anschlag, der erste in Tiv. Hurriy war ein echter Veteran des Befreiungskrieges. Er hatte gut dreißig imperiale Soldaten erledigt und er wurde überall gesucht; auf seinem Kopf stand eine hohe Belohnung. Er wusste, wie man das Geschmeiß tötete, und sie alle sahen ihn als Quell der Inspiration an.

»Wir müssen nicht alles erneut durchsprechen. Der Plan ist gut«, sagte der Zellenführer nun und lächelte zuversichtlich. »Ich spüre es in meinen alten Knochen, morgen wird das Blut der Imperialen in Bächen fließen und die Ebene von Tiv wird erzittern vom Ruf nach Freiheit und Selbstbestimmung!«

»Ja! Ja!«, rief Feydaman und er spürte die Begeisterung. Alle waren sie froh, dass es endlich wieder passierte, und alle freuten sich auf diesen Moment. Das Leid der Besatzer war der Treibstoff, der die Flamme der Revolution zum Leuchten brachte.

Sie gingen auseinander und jeder wusste, was zu tun war. Die Details waren vor geraumer Zeit ausgearbeitet worden. Dies war ihre letzte gemeinsame Abstimmung gewesen. Der Termin stand fest. Morgen der Anschlag, dann Untertauchen, völlig verborgen bleiben für mindestens drei Monate, wenn nicht länger. Die Imperialen waren gründlich, das musste man ihnen lassen. Es war oft genug vorgekommen, dass sich ein Rebell nach einem erfolgreichen Anschlag wieder zu früh aus der Deckung gewagt hatte und gefangen worden war. Die Verhörmethoden der Imperialen waren nicht schmerzhaft oder tödlich, aber effektiv. Nur die Organisation der Revolutionsbewegung in hochautonome Zellen hatte bisher dafür gesorgt, dass immer nur winzige Teile ihrer Struktur identifiziert und zerschlagen worden waren.

Niemand hier wollte aber identifiziert und zerschlagen werden. Sie alle wollten noch viele weitere Imperiale vom Leben zum Tode befördern.

Feydaman verließ das geheime Versteck alleine, wie jeder seinen eigenen Weg ging. Ihr Unterschlupf lag etwas außerhalb und es gab viele Möglichkeiten, ihn zu erreichen. Prüfend schaute er in den Himmel. Militärgleiter waren selten, aber es gab sie und an Bord viele Kameras und aufmerksame Beobachter.

Nichts zu sehen.

Als er im Dorf angekommen war, die als Tarnung besorgten Einkäufe im Arm, war es bereits relativ spät. Die Miliz hatte schon begonnen, die Zäune einzuschalten und das Dorftor zu bewachen. Feydaman erkannte zu seinem Unwillen, dass Milizcaptain Dyurrel persönlich heute Abend das Kommando führte. Wenn es den Prototyp des Karrierekollaborateurs gab, dann war es Dyurrel. Als vor zehn Jahren die Miliz aufgestellt wurde, um die imperiale Besatzungsmacht zu entlasten, hatte der nichtsnutzige Sohn eines Viehtreibers sofort seine Chance gesehen und sich freiwillig gemeldet. Er war den Imperialen dermaßen tief in den Arsch gekrochen, dass man sich wunderte, überhaupt noch etwas von seiner eigentlichen Statur zu erblicken. Dabei war Dyurrel, das musste man zugeben, gut in dem, was er tat. Leute schikanieren konnte er schon immer. Diese Tätigkeit zu professionalisieren, hatte ihm ein gutes Salär, eine imperiale Pension sowie das Ohr des Regionalgouverneurs eingebracht. Dyurrel wohnte in einem neuen Haus und er war die Beförderungsleiter schneller hinaufgefallen, als die von ihm gepeinigten Dorfbewohner ihren Schmerzen Ausdruck verleihen konnten. Dyurrel war kein blinder Denunziant, kein willkürlicher Folterknecht. So etwas wollten auch die Imperialen nicht. Er suchte sich seine Opfer sehr sorgfältig aus. Und er hatte einen guten Instinkt. Früher hatte er ihn benutzt, um mit den anderen Halbstarken und Nichtsnutzen die Schwächsten zu identifizieren und zu drangsalieren. Heute suchte er nach Opposition. Und sein Instinkt trog ihn nicht, als er sich auf Feydaman eingeschossen hatte und ihn dies auch wissen ließ, jedes Mal, wenn er ihm begegnete.

Das würde eines Tages in eine echte Konfrontation eskalieren. Feydaman wusste es. Nur heute durfte dieser Tag nicht sein, egal was Dyurrel vorhatte.

Es war kaum verwunderlich, dass der Kollaborateur seine Hand hob, als der schwer bepackte Feydaman ans Tor kam, und ihn dann hochmütig lächelnd betrachtete. Er trug seine maßgeschneiderte Milizuniform, makellos, und den großen Elektrostab, mit dem er sehr schmerzhafte Schläge austeilen konnte. Eine bewusst nicht letale Waffe: Ihr Einsatz war der Miliz freigestellt und ein Missbrauch wurde so gut wie nie belangt. Da Dyurrel sich von Kindern und Frauen fernhielt und nur Leute wie ihn auf den Kieker nahm, hatte er seiner natürlichen Gewaltbereitschaft bisher immer freien Lauf lassen können, ohne echte Sanktionen erwarten zu müssen. Feydaman wappnete sich. Dyurrel sah ihn erwartungsvoll, beinahe erfreut an. Das konnte nichts Gutes bedeuten.

»So spät noch unterwegs? Es sind nur noch zwanzig Minuten bis zur Ausgangssperre.« Dyurrel zeigte sein breites Grinsen, das nur ein Idiot oder ein Blinder als freundlich fehlinterpretieren konnte.

»Noch zwanzig Minuten, so ist es«, sagte Feydaman leise und hob seine Einkäufe an. »Ich bin am Markt aufgehalten worden.«

»Was haben wir denn da Schönes?«, stellte der Milizionär die unvermeidliche Frage. Feydaman ließ zu, dass er seine Waren durchsuchte. Natürlich war ein Bündel Iyet-Kraut dabei, das viele gerne rauchten. Es war recht teuer, da es nur eine Iyet-Ernte pro Jahr gab und viele Bauern heutzutage lieber Getreide für den Krieg anbauten. Das Imperium zahlte ganz gut.

Auch Dyurrel schätzte den scharfen Rauch von Iyet, der leichte Träume in der Nacht versprach. Er schnalzte laut, als er das Bündel fand und tat, was Feydaman von ihm erwartet hatte.

»Iyet ist nicht gut für die Wehrhaftigkeit und Arbeitsfähigkeit eines jungen Mannes wie dich«, verkündete er mit gewichtiger Miene. »Es benebelt die Sinne. Unser Imperator aber braucht klare Köpfe für seine Vision einer besseren Galaxis. Das weißt du doch, Feydaman?«

»Ja, Captain«, erwiderte dieser leise. Dyurrel mochte es, bei seinem Rang angesprochen zu werden. Und er mochte Iyet, das er nun konfiszieren und selbst rauchen würde. Mit etwas Glück war die Kontrolle damit beendet.

»Was hast du denn da noch? Feydaman, mein Freund, du hast viel Geld für sinnloses Zeug ausgegeben.«

Kein Glück.

»Das ist nur Brot. Für Mutter.«

»Für deine Mutter? Der geht es gut und sie ist alt. Schau uns an, wir stehen hier die ganze Nacht zu eurem Schutz. Gib uns das Brot.«

Das Kraut war für Dyurrel – oder einen anderen Milizionär – gewesen, als vorhersehbarer Verlust. Das Brot aber war tatsächlich für seine Mutter. Feydaman spürte nun Zorn in sich aufsteigen. Dyurrel bemerkte das natürlich sofort und machte einen Schritt zurück, die Rechte am Elektrostab.

»Sei vorsichtig, mein Freund. Du willst keinen Ärger mit mir, oder?«

Feydaman entging das Lauern in Dyurrels Blick nicht. Der Kollaborateur suchte die Auseinandersetzung. Er wollte seiner Macht durch Gewalt Ausdruck verleihen. Er würde Feydaman nicht hindern, den ersten Schritt zu tun.

Seine Stimme der Vernunft gemahnte ihn zur Vorsicht und zur Demut. Doch die lange aufgestaute Wut, der Hass auf diesen Büttel der Unterdrücker, war nur schwer unter Kontrolle zu bekommen. Er war schon immer leicht aufbrausend gewesen, und wenn er nicht zu den Rebellen gestoßen wäre, dann wäre aus ihm möglicherweise auch ein Milizsoldat geworden, nur um seine emotionale Kraft irgendwo ausleben zu können.

Was für ein schrecklicher Gedanke.

Feydaman ließ zu, dass man ihm sein Brot abnahm. Er kochte innerlich, aber seine Disziplin hielt. Er ließ zu, wie Dyurrel mit betonter Provokation seinen Leib abtastete, nur bei ihm, während die anderen Passanten peinlich berührt den Blick zu Boden senkten. Es gab viele Formen der Erniedrigung und der Milizionär kannte sie alle.

»Du kannst weitergehen.«

Dyurrel ließ endlich von ihm ab. Sein Gesicht zeigte die ganze Verachtung und die Frustration darüber, dass er keinen weiteren Grund für zusätzliche Schikanen gefunden hatte. Feydaman nickte und nahm das, was von seinem Bündel übrig geblieben war. Ohne zu zögern, marschierte er ins Dorf hinein. Er war trotz der Scham stolz auf sich. Er hatte richtig reagiert, sich nicht weiter provozieren lassen. Der Anschlag war zu wichtig.

Aber eines Tages, das nahm er sich vor, würde es eine Aktion geben, bei der Dyurrel, der Milizkommandant, in Ausübung seiner Pflichten sterben würde, und es würde weder ein angenehmer noch ein leichter Tod sein.

Der Gedanke entspannte und erfreute ihn.

Seine Zeit würde kommen. Dyurrels Zeit lief ab.

Progress 7

Sie verloren die Nerven.

Das war zu erwarten gewesen.

Einer fing an, dann war der Bann gebrochen.

Es war Dolmer, dessen letzte Drohne zerstört worden war. Er hatte die Fernsteuerung zur Seite gelegt, mit großer Vorsicht, beinahe andächtig. Dann hörten sie alle das Knirschen, mit dem die Beine des Gehers sich in den gefrorenen Matsch vor ihnen bohrten, ein Geräusch, das einen durchfuhr und das Unheil ankündigte.

Dolmer konnte dann nicht mehr.

Ehe ihn jemand aufzuhalten imstande war, sprang er auf, schrie etwas, das niemand verstand, hob seine Waffe und feuerte auf das Bein des Gehers, fahlblau, kalt, direkt vor ihnen, sechs Meter hoch, wie eine Säule aus halbtransparentem, gefärbtem Stahl. Die Projektile des Sturmgewehrs prallten an diesem Monument der Indifferenz ab, doch Dolmer war das egal. Er warf die nutzlose Waffe fort, zog das Vibrationsmesser, schrie wieder etwas und rannte.

Vocis starrte ihm nach, wie sie alle es taten. Der derangierte Soldat hüpfte auf das Bein, knallte förmlich dagegen und das hohe Singen des Messers erklang. Vielleicht gelang es ihm, einen Splitter herauszumeißeln. Es gab Experimente mit Hochfrequenzwaffen, die vielversprechend erschienen, so hatte Vocis gehört.

Der Geher bückte sich.

Sein schlanker Leib knickte in der Mitte ein, das trompetenförmige »Auge« richtete sich auf den Mann, der immer und immer wieder mit dem Messer auf das Bein einstach. Es war, als könne der Kalte nicht begreifen, was der Soldat da tat. Er zögerte uncharakteristisch lange mit einer Reaktion. Vielleicht war er auch neugierig auf dieses Insekt, das ihn mit unflätigen Beleidigungen überzog und sich an ihn klammerte wie ein verrückter Hund.

Dolmer starb, wie sie alle sterben würden. Der Kältestrahl erfasste ihn und verwandelte seinen zuckenden Leib in kürzester Zeit in tiefgefrorenes Fleisch. Als er zu Boden sackte, genügte die Energie des Aufpralls, um den erhobenen Arm mit dem vereisten Messer abfallen zu lassen. Es gab ein hässliches, splitterndes Geräusch. Rötliches Eis sprang über den tiefgefrorenen Boden.

Vocis öffnete den Mund, doch das war's.

Es gab kein Halten mehr.

Vocis verlor sie alle, jede Kontrolle. Sie hatte es von dem Moment an gewusst, als Dolmer losrannte. Damit wusste auch der Geher, dass sie da waren, und so hatte Dolmer sie alle umgebracht. Es fehlte ihr die Kraft für Vorwürfe. Jetzt war ein jeder von ihnen nur noch mit sich selbst beschäftigt, mit der eigenen Aussicht auf den Tod, ein kaltes, hoffentlich letztlich gnädiges Ende.

Sie alle rannten und schossen und waren verzweifelt.

Vocis sah sie sterben. Zu Eis transformiert durch die Geschütze des Gehers, aufgespießt und zermatscht durch die fahlbauen Beine. Es war egal, wie man starb, der Geher sah sie alle. Einige rannten weit, stolperten, fielen hin, rafften sich wieder auf. Hundert Meter. Zweihundert. Es machte keinen Unterschied. Ein Geher vergaß niemals. Er ging methodisch vor, wie eine Maschine, obgleich er eigentlich keine war, zumindest war das die gängige Annahme. Einer nach dem anderen wurde getötet, wie es gerade passte, egal ob rennend oder schießend oder flehend oder stumm. Vocis rannte auch, sie schoss nicht und für Flehen fehlte ihr der Atem.

Sie hörte noch jemanden schreien, ein Laut, der ein abruptes Ende fand, und spürte den Blick des Gehers, suchend, der sie in Kürze einfangen und verurteilen würde.

Dann gab der Boden unter ihren Füßen nach, sie warf die Arme in die Luft, verlor jede Kontrolle. Die Schwerkraft riss sie nach unten und sie prallte schmerzhaft auf, stöhnte, lag in der Dunkelheit und starrte in das Loch über ihr.

»Aua!«, murmelte sie. Gut fünf Meter war es in die Tiefe gegangen und die Rüstung hatte sie vor dem Schlimmsten bewahrt. Dennoch tat alles weh. Sie aktivierte die Helmlampe und sah sich um. Ein Keller eines Gebäudes, das während der vorhergehenden Kämpfe ansonsten dem Erdboden gleichgemacht worden war, das musste es sein. Eine brüchige Kellerdecke. Und sie war gerannt und mit der Rüstung kein Leichtgewicht.

Sie rappelte sich auf. Der Boden zitterte. Staub rieselte zu Boden. Der Geher war immer noch unterwegs. Hatte er ihr Verschwinden bemerkt?

Was für eine Frage. Natürlich hatte er.

Aber jetzt hatte sie eine Chance. Winzig vielleicht, aber neue Hoffnung durchflutete sie. Schnelles Handeln war gefragt.

Vocis schaute sich um. Der eingefallene Kellerraum hatte eine Tür. Sie trat sie auf, stolperte hindurch. Schwärze begrüßte sie, nur erhellt durch den scharf gestochenen Zirkel ihrer Helmlampe. Vocis ging weiter, steten Schrittes. Es war außergewöhnlich aufgeräumt hier, kaum Trümmer. Der Boden zitterte erneut, als der Geher einen Schritt machte. Hörte sie von oben einen Schrei? Ihr Funk schien gestört zu sein, es kam nicht einmal mehr Statik durch.

Das war seltsam.

Sie erreichte einen zweiten Kellerraum, voller Regale. Notvorräte. Vocis verstand. Dies war nicht irgendein Gewölbe, dies war ein Depot der lokalen Miliz. Diese Einheiten existierten nicht mehr. Als die Kalten kamen, standen sie an vorderster Front und hatten nicht die geringste Chance gehabt. Kanonenfutter. Hielten den Feind ein wenig auf, bis die Landetruppen kamen, damit diese sterben durften. Ein jeder an seinem Platz, einer nach dem anderen.

Vocis leuchtete die Vorräte ab: Nahrungsmittel, gut verpackt, Medikamente, Munition. Fast automatisch füllte sie ihre Vorräte auf. Munition war im Imperium standardisiert. Ihr Gewehr konnte die Magazine schlucken und sie fühlte sich einfach besser, nachdem ihre Taschen wieder mit dem Tod gefüllt waren. Sonst benötigte sie nur wenig. Ihre Rüstung war intakt, etwas lädiert, aber nicht ernsthaft beschädigt. Sie wollte sich nicht mit unnötigem Gepäck belasten.

Sie sah sich trotzdem noch um und fand die Panzertür.

Der Fluchtraum, fiel ihr ein, jedes Depot hatte einen. Hierhin sollten sich die Zivilisten flüchten. Die Kalten ignorierten unterirdische Schutzräume manchmal, wenn sie von dort keine Bedrohung erwarteten. Oben wurde immer noch geschossen, das war zu hören. Der Fluchtraum war ihre Chance, einfach abzuwarten, sich zu verkriechen. Es konnte klappen. Es gab Geschichten.

Vocis wagte es, der winzigen Flamme der Hoffnung in sich neue Nahrung zu geben. Behutsam nur, aber es wirkte belebend. Ihre Hand lag bereits auf dem Handrad, als sie die simple Digitalanzeige an der Seite der Tür bemerkte.

»01«, stand da.

Das war der Zähler.

Jemand war im Schutzraum. Eine Person. Wahrscheinlich verängstigt, und das aus gutem Grund. Auch bewaffnet? Oder mittlerweile tot, verhungert, verdurstet, an Verletzungen gestorben? Der Zähler zählte Anwesende, tot oder lebendig.

Aber verängstigt ganz sicher, wenn da noch Leben war.

Die Kalten öffneten keine Türen, sie brachen durch sie hindurch. Aber wer differenzierte schon in einer solchen Situation? Sicher kein vor Panik fast verrückter Zivilist mit einer Waffe in der Hand. Vocis zögerte. Von einem Geher getötet zu werden, war nicht angenehm. Aber von jemandem erschossen zu werden, der sie für einen Kalten hielt, das war mehr Lebensironie, als die Soldatin zu ertragen bereit war.

Sie tat das Naheliegendste: Sie klopfte.

Angesichts der Dicke der Panzertür war es mehr ein Hämmern, aber sie konnte aufgrund der Servos in ihrer Rüstung ordentlich Kraft in den Schlag legen. Sie klopfte einen bestimmten Rhythmus: Bum – bumbumbum – bum – bumbum … es war der Takt der Imperialen Hymne. Jeder kannte ihn. Jeder hörte dieses Musikstück seit seiner frühesten Kindheit, in der Schule, bei öffentlichen Anlässen, in den Nachrichtenkanälen. Selbst die Kalten sollten es kennen. Sie waren jedoch nicht als besonders musikalisch bekannt.

Dann öffnete Vocis die Tür. Sie blieb seitlich neben der Öffnung stehen, hob eine Hand, winkte. Sie lugte zur Seite, und was sie sah, entspannte sie.

Die Kammer hatte in der Tat nur eine Insassin. Sie saß zusammengekauert in einer Ecke, schwach von einem Notlicht bestrahlt, um sich die Reste von Nahrungspackungen, achtlos fortgeworfen. Sie lebte. Sie schaute auf die geöffnete Tür wie ein verwundetes Tier und es war dieser Fatalismus, gemischt mit Angst, der Vocis' Herz zum Schmelzen brachte. Ein Mädchen, vielleicht acht oder neun Jahre alt. Sie sah nicht allzu ausgemergelt aus. Gegessen hatte sie.

Vocis trat in die Kammer hinein. An einer Wand standen Schachteln mit Standardrationen aufgeschichtet, die noch nicht angebrochen waren. Die Soldatin betrachtete den Müllberg. Drei Wochen, so schätzte sie. Drei Wochen harrte die Kleine schon hier aus. Sie konnte sich kaum vorstellen, was das für das Kind bedeutet hatte.

Sie ging auf die Knie und achtete darauf, dem Mädchen nicht direkt ins Gesicht zu strahlen.

»Ich bin Tani«, sagte sie sanft. »Ich tu dir nichts.«

Die Kleine nickte, die Augen auf die Abzeichen auf der Kampfrüstung gerichtet.

»Ich weiß. Du trägst die Uniform der Landetruppen. Mein Vater hat sie mir genau beschrieben.«

»Wo ist dein Vater?«

»Weg.«

Die Kleine sagte es tonlos, ohne Schmerz, aber ihre Augen verrieten ihre Angst und Trauer. Vocis beschloss, das Thema lieber nicht zu vertiefen.

»Wie heißt du?«

»Yela.«

»Yela, wir können nicht hier bleiben. Da draußen sind Geher. Sobald sie weg sind, müssen wir hier raus und zum Landefeld. Ich kann dich dann von hier fortbringen.«

Da war keine große Hoffnung in Yelas Augen, eher eine gewisse Ergebenheit, aber auch die Bereitschaft, diese Zelle zu verlassen und ihr Glück zu versuchen. Jedenfalls zeigte sie keine Angst, weder vor Vocis noch vor der Bedrohung da draußen.

Yela nickte. »Fort wäre gut. Unser Haus ist zerstört. Es hat Mama unter sich begraben.«

Wieder tonlos, ohne Emotion in der Stimme. Vocis schnürte es für einen Moment die Kehle zu. Wie viele Yelas mochten das hier mit angesehen haben? Viele, viel zu viele. Wenn sie dieser hier helfen konnte, hatte sie mehr erreicht als in den drei Wochen seit ihrer Landung.

Sie hierzulassen, war für sie undenkbar.

Yela streckte die Arme aus. Vocis nahm sie in die ihren, hob sie hoch.

Die Rüstung würde sie problemlos beide tragen können und sie waren so schneller. Es war draußen kalt und Yela war recht dünn gekleidet. Ehe sie auch nur an den Aufbruch denken konnten, musste sie …

»Was ist das?«

Vocis ließ das Mädchen wieder sanft herunter. Ein sanfter, gelblicher Schimmer hatte ihre Aufmerksamkeit geweckt. Sie beugte sich nieder und betrachtete das handgroße Objekt, das in der Ecke des Raumes lag und bis eben von Yelas Körper bedeckt worden war. Das Licht wirkte warm … nein, es *war* warm. Ihre Sensoren verzeichneten eine erhöhte Temperatur um das Ding. Eine Art Ofen?

»Es hat mich vor der Kälte beschützt«, erklärte Yela. »Ich habe es hier gefunden. Es ist angenehm.«

Vocis rutschte etwas näher. In seiner unmittelbaren Umgebung erreichte die Lufttemperatur gut 22 Grad. Kein Wunder, dass Yela mit den paar Fetzen am Leib bei guter Gesundheit geblieben war. Das Seltsame war: Sobald sich Vocis aus dem Bereich nahe dem Objekt entfernte, wurde es wieder richtig kalt.

Von den Gehern kam das nicht. Geher mochten die Wärme nicht. Sie wandelten sie so schnell wie möglich in Kälte um und sie waren verdammt gut darin.

»Es war schon hier?«

»Erst nicht. Dann war mir kalt. Ich schlief ein. Als ich aufwachte, war mir warm.«

»Hast du es berührt?«

»Ja. Es ist sehr glatt und gar nicht schwer. Ich habe es mir in den Schoß gelegt und ich habe nie gefroren. Ich will es mitnehmen. Es macht mich glücklich.«

Die Soldatin runzelte die Stirn, dann, wie automatisch, streckte sie ihren Arm nach vorne.

Vocis berührte das Ding mit einer behandschuhten Hand und spürte die angenehme Wärme durch das Material des Anzugs, eine physikalische Unmöglichkeit. Als sie das Ding anfasste, empfand sie darüber hinaus eine plötzliche Ruhe und Gewissheit, wie einen Segen, den jemand über sie gesprochen hatte. Vocis Spiritualität war erstorben, als der Priester in ihrem Heimatdorf auf Kand ihr an die Wäsche gewollt hatte, und nichts, was seitdem geschehen war, hatte dies geändert.

Aber so etwas …

Es schien ungefährlich. Und die Geher würden sie da draußen so oder so bemerken, wenn sie sich in Reichweite befanden.

Yela griff an ihr vorbei nach dem Ding. Es ließ sich leicht anheben und sie drückte es an ihre Brust. Vocis ließ noch einmal die Sensoren ihres Anzugs spielen. Keine schädliche Strahlung, keine anderen messbaren Emissionen. Es war sicher ungewöhnlich, wirkte aber nicht gefährlich. Und es wärmte das Mädchen besser als jedes Stück Kleidung.

Und das positive, beruhigende Gefühl dämpfte ihre eigene Angst und Unsicherheit. Besser als jede Droge, die ihr der Anzug noch spenden konnte. Davon wollte sie nichts mehr nehmen, wenn es sich vermeiden ließ.

Dennoch suchte und fand Vocis in den Regalen vor der Panzertür eine neue Standardkombination von etwa Yelas Größe und das Mädchen zog sich gehorsam um. Dazu gab es eine Jacke aus Vocis' Rucksack, mit hochgekrempelten Ärmeln. Vocis sah ihr Werk zufrieden an. Yela selbst schien ebenfalls einverstanden zu sein. Keine Diskussionen über Mode.

»Wir werden jetzt noch ein wenig warten und uns ausruhen«, sagte sie und zeigte nach oben. »Da sind Geher unterwegs. Außerdem habe ich Hunger.«

»Es gibt genug zu essen«, informierte sie Yela und zog eine Packung aus dem Stapel hervor. »Es gibt sogar Spaghetti! Mit Sauce!«

Das Lächeln, das sie angesichts dieser guten Nachricht aufsetzte, war die erste echte emotionale Reaktion, die Vocis bei ihr wahrnahm, und obgleich sie Nudeln nicht so mochte, brachte sie es nicht übers Herz, das Angebot abzulehnen. Gehorsam drückte sie die Lasche, die die chemische Reaktion auslöste und die Mahlzeit erwärmte. Der Geruch war durchaus angenehm, und als das Mädchen sich ihr anschloss, waren sie erst einmal damit beschäftigt, auf Jahre konserviertes Hackfleisch mit Nudeln in sich hineinzulöffeln. Vocis fand, dass es abgestanden schmeckte, aber Yela aß mit der Begeisterung eines Kindes, das sein Lieblingsessen bekam.

Es sättigte und wärmte. Es beruhigte und ermüdete.

Sie warteten.

Vocis lauschte nach oben, beobachtete die Sensoren. Der Geher rumorte noch etwas über ihnen herum und es dauerte länger als sonst, da er Vocis natürlich registriert hatte und sich auf die Suche nach ihr begab.

Doch ob es nun das Gewölbe war oder andere Einflüsse, er schien sie nicht zu finden und irgendwann entfernten sich die Erschütterungen seiner Schritte, bis sie nicht mehr wahrnehmbar waren. Das Gute an Kalten Gehern war ihre Geradlinigkeit. Wenn sie da waren, waren sie da, wenn sie weg waren, waren sie weg. Man konnte sie schwer ausmachen, wenn sie sich nicht bewegten, aber das war ihre physikalische Natur. Sie machten keine Finten, keine Tricks, keine Hinterhalte, sie waren einfach anwesend oder sie waren es nicht.

Und der da oben war es offenbar nicht mehr.

Vocis gab noch eine halbe Stunde hinzu, streckte die müden Beine aus, massierte einen sich ankündigenden Wadenkrampf weg. Sie nahm Teile der Rüstung ab, der Plastaufsätze, deren Kanten sich manchmal schmerzhaft in ihre Haut bohrten. Es war ein kurzes Gefühl der Erleichterung.

Sie trug jetzt nicht nur Verantwortung für sich, sondern auch für Yela, die, das schimmernde Ding umklammernd, in ihren Armen eingeschlafen war, absolut friedlich und satt und warm. Vocis fragte sich, ob die mütterlichen Instinkte, die da in ihr aufwallten, mit ihrem fortschreitenden Alter und dem Ruf der Hormone zu tun hatten oder nur mit der Tatsache, dass sie jetzt auch gerne jemanden hätte, der sie in den Arm nahm und irgendwie alles gut machte.

Sie seufzte. Das war ihr Job, das nahm ihr niemand ab.

Sie weckte Yela, als es so weit war, und es tat ihr leid. Sie hatte es so lange hinausgezögert, wie es ging, ihre Ausrüstung überprüft und wieder angelegt. Dann aber mussten sie aufbrechen. Das Mädchen nahm es tapfer, schlang die dünnen Arme um ihren Hals und Vocis erhob sich mühelos. Die Linke um den Leib Yelas gelegt, die Waffe in der Rechten, machte sie sich auf den langsam Rückweg an die Oberfläche.

Dort war niemand.

Irgendwo lagen die Reste ihrer Truppe, vereist, in Stücke geschlagen, und Vocis hoffte, dass sie nicht allzu vielen davon begegnen würde, um Yela den Anblick zu ersparen. Natürlich wusste sie nicht, welcher Gräuel die Kleine bereits Zeugin gewesen war. Yelas stille, ernste Art ließ vermuten, dass es mehr waren, als man einem Kind ihres Alters zumuten durfte. Kein Grund, noch mehr aufzuhäufen. Auch Vocis selbst wollte nicht an den Schmerz erinnert werden, der tief in ihr wühlte. Viele der Kameraden waren Freunde gewesen. Es war, als habe man seine Familie verloren. Sie war darauf vorbereitet, psychologisch geschult, und es war nicht das erste Mal in ihrer Karriere, aber so viele auf einmal, ein solcher Kataklysmus … nein, das war etwas zu viel. Sie würde von ihnen träumen, ein Grund mehr, den Schlaf fürs Erste zu meiden.

Wie gut, dass Yela da war. Die Sorge und Verantwortung für die Kleine übertünchten ihren Schmerz, ließen sie neue Entschlossenheit entwickeln. Sie konnte ihr beinahe dankbar sein.

Vocis begann zu joggen.

Die Ruhepause hatte sie mit Energie versehen und diese rief sie jetzt ab. Yela klammerte sich an ihr fest und sagte nichts. Sie schaute über ihre Schulter nach hinten, und was sie dort sah, unterschied sich nicht sehr von dem, worauf Vocis zulief: eine Trümmer- und Ruinenlandschaft, bedeckt mit einer Eiseskälte, die nicht normal war. Yela war dick eingepackt und das schimmernde Ding wärmte sie mit einer erstaunlichen Kraft. Sie froren beide nicht und Vocis lief mit einer Ausdauer, die sie sich selbst nicht zugetraut hätte. Sie wusste, in welcher Richtung sich der Leitstand befand, und obgleich sie ahnte, dass es diesen möglicherweise nicht mehr gab, waren da irgendwo auch die Landezonen, von denen aus sie abgeholt werden konnte. Jetzt noch einer automatischen Einheit nachzujagen und sich in ihren Schutz zu begeben, hielt sie für zu riskant. Eine seltsame Zuversicht erfüllte sie, dass es gelingen würde, wenn sie nur eine der designierten Landezonen aufsuchte.

Sie lauschte in den Äther und fing Fetzen von Funksprüchen auf. Es befanden sich noch Truppen im Einsatz auf dieser Welt. Sie war noch nicht alleine. Der Gedanke daran spornte sie noch mehr an und sie verdoppelte ihre Anstrengungen.

Es vergingen acht Stunden, ehe ihre Kräfte sie verließen und sie ausruhen musste. Yela sagte nichts, als Vocis sie vorsichtig zu Boden ließ. Die Arme der Soldatin zitterten, als sie sich mit dem Rücken an eine halb eingerissene Mauer lehnte. Sie trank und aß, schweigend, und auch die Kleine langte kräftig zu. Es wurde langsam dämmrig, viel zu früh, und der Weg war noch weit. Vocis lächelte Yela aufmunternd zu, doch es sah gar nicht so aus, als bedürfe das Mädchen einer besonderen Ermutigung. Ob sie nun abgestumpft war oder sehr tapfer, sie nickte zurück, gelassen, beinahe heiter, alles andere als ängstlich.

»Ich muss mich etwas ausruhen«, sagte der weibliche Sergeant.

»Du bist viel gelaufen. Ich bin schwer«, erwiderte Yela. Das stimmte nicht, sie war Haut und Knochen. Aber das Mädchen sagte es mit tiefer Ernsthaftigkeit und aufrichtigem Mitleid, sodass Vocis nicht widersprach, sie anlächelte und ihr automatisch mit einer behandschuhten Hand sanft über das strähnige Haar fuhr. Yela akzeptierte die Geste.

»Ich werde einige Stunden schlafen, aber wir brechen auch in der Dunkelheit wieder auf.« Vocis tippte auf den Visor. »Ich kann im Dunkeln sehen, du musst dir keine Sorgen machen.«

»Ich mache mir keine Sorgen«, sagte Yela.

Vocis sah sie an und die Tragik des Moments drohte sie zu überwältigen. Das Vertrauen, das die Kleine in sie setzte, war völlig unangebracht. Jederzeit konnte ein Geher sie töten, und wenn ihre Abholung nicht klappte, weil sie nicht wichtig genug waren oder weil sie in der allgemeinen Panik eines überstürzten Rückzugs untergingen, dann war sie hier gestrandet. Sie würde miterleben, was die Geher mit einer eroberten Welt machten. Nach allem, was sie wusste, würde sie diesen Prozess nicht allzu lange überleben.

Vocis blinzelte, als Tränen in ihre Augen drangen. Sie schämte sich nicht. Sie war froh, dass sie noch etwas empfand und nicht völlig abgestumpft war.

Sie drückte Yela an sich, vorsichtig, um sie nicht zu verletzen, und schloss die Augen. Der Schlaf kam nicht sofort, zu viele drängende, schmerzende Gedanken und Erinnerungen trieben durch ihr Bewusstsein. Sie durfte ihn aber nicht weiter hinauszögern, sonst würde sie nicht mehr funktionieren und das konnte sie angesichts ihrer neuen Verantwortung einfach nicht zulassen.

Dann aber spürte sie die Wärme und das Wohlsein, das von dem kleinen, schimmernden Ding ausging, wie es in ihren Kopf schlüpfte, unaufdringlich, nahezu sanft, und ihr ein wenig Frieden gab, genug jedenfalls, um die Ruhe zu finden, die sie so dringend benötigte.

Sie hatte nicht einmal böse Träume.

Progress 8

Da ihm jedes Zeitgefühl fehlte, wusste er nicht, wie lange er geschlafen hatte. Er erwachte und benötigte einen Moment, um sich zu orientieren, doch er erinnerte sich an den Ort, an dem er eingeschlafen war.

Immerhin.

Er lauschte in sich hinein und stellte fest, dass er sich ausgeruht und hungrig fühlte. Er musste recht lang ungestört geblieben sein. In seinem Raum war es mittlerweile beinahe angenehm warm. Er richtete sich auf. Für einen winzigen Moment wurde ihm schwindelig und er schloss die Augen. Als er sie Sekunden später wieder öffnete, war die Anwandlung verflogen. Es ging ihm besser, viel besser als »gestern«, wie er die Zeitspanne vor dem Einschlafen bezeichnete.

Er sah sich um.

Jemand war hier gewesen und er hatte es nicht bemerkt.

Auf dem Tisch stand seine Schüssel, daneben ein Plastikbecher. Die Flüssigkeit war lauwarmer Tee, recht dünn, aber gesüßt und angenehm auf der Zunge. In der Schüssel lagen drei große Kekse, beschichtet mit einer Hülle aus etwas, das wie Milch schmeckte, und offenbar gefüllt mit einer sehr dünnen Schicht Marmelade, denn aus einem Riss trat etwas von der rotgoldenen Masse aus, die verheißungsvoll im schwachen Licht der Zellenbeleuchtung schimmerte.

Ein Frühstück, gar kein Zweifel. Und ein kalorienreiches dazu. Jemand mochte seine dünnen Knochen nicht mehr ansehen. Kein Zögern war da. Er griff zu, schnell, als ob die Gefahr bestünde, dass sich das Essen in Luft auflösen würde. Ein Festmahl geradezu, schon schmerzhaft schmackhaft. Er aß alles mit einer Inbrunst, die ihn selbst überraschte. Als er fertig war, gab es keinen Krümel mehr. Er atmete schneller. Er hatte sich beeilt. Es hatte sich nichts in Luft aufgelöst, das war beruhigend. Das war echt gewesen, keine Einbildung. Das Gefühl in seinem Magen bestätigte es, eine angenehme Schwere, die er genoss wie schon lange nichts mehr.

Was hieß hier »lange«? Seit »gestern«. Was vorher war, fiel ihm immer noch nicht ein. Hier hatte der Schlaf keine Wunder gewirkt.

Er fühlte sich fast gut. Er wunderte sich ein wenig darüber, dass er dabei so etwas wie Überraschung empfand. Das Gefühl war stark, fast körperlich spürbar und rannte wie ein kribbelnder Schauer seinen Rücken hinunter. Welchen Schluss konnte er daraus ziehen? War die Tatsache, dass jemand um sein leibliches Wohl besorgt war, eine so ungewöhnliche Erfahrung? Wenn er seinen allgemeinen körperlichen Zustand betrachtete, lag er mit dieser Vermutung wahrscheinlich nicht so falsch. Hatte er keine Eltern, die sich um ihn gekümmert hatten? Er war jung.

Oder etwas war geschehen.

Der Gedanke an Eltern löste erneut eine Emotion bei ihm aus, eine seltsame, schmerzhafte, sehr traurige Sehnsucht. Er ahnte, dass dahinter keine gute Geschichte steckte, und saß für einen Moment nur so da, regungslos, in sich gekehrt, erforschte das, was in ihm vorging.

Er war für seinen Gedächtnisverlust nahezu dankbar. Welche schlimme Geschichte verbarg sich hinter der Mauer des Vergessens? Möglicherweise war sie kein Gefängnis, sondern Schutz. Eine erschreckende Vorstellung, dass zusammen mit seiner Erinnerung Schmerz kommen könnte.

Er war satt und nicht mehr durstig. Er hatte geschlafen.

Doch was sollte jetzt geschehen? Er war ein Gefangener. Man fütterte ihn sicher nicht aus reiner Menschenfreundlichkeit. Es wurde von ihm erwartet, für etwas gestärkt, zu etwas imstande zu sein. Für was? Arbeit? Was für Arbeit? Und wo? Für wen? Vor lauter Fragen schwirrte ihm der Kopf. Sie drohten das Wohlgefühl zu vertreiben, dem er sich eben noch hingegeben hatte.

Wieder richtete er seine Aufmerksamkeit auf seine Umgebung, die ihm nun sehr vertraut vorkam. Die sanfte Vibration war spürbar, er hörte ein leises, flüsterndes Geräusch, mehr als nur die Luftumwälzung. Nun, da die anfängliche Verwirrung verflogen und einem nur dumpfen Gefühl der Orientierungslosigkeit und Unsicherheit gewichen war, das ständig im Hintergrund lauerte, aber glücklicherweise nicht seine Gedanken beherrschte, drohte die zweitgrößte Gefahr: die Langeweile.

Nur mit sich selbst beschäftigt, seinen Grübeleien?

Keine sehr verheißungsvolle Perspektive.

Er hatte nicht mehr lange zu warten. Das Schicksal meinte es diesmal gut mit ihm. Er hörte es eher, als er es sah, und er wirbelte herum, als er das Geräusch wahrnahm.

Seine Zellentür öffnete sich unvermittelt.

Im Türrahmen erschien ein großer Mann, der den Gefangenen allein durch seine Statur einzuschüchtern vermochte. Er war ein Berg aus Muskeln und Knochen, und er bewegte sich auf eine Art, die unter Beweis stellte, dass er sich seiner körperlichen Möglichkeiten durchaus bewusst war. Er machte keine bedrohlichen Gesten, aber allein der Gedanke, gegen diesen Mann physisch vorzugehen, erschien sofort absolut absurd.

»Mitkommen!«

Eine tiefe Stimme, kraftvoll und selbstsicher, absolut passend zum Körper, aus dem sie drang. Der Gefangene sprang instinktiv auf. Er folgte, wie an einer Schnur gezogen. Er war neugierig. Man musste ihn zu nichts zwingen. Er sah sich um.

Schwach beleuchtete Gänge.

Ein metallischer Geruch durchzog die Atmosphäre, es war kalt, so kalt, wie es anfangs in der Zelle gewesen war, doch jetzt war der Gefangene ausgeruht und nicht mehr hungrig, also ertrug er die Temperaturen etwas besser. Er betrachtete seinen Begleiter. Dieser trug eine uniformähnliche Kleidung, zweckmäßig, mit unaufdringlich angebrachten Insignien. Der Gefangene hatte keine Ahnung, worauf dies schließen ließ. Aber er war auf einem Raumschiff. Er wusste es einfach.

Er blieb nicht allein auf seinem Weg. Weitere Zellen öffneten sich und weitere Gefangene traten in den Gang, geführt von den Kameraden des Uniformierten, und auch diese Zellenbewohner wirkten desorientiert; manche hatten Angst, wie man ihnen ansehen konnte. Niemand sprach. Alle fügten sich ein in die schweigende Kolonne, niemand zeigte auch nur das kleinste Anzeichen von Widerstand. Es war eine nahezu beunruhigende Ruhe. Die Wachmänner, alle von stoischer Gelassenheit, wie wandernde Felsen, hatten keine Arbeit. Sie wirkten eher wie große

Brüder als wie Aufpasser. Der Gefangene ermahnte sich, dem Eindruck nicht auf den Leim zu gehen. Er war sich sicher, dass sie sehr entschlossen agieren würden, sollte sich die Notwendigkeit ergeben.

Sie liefen durch den Gang, passierten eine metallene Tür, eine weitere. Sie erreichten eine größere Halle, leer, kalt, etwas dreckig, mit fleckigen Abdrücken auf dem Boden, wo vormals vielleicht Maschinen gestanden hatten oder Güter. Niemand gab einen Befehl, die Gefangenen stellten sich in Reihen auf und es entstand der Eindruck, dass einige dieser Leute schon länger hier waren. Sie wussten, welches Verhalten von ihnen erwartet wurde. Nicht alle waren sie neu, das war nun deutlich erkennbar.

Der Neue reihte sich ein, schaute es den anderen ab. Einige Blicke trafen ihn, nicht unfreundlich, manchmal mit einer Spur Mitleid. Das war beunruhigender als der Aufenthalt in der Zelle.

Sie standen da und es kehrte Ruhe an.

Eine Tür öffnete sich und ein weiterer Mann trat ein. Er trug die gleiche schmucklose Uniform wie die Wachleute, aber zusätzlich einen grünen Streifen auf der Schulter. Er strahlte eine Aura von Selbstsicherheit aus, die nichts mit seinem Körperbau zu tun hatte, sondern allein mit seinem Rang. Die Wachleute sahen ihn an und ihre Haltung änderte sich auf subtile Weise. Sie wirkten nun angespannter, konzentrierter. Die Autorität des Neuankömmlings durchstrich die Halle wie eine Brise, traf Gefangene wie Wärter gleichermaßen.

Der Grünbestreifte stieg auf ein Podest. Ein Mikrofon war nicht zu sehen. Als er die Stimme erhob, merkte man auch, warum nicht. Er sprach in einem Falsett, das nicht einmal andeutungsweise lächerlich wirkte. Es klang so schneidend und durchdringend, dass der Gefangene meinte, die Worte körperlich zu spüren. Niemand grinste und zog die Augenbrauen hoch. Die Autorität dieses Mannes war echt und sie durchdrang genauso wie seine Stimme den Raum.

»Ich begrüße euch alle zur neuen Schicht, vor allem die Neuen. Ihr seid verwirrt und das ist absolut verständlich. Ich möchte euch einige Worte zur Erklärung eurer Situation sagen und dann habt ihr Gelegenheit, weitere Fragen mit euren Gruppenleitern zu klären.« Er nickte in Richtung einer Gruppe von Gefangenen, die sich vom Rest abgesondert hatten. Auf ihren teilweise recht schmuddeligen Arbeitsoveralls war ein runder Kreis angebracht, neongelb, absolut nicht zu übersehen.

»Ihr befindet euch an Bord eines Raumschiffes. Dieses Schiff ist ein Megafrachter der Cargomaster-Klasse, sein Name ist CANOPUS TRAVELLER.«

Ein paar der Neuen murmelten etwas. Der Gefangene aber sah sich bestätigt. Er konnte diese Information nicht zuordnen, aber er hatte gewusst, dass er sich auf einem Raumschiff befand. Diese Bestätigung stärkte sein Selbstbewusstsein.

»Die CT ist siebzehn Kilometer lang und besteht zum größten Teil aus Frachtgestellen, in denen Container eingelagert sind. Wir fliegen die Große Tour quer durch das Imperium und darüber hinaus. Wir transportieren alles, was man sich vorstellen kann, Güter, Menschen, Ideen, und wir produzieren auf dem Wege in hoch spezialisierten Manufaktoren Waren, die auf weniger weit entwickelten Welten begehrt sind. Eine Große Tour dauert sieben Jahre.«

Er machte eine Pause und sah die Leute an, als wolle er erforschen, welche Reaktionen seine Worte bei diesen hervorriefen. Für viele waren diese Informationen nicht neu, sie reagierten gleichmütig. Andere zeigten unterschiedliche Emotionen: Angst, Erleichterung, Misstrauen, Verwirrung. Der Gefangene selbst neigte jetzt eher zur Verwirrung. Er begriff das Konzept des Megafrachters, es war ihm offenbar irgendwie vertraut. Aber es fehlte eine wichtige Information, eine Antwort auf eine Frage, die tief in ihm schlummerte und ihn beunruhigte.

Er musste nicht lange darauf warten, mehr zu erfahren.

»Alle hier haben auf die gleiche Weise begonnen. Ihr seid aufgewacht und konntet euch an nichts erinnern. Das muss euch nicht beunruhigen. In eurem Vorleben ist Folgendes geschehen: Ihr habt jemandem Geld geschuldet oder ihr habt ein Verbrechen begangen. Um diese Schuld zu begleichen oder das Verbrechen zu sühnen, habt ihr euch selbst oder wurdet ihr durch eine Behörde an uns verkauft. Ihr seid Leibeigene des Schiffes, Schiffssklaven, aber das nur auf Zeit. Die Länge der Zeit ist abhängig von der Höhe der abzutragenden Schuld oder der Schwere der Strafe. Euch wurde die Erinnerung genommen, damit ihr hier an Bord problemlos funktioniert und euch vollständig in die Schiffsgemeinschaft einfügt. Sobald eure Zeit um ist, erhaltet ihr wahlweise die Erinnerungen zurück oder ihr könnt ohne diese ein neues Leben fortsetzen. Ihr werdet euch wundern, wie viele die zweite Option bevorzugen. Nicht wenige.

Ihr werdet dann auf einer Welt eurer Wahl zurückgelassen, soweit sie auf unserer Route liegt. Manche werden das Angebot bekommen, bei der regulären Crew anzuheuern. Ihr erhaltet eine finanzielle Abfindung, die ihr im Verlauf der Arbeit an Bord aufspart. Während der Reise dürft ihr das Schiff nicht verlassen. Ihr haltet euch nur in eurem Teil des Frachters auf. Ihr befolgt jeden Befehl. Ihr macht jede Arbeit. Ihr stellt keine Fragen. Wer sich an die Regeln hält, kann hier ganz gut leben. Wir sind keine Folterknechte.«

Er unterbrach seinen Vortrag erneut, schaute wieder in die Runde. Der Gefangene war dermaßen mit seinen Gedanken beschäftigt, dass er kaum bemerkte, als der Mann seine Rede fortsetzte. Schuld oder Schulden? Aber er war jung. Was konnte er getan haben? Er hatte das Gefühl, dass der Mann da vorne nicht alle Optionen aufgezählt hatte, unter denen man zu einem Schiffssklaven werden konnte.

»Mein Name ist Dubrek, ich bin der oberste Chef der Sklavenabteilung. Ich bin die letzte Autorität. Im täglichen Leben werdet ihr mich kaum sehen, wenn ihr tut, was euch aufgetragen wird. Es gibt Aufseher – ihr seht die Männer in Uniformen – und es gibt Gruppenleiter, die eure Vorarbeiter sind. Das sind Schiffssklaven wie ihr, die sich bewährt haben. Jeder von euch kann auf diese Position aufsteigen. Sie bedeutet Privilegien für das Leben an Bord und eine höhere Abfindung bei Verlassen des Schiffes. Überlegt es euch.«

Dubrek nickte. Er blickte sich um, schien vor allem die Neuen ins Auge zu fassen. Der Gefangene bemühte sich um eine würdevolle Haltung und wusste nicht einmal, warum er das tat.

»Ihr habt viele Fragen. Die Gruppenleiter haben die Informationen. Die wichtigste, die die Neuen hier sicher umtreibt, ist aber: wie lange? Wie lange ist eure Dienstzeit? Diese Information müsst ihr euch verdienen. Wer sich anstrengt und den Unterweisungen aufmerksam folgt, wer sich gut einlebt, der bekommt diese Information zur Belohnung. An Bord muss man sich alles erarbeiten. Kostenlos ist die Luft, die ihr atmet, und die Nahrung, die ihr esst, soweit es die Basisrationen angeht. Alles andere ist ein Privileg. Und dafür muss man etwas tun.«

Dubrek hob die Arme.

»Ich werde euch jetzt Namen geben. Ab sofort hört ihr auf diese Namen. Schaut auf die Innenseite eurer Unterarme. Da findet sich eine Nummer.

Sie wird entfernt, sobald die Zeit abgearbeitet ist. Jeder Nummer gebe ich nun einen Namen. Ihr dürft ihn nicht verändern und euch keinen eigenen ausdenken. Solltet ihr euch bewähren, ist die freie Namenswahl eines der Privilegien, die man sich erarbeiten kann. Bis dahin heißen alle so, wie wir es festgelegt haben. Hört gut zu. Ich nenne auch die Arbeitsgruppe, zu der jeder der Neuen gehört. Die Gruppenleiter treten jetzt vor.«

Acht Männer machten einige Schritte nach vorne, drehten sich den Versammelten zu. Jetzt hielt jeder ein Schild in die Höhe, darauf ein Buchstabe und eine Zahl.

»Wenn man zugeteilt wurde, geht man zu dem Gruppenleiter, der ab jetzt für einen Verantwortung trägt.«

Der Gefangene spürte eine gewisse Spannung in sich aufsteigen. Er bekam einen Namen. Er bekam jemanden, der ihm Fragen beantworten konnte – wenngleich sicher nicht die entscheidende, nämlich die danach, wer er eigentlich war. Aber etwas war besser als nichts.

Er schaute auf seinen Unterarm. Da war tatsächlich eine Kennung, ganz klein, mit etwas geröteter Haut darum. Warum fiel sie ihm erst jetzt auf?

»131 – Max. Gruppe G6.«

Der Gefangene sah noch einmal hin. Max war schon einmal nicht sein Name. Ein anderer, mittelalter Mann trat zu seinem Gruppenleiter, der ihm nicht unfreundlich zunickte und die Hand reichte.

»132 – Don. Gruppe H4.«

Wieder jemand anders. Der Gefangene spürte etwas Ungeduld in sich aufsteigen. Wie viele waren es noch vor ihm?

»133 – Pete. Gruppe H3.«

So ging es noch einige Zeit weiter. Ganz am Schluss aber wurde seine Zahl aufgerufen.

»142 – Kip. Gruppe B2.«

Er schaute sich um, sah den vierschrötigen Mann mit dem »B2« auf dem Schild und beeilte sich, zu ihm zu gehen. Der Vorarbeiter nickte ihm zu, legte ihm eine Hand auf die Schulter und sagte mit einer bemerkenswert weichen Stimme: »Willkommen, Kip! Keine Sorge. Ich bin Chorl.«

Kip nickte. Der Name war in Ordnung. Der Vorarbeiter war in Ordnung. Er schien trotz eines Äußeren den Neuen nicht einschüchtern zu wollen.

Dubrek beendete die Versammlung ohne jede weitere Formalität und ging. Kip sah Chorl erwartungsvoll an. In seiner Arbeitsgruppe gab es zwei weitere »Neulinge«, die die Namen Sol und Pak trugen. Es schien, als würden die Neuen alle nur leicht zu merkende, kurze Namen bekommen, damit sie sich schnell an ihre Bezeichnungen gewöhnten.

Der Vorarbeiter sah sie an.

»Ihr wollt tausend Sachen wissen«, sagte Chorl mit tiefer Stimme. »Ich werde euch die wenigsten Fragen zu eurer Vergangenheit beantworten können. Ich bin verantwortlich für eure Arbeit und dass ihr euch einlebt. Ich gebe euch einen Rundgang durch die Sklavensektion, die ihr während eurer Dienstzeit hier niemals verlassen werdet. Aber keine Sorge: Wir haben viel Platz und keinem wird die Decke auf den Kopf fallen. Ich bringe euch aber zuallererst in die neuen Unterkünfte. Die Aufwachzellen sind kein angenehmer Ort.«

Chorl führte sie einen Gang entlang in eine belebte Sektion. Hier waren nur Schiffssklaven zu sehen und die Atmosphäre wirkte beinahe entspannt und heiter. Die Unterkünfte bestanden aus Zimmern mit jeweils zwei Stockbetten, in denen zwei Sklaven übereinander schlafen konnten. Es war erstaunlich geräumig und offenbar hatte man die Freiheit, die Räume zu gestalten und zu schmücken. Es gab gemeinschaftlich genutzte Räume für die Mahlzeiten und den Aufenthalt während der Freizeit, die zwar nur knapp bemessen war, aber nach Chorls Schilderung eingehalten wurde. Das Bild vervollständigte sich durch Sportanlagen sowie Spielcasinos, in denen man den erarbeiteten Schiffskredit verzocken konnte, eine Aussicht, vor der Kip aus irgendeinem Grunde beinahe instinktiv zurückschreckte.

Er wurde zusammen mit Sol und Pak in einen Raum gesteckt und Chorl selbst belegte das letzte Bett. »Fürs Erste«, wie er sagte. Offenbar gehörte es zu seinen Aufgaben als Vorarbeiter, dafür zu sorgen, dass die Neuen immer einen Ansprechpartner hatten. Er wirkte dabei so gelassen und erfahren, dass sich Kip fragte, wie lange er das wohl schon machte. Als er es wagte, die Frage auch offen zu stellen, lachte Chorl auf.

»Ich bin seit 18 Jahren auf dem Schiff und habe noch sieben Jahre vor mir«, erwiderte er. »Ich muss ein ganz schlimmer Finger gewesen sein in meinem früheren Leben. Aber hier habe ich mich ganz gut geführt, von den ersten beiden Jahren einmal abgesehen. Da saß ich öfter im Arrest, als mir guttat.« Er lachte erneut. Es kam tief aus seinem Brustkorb und man konnte den Tönen fast zusehen, wie sie emporkletterten und seinen Mund verließen. Es war kein ansteckendes Lachen, aber es wirkte irgendwie beruhigend. Vor allem fehlte es ihm an Falschheit. Chorl wirkte in der Art, wie er über sich selbst sprach, beinahe demütig. »Das Schiff nimmt jedes Jahr Neulinge auf, um die Abgänge auszugleichen. Ihr seid mein zehnter Jahrgang als Vorarbeiter. Manche, die ich hier einführte, haben das Schiff schon wieder verlassen.«

»Wirst du … in sieben Jahren …«, begann Sol umständlich. Sol war mittleren Alters, schmächtig, mit tief in den Höhlen liegenden Augen. Er sah so aus, als würde er jederzeit zerbrechen und als hätte er in seinem ganzen Leben nie mehr als eine Stunde Sonnenlicht genossen. Aber während Kips Körper das Produkt von Entbehrungen war, mangelnder Ernährung, war es bei Sol etwas anderes. Drogen vielleicht oder ein anderweitig nicht zuträglicher Lebenswandel.

Was bedeutete das für ihn an Bord dieses Schiffes? Bekamen Junkies eine Sonderbehandlung?

Chorl zuckte mit den Achseln, als er Sols Frage beantwortete.

»Frag mich in sieben Jahren. Ich bin nicht mehr der Jüngste. Ich glaube nicht, dass sie mir eine Stelle auf dem Schiff anbieten werden. Aber das geht in Ordnung. Ich kenne einige nette Planeten. Ich setze mich zur Ruhe, als Chorl. Ich gehöre zu jenen, die nicht mehr wissen wollen, wer sie früher waren. Ich bin mit mir im Reinen und will die Geister der Vergangenheit nicht mehr heraufbeschwören.«

Er sah Sol direkt an. »Glaub mir, das ist oft besser so.«

Kip sagte nichts. Er wusste nicht, ob es bei ihm auch besser wäre, nichts über seine unmittelbare Vergangenheit zu wissen. Vielleicht würde er mit der Zeit auch zu diesem Schluss kommen. Als er den Anweisungen Chorls ruhig zuhörte, sein Bett in Besitz nahm, seine Arbeitskleidung empfing und sie zusammen in die Kantine marschierten, um die erste gemeinsame Mahlzeit zu sich zu nehmen, kam er zu dem Schluss, dass er noch lange nicht so weit war.

Das Gefühl, dass ihm ein tiefes, umfassendes Unrecht widerfahren war, drängte sich ihm jäh mit einer so großen Macht auf, dass er ein

Zittern seiner Hände unterdrücken musste. Er gehörte nicht hierher. Noch schlimmer: Er hatte nichts getan, was so eine Strafe verdiente.

Dessen war er sich aus irgendeinem Grunde vollkommen sicher.

Progress 9

Hamid meldete sich im Manufaktorium und legte seinen Veteranenausweis vor. Die gewaltige Produktionsstätte, in der für das Imperium nicht nur Waffen, sondern auch Waffenfabriken hergestellt wurden, die dann auf anderen Welten installiert wurden und vollautomatisch weitere Waffen produzierten, lag gut zehn Kilometer von den Wohntürmen entfernt, ein hoch aufragendes Konglomerat an schwarzen Gebäuden, aus denen ständig irgendwelche Abgase austraten und über dem in der Luft das Flimmern der von den Maschinen abgestrahlten Hitze lag. Als Veteran hatte er ein Recht auf einen Arbeitsplatz und seine technische Ausbildung machte ihn für diese Tätigkeit zu einer idealen Besetzung. Der Rekruteur schaute sich seine Referenzen nur einen Moment lang an, dann lächelte er erfreut. Er bekam oft genug Bewerbungen von Leuten, deren größte Qualifikation darin bestand, verzweifelt zu sein, und für die war im Regelfall kein Platz. Diese Dokumente mussten für ihn eine echte Abwechslung darstellen.

»Sie haben drei technische Zertifikate, Veteran Hamid. Und Sie haben einen Dienstrang mit Verantwortung erreicht. Sie wissen, wie man Anordnungen gibt und Männer führt«, fasste er seinen Eindruck zusammen. Nicht als Frage, sondern als Feststellung.

»Und Frauen«, warf Hamid ein. Bei manchen war noch nicht angekommen, dass die Armee Soldaten beiderlei Geschlechts aufnahm und an die Front warf. Frauen aber waren im Manufaktorium nur im Verwaltungsbereich zu finden. Canopus war eine erzkonservative Welt, das zeigte sich in diesen Details. Der Rekruteur, ein blasser Mann unbestimmbaren Alters, verzog das Gesicht. Er mochte es wohl nicht, wenn man ihn korrigierte. Seinen Unwillen an Hamid auslassen, das konnte er jedoch nicht. Jede qualifizierte Kraft wurde gebraucht. Der Krieg riss alles an sich.

»Ich mache Sie zum Vorarbeiter. Sie bekommen eine Einarbeitungszeit von sechs Monaten in einem der Montagetrupps, das sollte für einen intelligenten Mann wie Sie ausreichen. Dann werden Sie Vorarbeiter. Anderthalbfaches Gehalt, zwei Urlaubstage mehr, eigene Dusche. Einverstanden?«

Er sah Hamid gar nicht richtig an. Natürlich lehnte niemand eine solche Stellung ab, der noch einigermaßen bei Verstand war.

Hamid stimmte zu. Es gab für ihn nicht viele Alternativen. Die ökonomische Situation auf Canopus war angespannt, es gab viele, vor allem jene, die nie eine Schule von innen gesehen hatten, die allein von den mageren Sozialdiensten lebten. Und von den halblegalen Geschäften, die jeder nebenher betrieb. Als Veteran hätte er sich noch für die Sicherheitskräfte bewerben können und man hätte ihn sicher mit Handkuss genommen. Genau wie hier hätte ihm sein alter Dienstgrad mindestens zu einem Sergeant gemacht, aber Hamid wollte keine Uniform mehr anziehen – und nicht auf jene einprügeln, zu denen er früher selbst gehört hatte. Die Polizei war der Schrecken seiner Kindheit gewesen; sich ihr plötzlich anzuschließen, war für ihn ein undenkbarer Schritt.

Dann lieber Vorarbeiter. Waffen bauen, mit denen andere Zehnjährige, die noch im Dienst standen, die Feinde des Imperiums, vor allem die Kalten, umbringen konnten. Kalte umbringen, das war etwas, was Hamid billigen konnte. Und er war beschäftigt. Seine Pension reichte an sich, von den Profiten seiner kleinen Nebenbeigeschäfte einmal ganz zu schweigen. Aber untätig herumzusitzen und sich mit Unterhaltungsprogrammen zududeln zu lassen – das war nicht sein Leben. Das war nicht das, was er werden und machen wollte.

Veteran Hamid hatte sich einen Rest Ehrgeiz bewahrt. Er gehörte noch nicht zum alten Eisen.

Er bekam einen Dienstausweis und wurde einer medizinischen Untersuchung unterzogen, die er erwartungsgemäß bestand. Sein Körper war vollgestopft mit Nanomotoren und Bots, die ihn auf höchster Leistungsfähigkeit hielten, solange er sich ausreichend ernährte. Sie waren so untrennbar mit seiner Physiologie verschmolzen, dass sie auch nach seinem Dienstende nicht deaktiviert werden konnten. Da Hamid als psychisch stabil galt, hatte man ihn ins Privatleben entlassen. Andere

Zehnjährige, deren Körper in noch viel größerem Ausmaße eine Waffe war, mussten in eine der Veteranenkolonien ziehen, oft weit weg von der übrigen Zivilisation, unter Aufsicht einer Garnison – und vieler Gehirnklempner, die sehr freigebig bunte Pillen verteilten.

Es war besser für alle Beteiligten.

Hamid war froh, dass ihm dieses Schicksal erspart geblieben war.

Die Formalitäten waren schnell erledigt und er bekam seinen Dienstplan. Mehr war nicht zu tun. Seine erste Schicht begann am nächsten Tag.

Er kehrte in seinen Wohnturm zurück. Die Fahrt zur Arbeit würde jeden Tag eine halbe Stunde im Vakuumzug bedeuten, dessen ranziges Aussehen, die fleckigen Plastikkissen, oft aufgerissen oder notdürftig geflickt, einiges über seine Passagiere aussagte. Der Zug war an sich lautlos, doch die alten Wagen knirschten und knackten unter der Beschleunigung und dem plötzlichen Abbremsen, und die blassen, rissigen Schirme mit ihren endlos sich wiederholenden Werbefilmchen hatten entweder keinen Ton mehr oder sonderten ein kaputtes Gejaule ab, das nur zu verstehen war, wenn man direkt danebenstand. Hamid nahm all dies in sich auf, denn es war nun seine Welt und dazu gehörten auch all die anderen Reisenden.

Diese starrten oft mit leeren Augen auf diese Darbietungen, auf die Anzeigen der Stationen oder stumpf vor sich hin. Niemand las. Das war etwas, was Hamid bemerkte. Niemand las! Er wusste, wie es war, sich zu langweilen. Das Militär war eine ständige Abfolge von hektischer Aktivität voller Anspannung mit endlosen Phasen nervtötender Warterei gewesen. Irgendwann hatte man seine Ausrüstung genug überprüft oder gesäubert, die aktuellen Briefings zum tausendsten Mal memoriert. Also las man. Es gab viele Soldaten, die in allen möglichen Situationen dazu imstande waren: im Feld, in engen Transportshuttles, in überfüllten Transportkabinen, beim manchmal stundenlang sich hinauszögernden Orbitalabsprung, beim Warten auf den nächsten Reparatureinsatz, eingepfercht mit den anderen Technikern in stinkenden Bereitschaftsräumen. Sie lasen oft, wenn sie müde waren, aber gleichzeitig zu aufgedreht, um schlafen zu können. Hamid hatte viel gelesen. Romane oft, aber auch Sachwerke, oft über die Welten, die sie gerade in Schutt und Asche legten, weil das der einzige Weg zu sein schien, die Kalten aufzuhalten. Er verband mit dem Lesen daher immer ein Gefühl der Melancholie, ausgelöst durch den Blick auf eine Realität, die es nicht mehr gab und die es wahrscheinlich auch nie mehr geben würde.

Im Zug las niemand. Keiner am Morgen, wie Hamid feststellte, als er seine Arbeit aufnahm, und keiner zu Schichtende, wenn man nach den neun Stunden wieder zurückkehrte. Hamid wunderte sich ein wenig darüber. Waren sie alle zu müde, zu erschöpft und kraftlos?

Er fragte sie nicht. Er nahm seinen Kommunikator mit, von dem er gleichzeitig lesen konnte, und er merkte, dass ihn dies zu einem Exoten machte. Hamid war sich dieser Rolle bewusst. Exot zu sein, dazu genügte es schon, ein Zehnjähriger zu sein, der das Ende seiner Dienstzeit überlebte, ohne massive psychische und physische Schäden davongetragen zu haben. Er lernte bei der Arbeit Leute kennen, die ihm kein Wort glauben wollten über sein bisheriges Leben. Er beschloss daraufhin, es nur noch anzusprechen, wenn es sich gar nicht vermeiden ließ.

Hamid drängte sich niemandem auf.

Er wollte Ruhe, Frieden, Zeit für sich selbst. Eine Normalität, die keine großen Ansprüche stellte, die bescheiden war, fast demütig. Die Vergangenheit hatte ihn zehn Jahre durch die Galaxis gewirbelt und er hatte zu viel gesehen, zu viel getan. Es war Zeit, einen Gang herunterzuschalten. Eine Weile nur immer das Gleiche zu tun, zu sehen, zu sprechen und zu leben. Hamid war dankbar dafür, dass er überlebt hatte, und er war dankbar dafür, dass das Imperium ihm als Veteranen die Tür zur Normalität geöffnet hatte. In diese wollte er eintauchen wie in ein heißes Bad und darin verbleiben, bis er die Entspannung gefunden hatte, nach der es ihn verlangte.

Am fünften Tag seiner Arbeit verließ Hamid den Zug an seiner Station. Es war bisher gut gelaufen. Natürlich gab es noch einiges zu lernen, aber all das war kein Hexenwerk. Er war mit sich und seinen Aussichten zufrieden, als er seine Schicht beendet hatte.

Es war dunkel draußen und der Sternenhimmel wurde durch eine dichte Wolkendecke verhüllt, die die Dunkelheit vollkommen machte. Das flackernde Licht der Neonbeleuchtung tauchte den Weg von der Station zum Fahrstuhl, der ihn von der unterirdischen Zugangsstelle in das richtige Stockwerk des Turms bringen würde, in ein fahlblaues

Licht. An den Wänden der Gänge die üblichen Schmierereien, in der künstlichen Beleuchtung besonders gut zu erkennen. Auf dem Boden hockten zwei Obdachlose, schnarchten betrunken, die Hände noch im Schlummer bittend geöffnet. Hamid wollte vorbeigehen, da fiel sein Blick auf das kleine Tattoo an der Handinnenfläche eines der Schlafenden. Er kannte das Symbol. Noch ein Zehnjähriger, der überlebt hatte, um dann, wie es schien, am Leben zu scheitern. Hamid beugte sich hinunter, legte ein Geldstück in die Hand des Betrunkenen, drückte die Hand zu, die sich reflexartig um die Münze schloss.

Genug für eine Flasche, genug für einige Stunden des Vergessens.

Hamid betrat den Fahrstuhl. Er war nicht allein. Einige im Turm arbeiteten wie er die gleiche Schicht, abgehärmte Gesichter erwiderten seinen Blick, taxierten seinen Overall. Gemurmelte, gegrunzte Begrüßungen, kein Gespräch. Der Fahrstuhl spie sie aus, einen nach dem anderen, und als Hamid sein Stockwerk erreicht hatte, war er fast schon wieder alleine.

Es regnete wieder.

Hamid spürte den Luftzug vom Rand des Turms, als er den Gang zur Außengalerie entlangspazierte. Er blieb einen Moment stehen, schaute in die Nacht, sah die Lichter der Türme, die Positionslampen der Schweber. Alles lag unter einem diesigen Dunst und Hamid wischte sich die feine Feuchtigkeit von der Stirn, die sich einem schmierigen Film gleich auf seine Haut gelegt hatte. Es war nicht richtig kühl, sondern lauwarm – nicht angenehm.

Er erreichte wenige Augenblicke später sein Apartment. Ehe er es aufschloss, schaute er nach links. Drei Türen weiter waren Schatten zu erkennen, kaum auszumachen bei der schlechten Beleuchtung, aber Gestalten, die sich bewegten.

Hamid hielt inne. Alles in ihm schrie danach, einfach die Tür zu öffnen, in der Wohnung zu verschwinden. Ein Abendessen, vielleicht noch die Nachrichten, vielleicht ein gutes Buch, ganz sicher eine Dusche: Ja, das war sein Plan.

Er ließ die Hand sinken.

Sein Instinkt schrie auch und das viel, viel lauter als sein Bedürfnis nach Ruhe und Ignoranz.

Er wandte sich um, ging ein paar Schritte in Richtung der Schatten.

Er hatte sich nicht geirrt. Zwei junge Männer, gebeugt über eine dritte Person, die am Boden lag. Eine Frau dazu noch. Hamid war altmodisch in diesen Dingen. Er kannte viele Frauen, die es mit einem Dutzend Halbstarker aufnehmen konnten und keine Galanterie benötigten, sowohl welche, die Uniform trugen, als auch solche, mit denen er aufgewachsen war. Diese hier sah aber nicht so aus. Einkaufstaschen lagen auf dem Boden, Nahrungsmittel verstreut. Sie war bewusstlos. Ihr Kopf blutete. Das Blut schimmerte im fahlen Licht der Beleuchtung.

Er reagierte ganz automatisch. Ganz altmodisch.

»He!«, rief Hamid.

Köpfe zuckten nach oben. Hände griffen nach Messern. Ein Blitzen. Hamid machte einen Schritt zurück. Wer eine Waffe trug, war im Vorteil. Das lernte man rasch, den ganzen Scheiß um waffenlose Selbstverteidigung mit großer Vorsicht zu genießen. Er ging im Geiste blitzschnell durch, was er bei sich hatte. Nichts davon war geeignet, einen Menschen zu verletzen.

Also musste er sich die Waffe von dem besorgen, der sie trug.

Das war *verdammt* riskant.

»Angst, mein Kleiner?«, sagte er sanft. Das wirkte. Es war so vorhersehbar. Die Kids waren immer die gleichen, aufgepustet durch Testosteron und Drogen und durch ihre eigene Verzweiflung. Schlau, aber nicht klug.

Und meistens auch nicht schlau genug.

»Verpiss dich!«, zischte der Vernünftigere.

»Arschloch!«, rief der Vorwitzige. Der machte einen Schritt nach vorne. Das Messer hielt er nicht vor sich, sondern halb hinter seinem Körper, während er mit der anderen Hand auf Hamid zeigte, gestikulierte, die Aufmerksamkeit auf sich lenkte. Der Messerstecher wusste, was er tat. Er war sehr von sich überzeugt.

»Du traust dich nicht«, sagte Hamid mit einer feinen Spur Verachtung in der Stimme. Noch ein Schritt zurück. Abstand zu Nummer zwei, der beim Opfer blieb, dieses aber nicht beachtete, sondern zusehen wollte, wie sein Kumpan den Fremden fertigmachte. Abstand. Hamid wollte den Abstand. Eine Waffe erobern und genug Zeit, sie gegen den anderen zu führen.

»Pisser!«

Das Messer zuckte nach vorne. Er war schnell. Hamid hatte aber damit gerechnet und er war schneller. Seine Ausbildung setzte ein, die Reflexe starteten, die Nanos in seinen Muskeln, Sehnen und Gelenken wurden aktiviert. Das Messer fuhr durch die Luft, Hamid ergriff das Handgelenk, drückte zu. Ein trockenes Knacken, ein Schrei, und die Klinge fuhr zu Boden. Der Messerstecher folgte ihr, auf den Knien, stieß einen weiteren, hohen Schrei aus, jetzt gar nicht mehr der harte Junge, jetzt das weinende Kind mit dem gebrochenen Gelenk.

Hamid bückte sich, hielt das Heft des Messers in der Hand, prüfte es. Gut ausbalanciert.

Ein Schmuckstück.

Er stand auf und sah nur noch den Rücken des anderen, wie er rasch in der Dunkelheit verschwand, eilige Schritte, Stille, nur das Wimmern des Verletzten blieb. Hamid steckte die Waffe ein, beugte sich zu der Frau hinab, fühlte ihren Puls. Sie lebte. Er erhob sich, ging in sein Apartment, holte die Erste-Hilfe-Ausrüstung hervor, ein Militärset, ein Erbe seines Dienstes. Das Schmerzmittel für den Messerstecher, dann eine provisorische Bandage. Ein Jaulen war zu hören, erst entfernt, dann lauter. Jemand hatte die Sicherheitskräfte gerufen. Angst stand in den Augen des Halbstarken und Hamid wusste genau, warum. Aber er stand jetzt auf der Seite, die nachts nicht überfallen werden wollte.

»Pech«, sagte er zu dem Jungen, der ihn verzweifelt anstarrte. »Der Pisser hat gewonnen.«

Dann kümmerte er sich um die Frau, die langsam aus der Bewusstlosigkeit erwachte, irritiert darüber, dass ein Wildfremder ihre Platzwunde versorgte und dabei sowohl Sanftheit wie auch Professionalität an den Tag legte. Sie ließ es mit sich geschehen. Als Hamid anfing, ihre Vorräte aufzusammeln, protestierte sie schwach.

»Ich kann das ... ich habe kein Geld ...«, sagte sie.

»Ich möchte nichts dafür. Mein Name ist Hamid. Ich bin ein Nachbar.«

Das Licht wurde heller, die ankommenden Polizisten hatten den Generator hochgedreht. Uniformen waren sichtbar, die die Waffen wieder einsteckten, als klar wurde, dass die Gefahr vorbei war. Den Halbstarken nahmen sie mit, ohne auch nur den Versuch eines Verhörs zu machen, und ein Sergeant starrte Hamid misstrauisch an, als dieser ihm das Messer überreichte.

»Sie gehören keiner Gang an?«, fragte er.

»Ich bin ein Zehnjähriger, gerade erst zurückgekehrt. Arbeiter im Manufaktorium. Ich kam gerade von meiner Schicht zurück.«

Die Haltung des Sergeants entspannte sich nicht. Hamid nahm ihm das nicht übel. Es gab solche und solche.

»Wir werden die Kameraaufzeichnungen auswerten«, kündigte der Polizist an und zeigte auf die kleinen Halbkugeln an der Decke. »Wir werden Sie diesbezüglich noch einmal ansprechen, sollten sich Unstimmigkeiten ergeben.«

Hamid wusste, dass dem so sein würde. Ein Zehnjähriger kehrte mit einem Bonus nach Hause – was gab es da Schöneres für einen Gesetzeshüter, als mit fabrizierten Anklagen den eigenen Anteil an dieser Summe einzufordern, um »noch einmal ein Auge zuzudrücken«?

Er wusste auch, wie er damit umzugehen hatte, wenn es so weit war.

Als die Polizisten abgezogen waren, stand das Opfer immer noch vor dem Eingang ihres Apartments. Sie war eine Frau etwa in Hamids Alter, mit einem schmalen Gesicht, in das sich viel zu früh Sorgenfalten eingegraben hatten. Dennoch war einiges von einstiger Schönheit erkennbar und sie starrte Hamid mit einem ergebenen Ausdruck an, den er kannte.

So war er nicht.

Er hob die Hände.

»Ich bin Hamid und nur ein Nachbar. Da drüben, in Apartment 17. Ich kam nach Hause von der Schicht und hörte Geräusche.«

Sie nickte, immer noch fatalistisch. Hamid schüttelte den Kopf.

»Ich will keine Belohnung. Kein Geld. Keinen Sex. Ich bin ab jetzt auch nicht Ihr Beschützer. Ich bin nur ein Nachbar.«

Der Gesichtsausdruck der Frau wandelte sich etwas, als ob sie aus einem Käfig ins Freie trat, sich umsah, die neu gewonnene Freiheit nicht recht glauben konnte, dem guten Schicksal misstraute. Zögerlich streckte sie ihre schmale Hand aus.

»Ich bin Kenya.«

»Freut mich.«

»Sie arbeiten?«

Hamid nickte. »Im Manufaktorium. Und Sie?«

»Nachtschicht im Depot.«

Das Depot eines jeden Turms war die offizielle Verteilstelle für subventionierte Dinge des täglichen Gebrauchs, die von jedem Bürger mit Bezugsberechtigung erworben werden konnten. Wer dort arbeitete, hatte es geschafft, den winzigen Schritt von der Bezugsberechtigung zu richtiger Beschäftigung zu gehen, aber viel war das nicht.

»Passiert das hier öfters?«

»Manchmal. Die Etage hier ist eigentlich ruhig. Weiter unten ist es wilder.«

»Ich werde auf mich aufpassen.«

»Das sollten Sie. Man kennt Sie jetzt. Der Typ da … der wird Sie nicht vergessen.«

Hamid nickte. Er wusste, wovon sie sprach. Er hatte all das schon einmal erlebt, nur von der anderen Seite. Er war einer der Typen mit dem Messer gewesen und es gab wenig, an das er sich mit größerer Abscheu zurückerinnerte als an das. Doch er entsann sich jener Tage, denn damals hatte er gut gelernt, was er auf keinen Fall sein und bleiben wollte.

»Ich werde mich darum kümmern, wenn etwas passiert«, sagte er ruhig.

Die Frau griff in ihre Tasche. »Es wäre alles nicht passiert, wenn ich mich nicht danach gebückt hätte.«

Plötzlich wurde es hell. Das trübe Dämmerlicht der Umgebung wich zur Seite und machte einem warmen, strahlenden Glanz Platz. Was auch immer die Frau da in Händen hielt, es gab ein intensives, aber nicht durchdringendes Licht ab, das auf eine seltsame Weise beruhigend und vertrauenseinflößend wirkte.

Hamid machte einen Schritt auf sie zu, seine Neugierde auf seltsame Weise angestachelt.

»Was ist das?«

»Ich weiß es nicht. Es lag am Boden, direkt vor meiner Tür. Ich steckte es ein, weil …« Kenya suchte nach Worten. »Ich weiß nicht. Es fühlte sich einfach richtig an.«

»Ist es heiß?«

»Nein, angenehm warm. Es schmeichelt der Hand.«

Hamid nahm den Gegenstand von ihr entgegen und fand ihre Aussage bestätigt. Ein Gefühl wohliger Zufriedenheit erfüllte ihn, ohne betäubend zu wirken. Er versenkte seinen Blick in der angenehmen Helligkeit und es war ihm, als würde er in einem warmen Schauer der Freude baden. Es war kein ekstatisches Gefühl, keine alles überwältigende Glückseligkeit, die das Denken ausschaltete und einen zum Sklaven der ausgeschütteten Endorphine machte. Es war ... alles war ... *gut*.

Es gab keine bessere Beschreibung dieses Eindrucks. Auch Hamids natürliches Misstrauen wurde dadurch nicht unterdrückt, nur relativiert. Er gab Kenya das Ding zurück.

»Es macht keinen gefährlichen Eindruck«, sagte er dann. »Aber ich würde es gerne untersuchen. Es gibt heutzutage so viele Tricks ... Wir müssen sicher sein.«

»Untersuchen?«

»Ich habe einige Instrumente ... aus meiner Dienstzeit. Ich will mich nicht aufdrängen. Aber ich würde mir das Ding gerne genauer ansehen. Ich werde es nicht beschädigen.« Er runzelte die Stirn. »Ich bin mir nicht einmal sicher, ob ich das überhaupt könnte.«

Kenya sah ihn unsicher an, dann nickte sie langsam. Sie schien etwas Vertrauen in Hamid gefasst zu haben. Ihre bisherigen Erfahrungen mit Männern mussten ernüchternd gewesen sein. Hamid war nicht überrascht. Er hatte es bei seiner Mutter miterlebt, ihre stetig wechselnden Liebschaften und die Art des Missbrauchs, deren Opfer sie gewesen war, immer auf der Suche nach dem einen, der sie und ihre Kinder aus dem Slum holen würde, während sie sich in endlosen Schichten für wenig Geld selbst aufbrauchte. Kenya war noch nicht so weit, sie schien allein zu leben. Aber das Leben hatte sie gezeichnet.

Hamid schüttelte sacht den Kopf. Das galt wohl für sie alle.

»Gut«, sagte sie und versuchte erneut ein Lächeln. »Vielleicht morgen? Ich habe meinen freien Tag.«

»Nach meiner Schicht«, sagte Hamid. »Ich bin noch in der Probezeit.«

»Sie haben neu angefangen?«

»Ich komme vom Dienst.«

Kenya nickte, in den Augen Respekt und Angst. »Es kommen nicht viele Zehnjährige hierher.«

»Viele schaffen es nicht. Und viele von denen, die es schaffen, sollten nur noch unter ihresgleichen leben.«

»Sie haben es gut überstanden.«

»Ich hatte Glück. Und ich war schon immer ein wenig eigensinnig.«

Kenya lächelte, diesmal etwas offener. Sie reichte ihm erneut ihre Hand.

»Also nach der Schicht. Möglicherweise gibt es sogar etwas zu essen.«

Hamid hob die Augenbrauen. »Ein Date? Ich bin überwältigt.«

»Erwarten Sie nicht zu viel. Ich habe den gleichen Automaten in der Wohnung wie Sie.«

»Ich kann etwas Wein mitbringen. Trinken Sie Wein?«

»Nein. Den billigen mag ich nicht, den teuren ...« Sie ließ den Rest des Satzes offen.

»Ich bringe teuren«, meinte er.

»Dann ein Glas, weil Sie Geld dafür ausgeben.«

Sie trennten sich in gegenseitigem Einvernehmen und Hamid freute sich, was eine Schlägerei doch für positive Konsequenzen haben konnte. Er begann, soziale Kontakte zu knüpfen, und ja, er begegnete diesem Prozess mit einem Hauch von Misstrauen. Das Militär produzierte gewisse unbewusste Verhaltensweisen, die im zivilen Leben nicht immer funktionierten oder gar irritierend und abstoßend wirkten. Er musste sich dessen gewahr sein, Vorsicht walten lassen. Das führte zumindest bei einem Mann wie ihm zu einer gewissen Schüchternheit. Lieber nichts tun als das Falsche. Zumindest bei Kenya schien er aber alles richtig gemacht zu haben. Jemanden blutig prügeln war jedenfalls ein Einstieg gewesen, der es ihm leichter gemacht hatte als andere Situationen.

Hamid lächelte, als er sein Apartment betrat.

Er war gar nicht mehr müde.

Progress 10

Holoban Kerr hatte dann irgendwann damit begonnen, mit der etwas schwachen KI des Transporters zu reden. Er hatte schnell gemerkt, dass die Themenwahl etwas eingeschränkt war, wenn er tatsächlich eine Antwort erhalten wollte. Das Wetter zum Beispiel. Es war auf Friedberts Grab immer gleich, düster, diesig, regnerisch, mit einem Chemikaliencocktail als Niederschlag, aus dem man mit etwas Glück Kunstfasern herstellen konnte. Die KI erwiderte seine Versuche, über dieses Phänomen zu plaudern, mit Wetterberichten, die umso genauer wurden, je mehr er auf diesem Thema insistierte. Auch bei anderen Gelegenheiten war die KI zwar stets bemüht, seinem Informationsbedürfnis Genüge zu tun, die Variationsbreite ihrer Antworten aber war eingeschränkt.

Er gab ihr trotzdem einen Namen. Er nannte sie Elsa.

Tiefsinniges Philosophieren lag ihr nicht, ein wesentlicher Unterschied zum Schiffskern der FRIEDBERT, der sehr belesen gewesen war und sich selbst als »geläuterten Existenzialisten« bezeichnet hatte. Eine interessante Einstellung für ein Elektronengehirn, das den Turing-Test bestand und ansonsten vornehmlich damit befasst war, einen alten Transporter am Leben zu erhalten. Was sagte die Tatsache, dass die FRIEDBERT trotz dieser Einstellung an den Umständen der Existenz gescheitert war, über die philosophische Grundhaltung ihrer KI aus? Kerr hätte sie liebend gern befragt, aber das Schiff hatte den Computerkern mit in den Tod genommen.

Kerr vermisste die KI seines Schiffes sehr. Es war, als hätte er einen Freund verloren, und im Grunde war das auch korrekt.

Irgendwann, nach gut einhundert Kilometern und stundenlangem Starren aus der Führerkanzel in die diesige, dunstige Welt da draußen, hatte

Kerr dann auch damit begonnen, mit sich selbst zu sprechen. Das war etwas, was Alarm in ihm auslöste, denn er war immer der Ansicht gewesen, dies sei ein Zeichen von Beeinträchtigungen seiner geistigen Gesundheit. Dennoch ertappte er sich immer wieder dabei, wie er sich erzählte, auf welche Weise der Nahrungsautomat den besten Kaffee brühte, was genau an Menüpackung A5 besser war als an A6 (es war der Nachtisch) und ob die Furche vor seinem Transporter als Weg geeignet war oder eher Probleme bereiten würde. Derzeit waren diese Selbstgespräche noch relativ harmlos und führten nur dann zu Verwirrungen, wenn die KI sein Gemurmel als Anweisung oder Frage missverstand. Aber sie war eben eine Intelligenz und tatsächlich dauerte es nicht lange und es gelang ihr zu unterscheiden, wann ihr Herr und Meister mit sich selbst oder mit ihr sprach.

Kerr aber machte sich Sorgen. Er war jetzt noch keine drei Wochen auf Friedberts Grab und er begann bereits, wunderlich zu werden. Das war ihm in all den einsamen Monaten im Weltall nie passiert. War es die deprimierende Ansicht, die diese Welt bot? Die Tatsache, dass er, der Pilot, auf Ballonreifen durch die bröckelige Gegend fuhr, anstatt über ein Schiff zu gebieten, das den Raum krümmen konnte? Er war sich nicht sicher, aber er befürchtete, dass es von hier aus nur noch abwärts gehen konnte.

Er musste irgendwann vor sich selbst zugeben, dass er ein Schiffbrüchiger war, der auf einer lebensfeindlichen und tödlich langweiligen Welt umherirrte und, wenn die Vorräte reichten und nichts Unvorhergesehenes geschah, diese Odyssee noch einige Jahre fortsetzen würde. Der chemikalische Cocktail, der diese Welt ausmachte, hatte organische Moleküle aufzuweisen und die Nahrungsmixer des Transporters hatten signalisiert, dass sie daraus zusätzliche Proteinriegel herstellen und sogar trinkbares Wasser destillieren konnten. Er würde tatsächlich nicht verhungern oder verdursten, höchstens in die Gefahr geraten, sich selbst zu töten, und sei es nur, indem er sich durch sein ewiges Monologisieren selbst zu Tode langweilte.

Es waren also fast genau drei Wochen, seit er das Wrack seines Schiffes verlassen hatte, als der Transporter über den Kamm eines Abhanges glitt und sich vor dem Blick des Piloten ein Tal erstreckte. Das war schon beinahe aufregend. Friedberts Grab war im Großen und Ganzen eine alte, von Erosion abgeschliffene Welt, die wenig spannende Geologie aufwies.

Ein paar Berge hatten sich rasch als sanfte Hügel entpuppt, Schluchten als bloße Risse und Flüsse als flache Bäche, die einfach nur breit waren, aber deren träges Dahinfließen beinahe genauso einschläfernd war wie die Inhalte von Kerrs Selbstgesprächen.

»Ein Tal«, sagte Kerr. »Das ist ja mal was Spannendes.«

Es verstand sich von selbst, dass er den Transporter den erstbesten Abhang hinuntersteuerte, um sich ein wenig Abwechslung zu verschaffen. Das Tal hatte laut Radar einen nicht unbeträchtlichen Durchmesser, fast sieben Kilometer, und war oval geformt, schlängelte sich zum Schluss enger werdend zwischen zwei Hügelketten entlang. Der Transporter arbeitete sich eine Stunde lang vorwärts, dann wurde es ein wenig schwieriger, weil der Boden hier unten weicher zu sein schien.

Er begann gerade, sich selbst die Anzeigen der Geräte vorzulesen, als ein Warnton die Kanzel erfüllte und er seinen Monolog sogleich abbrach.

Ein *Warnton*?

Es gab hier etwas, auf das er achten sollte?

Er beugte sich nach vorne. Wie aus einem Nebel schälten sich neue Angaben des Radars. Holoban Kerr traute seinen Augen nicht. Er wiederholte die Messungen mehrmals, bis er sich absolut sicher war. Sein Herz begann zu klopfen. Mit so viel Abwechslung hatte er nicht gerechnet. Und vor allem nicht mit dieser Art von Aufregung. Er war für einen Moment überrumpelt, und als die Erkenntnis in ihm einsickerte, war seine erste Reaktion, wieder mit sich selbst zu sprechen.

»Eine Stadt«, murmelte er. Eine andere Erklärung konnte es dafür nicht geben! Die in rechten Winkeln zueinander angeordneten Objekte, alle mehrere Meter im Durchmesser, die langen, schmalen Zwischenräume, Straßen oder Wegen gleich, die exakt identische Bauform der Objekte: All dies wirkte wie eine Stadt vom Reißbrett auf ihn. Die Gebäude schälten sich aus dem Dunst, je näher das Fahrzeug kam, und die Art, wie sich die Bauwerke in das Tal schmiegten, ließ keinen Zweifel daran offen, dass sie künstlichen Ursprungs waren.

Er würde jedoch erst Gewissheit haben, wenn er es sich genauer ansah, und da er gerade nichts Besseres vorhatte, tat er genau das.

Er beschleunigte den Transporter so weit, wie das Terrain es zuließ, und begann, eine Karte der Gegend ausmessen zu lassen. Je näher sie kamen, desto mehr Details enthüllten die Scanner. Die Siedlung, so nannte

Kerr sie erst einmal, erstreckte sich über etwa zwei Quadratkilometer und die Gebäude waren im Schnitt drei bis vier Meter hoch, mit einer Ausnahme dort, wo Kerr das Stadtzentrum vermutete. Dort stand ein kuppelförmiger Bau, der die rechtwinklige Monotonie der sonst vorherrschenden Architektur durchbrach. Die Gebäude bestanden aus Stein, während die Kuppel aus einem künstlichen Material gebaut worden war, einer Art Plastik, nicht unähnlich den Stahlplasten, die im Imperium üblicherweise verwendet wurden. Mehr konnten seine Instrumente nicht erfassen. Dies war ein Militärfahrzeug, kein Vehikel einer wissenschaftlichen Expedition.

Und Kerr war kein Wissenschaftler. Alles fand seine Grenzen.

Kerr steuerte den Transporter näher und musste schnell feststellen, dass die Gassen recht eng waren und das Fahrzeug selbst auf den breiteren nur mit Mühe manövrieren konnte. Außerdem warfen die Messungen aus, dass die Gebäude nur die Oberfläche der Anlage waren: Diese erstreckte sich über mehrere Etagen unterhalb der Erde weiter, war dort im Grunde größer als im sichtbaren Teil. Es gab keinen Zweifel. Wollte Kerr seine Erkundung nicht vorzeitig abbrechen, musste er den Transporter verlassen und zu Fuß weitermachen.

Er zögerte keinen Moment. Der Monotonie und dem schleichenden Wahnsinn zu entkommen, das war für ihn absolut prioritär.

Sein Druckanzug war einsatzbereit und er schnallte sich allerlei Ausrüstungsgegenstände um, einen leistungsfähigen Handscanner, zusätzliche Patronen mit Druckluft, eine Waffe. Mit dem Transporter würde ihn eine Standleitung verbinden, die er nicht abzuschalten gedachte. Elsa würde das Gebiet unter Beobachtung halten. Sollte sich etwas tun, wusste er es sofort.

Aber es würde sich nichts tun.

Als er ins Freie trat und der sanfte Wind leicht an ihm zerrte, sah er noch einmal viel deutlicher, wie weit der Verfallsprozess der Gebäude fortgeschritten war. Hier war schon sehr lange niemand mehr gewesen und die ehemaligen Bewohner hatten diese Welt entweder verlassen oder waren auf ihr zugrunde gegangen. Ein anderer Eindruck drängte sich Kerr schlicht nicht auf.

Er machte einige vorsichtige Schritte. Dann ging er auf das nächstgelegene Gebäude zu, viereckig, mit verdreckten, verwitterten Wänden.

Er umkreiste es vorsichtig und stellte fest, dass es weder Fenster noch andere Öffnungen hatte. Nicht einmal eine Tür. Seine Idee, dass es sich hierbei um Häuser handelte, wurde etwas erschüttert. Was nützte eine Behausung, die man weder betreten noch verlassen konnte?

Auf der Rückseite fand er eine in Stein gehauene Treppe, die direkt mit der Wand abschloss und zum Dach führte. Sie wirkte wie hingegossen und hatte kein Geländer. Möglicherweise war dieses aus einem anderen Material gefertigt gewesen und längst vom Zahn der Zeit vernichtet worden.

Oder es war keine Treppe und sah nur so aus. Kerr benutzte sie trotzdem, erst vorsichtig und prüfend, dann mutig, und er erklomm sie bis zum Dach. Als er es erreicht hatte, erklärte sich das Fehlen der Türen und Fenster: Es gab einen Innenhof und dort gähnten türgroße Öffnungen im Gesteinsmaterial. Was für eine Zivilisation erforderte von Besuchern erst, zwei Treppen zu benutzen, um ein Haus zu betreten? Vor was wollte man sich schützen?

Gute Fragen, auf die ein simpler Pilot wie Kerr keine Antworten fand. Er nahm es zur Kenntnis, schaltete den kräftigen Brustscheinwerfer ein und betrat den Innenhof über die inwändig gelegene Treppe. Der Boden war bröckelig unter seinen Füßen, als er den erstbesten Türrahmen durchschritt. Auch hier war die eigentliche Tür verschwunden. Er leuchtete in einen Gang, der nur von Erde und Staub erfüllt war. Von ihm gingen weitere Türöffnungen ab und in den wenigen Räumen, die sofort zugänglich waren, sah Kerr nicht sehr viel mehr als undefinierbare Reste von Gegenständen, vielleicht zerfallene Möbel oder etwas anderes, deren unförmige Gestalt darauf hinwies, dass sie seit Ewigkeiten hier herumstanden und ihr wahres, ursprüngliches Aussehen für einen Laien wie Kerr wohl niemals erkennbar sein würde. Ein Team an Archäologen mit der richtigen Ausrüstung und viel Zeit würde ganz sicher interessante Erkenntnisse gewinnen.

Doch nach dem vierten Raum voller Staub, Dreck und dem gelegentlichen Haufen Überreste verlor Kerr ein wenig an Enthusiasmus. Er beschloss, das Nachbargebäude aufzusuchen, obgleich er sich nicht allzu viel davon versprach.

Erwartungsgemäß fand er darin nichts vor, was sein Interesse anstachelte. Nach einer guten halben Stunde, in denen der spannendste

Augenblick gewesen war, als er über ein im Staub verborgenes Stück Schrott gestolpert war, kehrte er etwas enttäuscht in den Transporter zurück. Sicher, es war grundsätzlich faszinierend, die Reste einer wahrscheinlich untergegangenen Zivilisation entdeckt zu haben. Doch wenn diese Reste nur noch aus halb verfallenen Gebäuden und einem Haufen Dreck bestanden, die alleine einem Experten noch schlaflose Nächte freudiger Erwartung beschert hätten, dann war das nicht ganz das, was Holoban Kerr sich vorgestellt hatte.

Absurd, ja. Was hatte er erwartet? Dass degenerierte Monstren auf ihn zumarschieren würden? Oder dass weise Aliens ihm den Weg zurück in die menschliche Zivilisation wiesen? Ein lange verschütteter Supercomputer, der ihn aus Freude über einen neuen Herrn mit Machtmitteln, Geld und schönen Frauen ausstatten würde? Kerr zieh sich der Dummheit. Die Ruinen waren das, was ein vernünftiger Mensch von Ruinen erwarten konnte, nicht mehr und nicht weniger. Selbst jemand, der begonnen hatte, mit sich selbst zu reden, hätte das einsehen sollen.

Entsprechend durch sich selbst zurechtgewiesen, startete Kerr den Transporter und fuhr vorsichtig auf die zentrale Kuppel zu, die einzig noch Neues verhieß. Er ließ die Aufzeichnungsgeräte des Fahrzeugs laufen. Vielleicht, wer wusste das schon, würde eines fernen Tages jemand damit etwas anfangen können, der sich auskannte, wenn er die Speichermedien neben der vertrockneten Leiche des Piloten fand.

Vorsicht!, mahnte sich Kerr. *Jetzt fängst du an, morbid zu werden.*

Die Kuppel war beeindruckend hoch, an ihrer höchsten Stelle sicher gute sechzig Meter. Sie war außerdem wie ein Zelt aufgespannt und ruhte auf Säulen, zwischen denen man problemlos umherwandern konnte. Das Baumaterial zeigte kaum Zeichen von Verwitterung, sodass Kerr, als er den Transporter wieder verließ und zu spazieren begann, für einen Moment annahm, dieses Bauwerk sei neu. Doch unter dem großen, weit geschwungenen Dach lag der gleiche Staub und Dreck, die gleichen Reste von Dingen, Verfall, Erosion, die Zeichen der Zeit. Es bestand für den Piloten kein Zweifel daran, dass diese Kuppel ebenso alt war wie der Rest der Siedlung und dass das andere, widerstandsfähigere Baumaterial allein der Grund dafür war, dass sie nicht so verwittert aussah. Er wanderte durch den Bau, schaute nach oben, bewunderte die Architektur, die so etwas wie Erhabenheit ausstrahlte, und fand dann den Zugang in die Tiefe. Es war unmissverständlich, nicht zu übersehen. Die breite Tür, die einmal dort gewesen sein mochte, wo der Boden in einer Breite von zwei Metern leicht abschüssig wurde und seine Schritte unter die Oberfläche führte, war natürlich verschwunden. Aber es war ein Gang, wie eine Garageneinfahrt, die den Weg nach unten öffnete. Dort war, wenn die Messdaten stimmten, weitaus mehr zu erkunden als an der Oberfläche. Kerr zögerte nur kurz. Natürlich war ein Risiko damit verbunden. Unterirdische Kavernen mochten einsturzgefährdet sein. Er musste Vorsorge treffen, ehe er dort hinabstieg.

Er versorgte sich mit zusätzlichem Werkzeug, einem Schneidbrenner, einer Vibroschaufel. Dann aber entschloss er sich, zumindest die nähere Umgebung des Eingangs zu erforschen. Er spürte wieder ein wenig die Aufregung und Vorfreude.

Der starke Scheinwerfer erhellte den abschüssigen Gang. Je weiter er sich vom Eingang entfernte, desto weniger Dreck wurde sichtbar. Irgendwann war der Wind nicht mehr stark genug gewesen, Erde in die Tiefe zu blasen. Es wirkte alles immer noch verfallen, alt, aber nicht halb so baufällig, wie Kerr es befürchtet hatte. Das mochte auch daran liegen, dass die Wände und Decken aus dem gleichen widerstandsfähigen Material gefertigt waren wie die Kuppel. Es war, als wären zwei unterschiedliche Zivilisationen – oder Entwicklungsstadien – an diesem Ort zusammengekommen. Doch wer war zuerst da gewesen – die Erbauer der Steingebäude oder die der Plastikkonstruktion? Und welche war älter? Die Steingebäude waren noch nicht völlig verfallen und sie waren sehr stabil konstruiert, mit einem Stein, der dem Wind zu trotzen imstande war. 500 Jahre? 1000? Kerr hatte nicht das notwendige Instrumentarium, um das festzustellen. Selbst wenn er es gehabt hätte, wüsste er nicht, welche Fragen er den Instrumenten zu stellen hatte, um die gewünschten Antworten zu erhalten. Das war schlicht nicht sein Fachgebiet.

Die unterirdischen Anlagen standen voller Gegenstände – Möbel, technische Apparaturen – und sie alle wirkten dermaßen fremdartig, dass Kerr das eine nicht vom anderen zu unterscheiden vermochte. Da waren fassförmige Dinge, in die viereckige Aussparungen eingearbeitet worden waren und die auf Podesten standen, die so etwas wie Energieverbindungen zu haben schienen, etwa wie Ladestationen. An der Wand hingen lange Röhren, die nur an einem Ende befestigt schienen, deren

Öffnungen aber frei waren und die entweder dekorativ waren oder einem unbekannten technischen Zweck dienten. In manchen Räumen fanden sich Furchen im Boden, Gleisen gleich, die streckenweise auch in die Gänge hinausführten, manche Räume miteinander verbanden, andere aussparten, wie ein sehr selektives unterirdisches Transportsystem. Die dazugehörigen Wagen fand Kerr aber nicht, vielleicht verharrten sie in irgendeinem zentralen Depot. In einem Raum entdeckte er eine trogartige Wanne, in der konisch geformte Gegenstände lagen, aus einem tiefschwarzen, beim Einfall von Licht schimmernden Material. Diese Gegenstände waren nicht makellos, sondern hatten Aussparungen und Aufsätze, einige halbtransparente Elemente, durch die man meinte, ins Innere sehen zu können. Kerr hatte den Eindruck, so etwas wie einen Bausatz vor sich zu haben, denn er vermutete, dass einige dieser Teile aneinandergefügt werden konnten wie in einem Puzzle. Als er eines anhob, stellte er fest, dass es sehr schwer war, und er stellte seine Bemühungen rasch wieder ein.

Es war hier unten alles viel spannender als oben und mit jedem Schritt fühlte sich Kerr sicherer. An Umkehren dachte er nicht. Sein Anzugcomputer behielt den zurückgelegten Weg im Auge, sich verirren war unmöglich. Die Anlage schien sicher. Kerr entdeckte weder Risse noch Löcher in den Wänden. Es gab nicht den Eindruck, als wolle hier alles ausgerechnet in dem Moment zusammenbrechen, da er die Gänge erkundete.

Und selbst wenn – er hatte eine geschlagene Stunde schon nicht mehr mit sich selbst gesprochen.

Nach zwei Stunden hatte er seine Sammlung seltsamer Gegenstände und Möbel um ein erhebliches Sammelsurium an Eindrücken erweitert. Seine Kameras zeichnete alles sorgsam auf. Die Tatsache, dass er mit alledem nichts anfangen konnte, bedeutete ja nicht, dass er seiner Chronistenpflicht nicht nachzukommen gedachte. Als der Hunger ihn piesackte und der Anzug an einigen empfindlichen Stellen zu scheuern begann, beschloss Kerr, es für heute gut sein zu lassen. Er hatte es schließlich nicht eilig. Einige Tage konnte er hier zubringen, gerne auch Wochen, wenn es sich lohnte. Und ausgeschlafen würde er sich auch in der Unterwelt besser zurechtfinden und die notwendige Vorsicht walten lassen. Der Transporter konnte ihm hier unten jedenfalls nicht helfen.

Als er nach oben ging, fiel ihm ein, dass das so nicht stimmte. Der Transporter führte, wenn er sich nicht irrte, einen Arbeitsautomaten mit sich, halbautonom, im Regelfall von der KI des Fahrzeugs gesteuert. Dies war möglicherweise eine gute Gelegenheit, das bisher ungenützte Gerät einmal einzusetzen, und sei es nur, um seine Einsatzfähigkeit auszuprobieren.

Er kehrte zum Fahrzeug zurück, entledigte sich seines Anzugs und aß etwas. Bevor er sich zur Ruhe legte, überprüfte er den Halbautomaten auf Funktionsfähigkeit. Wie zu erwarten war, befand sich der Roboter in einem ausgezeichneten Zustand, denn er war fabrikneu. Mit neuer Zuversicht und einer Portion Anspannung legte sich Kerr zur Ruhe. Obgleich viele Gedanken in seinem Kopf kreisten und er versuchte, sich einen Reim auf das zu machen, was er bisher hier gesehen hatte, fiel er schnell in einen tiefen Schlaf.

Progress 11

Es hatte sich nichts geändert, und wenn etwas Dr. Caldin erschütterte, dann das.

Jahrzehnte waren vergangen, seit sie Orte wie diesen verlassen hatte, doch als sie in einem schmucklosen Büro Platz nahm, das sich nur dadurch auszeichnete, dass es etwas größer als die anderen im langen Gang hierher war, schien es ihr, als wäre sie nie fort gewesen. Die abstrakten Gemälde an der Wand waren die gleichen. Der Gestank nach Plastikmöbeln und Desinfektionsmitteln war der gleiche. Die trockene, ventilierte Luft kratzte in ihrem Hals wie damals. Sie hatte eine Weile auch ein etwas größeres Büro okkupiert, so weit hatte sie es gebracht, aber es war keine echte Belohnung gewesen, nur mehr von der gleichen Trübsal.

Der Smith, der sie hierhergebracht hatte, war durch einen anderen abgelöst worden, ein weiteres glattes, unscheinbares Gesicht mit aufgesetzter Freundlichkeit und einem Habitus unterschwelliger Kollegialität, den Thasri als abstoßend empfand. Sie wollte keine Kollegin mehr sein, das hatte sie vor vielen Jahren sehr deutlich gesagt, doch wie sie nun herausfinden musste, interessierte das heute genauso wenige wie damals. Sie wartete im größeren Büro auf einen noch größeren Smith, der unweigerlich kommen musste. Sie verweigerte sich jedem Small Talk, lehnte jedes Getränk ab. Sie akzeptierte den blubbernd Luft ausstoßenden Plastiksessel mit dem schäbigen Polster, weil sie müde war und nicht mehr so lange stehen konnte. Der Sessel war ungemütlich und pupste bei jeder noch so kleinen Bewegung, ein irritierendes, deprimierendes Möbelstück, das sich dadurch harmonisch in die Innenarchitektur einfügte.

Es dauerte nicht lange und jemand betrat das Büro, ein Mann, schwergewichtig, mit einem weißen Backenbart und schütterem Haar, gekleidet in einen Anzug, der nicht ganz so maßgeschneidert aussah wie jener der Agenten, die Thasri hierhergebracht hatten.

Sie kannte den Mann. Er hieß nicht Smith. Er hieß Fjodor Kalebonian und er gehörte zu den Gründen, warum sie heilfroh gewesen war, dieses und vergleichbare Büros verlassen zu haben. Dass er noch lebte, erstaunte sie. Dass er sich absolut nicht verändert hatte, erschreckte sie.

»Thasri«, sagte er mit einer volltönenden Stimme und setzte sich hinter den leeren Tisch. »Lange nicht gesehen.« Er lächelte sie an wie damals, wie immer, kurz bevor er sie in den beinahe sicheren Tod geschickt hatte.

»Nicht lange genug.«

»Du siehst gut aus.«

»Das stimmt nicht.«

Kalebonian seufzte, lehnte sich zurück. Der Sessel protestierte leise. Er legte eine Hand flach vor sich auf den Tisch.

»Ich bin auch nicht so froh darüber, dass ich dich habe holen müssen, Thasri.«

»Ich bin Dr. Caldin.«

Der Mann runzelte die Stirn. »Wir kennen uns doch lange genug, um auf diese Formalitäten zu verzichten, oder?«

»Gerade weil wir uns kennen, muss ich auf ihnen bestehen.«

Es war dem Mann nicht direkt anzusehen, ob ihn die Schärfe ihrer Antwort berührte, aber ihr ehemaliger Vorgesetzter war nie ein Mann gewesen, an dem man echte Emotionen ablesen konnte. Er war alt geworden, sicher, und vielleicht fetter. Aber im Grunde, so stellte Thasri ernüchtert fest, hatte er sich wirklich nicht geändert. Vor allem nicht in seiner Art.

Kalebonian sah sie bekümmert an. »Das ist schade, dass Sie so reagieren. Aber gut. Ich hatte gedacht, weil wir doch eine lange Vergangenheit haben ...«

»Weil wir eine lange und sehr unangenehme Vergangenheit teilen«, warf Thasri kalt ein, »empfinde ich jede Form von Vertraulichkeit als respektlose Anmaßung.«

Kalebonian verzog das Gesicht.

»Unangenehm, ja? Nun, ich lasse das mal unkommentiert. Es geht jetzt auch nicht um die Vergangenheit, zumindest nicht eigentlich. Ich bin leider zu einem Schritt gezwungen, der mich in Ihren Augen zu einem noch unerfreulicheren Zeitgenossen machen dürfte als ohnehin schon. Ich muss Ihren Dienstvertrag reaktivieren, und zwar ab sofort.«

Thasri blieb starr sitzen, rang mit sich selbst, ihre Emotionen nicht allzu deutlich zu zeigen. Natürlich. Im Grunde hatte sie nichts anderes erwartet. Warum sonst würde man sie in einer solchen Nacht-und-Nebel-Aktion einsammeln? Es musste etwas vorgefallen sein. Es fiel immer etwas vor. Doch dieses Mal hatte es sie erwischt.

»Ich tu das nicht mehr«, stieß sie beherrscht hervor. »Ich weigere mich.«

Der Mann sah sie prüfend an. »Ich bin kein Idiot. Ich weiß, dass ich Sie unter keinen Umständen dazu werde zwingen können, das wieder zu tun, dem Sie abgeschworen haben. Dr. Caldin. Sie waren gut in dem, was Sie taten, aber jetzt sind Sie alt geworden, so wie ich. Es gibt jüngere Agenten, die meine diesbezüglichen Aufträge getreulich ausführen.«

Thasri nickte gemessen. Erneut wollte sie Gefühle verbergen, diesmal solche wie Erleichterung. Natürlich, dumm von ihr. Sie war alt geworden und es fehlte ihr an Training und Erfahrung, um wieder herumzulaufen und Feinde des Imperiums umzubringen. Das war es also nicht. Ein Teil der dunklen Wolken, die sich vor ihrem geistigen Horizont aufgebauscht hatten, verzog sich wieder. Es wurde also nicht so schlimm.

Oder viel schlimmer. Es war alles möglich.

»Was wollen Sie von mir?«

Sie nahm etwas von dem Hass aus der Stimme. Es führte ja zu nichts.

Der Mann zeigte auf seinen Bildschirm, der schräg, halb eingelassen aus seinem Schreibtisch ragte.

»Sie haben sich weitergebildet in der Zwischenzeit. Sehr beeindruckend. Sie waren damals schon sehr wissbegierig. Das haben Sie beibehalten. Doktor in Xenoarchäologie. Ein Lehrstuhl. Sie haben es zu etwas gebracht. Wäre sicher spaßig, wenn die Kollegen und Studenten von Ihrem Vorleben erfahren würden.«

»Wird das ein Erpressungsversuch?«

Der Mann winkte ab. »Nicht mein Stil, wie Sie wissen. Sie haben damals den Vertrag unterzeichnet, aus freien Stücken. Sie wissen so gut wie ich, was Recht und Gesetz sagen. Ich muss solche Mittel nicht nutzen. Ich wollte es nur erwähnen.«

»Was wollen Sie? Können wir zur Sache kommen?«

Kalebonian beugte sich nach vorne, wirkte nun ernst.

»Ich habe Sie reaktiviert, Dr. Caldin, weil Sie Xenoarchäologin sind und eine ehemalige Agentin. Eine gute Kombination. Wir haben keine Experten mit diesem Hintergrund und wollen niemanden mit der Sache beauftragen, der nicht weiß, was es bedeutet, ein Geheimnis zu bewahren. Sie erinnern sich an die Verschwiegenheitserklärung, die Sie unterzeichnet haben?«

»Selbstverständlich.«

»In der Tat. Sie sind seit Ihrer Entlassung nicht auffällig geworden. Spricht auch für Sie.«

»Schön. Und nun?«

Der Hinweis auf ihre Qualifikation hatte eine Saite in ihr berührt. Sie war jetzt neugierig geworden, zumindest ein wenig.

Kalebonian presste für einen Moment die Lippen aufeinander, dann nickte er. Jovialität war in seinen Zügen nicht mehr zu erkennen, als er weitersprach.

»Im Rahmen einer Ausgrabung auf einer recht weit von hier entfernten Welt haben sich fatale Ereignisse abgespielt. Es gab Tote und wir wissen noch nicht genau, warum eigentlich. Tatsache ist, dass wir möglicherweise etwas Wichtiges gefunden haben.«

»Wichtig? Was?«

»Wir wissen es nicht. Zumindest nicht genau.«

»Aber es muss einen Grund geben, warum sie mich reaktivieren.«

»Die Welt liegt außerhalb des Imperiums.«

»Das ist kein Grund.«

Der Mann seufzte. War es die beharrlich bissige Gesprächsweise der Frau oder war es die Last des Problems? Möglicherweise beides.

»Es ist einer, weil die Kalten jetzt dorthin unterwegs sind – völlig abseits ihrer bisherigen Frontlinie, völlig anders als von allen Militärexperten vorhergesagt und in eine Richtung, die unter allen strategischen Gesichtspunkten nicht den geringsten Sinn ergibt.«

»Die Kalten tun öfters Dinge, die uns sinnlos erscheinen.«

»Auf der taktischen Ebene, ja. Sie machen Fehler, die einen staunen lassen, und daher versuchen wir ja auch, sie auf Planeten zu schlagen, auf denen die Transformation bereits begonnen hat. Aber strategisch?

Da sind sie so gut oder schlecht wie wir und sie handeln sehr rational, überlegt und gut informiert.«

»Dann ist das wohl das Stichwort«, sagte Thasri und spürte zu ihrem Entsetzen, wie die alte Wärme in ihr aufstieg, die Aufregung bei der Vorbereitung eines Auftrages, die Analyse der Informationen, die Abwägung der Fakten. Sie versuchte die lange vermisste Empfindung zu verscheuchen, aber es gelang ihr nicht und der Anflug eines Lächelns auf dem Gesicht des Mannes zeigte ihr, dass er es gemerkt hatte.

Verdammt!

»So ist es. Gut informiert. Es kann nur die eine Erklärung geben: Was wir fanden, was dort geschah, hat für die Kalten Bedeutung. Und wenn es für sie etwas bedeutet, dann auch für uns. Wir müssen noch einmal dorthin, schnell, effektiv und vor unseren Feinden.« Die Stimme des Mannes klang nun drängend. »Wir haben nicht mehr viel Zeit, Thasri. Ein Team steht bereit. Ein Jagdkreuzer ist in der Umlaufbahn, abflugbereit. Der Captain hat den Befehl, alles aus dem Schiff herauszuholen. Du bist das letzte Besatzungsmitglied an Bord.«

»Wann? Jetzt?«, fragte sie ungläubig.

»Sofort.«

»Ich ... nein ...«

»Es ist ein imperialer Befehl. Ich besorge dir die Unterschrift des Imperators persönlich, wenn du willst. Binnen zehn Minuten.« Er holte tief Luft, dann, sehr entschieden: »Es gibt kein Nein.«

Thasri wusste das. Sie hatte es von dem Moment an gewusst, als sie die Unterschrift geleistet hatte, vor mehr als dreißig Jahren, jung, talentiert, gelangweilt, unerfahren und beeinflussbar. Und sie hatte es gewusst, als sie endlich den Dienst hatte verlassen dürfen, und diese Gewissheit verfolgte sie seitdem mit aller Unerbittlichkeit. In den letzten Jahren, mit immer mehr Abstand, war sie verblasst. Jetzt aber erkannte sie, dass sie immer im Schatten dieser einen, verhängnisvollen Verpflichtung gelebt hatte. Wen das Imperium einmal hatte, den ließ es niemals wieder los. Es lockerte mitunter die Zügel, doch wenn es notwendig wurde, waren sie plötzlich wieder so straff wie vorher.

»Sie haben keine Verwandten, Dr. Caldin«, stellte der Mann in förmlichem Tonfall fest. »Die Fakultät wird von uns mit einer passenden

Ausrede versorgt. Natürlich werden wir dafür sorgen, dass die Stelle nicht neu besetzt wird – wir sind keine Unmenschen. Wenn alles vorbei ist, können Sie dorthin zurückkehren.«

Er drückte einen am Schreibtisch verborgenen Knopf. Ein Smith öffnete sofort die Tür und lugte hinein.

»Das Gepäck?«

»Wir haben einen großen Koffer gepackt.« Der Smith warf Thasri einen halb entschuldigenden Blick zu. »Bei den Toilettensachen waren wir uns nicht ganz sicher. Wenn etwas fehlt, können wir es vielleicht noch besorgen.«

»Es gibt das Flotten-Hygienepaket, das muss genügen.« Kalebonian winkte ab. »Wir sind der guten Frau ohnehin schon weiter entgegengekommen als notwendig.«

Der Smith zog den Kopf ein und verschwand, der Mann erhob sich hinter seinem Schreibtisch, ächzte dabei. Das war nicht alles Maskerade, wie Thasri geübten Auges feststellte. Kalebonian belastete sein rechtes Bein etwas weniger als das linke. Er war auch alt geworden, aber er hatte nicht so gut auf sich geachtet wie sie. Das verschaffte ihr einen kurzen Moment emotionaler Befriedigung. Sie gönnte ihm den Schmerz. Von Herzen.

»Die Fähre steht auf dem Dach. Der Kommandant der Haraldus Vindicator wartet auf dich.« Weg mit der Formalität, zurück zur beleidigenden Vertraulichkeit. Ja, sie gönnte ihm den Schmerz.

»Wer hat das Kommando? Über die Mission! Das muss ich wissen.«

Kalebonian sah sie an, dann nickte er. »Das musst du. Drei Wissenschaftler, mit dir. Ein Trupp von Einsatzkräften, sieben Männer und Frauen, unter dem Kommando eines Sergeants. Gute Leute, handverlesen. Das Schiff kommandiert Captain Hana Ildiz. Die Mission kommandierst du.«

Thasri bewahrte die Selbstbeherrschung. Das kam unerwartet.

»Ich war lange außer Dienst.« Ein schwacher Einwand, wenngleich nicht unberechtigt. Kalebonian verzog wieder das Gesicht.

»Du bist vieles: die beste Wahl, die schnellste Wahl und die einzige Wahl. Der Vorfall ereignete sich auf einer Welt, die Kathark heißt.«

Thasri zuckte zusammen. »Den Namen hat ihr nicht das Imperium gegeben.« Sie ahnte jetzt, worum es ging.

»Nein. Der Planet hat eine Boje. Sie begann zu plärren, als sich die erste Expedition der Welt näherte. Es war ein Planet der Kath. Und die sind, wenn ich mich nicht irre, dein Spezialgebiet.«

Thasri starrte nur noch. Alle Kath-Welten standen unter Interdikt. Nur Wissenschaftler höchsten Ranges durften sie besuchen, und oft nicht einmal die. Sie war auf zweien gewesen, um andere Dinge zu tun, als Kath-Artefakte zu untersuchen. Sie war dort gewesen, um Leute umzubringen, die der Imperator nicht mochte. Oder einmal nicht mögen würde. Kalebonian hatte sich immer um vorauseilenden Gehorsam bemüht.

Aber es hatte ihre Leidenschaft für die Xenoarchäologie geweckt und hier war sie nun.

Sie spürte die Aufregung, eine neue Art der Leidenschaft.

Kalebonian lächelte wissend.

Sie hasste ihn dafür. Aber sie würde keinen Widerstand mehr leisten, absolut keinen.

Tatsächlich brannte Dr. Thasri Caldin darauf, die Reise so schnell wie möglich zu beginnen.

Progress 12

Es war schiefgelaufen.

Alles war schiefgelaufen.

Feydaman rannte. Er spürte das Brennen seiner Lungen, die Schmerzen in seinen Muskeln. Doch die Verzweiflung trieb ihn weiter, spornte ihn zu ungeahnter Kraft an. Er sah fast nicht, wo er hinlief, doch er kannte die Gegend an sich gut und es war, als hätte ein bisher unbekannter Instinkt die Kontrolle übernommen und leitete ihn. Es war dunkel, aber sternenklar und das half bei der Orientierung.

Verdammt, verdammt, verdammt!

Er ging alles in Gedanken durch, jeden Schritt. Es war wie ein Fieber, obgleich er sich auf etwas anderes, sein bloßes Überleben zu konzentrieren hatte, wollten ihn die Gedanken nicht loslassen. Woran war er gescheitert?

Die Zünder.

Es musste etwas mit den Zündern zu tun gehabt haben.

Dabei hatte er alles genau überprüft, einmal, zweimal, sehr sorgfältig. Er hatte doch gewusst, was davon abhing. Er hatte doch alles bedacht. Ein Materialfehler? Unmöglich war das keinesfalls. Der Widerstand musste mit dem arbeiten, was er selbst zu fabrizieren in der Lage war oder erbeutete. Feydaman fabrizierte. Er war der Bombenbastler. Bisher war er damit gut gefahren.

Bisher.

Bisher, bisher, bisher.

Feydaman fand keine Kraft mehr für einen Fluch, als seine kreisenden Gedanken wieder an diesem Punkt angekommen waren. *Bisher. Ach, verdammt!* Er stolperte, fing sich. Seine Arme ruderten, als er um

Gleichgewicht rang. Waren seine Verfolger an ihm dran? Wurde er überhaupt verfolgt? Er war wie ein Irrer losgerannt, als die Bomben zu früh detoniert waren, etwa einhundert Meter vor dem Konvoi. Die Imperialen hatten nicht mehr als ein paar Dreckspritzer abbekommen. Was für ein Debakel.

Aber sie hatten natürlich sofort gewusst, was passiert war. Dass der Kriegsgott ihnen gelächelt hatte. Und dass da irgendwer sein musste, wenigstens, um sich vom Erfolg des Anschlags zu überzeugen, vielleicht sogar Aufnahmen für die Widerstandspropaganda zu machen. So war es immer. Und sie hatten ja recht. Feydaman war da gewesen, ganz vorne, fast in Sichtweite. Er war direkt Zeuge der Katastrophe, seines größten Versagens gewesen.

Und er hatte es mit der Angst bekommen, unmittelbar.

Da war er losgerannt, ohne sich weiter umzusehen. Er hatte sich durch die Felder geworfen wie ein Wahnsinniger. Und er wusste, dass er bald am Ende seiner Kräfte ankommen würde. Sehr bald.

Er stolperte erneut und diesmal verlor er das Gleichgewicht, kam hart auf, als seine nach vorne gestreckten Arme einknickten. Er blieb für einen Moment starr liegen, da ihm die Luft aus den Lungen gepresst worden war, und schloss die Augen. Das Bedürfnis, einfach liegen zu bleiben und darauf zu warten, dass sich sein Schicksal irgendwie erfüllte, wurde für einen Moment übermächtig. Er widerstand der Verlockung, raffte sich auf, riss sich zusammen.

Noch war er nicht am Ende. Er konnte sich nicht aufgeben.

Sein Ziel war eine verlassene Hütte weit abseits der Straßen, am Boden einer Schlucht, in der eine vor Jahrhunderten, weit vor der Invasion des Imperiums, aufgegebene Mine lag. Als Kind hatte er in ihren Schächten gespielt und gewusst, dass es gefährlich dort war, da die Stützen längst vergammelt waren und die Tunnel jederzeit einstürzen könnten. Das war aber jetzt Feydamans geringste Sorge. Es war ein Ort, an dem er sich auskannte, ein gutes Versteck, abgeschirmt von den Scannern, und es gab dort Sickerwasser, filtriert durch die Steine, nicht schmackhaft, aber trinkbar. Zusammen mit den Konzentratkörnern, die er bei sich trug, würde er es eine Zeit lang aushalten. Er würde sich in Ruhe überlegen können, was zu tun war, seine weiteren Schritte planen. Ja, das war die richtige Vorgehensweise.

Nicht aufgeben, sondern planen. Ruhe finden. Kühlen Kopf bewahren.

Er fasste etwas neuen Mut. Sein alter Kampfgeist erwachte wieder. Jetzt galt es, aus den Fehlern zu lernen, Gras über die Sache wachsen zu lassen und dann, wenn es so weit war, erneut zuzuschlagen. Ein Rückschlag alleine zählte nicht. Die Sache, für die er kämpfte, war viel größer. Größer als seine Scham, diesmal versagt zu haben.

Seine neue Stärke schlug sich auf seine Körperbeherrschung nieder. Er stolperte nicht mehr. Er schaute genauer auf den Weg, schätzte ihn ab, teilte seine Kräfte ein. Er hörte die Verfolger nicht, aber das hieß nicht viel. Sie waren da. Ganz sicher.

Er erreichte den Abhang nach einer halben Stunde, und obgleich er immer noch eilig ausschritt, hatte er nun das Tempo etwas reduziert. Er spürte seine körperliche Schwäche und beschloss, ein wenig Rücksicht darauf zu nehmen. Der Sternenhimmel hing ruhig über ihn. In der Ferne hatte er schließlich irgendwann Positionslichter von Gleitern ausgemacht, aber noch suchten sie hier nicht nach dem Attentäter.

Feydaman fand die alte Rampe, die in die Schlucht führte. Hier waren einst, in den Zeiten der Freiheit und des Stolzes, seine Vorfahren entlanggeschritten, um die Mine auszubeuten. Oben hatte es eine Minensiedlung gegeben, längst aufgegeben und verfallen. Dort konnte man sich nicht gut verbergen.

Feydaman fand sich hier blind zurecht. Die Hütte war einmal ein Materialschuppen gewesen, und da hier wertvolle Maschinen gelagert worden waren, bestand sie aus Stahl und war einst fest verschlossen gewesen. Von den hohen Wänden der Schlucht vor dem Wind geschützt, hatte sie die langen Zeiträume einigermaßen gut überstanden. Darin lag, so wusste Feydaman, allerlei Gerümpel, das viele Spielkameraden über die Zeit hier angesammelt hatten, darunter auch nützliche Dinge wie etwa Lampen und Helme. Ehe er in einen der Schächte hinabstieg, deren gähnende Öffnungen die Felswand wie stumme Wachen unterbrachen, wollte er sich ausrüsten. Tief unten im Fels würde ihn niemand finden, dort war er absolut sicher.

Dann flammte ein Licht auf. Feydaman erstarrte. So kurz vor dem Ziel? Das durfte nicht sein!

»Ich wusste es. Bewege dich nicht, Feydaman. Ich wusste es.«

Er erkannte die Stimme sofort.

Dyurrel.

Das war sein Fehler. Schon wieder ein Fehler. Was war das für ein entsetzlicher Tag?

Das hatte er also nicht bedacht. Natürlich kannte Dyurrel die Schlucht und die Hütte. Er hatte als Kind selbst hier gespielt. Und er hatte sich als intelligenter erwiesen als erwartet. Der Milizionär hatte eins und zwei zusammengezählt. Die Nachricht vom Anschlag war natürlich an ihn übermittelt worden. Die Miliz wurde vollständig alarmiert in solchen Fällen, errichtete Straßensperren, durchsuchte Siedlungen. Dyurrel war irgendwie darauf gekommen, dass jemand sich hier verstecken könnte, wenn der Attentäter aus der Gegend kam. Feydaman war ein Narr gewesen. Das war kein gutes Versteck mit Leuten wie Dyurrel, die ihr Maul nicht halten würden.

Oder die sich selbst mit Ruhm bekleckern wollten. Dyurrel stand vor einer Beförderung. Die Aussicht musste ihn beflügelt haben.

»Dreh dich um! Keine Mucken!«

Feydaman tat es. Das triumphierende Grinsen des Verräters entging ihm nicht. Er trug eine Waffe in der Hand, eine kurzläufige Schusswaffe, die die Milizionäre im Alarmfall ausgehändigt bekamen. Er konnte damit gut umgehen, daran gab es keinen Zweifel. Dyurrel hatte ein Faible für Tötungswerkzeuge.

»Du gehörst zu ihnen, nicht wahr?«, fragte der Milizionär. »Ich hab es immer geahnt. Du bist ein aufsässiger Geist, gleichzeitig ein Dummkopf. Das Imperium ist unser Segen. Es hob uns aus tiefster Barbarei und schenkte uns die Sterne. Ihr Widerstandskämpfer seid wie kleine Kinder, die ein anderes Spielzeug wollen. Und genauso kämpft ihr auch.«

Dyurrel lachte auf, spuckte zu Boden. Ein Segen, wahrlich, dachte Feydaman. Ganz sicher für einen Milizkommandanten, der ein sicheres Auskommen hatte und eine Stellung voller Macht. Wenn er Feydaman ablieferte, war nicht nur die Beförderung ausgemacht. Man würde ihn darüber hinaus in die Stadt versetzen, wo das Leben noch angenehmer sein würde. Dyurrel malte sich den schönen Empfang wahrscheinlich bereits aus. Doch er wirkte nicht abgelenkt. Der Lauf der Waffe war auf Feydaman gerichtet und dieser hatte keinen Zweifel daran, dass der Mann abdrücken würde, wenn es notwendig sein sollte.

Das war jetzt egal.

Feydaman ließ sich fallen. Aus dem weiten Ärmel heraus rutschte seine eigene Waffe in seine Rechte, eine winzige Pistole mit drei Schuss in der Kammer, leicht zu verbergen. Er feuerte und er zielte schlecht. Das Projektil pfiff durch die Luft und schlug hinter Dyurrel ein, der sich instinktiv duckte und seinerseits nicht schoss.

Feydaman grinste verzerrt. Dyurrel war ein Feigling. Er versteckte sich hinter seiner Uniform und er konnte nichts. Er würde sterben und er würde zahlen für seinen Verrat.

Der Rebell warf sich nach vorne, doch jetzt reagierte sein Gegner, stieß die Waffe mit einem geschickten, wohlgezielten Hieb aus seiner Hand. Doch dann war Feydaman heran und seine ausgestreckten Finger stießen nach Dyurrels Augen. Der zuckte instinktiv zurück, stolperte und einen Moment später lagen sie am Boden, rangen, pressten, würgten, kratzten. Dyurrel, der seine Waffe im Handgemenge losgelassen hatte, schrie, als Feydaman sein Ohr zu fassen bekam, daran brutal zog, es aufriss und Blut austrat. Er hieb wild zurück, unkoordiniert, aber mit großer Kraft, traf seinen Kontrahenten an der Brust. Feydaman hustete, rang für einen Moment nach Luft. Dyurrel sah seine Chance, intensivierte seine Angriffe. Sie wälzten sich über den Boden. Das Ringen dauerte noch eine halbe Minute, dann hatte Dyurrel seinen Feind im Griff, drückte ihm die Kehle zu, ließ auch nicht nach, als der Unterlegene immer schwächer werdende Hiebe gegen seinen Körper führte. Das Blut aus dem verletzten Ohr tropfte auf Feydamans Gesicht, als dessen Bewegungen erlahmten.

»Du wirst sterben«, zischte Dyurrel. »Du wirst bezahlen und du hast es verdient.«

Feydamans Gegenwehr erschlaffte zusehends. Dyurrel war immer der Stärkere gewesen. Daran hatte sich bis heute nichts geändert. Der Rebell rang nach Atem. Ihm wurde schwarz vor Augen.

Vorbei. Das war's.

Es gab einen trockenen Laut und Dyurrels Körper versteifte sich. Sein Griff lockerte sich mit einem Mal. Das vormals nur tropfende Blut floss jetzt in Strömen. Sein Schädel sackte nach vorne, legte sich auf Feydamans schwer atmende Brust und seine Hände erschlafften. Feydaman starrte auf den blutenden Schädel und auf die Stange, die tief in das Gehirn des Milizionärs getrieben worden war, herausragte wie ein metallener Fortsatz. Dyurrels Körper zuckte nicht einmal mehr.

Er starb.

Feydaman sah auf.

Ildaya sah ihn an, in ihren Augen eine Härte, die er darin schon oft gesehen hatte, die ihn einst sehr anzog. Jetzt aber erschreckte ihn die Mordlust seiner Gefährtin. Sie war zufrieden mit sich selbst. Sie hatte gerne getötet und sie bedauerte nichts. Fast konnte man Angst vor ihr bekommen.

Doch jetzt überwog die Erleichterung. Er war gerettet. Den Göttern sei Dank.

Er wälzte den Toten zur Seite, erhob sich schwankend.

»Ildaya«, krächzte er aus seinem malträtierten Hals. Er streckte eine Hand nach ihr aus, doch sie machte einen Schritt zurück. Die Härte war nicht aus ihrem Blick verschwunden.

»Du hast versagt«, sagte sie mit kalter Stimme. »Die Sprengsätze sind zu früh hochgegangen.«

»Ich weiß. Es ist mir unerklärlich.«

»Gyuent sagt, du bist eine Gefahr.«

Feydaman wurde plötzlich sehr kalt.

Sie hob einen Arm, in der Faust seine Waffe. Zwei Schuss waren noch in der Kammer. Feydaman starrte sie an. Er hob abwehrend die Hände, ungläubig, entsetzt, voller Angst,

»Ildaya ... wir sind doch ...«

»Wir sind nichts.«

Ildaya vollzog das Urteil, ohne zu zögern. Zwei Schüsse fielen und sie trafen. Feydaman wurde getroffen und die Schwärze, die ihn umfing, war eine endgültige.

Feydaman lag tot neben Dyurrel, und der Art und Weise, wie die Frau auf sie hinabsah, war zu entnehmen, dass sie für beide in etwa die gleiche Verachtung empfand.

Sie machte einen Schritt vorwärts und stupste Feydaman an. Er war tot, richtig tot. Sie spürte ein sanftes Bedauern in sich, keine echte Trauer, eher so etwas wie Wehmut oder Nostalgie. Er war recht süß gewesen und ganz ordentlich im Bett. Aber die Revolution forderte Opfer, und wer sich als unfähig erwies, war eine Gefahr für die Sache. Ildayas Liebe für die Freiheit war weitaus wichtiger als jedes Gefühl, das sie für ihre Mitwesen hatte, und das würde sich auch nicht ändern, ehe nicht der letzte Imperiale ihre Welt verlassen oder Staub gefressen hatte. Ildaya war mit beiden Alternativen einverstanden, zog letztere aber vor.

Sie überlegte kurz und kam zu dem Schluss, dass die Schächte das beste Grab für die beiden Kontrahenten sein würden. Es hatte eine gewisse Ironie, wenn sie eine Grabstätte zu teilen hatten, aber Ildaya betrachtete alles vom Standpunkt des Notwendigen aus. Daher hatte sie auch keinerlei Probleme damit, die blutüberströmten Leichen ein gutes Stück zu schleppen und am Eingang eines der Schächte abzulegen. Bewaffnet mit einer Lampe, ging sie einige Schritte hinein, um ein passendes Versteck zu suchen. Der Boden hier bestand aus hartem Fels, den zu bearbeiten sie nicht das notwendige Werkzeug und die Zeit hatte. Also musste sie eine gut verborgene Alternative suchen.

Sie war vor endlos langer Zeit einmal hier gewesen, ein Abenteuer für ein kleines Mädchen, mit dem Reiz des Verbotenen. Sie konnte sich kaum noch daran erinnern, nur das Gefühl dieses Reizes gefiel ihr heute noch genauso gut wie damals.

In den Schächten lag Metallschrott, übersät von Rost. Die Schienen auf dem Fußboden, die einst kleine Waggons mit Abraum nach draußen beförderten, waren kaum noch zu erkennen und zeichneten oft nur ein sanftes Relief auf den Boden, überdeckt von Staub und Erde. Die Stützen der Gänge bestanden aus Hartholz und Eisen, beides Materialien, an denen der Zahn der Zeit mit einer gewissen Hingabe genagt hatte. Ildaya kam zu dem Schluss, dass die beste Grabstätte eine war, die bald einstürzen würde. Als sie an einigen besonders brüchig aussehenden Trägern vorbeikam, fand sie eine kleine Abzweigung nach rechts: ein Fluchttunnel, keine drei Meter tief, in dem sich früher die Bergarbeiter im Falle einer Katastrophe hatten verbergen können. An der Wand standen verfallen aussehende Metallschränke. Sie hatten früher wahrscheinlich Notvorräte für Verschüttete beinhaltet.

Das sah doch nicht schlecht aus.

Ildaya verließ den Schacht wieder. Dort lagen die Leichen, mittlerweile erkaltet. Die Leiber waren blutverkrustet, doch das machte ihr nichts aus. Die beiden Männer waren für sie nicht mehr als leere Hüllen aus Fleisch, mit denen sie keinerlei Emotion verband. Sie hatten beide verdient, was sie ihnen angetan hatte, und Reue war nichts, womit Ildaya sich zeit ihres Lebens jemals beschäftigt hatte. Auch Ekel war ihr fremd.

Sie schleppte die beiden Toten in den Fluchttunnel und bedeckte sie völlig gefühllos mit einigen zerfressenen und insektenverseuchten Decken, die im Zweifelsfall den Verwesungsprozess befördern würden, was durchaus in ihrem Sinne war.

Als sie ihr Werk vollbracht hatte und zufrieden auf die beiden zugedeckten Toten blickte, nahm sie plötzlich den Lichtschein aus einem der Schränke wahr. War der vorher auch da gewesen? Sie entsann sich nicht. Neugierig geworden, öffnete sie die völlig angerostete Tür, die sich unter heftiger Entwicklung von Metallstaub aus den Angeln löste und beinahe zu Boden fiel.

In den brüchigen Regalen lag allerlei unidentifizierbares Zeug, nichts, was Ildayas Aufmerksamkeit verdiente. Doch da, in einer Ecke, war ein schimmerndes Ding zu sehen und sie konnte gar nicht anders, als es zu berühren, jede mögliche Gefahr missachtend. Das plötzliche Gefühl der Wärme und Geborgenheit, das sie durchfuhr, brachte sie ein wenig aus dem Gleichgewicht. Sie hatte gerade kaltblütig zwei Männer getötet und einer davon hatte über das letzte Jahr ihr Lager geteilt und durchaus intensive sexuelle Gefühle in ihr geweckt. Der unerwartete *positive* emotionale Schub ließ sie aufseufzen. Es war, als würde ihr etwas geschenkt, was sie nicht verdient hatte, eine selbstlose Geste für eine Sünderin, die das Blut ihrer Taten noch am Leib kleben hatte, und das wortwörtlich.

Unwille stieg in ihr auf. Scham. Das kannte sie nicht. So war sie nicht. Sie hatte sich für nichts zu rechtfertigen!

Sie wollte den Gegenstand fortwerfen und in der Tat fiel er ihr aus der Hand, lag da am Boden, sanft schimmernd, von unbestimmbarer Gestalt, aber sie entsann sich des Gefühls in ihrer Handfläche, wie ein Stück warmen Glases, der Haut schmeichelnd. Die angenehme Wärme strahlte es immer noch aus, sie spürte sie an ihren Füßen, neben denen das Ding zur Ruhe gekommen war.

Sie starrte es für einen Moment an, Opfer ihrer widerstreitenden Gefühle.

Doch wie eine Abhängige, die nicht von ihren Drogen lassen konnte, beugte sie sich schließlich wieder hinab und ergriff das Ding, spürte, wie es sich in ihre Hand drückte, beruhigend, besänftigend, lobend, verzeihend. Ildaya spürte die bedingungslose Absolution, die von dem Gegenstand ausging, und obgleich sie sich sagte, dass sie keiner Verzeihung bedurfte, da sie nichts weiter als ihre revolutionäre Pflicht getan hatte, nahm sie dieses Gefühl nun dankbar auf.

Der Gedanke, den Gegenstand hier zurückzulassen, kam ihr gar nicht erst wieder. Als sie den Schacht verließ und sich vorsichtig auf den Rückweg machte, lag das Ding in ihrer Umhängetasche.

Progress 13

Das Landefeld war verlassen. Überall standen die Ruinen von Fähren, die es nicht mehr geschafft hatten, die Hüllen durch den Aufprall der Kältestrahlen aufgerissen, porös wie geborstenes Eis, mit winzigen Splittern, die überall verstreut lagen. Sie wagte es nicht, auch nur einen Blick hineinzuwerfen. Darin würden Leichen liegen, Soldaten wie Zivilisten, die kurz vor ihrer Rettung noch den Tod gefunden hatten.

Es knirschte unter Vocis' Stiefeln, als sie das Feld betrat, und der Anblick ließ ihre Hoffnungen sinken. Yela hielt sich dicht an ihrer Seite, ihr Blick zeigte erstmals so etwas wie Furcht. Es war bitterkalt hier, der Atem wehte in weißen Wolken aus ihrem Mund, wie immer, wenn man durch eine Zone lief, die bis vor Kurzem intensive Geheraktivität erlebt hatte.

Es bewegte sich hier nichts und niemand.

Sie drückte instinktiv Yelas Hand, sanft genug, damit die Motoren der Rüstung sie nicht zerquetschten, hob dann ihre Waffe. Es war ein unwirkliches Gefühl von Einsamkeit und Verlassenheit, das sie hier erfasste. Die Schiffswracks warfen lange Schatten in der am Horizont stehenden Sonne, und als ihre Fußspitze Geröll wegstupste, merkte sie erst, dass es sich um die tiefgefrorenen Reste eines zerplatzten Soldaten handelte. Für einen Moment wollte sie Yela vor diesem Anblick beschützen, doch dann schalt sie sich eine Närrin. Das Mädchen hatte mit ihren jungen Jahren bereits *alles* gesehen.

Am Rande des Landefeldes war der Führungsbunker in die Erde gegraben, nur zwei flache Kuppeln ragten empor. Die Antennen der Ortungsgeräte waren abrasiert worden, aber die Dächer selbst sahen erstaunlich unbeschädigt aus.

»Wir gehen dorthin«, sagte sie zu Yela. »Mit etwas Glück finden wir Nahrung und ein Bett.«

Das Mädchen nickte nur.

Sie schritten langsam über das Feld. Vocis sah sich immer wieder um, aber die starre Stille wurde nur durch ihre eigenen Bewegungen gestört. Es war, als wandere sie durch ein Bild, ein Stillleben. Als sie die Kuppeln erreichte, fand sie den Zugang sperrangelweit offen. Die Ränder des Eingangsbereiches waren völlig vereist und sie stiegen vorsichtig ins Innere. Überall war Frost an den Wänden. Die Geher mussten mehrere Salven direkt ins Innere gefeuert haben, doch mehr als nur oberflächliche Zerstörungen waren nicht zu erkennen. Es gab auch keine Leichen. Der Ort musste rechtzeitig evakuiert worden sein. Evakuiert in den Tod. Hier unten hätte möglicherweise jemand überlebt.

Sie fand ein Stockwerk tiefer eine Unterkunft mit Betten, die frisch gemacht worden waren, und legte die erschöpfte Yela in eine der Kojen. Das leuchtende Ding fest umklammernd, fiel sie schnell in einen tiefen Schlaf. Die Vorratskammern waren noch mit Nahrungspaketen gefüllt, zumindest genug, um sie eine Weile über Wasser zu halten, und es gab auch noch Medikamente in der Krankenstation, wenngleich sie für diese derzeit noch keinen Bedarf hatte. Das dringlichste Problem war jetzt die Kontaktaufnahme mit der Flotte, in der Hoffnung, dass man sie doch noch würde abholen können. Dafür aber musste sie sich Zugang zum Sender verschaffen und die Hochenergieantenne reparieren, damit sie die notwendige Reichweite bekam. Ob es noch Ersatzteile gab, war also die nächste Frage, die es zu beantworten gab.

Während Yela schlief – mit einem Kurzstreckenkommunikator an ihrer Seite, dessen Gebrauch ihr Vocis genau erläutert hatte –, machte sich die Soldatin auf die Suche.

Es dauerte nicht allzu lange, bis sie die Lager entdeckt hatte, Armee- und Flottenanlagen folgten alle mehr oder weniger demselben Grunddesign. Sie war keine Technikerin, aber sie verstand die Grundprinzipien und es verging keine Stunde, da war sie einigermaßen sicher, die notwendigen Ersatzteile beisammenzuhaben. Es war mittlerweile allerdings dunkel geworden und die Geher liebten die Dunkelheit. Waren keine Feinde in der Nähe, wanderten sie nachts ziellos wirkend durch die Gegend und es war nicht klug, in ihrer Nähe größere Aktivitäten zu entfalten.

Vocis gesellte sich zu Yela in die Unterkunft. Sie hatte eine portable Heizeinheit gefunden, die auf Basis einer langsam ablaufenden chemischen Reaktion gut zwölf Stunden Wärme produzierte. Sie drückte den Knopf tief in die Halterung, verband damit die eingelagerten Stoffe und bald war es so angenehm warm in dem Raum, dass sie es erstmals seit geraumer Zeit wagte, den Kampfanzug ausziehen. Der Geruch, der daraufhin an ihre Nase drang, war betäubend. In der Krankenstation, die deutlich kühler war, fand sie Reinigungstücher und sie begann damit, sich konzentriert abzureiben, egal wie kalt ihr bei der Prozedur wurde. Als sie dann noch einigermaßen passende Standardunterwäsche fand, fühlte sie sich fast wieder wie ein Mensch. Wahrscheinlich funktionierten die Duschen noch, aber das Wasser in den Tanks war gewiss zu Eis gefroren und sie wagte es nicht, einen richtigen Energieerzeuger zu aktivieren, um es wieder zu schmelzen. So etwas lockte die Geher an wie das Licht die Motten.

Mit einem Paket Reinigungstücher und Unterwäsche der kleinstmöglichen Größe kehrte sie in die Unterkunft zurück. Sobald Yela wach war, würde auch sie sich einer dringenden Säuberung unterziehen müssen. Dann legte sie sich selbst zur Ruhe. Obgleich sie erwartet hatte, nicht sofort Schlaf zu finden, senkte sich die Dunkelheit sofort über sie.

Sie erwachte früh am kommenden Tag, geweckt durch eine unfehlbare innere Uhr, die sie aus dem tiefsten Schlaf zu reißen imstande war. Es dauerte dann noch eine Stunde, bis auch das Mädchen erwacht, die dringend notwendige Morgentoilette absolviert und ein Frühstück eingenommen hatte. Vocis beschloss, Yela nicht hierzulassen, sie fühlte sich sicherer, wenn sie wusste, dass sie jederzeit mit dem Mädchen vor einer Gefahr fliehen konnte. Dementsprechend bereiteten sie sich auf den Reparatureinsatz auch so vor, als würden sie gänzlich aufbrechen.

Eine behelfsmäßige Antenne zu errichten, war schwerer als gedacht und bedurfte einiger Anstrengungen, denen Yela anfangs mit Interesse, schnell dann aber gelangweilt zusah. Als nach zwei Stunden die Konstruktion errichtet und mit dem Sender des Bunkers verbunden war, fühlte sich Vocis beinahe so erschöpft wie nach einem langen Marsch.

Dazu beigetragen hatte sicher auch ihre schon manisch zu nennende Wachsamkeit. Sich ständig nach dem Auftauchen von Gehern umzusehen, trug nicht zu einem schnellen Arbeitsablauf bei.

Dennoch wollte sie sich nicht davon abhalten lassen, das Produkt ihrer Arbeit sogleich einem Praxistest zu unterziehen. Sie eilten zurück in den Bunker, betraten den Kommandostand mit der Funkkontrolle.

Energie war noch genug in den Speichern. Und nur wenige Augenblicke nachdem sie die ersten Signale auf den Weg geschickt hatte, bekam sie bereits eine Antwort. Ihr Herz schlug schneller. Sie war noch nicht allein. Es war nicht alles umsonst gewesen.

»Vocis, Sergeant, IGF 234827-121, bitte um Evakuierung plus eine Zivilistin. Standort: Patula Camp, Funkbunker.«

»Hier ist die OKZIDENT, Kommandomodul. Sergeant Vocis, wir bestätigen. Die Infanteriedatenbank meldet Sie als vermisst. Bestätigen Sie den Status Ihrer Kompanie.«

»Gefallen. Alle.«

Bis zur Antwort gab es ein unmerkliches Zögern.

»Bestätige gefallen. Wir entsenden ein Dropship zu Ihren Koordinaten. Plus eine Zivilistin?«

»Ein Kind, ein Mädchen.«

»Ihr gesundheitlicher Status?«

»Beide erschöpft, aber unverletzt.«

»Bestätige unverletzt. ETA Dropship in etwa zwei Stunden. Status Geher?«

»Keine in Sichtweise – aber das heißt nichts.«

Die Stimme am anderen Ende, die eines Mannes, lachte trocken. »Ja, gar nichts. Wir kommen heiß rein und Sie rennen, Vocis.«

»Heiß und rennen, ich bestätige.«

»Melden Sie sich, wenn es etwas gibt.«

Ein kurzes Gespräch, in dem alles gesagt worden war und das ihr etwas Hoffnung brachte. Yela hatte es mit angehört und sie strahlte förmlich, als ihr klar wurde, dass sie mit etwas Glück diesem kalten Planeten würde entkommen können, der einst ihre Heimat gewesen war.

Sie lehnte sich zurück, schaute Yela an, nickte ihr zu.

»Sie kommen und holen uns.«

Das Mädchen öffnete den Mund.

Dann knirschte es.

Vocis erstarrte, Adrenalin schoss in ihren Körper – und Angst. Yela stieß einen kleinen Laut aus, und was begonnen hatte als Ausdruck der Freude, verwandelte sich in den von Entsetzen. Sie rannte auf Vocis zu, umklammerte sie wie eine Ertrinkende.

Es zitterte alles.

Die Geher. Es konnten nur die Geher sein. Die Aktivität hatte sie angelockt, die Funksignale die Schlafenden geweckt. Etwas barst. Vocis sah vor ihrem geistigen Auge die mächtigen Treter der Kalten, wie sie auf den Bunker niedergingen, einmal, zweimal, die Struktur prüften, die Schwachstellen fanden und mit enervierender Geduld immer und immer wieder …

Das Zittern wiederholte sich, das berstende Geräusch. Von irgendwoher kam ein Luftzug.

»Die Hülle ist gebrochen«, flüsterte Vocis, doch niemand musste Yela das erklären. Die Soldatin ergriff das Mikrofon.

»OKZIDENT, OKZIDENT, ich werde angegriffen. Erbitte Ablenkungsmanöver. Ich muss den Bunker verlassen.«

Es zitterte. Es zitterte wieder. Ein dumpfer Laut schwang durch den Bunker, wie ein schlecht gestimmter Gong, und dann ein hohes Singen, als der Eisstrahler wie suchend durch die geschlagene Öffnung fuhr und den eisigen Tod die Gänge hinunterschickte. Türen brachen schockgefrostet auf und die Kälte wurde beinahe unerträglich. Kampfrüstung und der heftig aufleuchtende Gegenstand in Yelas Hand schützten sie vor den eisigen Temperaturen. Ein direkter Treffer wäre aber ihr sicherer und sofortiger Tod. Alles in Vocis rief danach, sofort hinauszurennen, doch sie musste erst Gewissheit haben.

»OKZIDENT, OKZIDENT …«, wiederholte sie, die zitternde Stimme kaum unter Kontrolle. War die Antenne schon wieder außer Betrieb?

»Sergeant Vocis, eine HVR 7 auf Quadrat acht, zehn Minuten.«

Vocis rannte los. Die HVR war eine Fernwaffe, eine Rakete, und sie hatte einen *mächtigen* Bums. Sie wurde normalerweise nicht eingesetzt, wenn sich noch Bodentruppen in der Nähe befanden, aber die kleineren Raketen hatten sich als relativ wirkungslos gegen die Panzerung der Geher erwiesen. Es war nicht Hitze, die sie am ehesten aufhielt, sondern heftige kinetische Energie. Die Geher waren wandelnde Panzer, sie waren kräftig, hart und sie waren starr. Der richtige Schubser an der richtigen Stelle ließ sie zersplittern, wenn man nur Glück hatte.

Aber Hitze *irritierte* sie. Sie war ihr Anathema, ihr Gegenpol.

Vocis vermutete wahrscheinlich nicht zu Unrecht, dass der Gefechtskopf der HVR Nitrophospor enthielt und einen bösen Feuerball auslösen würde. Quadrat acht. Vocis memorierte das Layout des Landefeldes und die offiziellen Designationen. Ja, das konnte sie überleben, wenn sie sich beeilte. Die Leute auf der Okzident dachten mit.

»Wir müssen jetzt rennen, Yela!«

»Ich kann selber laufen«, bot das Mädchen an.

»Nein.«

Es gab keine Diskussion, kein Lamento und Vocis war dafür dankbar.

Sie rannte los und sie kannte den Weg. Sie durcheilte die Gänge und Verbindungstunnels und spürte, wie sich hinter ihr die Kälte durch die Anlage fraß. Die Geher hatten sich eingeschossen, weitere Löcher in die Bunkerhülle getreten und sie begannen, den Innenraum mit Eis zu füllen. Es drang knisternd und krachend vor, überzog die Wände und Böden mit einer weißen Schicht, die aus mäandernden Kristalltentakeln zu bestehen schien. Die Geher waren beharrlich und sie wussten, was sie taten. Vocis war sich darüber im Klaren, dass die lähmende Kälte sie einholen und betäuben würde, wenn nicht bald …

Aber da war das schimmernde Ding in Yelas Händen. Es wärmte und hielt das Eis fern wie ein unsichtbarer Schutzschild. Es war ein ungleicher Kampf. Was auch immer das Ding tat oder war, es konnte nicht dauerhaft gegen die geballte Macht der Geher arbeiten, zumindest wollte Vocis in derlei nicht ihre Hoffnung setzen. Aber es half, schützte irgendwie, und es half, dass Vocis ausgeruht war und gewaschen und genährt und die Rüstung gut funktionierte. Sie rannte, und das mit Ausdauer, einer Maschine gleich, hinein in den letzten Fluchttunnel, der sie unausweichlich an die Oberfläche bringen würde, die sie besser nicht erreichen sollte, denn dort wartete entweder große Hitze oder große Kälte auf sie und beides würde sie nicht überleben.

Am Ende des Fluchttunnels blieb sie stehen. Vor ihr war die schwere Stahlplasttür, die noch zwischen ihr und der Oberfläche stand. Würde sie sie durchqueren, wäre eine Entdeckung durch die Geher absolut unausweichlich. Es blieb … sie schaute auf die Uhr, und ehe sie ganz begriff, dass die Zeit abgelaufen war, hörte sie das dumpfe Brüllen der Detonation, mit der der Phosphorsprengkopf seine urtümliche Macht über das Landefeld verausgabte, ein Orgasmus an glühender Hitze, konzentriert auf Sekunden. Die Geher würden im Feuersturm taumeln, desorientiert für einen Moment, und dann nach dem neuen Feind Ausschau halten, hoffentlich von ihrem Tun Abstand nehmen. Mit etwas Glück würde die Flotte im Orbit eine zweite Rakete schicken, allein schon, um das Dropship zu schützen, das landen musste, um die beiden einsamen Menschen aufzusammeln.

Sie verharrten einen Moment, lauschten.

»Sind die Monster jetzt fort?«, wisperte Yela.

»Nein. Aber sie haben jetzt hoffentlich Wichtigeres zu tun, als uns zu jagen«, erwiderte Vocis.

»Wohin gehen wir?«

»Wir bleiben jetzt hier, bis das Schiff kommt.«

Yela akzeptierte die Aussage mit dem Vertrauen ihres Alters in eine Frau, die sie als Vorbild und persönliche Heldin auserkoren hatte, eine Bürde, die Vocis zu tragen versuchte, die ihr aber größere Last war als der schwere Kampfanzug. Sie hatte eine Kompanie verloren und dieser Verantwortung, so war ihr Gefühl, demnach nicht gerecht geworden. Yela war ihre Wiedergutmachung. Scheiterte sie an ihr, gab es nichts mehr, was sie noch tun konnte oder wollte.

Sie verharrten am Ende des Fluchttunnels und Vocis registrierte leichte Temperaturschwankungen, lauschte in die Dunkelheit hinein, wartete. Nach zehn Minuten gab es eine zweite Erschütterung, in der Entfernung, eine zweite Rakete, wie sie erhofft hatte, und die Geher waren nun darauf aufmerksam geworden, erwarteten vielleicht ein neues Landemanöver.

Nicht ganz falsch.

Als beinahe zwei Stunden vergangen waren, hörte sie das Pingen: das Annäherungssignal des Dropships, das nahe genug war, um ein niederfrequentes und von den Gehern kaum hörbares Lebenszeichen auszusenden. Doch wo würde es genau landen? Vocis hatte Angst, die eigene Position bekannt zu geben, andererseits saßen in der Okzident sicher auch keine Trottel. Sie wussten, dass sie in einer geschützten Position möglichst weit weg von Quadrat acht sein würde und unterhalb der Oberfläche, wenn irgendwie möglich. Einen Plan der Bunker hatten sie auch. Würde da oben jemand eins und eins zusammenzählen?

Natürlich. Sonst hätten sie nicht dahin gefeuert, wo es ihr am wenigsten schaden und am meisten nützen würde.

Es knackte in ihrem Helmlautsprecher. Ihr Herz machte einen Sprung.

»Sergeant Vocis, gibt es Sie noch?«

Vocis kannte diesen Tonfall. Natürlich hatten sie diesen Auftrag einem der wahnsinnigsten Jocks gegeben, einem der Dropship-Piloten, denen alles egal war und die jedes Risiko eingingen, weil es ihnen den besonderen Kick gab. Jedes Schiff hatte eine Handvoll dieser Irren und in Situationen wie dieser kamen sie ins Spiel. Wer auch immer da in der Kanzel saß, er freute sich darauf, auf das Landefeld niederzustürzen und im allerletzten Moment genau so abzubremsen, dass seine Passagiere an Bord gehen konnten. Von anderen notwendigen und weniger notwendigen Stunts einmal ganz abgesehen.

»Ich bin hier.«

»Eine Minute. Kommen Sie raus. Ich weiß, wo Sie sind.«

Vocis spürte Erleichterung und Angst, drückte Yela an sich, die nichts sagte. »Es geht gleich los«, flüsterte sie dem Kind zu. »Wir müssen ganz, ganz schnell machen. Hab keine Angst. Sie haben ihren besten Piloten geschickt.«

Das war möglicherweise sogar zutreffend, es war im Grunde auch beruhigend, aber Vocis war lange genug dabei, um zu wissen, dass diese Männer und Frauen dermaßen derangiert waren, dass sie die Gefahr nicht einzuschätzen vermochten, selbst wenn diese ihnen mit dem eiskalten Arsch ins Gesicht starrte.

Sie öffnete die Tür des Fluchttunnels und spürte, wie Hitze ihr entgegenschlug. Sie drehte sich mit dem Rücken zur Öffnung, verbarg Yela in der Beugung ihres nach vorne gekrümmten Körpers, ließ die Sensoren des Anzugs die Messungen abschließen. Die Temperatur war gar nicht so hoch, sie war diese nur nicht mehr gewohnt auf einer Welt, die ganz offensichtlich von den Kalten erobert und bereits ordentlich heruntergekühlt worden war. Vocis richtete sich wieder auf.

»Wir können.«

Sie trug Yela wieder, das machte sie schneller und mobiler. Das Mädchen ertrug es klaglos.

Das Landefeld machte einen grausigen Eindruck. Teile der Metallplastmasse waren aufgesprungen. Der Nitrophospor entwickelte weitaus höhere Temperaturen als die Landetriebwerke von Raumfahrzeugen und der Grund hatte der brutalen Hitze der Bomben nicht standgehalten. Vocis starrte in Richtung der Aufschlagstelle, dort glühte es immer noch rot. Hier aber war der Hitzeschock schon fast vorbei. Es würde in wenigen Minuten wieder kalt werden.

Dann sah sie den Feind, hoch aufragend, staksend, bedrohlich. Drei Stück, eine beachtliche Streitmacht, angelockt aus allen Richtungen.

Die Geher wanderten zur Aufschlagstelle. Einer stolperte, als sein Bein in das halbflüssige Gestein einbrach. Er zog seine Stelze mit einer entschlossenen Bewegung wieder heraus, blieb stehen, rang ein wenig um Gleichgewicht. Ein zweiter Geher schoss auf die Glutstelle, der blassblaue Strahl des Kältestrahlers stand wie ein wabernder Eiszapfen in der Luft. Die Geher mochten die Wärme nicht und sie taten alles, um sie zu bekämpfen. Die Gluthitze der Aufschlagstelle wurde eingedämmt und dicke, weiße Rauchschwaden stiegen in die Luft, als die Strahlen auftrafen.

»Gucken Sie hoch, Sergeant!«, lenkte die Stimme des Piloten sie ab. Sie schaute unwillkürlich in den Himmel und erkannte sofort den kleinen, silbern blinkenden Punkt, der sich auf sie herabsenkte. Es dauerte keine zehn Sekunden, dann war der Punkt zu den Umrissen einen Dropships angewachsen und Geschwindigkeit wie Vektor bewiesen, dass der Pilot es wissen wollte.

Direkt neben aktiven Gehern landen und starten – Vocis war sich ganz sicher, es mit einem der Irren zu tun zu haben. Und sie war ihm bereits jetzt sehr dankbar, ganz unabhängig vom Ausgang.

»Bin da in zwanzig«, hörte sie die fröhliche Stimme. »Ich seh sie. Nicht weglaufen!«

Vocis schaute auf die Geher, die damit beschäftigt waren, die Hitze zu beseitigen. Sie machten gute Fortschritte. Das war eine schlechte Nachricht.

»Ich bleibe, solange ich kann.«

»Bin da in zehn.«

Das Dropship fiel auf sie hinab. Dann schlugen helle Lohen aus dem gedrungenen Leib zwischen den dicken Stummelflügeln. Das gut zehn Meter lange Fahrzeug ruckelte, als es abrupt abgebremst wurde. Vocis meinte, die Andruckkompensatoren schreien zu hören. Die Flammen der Triebwerke leckten über den wieder erstarrten Boden, als das Dropship mit singenden Motoren aufsetzte und sofort eine Rampe krachend auf den Belag fallen ließ.

Die Geher wandten sich um. Einer mindestens. Er drehte sich schwerfällig. Es war, als könne Vocis den Blick seiner nicht existenten Augen spüren.

Es war an der Zeit.

Es wurde eng.

»Sergeant, ich wäre dann so weit!«

Vocis rannte.

Progress 14

Die Arbeit war anfangs eher leicht und es ging um Scheiße.

Chorl hatte ihnen erklärt, dass die gigantischen hydroponischen Anlagen des Schiffes nicht nur einen Beitrag zur Luftqualität des Frachters leisteten und einen Haufen frischer Nahrung produzierten, sondern auch einen Haufen organischer Abfälle, die, entsprechend aufbereitet, als stinkender, schleimiger Brei durch Rohrleitungen abgeleitet wurden. Er endete in großen Tanks, wo ihm die Feuchtigkeit entzogen wurde und er als organischer Grundstoff den Nahrungsautomaten zugeführt wurde. Die wenig schmackhaften Konzentratriegel waren direkt darauf zurückzuführen. Doch der Produktionsprozess stockte öfters, wenn Rohre und Zuführungen verklebten. Natürlich konnte man Roboter einsetzen, um diese Probleme zu lösen, doch es waren die Schiffssklaven, die ihre Initiation in die Gemeinschaft des Schiffes dadurch erfuhren, dass sie Scheiße schaufeln mussten.

Es gehöre einfach dazu, sagte Chorl. Jeder habe das am Anfang tun müssen. Das war nicht sehr tröstlich, wie Kip fand. Aber er hatte natürlich gar keine Wahl.

Angetan mit einem Overall aus Kunststoff, der bei jeder Bewegung klamm am Körper klebte, und bewaffnet mit einem Kombinationswerkzeug, das gleichermaßen die Funktion einer Schaufel, eines Spatels oder einer Hacke erfüllen konnte, und zusammen mit anderen Neulingen aus anderen Gruppen führte Chorl die missmutige Mannschaft in die Tiefen des Frachters hinab. Je weiter sie durch die gewundenen Niedergänge vordrangen, desto heruntergekommener wirkte das Schiff. Es mochte ein falscher Eindruck sein, aber es sah manchmal so aus, als wäre hier schon lange kein Mechaniker mehr gewesen, um nach dem Rechten zu sehen.

Dass dennoch alles funktionierte, wurde ihnen von Chorl mehrfach versichert. Dennoch gab es Orientierungslampen, die nicht mehr brannten oder deren Glas so milchig angelaufen war, dass kaum noch Helligkeit nach außen drang.

Es stank abgestanden hier unten. Die Plastikabdeckungen schienen brüchig. Feuchtigkeit bildete sich an Zuleitungen. Als sie den Bereich mit den Tanks erreichten, waren sie alle sehr unbeeindruckt von den Innereien des Schiffes. Chorl meinte, sie würden davon noch eine Menge kennenlernen und sollten sich schon einmal seelisch darauf vorbereiten. Sol und Kip warfen sich bedeutungsvolle Blicke zu.

Kip ahnte, dass er einmal gewusst hatte, wie ein gut funktionierendes und instand gehaltenes Raumschiff auszusehen hatte. Ihm waren so viele Kleinigkeiten aufgefallen, dass irgendwo tief in ihm ein Wissen schlummern musste, das er nur nicht abrufen konnte. Der Eindruck aber drängte sich auf, dass die CANOPUS TRAVELLER schon einmal bessere Zeiten gesehen hatte und dass diese viele Jahre in der Vergangenheit lagen.

Sie gingen schnell ans Werk. Um an ein verstopftes Ventil zu kommen, musste einer der großen Tanks geöffnet und der Inhalt in ein daneben liegendes Auffangbecken geschaufelt werden. Sie stiegen in die entsetzlich stinkende und an den Kunststoffanzügen klebende Masse hinein, die ihnen bis zu den Hüften reichte und bei jeder Bewegung widerlich schmatzende Geräusche verursachte. Sie war auch unangenehm warm, wie die Innereien eines gerade geschlachteten Tieres. Jemandem wurde schlecht und er erbrach sich in die Masse, was Chorl mit einem Achselzucken quittierte. Organisches Material war organisches Material.

Sol und Kip beschlossen, niemals einen Konzentratriegel zu essen. Auf keinen Fall.

Sie schaufelten und man konnte rasch jene Sklaven, die instinktiv das Richtige taten, von denen unterscheiden, die offenbar nie etwas mit körperlicher Arbeit zu tun gehabt hatten. Kip stellte fest, dass er die richtigen Bewegungen machte, um so viel Abfallmaterial wie möglich mit möglichst wenig Aufwand über den Rand in das Becken neben sich zu verfrachten. Chorl beobachtete sie alle mit großer Aufmerksamkeit und Kip fragte sich, ob er den anderen Vorarbeitern anschließend berichten würde, wie sich jeder so geschlagen hatte. Er tadelte nicht und trieb niemanden an, er lobte auch nicht, sondern schaute relativ regungslos zu, was sie da taten. Das war irritierender, als Kip zugeben wollte. Ob man es nun richtig tat, ob man zu langsam war, es gab keine Anleitung, keinen Hinweis.

Sie schufteten, nicht alle mit der gleichen Energie, aber alle erfüllt von der vagen Ahnung, dass mangelnder Einsatz sich in jedem Fall später schlecht auf sie auswirken konnte. Nach zwei Stunden rief Chorl zur Pause und verteilte Konzentratriegel und Wasser. Alle tranken sie eifrig, aber die Riegel fanden kaum Zustimmung, was Chorl lächelnd beobachtete. Es gab hier sicher wenig, was er nicht schon erlebt hatte, und die eine Hand, die er griffbereit auf dem Elektroschlagstock ruhen ließ, signalisierte auch, dass er wusste, wie er sich zu wehren hatte.

Den Vorarbeiter anzugreifen, auf diesen dummen Gedanken kam hier niemand. Ihnen allen taten bereits die Knochen weh, zumindest jenen, die körperlich nicht ganz auf der Höhe waren oder denen die Arbeit fremd erschien. Kip gehörte zur ersteren Gruppe, andererseits freute er sich, dass er jetzt genug zu essen bekam, regelmäßig dazu, und die Arbeit seinen dünnen Leib zu stärken begann. Er beklagte sich nicht über die unangenehme Tätigkeit. Sie war für ihn eine gute Therapie.

»Weiter. Wir wollen heute noch fertig werden!«, unterbrach Chorl die aufkeimenden Gespräche, als sie alle getrunken hatten. Kip und Sol warfen sich bezeichnende Blicke zu. Hätten sie die Riegel gegessen – möglichst langsam –, wäre die Pause sicher länger ausgefallen. Chorl hatte nichts gesagt und nur gelächelt. Ihnen wurde gerade, so verstand Kip, eine Lektion erteilt, eine wohlwollende dazu: *Nutzt die Chancen, die euch gegeben werden, und reizt sie aus. Dabei springen zumindest einige zusätzliche Minuten Ruhe heraus.*

Der Vorarbeiter war kein schlechter Mann, fand Kip.

Das mürrische Gesicht der anderen Sklaven, die nun wieder ihre Werkzeuge ergriffen, zeigte, dass diese Nachricht nicht bei jedem angekommen war. Als sie zwei Stunden später erneut pausierten und Kip mit ostentativer Gelassenheit einen Riegel auspackte und hineinbiss, traf ihn der anerkennende Blick des Vorarbeiters. Chorl nickte ihm zu. Auch den anderen dämmerte es nun und sie begannen, wenngleich ohne großen Appetit, ebenfalls zu essen.

Die zweite Pause dauerte gute zehn Minuten länger als die erste. Das kleine Triumphgefühl, das Kip erfüllte, verflog sogleich wieder, als sie erneut die Arbeit aufnahmen. Trotz der ganzen Schufterei war der große Tank erst zur Hälfte geleert worden und Chorl ließ keinen Zweifel daran, dass die Arbeit erst beendet sein würde, wenn der in einer Ecke liegende Ablauf frei zugänglich war.

Das konnte noch dauern.

Und dann ging es doch ganz schnell.

»Hier ist was!«, sagte einer der Sklaven neben Kip und machte einen Schritt zurück. Er arbeitete in der Nähe des Ablaufs. »Ich bin auf was gestoßen. Das krieg ich nicht mit der Schaufel.«

Kip nahm sein Werkzeug und schob es durch die gluckernde Masse in die Richtung. Er stieß auf einen Widerstand, weich und nachgiebig, aber eben kein Matsch, sondern von stärkerer Konsistenz.

»Wir haben gefunden, was für die Verstopfung sorgt«, rief er Chorl zu. Der Vorarbeiter war aufmerksam geworden und kam näher.

»Könnt ihr mit den Schaufeln was ausrichten? Versucht es gemeinsam.«

Sie versuchten es, doch was auch immer sich da unten befand, es ließ sich nur schwer bewegen und zeigte sich beharrlich. Mit den Schaufeln war jedenfalls nichts zu erreichen.

Es gab nur eine Möglichkeit. Und sie war eine Chance.

Kip griff sich ein Herz und legte sein Werkzeug auf den Beckenrand. Er holte tief Luft und griff mit beiden Armen in die feuchtwarme Masse, bis sein Gesicht dicht über ihr zum Stillstand kam. Der Gestank war betäubend, doch Kip ließ nicht nach. Etwas von der Flüssigkeit trat unangenehm in seinen Overall, doch er ignorierte es. Sol tat es ihm nun gleich. Sie packten die weiche Masse und bekamen endlich Griff.

»Jetzt!«, stieß Kip gepresst aus.

Sie stießen ein Grunzen aus und wuchteten die Masse hoch. Der zähe Schleim wollte sie nicht freigeben und schien um seinen Schatz zu kämpfen, doch dann löste sich das Ding mit einem scheußlichen Schmatzen, lange Fäden ziehend, aus der schweren Flüssigkeit.

Mit einem Aufschrei ließen sie es wieder fallen. Es plumpste schwer in die Pampe, grünlicher Schleim spritzte hoch.

Sie hatten es alle gesehen, Chorl auch.

Es war ein Mensch.

Ein Toter.

Eine Leiche.

Der Vorarbeiter hatte seinen Kommunikator schon in der Hand und sprach hektisch hinein. Dann winkte er seinem Trupp zu.

»Raus da, ihr alle!«

Sie befolgten seine Anweisungen in Windeseile. Als sie alle tropfend, stinkend und verschmiert am Beckenrand standen, trafen die ersten Uniformierten ein und ließen sich von Chorl ins Bild setzen. Ein hart aussehender Offizier tauchte auf der Szenerie auf, der die Sklaven nicht eines Blickes würdigte. Er bellte Befehle. Der letzte betraf die Arbeiter.

»Chorl, ziehen Sie die Leute ab! Schicht ist beendet.«

Der Vorarbeiter neigte den Kopf. »Ihr habt es gehört. In die Duschen! Legt die Anzüge im Reinigungscontainer ab und dann im Gänsemarsch wieder in die Unterkünfte! Für heute ist Feierabend. Ihr habt Glück im Unglück.«

Er sah Kip und Sol an. »Das habt ihr gut gemacht.«

Die beiden warfen sich bedeutungsvolle Blicke zu. Ein Pluspunkt bei Chorl, das war ein guter Start.

Sie reihten sich ein. Nach zwanzig Minuten betraten sie ihre Kabine, duschten sich und zogen frische Overalls an. Sie setzten sich zusammen an den Tisch in der Mitte, waren allein mit sich selbst und ihren Erlebnissen. Chorl war nicht bei ihnen, er hatte sicher noch genug zu tun. Für die anderen Sklaven war die Schicht erst in einer guten Stunde um. »Wer kann das gewesen sein?«, murmelte Sol bedrückt. Ihn schien der Fund stark mitgenommen zu haben. Er hielt einen Becher heißen Tees aus dem Automaten in der Hand, drehte ihn beständig zwischen seinen Fingern und hatte noch nicht einen Schluck daraus getrunken.

»Ich weiß es nicht«, erwiderte Kip, der sich weitaus weniger angegriffen fühlte. Er trank seinen eigenen Tee mit kleinen, vorsichtigen Schlucken und verspürte sogar ein leichtes Hungergefühl, das ihn bald in die Kantine treiben würde. »Ein armes Schwein. Ich hoffe, er starb nicht dadurch, dass sie ihn in der Scheiße haben ertrinken lassen.«

»Du bist eklig.«

»Es war eklig.« Kip schüttelte den Kopf. »Wir werden es wohl nie erfahren.«

»Ich leg mich hin«, sagte Sol schließlich und folgte seiner Ankündigung sogleich, indem er sich in sein Bett legte, die Decke über den Kopf zog und sich zusammenrollte wie ein verletztes Tier. Kip sah die zusammengesunkene Gestalt an und hoffte, dass es ihm bald besser gehen würde. Warum er trotz des Ekelfaktors des Funds so gelassen blieb, war allerdings eine andere Frage, für die er keine Antwort fand. Wie oft und in welcher Form war er dem Tod bereits begegnet, dass ihn die Sache relativ kaltließ? Es fehlte ihm nicht an Mitleid – sein Wunsch, das Opfer sei in dem Matsch nicht ertrunken, sondern habe einen gnädigeren Tod bekommen, war nicht geheuchelt. Aber trotzdem … er hatte jetzt einfach nur Hunger.

Er erhob sich, ging wieder in den Sanitärbereich, setzte sich auf eine Toilette und atmete tief durch. Dann tastete er mit der Rechten in die Hosentasche seines Overalls, in der er verborgen hatte, was er in dem panischen Moment, fast schon instinktiv, der Leiche abgenommen hatte. Bisher war es ihm nur kurz möglich gewesen, einen Blick darauf zu werfen.

Doch wenn er sich nicht täuschte, hatte er so etwas schon zweimal gesehen. Ein flaches Gerät, oval geformt, mit einer Sensortaste darauf. Am Gürtel des Offiziers, der sie eingewiesen hatte. Am Gürtel des Offiziers, der zum Becken gekommen war. Es war etwas, was hochrangige Besatzungsmitglieder besaßen. Chorl hatte es nicht.

Kip wusste nicht genau, was ihm da vom Schicksal in die Hände gespielt worden war.

Aber er war entschlossen, es herauszufinden. Und er ahnte, dass es eine einmalige Chance für ihn war.

Progress 15

Sie hatten miteinander geschlafen, gleich beim ersten Mal, und es war anfangs eher eine Art Aneinanderklammern Ertrinkender gewesen. Hamid wusste nicht, wie viel Verzweiflung in Kenya steckte, und sie hatte kaum etwas von sich und ihrem Leben erzählt. Die tief eingegrabenen Linien um ihre Augen und Mundwinkel, die sicher keine Lachfältchen waren, sprachen ihre eigene Sprache. Hamid hatte solche Gesichter sein Leben lang gesehen, vor seinem Beitritt zur Flotte und danach. Menschen, die bereits sehr jung sehr viele Dinge hatten auf sich nehmen müssen, die sie manchmal überforderten, immer belasteten und mitunter umbrachten. Man alterte schnell, wenn man in den unteren Etagen der Türme wohnte, in den schlechten Vierteln, den falschen Umgang hatte, zu dem es aber keine Alternative gab. Kenya war jünger als er, aber sie sah älter aus. Es war bemerkenswert, dass die zehn Jahre im Dienst und Krieg Hamid besser bekommen waren als zehn Jahre ganz normales Leben auf seiner alten Heimatwelt. Sie hatte es irgendwann geschafft, sich aus den Abgründen zu befreien, hatte eine regelmäßige Beschäftigung, hungerte nicht und genoss ein Dach über dem Kopf – eine steile Karriere für jemanden ihrer Herkunft.

Und er war überrascht, mit welcher Intensität er das Klammern erwidert hatte. Die Flotte war kein Ort, an dem man tiefere menschliche Beziehungen aufbaute. Die Regelungen waren extrem restriktiv und wurden genaustens überwacht. Man ließ dann Dampf ab, wenn es Landurlaub gab: bei den Huren, egal ob männlich oder weiblich, in virtuellen Sexmaschinen, mit Sexandroiden – doch das alles hatte sehr viel mit dem Körper, aber herzlich wenig mit dem Geist zu tun. Und als jemand, der weitgehend ohne menschliche Fürsorge und Wärme aufgewachsen war, der früh für sich selbst hatte sorgen müssen, war Hamid mit seinem Gefühlshaushalt auch nie richtig im Reinen gewesen. Kameraderie hatte er verstanden, auch Freundschaft, soweit sie im Dienst möglich war. Er wusste, was Sex war. Die Flotte stellte ihren Soldaten bei längeren Einsätzen ohne Aussicht auf Urlaub selbst perfekte Androiden zur Verfügung, die alles mit sich machen ließen und die in ihrem Sexualverhalten entweder sehr realitätsnah waren oder sich wie ausgetickte Pornostars verhielten und jeden Mann (und viele Frauen) für normalen Sex mit normalen Partnern verdarben. Hamid wusste, dass ausgemusterte Sexdroiden der Flotte hoch im Kurs standen. Sogar er hatte mit dem Gedanken gespielt, sich ein Exemplar seiner Lieblingsbaureihe zu besorgen, war aber dann vor der nicht unerheblichen Investition zurückgescheut. Vor der und der Tatsache, dass, sollte er so ein Ding besitzen, jede Aussicht auf menschliche Beziehungen zu einer normalen Frau in normalen Lebensumständen arg eingeschränkt sein würde.

Erst einmal arbeiten, hatte er sich gesagt. Ordnung in seine Existenz bringen, Verlässlichkeit, Routine und Ruhe.

Doch das mit Kenya, das war etwas anderes gewesen, etwas Spezielles, und es war beiden gar nicht um guten oder schlechten Sex gegangen. Es war das gegenseitige Festhalten, die Minuten, in denen man sich der Illusion hingeben konnte, nicht allein zu sein und tatsächlich jemanden zu haben, der sich kümmerte. Ein irritierendes, aufwühlendes Gefühl. Hamid mochte es und er hatte gleichzeitig Angst davor. Angst vor dem, was sich an Ansprüchen und Hoffnungen daraus entwickeln konnte, Angst davor, Fehler zu begehen, Angst davor, dass es so schnell wieder zu Ende war, wie es begonnen hatte. Das kannte er von sich gar nicht. Also hatte er nun auch Angst vor der Angst.

Das Leben außerhalb der Flotte war doch komplizierter, als er gedacht hatte.

Am nächsten Tag trennten sie sich mit dem stillen Versprechen auf mehr. Hamid hatte die Angst nicht nur in sich gespürt, er hatte sie auch auf Kenyas Gesicht gesehen. Dort war es vor allem die Furcht, dass sich der Mann nur als ein weiteres Arschloch erweisen würde, der sich einreihte in die Kette aller bisherigen Arschlöcher.

Hamid wusste, dass er keines war. Er war allerdings auch kein Prinz.

Die Polizei meldete sich noch einmal wegen der Schlägerei. Hamid schaffte es, sich weiteren Ärger vom Hals zu halten. Er schmierte die beiden Officers dafür, dass sie seine wahrheitsgemäße Aussage auch als solche anerkannten. Damit hatte er gerechnet und es einkalkuliert.

Die Gang, zu der die Messerstecher gehört haben mussten, hielt sich vorläufig bedeckt.

Die Halbstarken waren natürlich einschlägig bekannt und wussten, dass sie nach dem kleinen Unfall erst einmal stillhalten mussten. Hamids Status als Zehnjähriger sorgte ebenfalls für Respekt. Er mochte sich ja anders entschieden haben, aber viele Polizisten waren Männer und Frauen wie er, die von der Uniform eben nicht hatten lassen können. Sie würden ihn mit Respekt behandeln, solange er ihnen nicht in die Quere kam und hin und wieder einen Kreditchip springen ließ, und mit ausgesuchter Brutalität ausschalten, wenn er sich gegen die Regeln stellte, die offiziellen und inoffiziellen. Weil er ein Zehnjähriger war, wussten sie, was für Schaden er anrichten konnte, wenn er denn nur wollte.

Aber Hamid wollte doch gar nicht.

Er ging zur Arbeit, jeden Tag. Die Wochen verstrichen ohne weitere Vorkommnisse. Seine Probezeit verlief gut, da er diszipliniert arbeitete, stets pünktlich war, Anweisungen befolgte, nichts stahl, niemanden schlug und beleidigte und bei der gelegentlichen Überstunde nicht sogleich zur Weltrevolution aufrief. Es war abzusehen, dass man ihn übernehmen und sogleich in eine verantwortungsvolle Position transferieren würde, wie es ihm bei seiner Einstellung versprochen worden war.

Es war alles in Ordnung. Endlich war sein Leben vorhersehbar. Er mochte Vorhersehbarkeit und Stabilität, empfand eine Freude an der Monotonie des Erwartbaren, die er vormals nicht für möglich gehalten hätte. Er empfand keinen übermäßigen Ehrgeiz mehr. Die Müdigkeit, die er mit sich herumtrug, verlangte nach einem Leben, das sich Regeln unterwarf, und er fühlte, dass er noch eine ganze Weile brauchen würde, um die tiefe Erschöpfung eines Zehnjährigen zu überwinden und wieder für etwas anderes Interesse zu entwickeln als Ruhe und Beschaulichkeit. Oder eine echte Beziehung.

Ob es daran lag, dass nach zwei Wochen Kenya den Kontakt zu ihm abbrach und verschwand?

Er fand ihr Apartment leer geräumt. Sie war ausgezogen. Nicht sang- und klanglos, nein, das konnte er ihr nicht vorwerfen. Sie hatte ihm einen Kasten vor die Tür gestellt, ein paar Kinkerlitzchen, die sie nicht mehr haben wollte und von denen sie meinte, dass sie seine Wohnung möglicherweise verschönern würden. Krimskrams, an dem Hamid kein Interesse hatte. Er fragte sich, was er nun empfand, und stellte fest, dass jenseits der oberflächlichen Enttäuschung und Verletzung nicht viel da war als die Müdigkeit. Der emotionale Schutzmechanismus, den jeder Soldat entwickelte, der nicht ob der ständigen Verluste guter Kameraden und Freunde wahnsinnig werden wollte, funktionierte immer noch. Hamid war nicht verroht, er war nicht zu einem grausamen Menschen ohne Empathie geworden, aber er hatte Distanz zu seinen Gefühlen aufgebaut. Er betrachtete sie wie ein Wissenschaftler sein Forschungsobjekt.

Enttäuschung, aha. Verletzung, nun gut.

Was sollte es?

Zu dem Krimskrams gehörte aber auch das seltsame, schimmernde Objekt, das Kenya ihm gezeigt hatte. Er wog es in der Hand. Das plötzlich wieder aufwallende Gefühl von Wärme und Geborgenheit umhüllte ihn und vermochte beinahe seine emotionslose Distanz zu überbrücken, als kümmere es sich nicht um die Verschlossenheit seines Herzens. Er ließ es zu. Ein Ding konnte ihn nicht verletzen. Er konnte es verlieren oder jemand klaute es, aber das war etwas anderes. Er würde es behalten. Es war nichts, was mit schlechten Erinnerungen beladen war.

Hamid legte es abends neben sich ans Bett und er schlief sehr gut, kaum Albträume. Es hatte einen guten Effekt auf ihn. Und die monatliche medizinische Untersuchung im Manufaktorium bestand er ohne Probleme. Es gab also auch keine erkennbaren bösen Nebenwirkungen. Wenn es das war, was Kenya ihm hinterließ, dann hatte die kurze, intensive Beziehung ihm mehr gebracht als jedes Verhältnis zu einer Frau, das er jemals in seinem Leben gehabt hatte.

So gesehen war er zufrieden.

Er war allerdings recht leicht zufriedenzustellen. Das war auch gut so.

Es war gut eine Woche nach Kenyas überstürztem Auszug, als er spät abends von der Schicht nach Hause kam. Es regnete wieder, wie so oft, und er war durchnässt, weil er einen Spaziergang gemacht und eine Mahlzeit am Stand von Meister Wong zu sich genommen hatte, den er regelmäßig besuchte und der immer das Neuste aus dem Turm wusste.

Der trommelnde Regen hatte, wie so oft, etwas Beruhigendes und seine Monotonie half ihm, Ruhe zu finden. Die Arbeit war anstrengend gewesen und er hatte ein paar kleinere Fehler gemacht, weniger aus Unkenntnis, sondern eher wegen mangelnder Konzentration, nichts Ernsthaftes und sogleich wieder ausgebügelt. Doch es war eine Erinnerung daran gewesen, dass sein seelisches Gleichgewicht vielleicht eine Spur mehr aus dem Lot geraten war als erwartet. Hamid merkte, dass er im normalen Leben noch nicht vollständig angekommen war.

Der Wind war heftig und trieb die Feuchtigkeit über den Rand der Außenbalustrade des Turms auf den Gehweg, der zu seinem Apartment führte. Er ließ sich von den Luftstößen beuteln. Ein richtiger Sturm kam auf, der noch heftigere Gewitter bringen würde, und Hamid genoss diese Aussicht. Nass zu werden, machte ihm nichts. Die Urgewalten des Wetters wurden seit einigen Jahren durch die Klimakontrolle nur noch unzureichend beeinflusst, nachdem man gemerkt hatte, dass dies bei einem Ausfall der Satelliten zu Umweltkatastrophen führte. Und die alten Orbitaleinrichtungen, notdürftig gewartet, hatten die Tendenz, genau das zu tun. Also hatte man ganz abgeschaltet, langsam, kontrolliert und bedachtsam.

Und daher gab es auf Canopus Prime richtiges Wetter. Hamid liebte es.

Er blieb stehen.

Im fahlen Schein der flackernden Beleuchtung, direkt vor seinem Zuhause, hockte eine zusammengesunkene Gestalt auf dem Fußboden des Gangs, halb im Regen, halb im Bereich der schützenden Balustrade. Hamid sah die rötliche Verfärbung der Pfütze direkt vor ihm. Dabei konnte es sich nur um eines handeln. Er spürte die plötzliche Anspannung und machte sich bereit, doch die Gestalt wirkte nicht bedrohlich. Sie bewegte sich unmerklich, aber tot war der Mensch dort nicht.

»He … was wird das?«, fragte Hamid laut, laut genug, um das Heulen des Windes und das Regengeprassel zu übertönen. Die Gestalt regte sich, hob den Kopf, schlug eine nass auf dem Schädel klebende Stoffkapuze zurück, zeigte ihr Gesicht.

Ein bekanntes Gesicht. Es war der Halbstarke, den Hamid in die Mangel genommen und der Polizei übergeben hatte. Sein rechtes Auge war geschwollen, die Lippen blutig eingerissen. Sein rechtes Ohr blutete gleichfalls, ein Rinnsal lief seinen Hals hinunter und vermischte sich mit dem Regenwasser. Der Junge hob eine Hand, unbewaffnet, etwas zitternd, vollführte eine Geste, die sich nicht entscheiden konnte zwischen einem Winken und einem Flehen.

Ein Trick? Ein Hinterhalt?

Hamid lauschte, sah sich um. Er hörte auf seinen Instinkt, doch der warnte ihn nicht. Dennoch war höchste Vorsicht geboten.

»Siehst übel aus«, beschrieb er das Offensichtliche, machte einen Schritt auf den Jungen zu, der sich nicht weiter regte, nur nach oben sah, ein Auge verklebt, mit Blut, das ihm der Regen vom malträtierten Gesicht wusch. Es war ein erbarmungswürdiger Anblick und Hamid war kein Stein.

Hamid erkannte ihn nun gut.

Es war der Unvorsichtige. Der Kenya überfallen und den er dabei gestört hatte und dessen gebrochene Hand natürlich mittlerweile bei einem Splicer in Behandlung gewesen war. Bei einem offiziellen oder einem illegalen, jedenfalls bei einem, der sein Handwerk so einigermaßen verstand.

»Du«, sagte Hamid und wirkte dabei weder bedrohlich noch wütend. Das jämmerliche Etwas vor ihm provozierte das auch nicht.

»Ja. Ich … ja.« Kaum hörbar, die Stimme.

»Was willst du?«

»Ich …« Der Junge verstummte, schaute an sich herab. Er merkte, wie würdelos er sich gab, kam langsam auf die Füße, den Rücken an die Balustrade gepresst. Er hob seine Hände, beide leer.

»Ich habe kein Messer«, beteuerte er, fast flehentlich.

»Das ist gut. Ich habe deines in Verwahrung. Was ist passiert?«

»Wurde verprügelt.«

»Das sehe ich. Freunde von dir?«

Das Gesicht des Halbstarken nahm einen gequälten Ausdruck an. Freunde, das war meist nur die Gang. Wenn er bei der Polizei ausgesagt hatte, um seinen Arsch zu retten, dann hatte er keine Freunde mehr, sondern nur noch Feinde, die ihn bei jeder sich bietenden Gelegenheit verprügeln würden. Nicht töten, weil die Sicherheitskräfte auf Mord überproportional hart reagierten – und aufgrund der Sondergesetze in der Lage waren, ganze Gangs einzusammeln und zum Militärdienst zwangszurekrutieren.

Nicht jeder hatte sich dem Militär so enthusiastisch wie Hamid angeschlossen. Oder war nicht verzweifelt genug, es zu tun.

»Heb die Arme noch mal hoch!«, forderte Hamid und der Junge gehorchte. Er durchsuchte ihn, schnell, gründlich: keine Waffe. Und sein Gegenüber versuchte nicht einmal, ihn anzugreifen. Er war am Ende seiner Kräfte. Sein Atem ging rasselnd. Und wie viele Gangmitglieder suchte er Halt und Schutz beim Stärkeren. Da er offenbar Probleme mit seinen Kumpels hatte, war ihm in seiner Verzweiflung nur noch ein Stärkerer eingefallen, der übrig blieb. Derjenige, der ihm so richtig eine verpasst und seine Macht damit eindringlich unter Beweis gestellt hatte.

Hamid kannte das Verhalten. Er war selbst einmal so gewesen und es hatte ihn oft genug in Schwierigkeiten gebracht. Die scheinbar Starken waren vor allem gut darin, die Leute auszunutzen, die von ihnen Schutz erwarteten. Der einzige Starke, der das Hamid gegenüber jemals sofort offen zugegeben und ihm gleichzeitig ein Bett, Mahlzeiten, saubere Kleidung, Sold und eine Ausbildung versprochen hatte, war der Rekrutierungsoffizier gewesen.

Hamid würde jedenfalls die Gelegenheit nicht ergreifen und jetzt seine eigene Gang gründen.

»Wie heißt du?«

»Jed.« Der Blick des Jungen war hoffnungsvoll, wie der eines getretenen Hundes. Eine gefährliche Analogie, wie Hamid wusste.

»So heißt du nicht wirklich.«

»Jed«, insistierte der Junge.

Dann Jed.

»Komm mit, Jed. Ich schau mir mal deine Wunden an.«

Der Halbstarke sah ihn an, als könne er sein Glück nicht fassen. Mit zögerlichen Bewegungen folgte er Hamid zur Tür des Apartments und es war ihm anzusehen, dass der Mut ihn zu verlassen begann. Doch als Hamid die Tür öffnete, trat er ein. Das Licht ging an. Die mittlerweile sehr gemütliche und individuelle Einrichtung des Wohnraums ließ ihn erst einmal starren. Der abrupte Wechsel vom heruntergekommenen Draußen und dem sehr wohnlichen Drinnen kam natürlich sehr unerwartet für ihn. So etwas hatte er möglicherweise noch nie gesehen außer in Filmen.

»Du tropfst mir alles voll. Setz dich an den Tisch. Gib mir die Jacke.«

Der Junge gehorchte automatisch, wie aufgezogen. Hamid holte seine

Erste-Hilfe-Ausrüstung hervor und hockte sich vor den Verletzten. Er hatte schlimmere Wunden versorgt und sich ein gutes Grundwissen angeeignet. Das hier war für ihn ein Kinderspiel, was seiner Sorgfalt aber keinen Abbruch tat. Er säuberte die Verletzungen gründlich, ignorierte das Zischen und Zusammenzucken des Messerstechers, wenn es zu brennen begann, und stellte dann fest, dass ein Bioplastverband ausreichen würde, um die Regeneration der Haut zu gewährleisten. Mit geschickten Händen legte er die Pflaster auf die entsprechenden Stellen, verdeckte damit das zugeschwollene Auge und das Ohr. Diesmal kein Zischen und Zucken, die Bioplastpflaster enthielten leichte Schmerzmittel und kühlten angenehm. Sie verbanden sich selbstständig mit den Wundrändern und schlossen die Verletzungen sauber ab. Nach zwei bis drei Tagen, abhängig vom Heilungsfortschritt, fielen sie von selbst ab, danach war normalerweise keine weitere Behandlung notwendig.

Als Hamid fertig war, packte er schweigend seine Habseligkeiten wieder ein. Er holte eine heiße Suppe mit Nährkonzentrat aus dem Automaten, dazu etwas Brot und legte beides mit einem auffordernden Nicken vor Jed ab, der nicht lange zögerte. Hamid verstand ihn. Einem geschenkten Gaul schaute man nicht ins Maul, das konnte sich da draußen niemand leisten. Es gab Nahrung? Also aß man sie, egal ob hungrig oder nicht, denn man konnte nicht wissen, wann es wieder etwas gab.

Hamid sah ihm dabei zu, fand sein jüngeres Ich in den hastigen, schlingenden Bewegungen wieder, dem schnellen Schlucken, den Blicken über den Tellerrand, allzeit auf Ausschau nach jemandem, der einem das gerade gewonnene Essen wieder streitig machte. Es hatte ein Jahr gedauert, bis er sich beim Militär diese Art des Schlingens, des ständigen Misstrauens abgewöhnt hatte. Bei der Flotte stahl ihm niemand sein Essen. Es gab meistens genug für alle. Das war für Hamid die bleibendste Erinnerung seiner ersten Monate beim Militär gewesen. Die Erkenntnis, dass er so viel und so lange essen durfte, wie Zeit dafür war. Dass er Rationen einstecken durfte. Am Anfang hatte er Kekspackungen gebunkert, bis sein Schubfach überquoll. Der Gedanke, Nahrung nicht vor anderen verstecken zu müssen, hatte sich ihm erst langsam erschlossen.

Er dachte mit wohligem Schaudern an diese Erkenntnis zurück und er dankte dem Imperium dafür. Es war einer der Gründe, warum er einfach nicht bereuen wollte, sich zum Dienst gemeldet zu haben.

Jed war fertig, sah halb bedauernd auf den leeren Teller, die letzten Brotkrümel. Er war wahrscheinlich satt, aber das Gesetz der Straße hieß: Überfresse dich, wenn du kannst. Sorge vor. Wenn die Nahrung alle war, dann war das schlecht. Aus Prinzip.

Hamid nickte ihm zu, lehnte sich zurück.

»Warum bist du zu mir gekommen, Jed?«

Der Junge sah zu Boden. »Sie haben … Sie hätten mich ausknipsen können … einfach so.« Er machte ein schnippendes Geräusch mit seinen Fingern. »Niemand hätte Sie daran gehindert und niemand hätte mir eine Träne nachgeweint. Sie haben es aber nicht getan. Warum nicht?«

Eine berechtigte Frage.

»Ich war Soldat. Ich habe meinen Teil an Leben ausgelöscht, direkt und indirekt. Ich möchte es künftig gerne vermeiden, wenn ich kann.«

Jed nickte langsam. Dass Hamid ein Veteran war, hatte er sicher schon gemerkt.

»Andere ehemalige Soldaten denken nicht so.«

»Ich bin nicht andere. Ich kann nur für mich sprechen.«

Jed starrte auf den Boden.

»Ich kann nicht zurück zu … meinen Leuten.«

»Du hast gesungen.«

Jed nickte betrübt, zeigte auf sein Auge. »Das war die Polizei.«

»Ich bin nicht überrascht.«

»Ich kann nicht so viel ab. Ich … es tat höllisch weh und sie haben mit mehr gedroht.«

Jed war jetzt kein Halbstarker mehr, denn selbst die Hälfte seines aufgeblasenen Egos war in sich zusammengefallen. Wie alt war er? Hamid wollte es nicht schätzen, aber er musste in etwa in dem Alter gewesen sein, als er sich freiwillig gemeldet hatte. Er würde Jed das nicht vorschlagen. Damals war eine andere Zeit gewesen. Die Kalten hatten noch nicht angefangen, das Imperium mit ihrem Terror zu überziehen. Heute ging man nicht mehr freiwillig, zumindest nicht aus den Gründen, die damals Hamid zu dem Schritt bewegt hatten. Die Wahrscheinlichkeit zu sterben war ungleich höher.

»Was erwartest du von mir, Jed?«

»Ich weiß nicht«, flüsterte dieser. Da lag stille Verzweiflung in seinen Worten, eine dermaßen profunde Ratlosigkeit, die den Jungen zu dem Mann getrieben hatte, der doch eigentlich sein Gegner gewesen war. Hamid war nicht aus Stein, nie gewesen. Und er spürte, dass die Verzweiflung ernst gemeint war.

»Hast du Familie?«

Jed schüttelte stumm den Kopf.

»Alle tot oder im Knast«, erklärte er. »Oder gezogen. Hab nichts mehr von ihnen gehört.«

Es sagte einiges über die Verzweiflung des Imperiums aus, dass Kriminelle im Regelfall einberufen und mit jahrelangem Zwangsdienst bestraft wurden, anstatt sie wegzusperren. Nur notorische Schwerverbrecher und besonders auffällige Gewalttäter – oder jene, die körperlich nicht für den Dienst infrage kamen – wurden noch inhaftiert. Die Gefängnisse waren derzeit nicht gerade überfüllt, das wusste jeder.

»Hast du einen Schlafplatz?«

Wieder das Kopfschütteln. Hamids Instinkt, aber auch seine Erfahrung sagten ihm, dass der Junge nicht log. Er war tatsächlich am Ende, so wie er selbst damals, und ihm stand der eine Ausweg, soweit er noch über gesunden Menschenverstand verfügte, nicht zur Verfügung.

»Du warst in der Schule?«

»Nur die fünf Pflichtjahre«, sagte Jed, und die, so vermutete Hamid, auch eher unregelmäßig. Nach einem Abschluss fragte er gar nicht erst. Er hatte selbst keinen. Er hatte jetzt einige Zertifikate, alles zivile Entsprechungen dessen, was man ihm in der Flotte beigebracht hatte. Auch dafür dankte er dem Imperium. Es hatte ihm erlaubt zu lernen und er hatte dieses Angebot angenommen.

»Du wirst heute Nacht hierbleiben. – Automatik, ein zweites Bett, halbe Höhe, mit Klappleiter, Wand 3!«

Die Automatik identifizierte die freie Stelle. Das Modul konfigurierte das Apartment neu. Mit einem Summen schob sich die flache Platte aus der Wand, direkt über dem Sofa, das Hamid gekauft hatte und das nicht zum Modul gehörte. Auf der Platte lagen eine dünne Plastikmatratze und eine Decke. Eine Klappleiter schwang zu Boden und würde Jed erlauben, auf die Liegestatt zu klettern. Der Junge sah Hamid dankbar an.

»Ich mache keinen Ärger, ehrlich.«

Hamid glaubte es ihm. Selbst wenn Jed die Absicht gehabt hätte, ihm fehlten sichtlich die Kräfte dafür, Unfrieden zu stiften. Er hatte gegessen und war verarztet worden, jetzt befahl Hamid ihm noch eine Dusche. Der Junge gehorchte ohne weitere Umschweife. Seine alten Klamotten warf Hamid in den Reiniger und mit zielsicherer Schätzung seiner Kleidergröße bestellte er frische Unterwäsche, Hose und Hemd, aus billigstem Polyester, frisch in der Versorgungsabteilung des Turms ausgedruckt und hochgeschickt. Für Hamid eine nur kleine Investition, er ertrug das heruntergekommene Erscheinungsbild seines Gastes einfach nicht und eine richtige Wäsche würde zumindest das fleckige Hemd wahrscheinlich in seine Bestandteile auflösen. Als Jed sauber und frisch eingekleidet vor ihm stand, sah er beinahe manierlich und zivilisiert aus – und konnte sich kaum noch auf den Beinen halten.

Das war ihm sichtlich peinlich, aber die Art und Weise, wie er die Worte seiner Antworten verschleppte, ließ keinen Zweifel daran offen, dass Jed schon lange nicht mehr richtig geschlafen hatte.

Hamid erlöste ihn und befahl, er solle sich hinlegen. Minuten später verrieten die regelmäßigen Atemzüge, dass Jed eingeschlafen war. Es war nicht anders zu erwarten gewesen.

Hamid setzte sich auf die Bank, unter der er seine Transportkiste verborgen hielt. Darin, immer noch unangerührt, all die Dinge, die er neben seinem Wissen und seinem Ruhesold mitgebracht hatte. Die unspezifizierten Denominatoren, die aus ihm einen wohlhabenden Mann machten, wenn er nur endlich wüsste, was er mit diesem Wohlstand anfangen sollte. Das auseinandergebaute ZZ7-Sturmgewehr, das er einem sterbenden Marine abgenommen hatte und das niemand mehr vermisste. Der Hellbard-Gefechtscomputer, den er wie einen Kragen um seinen Hals legen und mit denen unter künstlichen Hautlappen verborgenen Zugängen verbinden konnte. Er hatte geschworen, unterzeichnet und versichert, niemals mehr seine kybernetischen Aufrüstungen zu verwenden, zumindest nicht ohne ausdrückliche Genehmigung des Militärs. Er wollte sich an dieses Versprechen halten, er vermisste die in seinem Kopf flimmernden Zahlen und Projektionen nicht, hatte er sie doch immer als Intrusion, als Vergewaltigung wahrgenommen. Dennoch hatte er, wie viele Zehnjährige, so einiges mitgehen lassen. Auf dem Schwarzmarkt brachte ein Hellbard einen Haufen Geld, genug, um sich einen Orbitalgleiter zu kaufen oder drei Monate Luxusurlaub auf Steinberg V zu machen. Aber das wollte er alles nicht.

Er würde den Hellbard schon deswegen nicht verkaufen, weil er nicht wusste, ob er ihn nicht doch noch einmal brauchen würde.

Er schaute hoch zu Jed, wie er da schlief, den Schlaf des immer noch ziemlich Ungerechten. Hamid wog das leuchtende Ding in seiner Hand, das er ebenfalls in der Truhe verwahrte, wenn er zur Arbeit ging, und genoss die friedliche Kontemplation, die es in ihm auslöste, die innere Stille, das Gefühl der Ruhe und Zufriedenheit. Es half ihm immens, Entscheidungen zu treffen, das hatte er gemerkt.

Er musste jetzt nicht nur eine für sich machen, sondern auch für Jed. Er hatte ihn gefüttert und ihm Obdach gewährt. Andere hätten sich damit zufriedengegeben, aber Hamid war Hamid. Er hatte Ja gesagt und das bedeutete, dass er jetzt etwas tun musste, bis es von irgendwoher ein Nein gab.

Entscheidungen.

Also traf er welche.

Progress 16

Holoban Kerr kehrte sehr bald nach dem Aufwachen, einem eher hastigen Frühstück und einem Blick über die Sensorlogs seines Fahrzeugs wieder in die unterirdische Anlage zurück. Der mannshohe Halbautomat folgte ihm geduldig, seine beiden starken Scheinwerfer schlugen eine gestochen scharfe Lichtschneise in die Welt vor ihm. Es dauerte eine Weile, dann hatte er jenen Punkt erreicht, an dem er am Vortag abgebrochen hatte. Neugierig drang er weiter vor. Der Halbautomat erwies sich als sehr nützlich, Hindernisse aus dem Weg zu räumen, die Kerr gestern noch auf eine andere Route gedrängt hatten. Seine Hohlraumresonatoren arbeiteten hier unten ganz ausgezeichnet, sodass auf Kerrs Helminnenseite eine ständig aktualisierte Karte flimmerte, anhand derer er seinen Weg planen konnte. Theoretisch konnte er aufsitzen und sich tragen lassen, aber Kerr zog es vor, sich zu bewegen. Das war ja letztlich der Sinn der ganzen Aktion: in Bewegung zu bleiben, geistig wie körperlich.

Doch auch die Karte gab ihm kaum Anhaltspunkte. Sie sagte wenig darüber aus, was in einem Raum lohnenswert sein könnte und was nicht. Er wusste ja nicht einmal selbst genau, was er eigentlich unter »lohnenswert« verstand! Die vorgefundenen Artefakte, Anlagen und Maschinen, soweit es sich um solche handelte, waren weiterhin von verwirrender Vielfalt. Es schien, als gleiche nicht eines dem anderen. Die Erbauer der Stadt hatten nichts von Uniformität gehalten. Das war verwunderlich, da es sich doch ganz offensichtlich um eine industrielle Gesellschaft gehandelt hatte, die über einen beachtlichen Technologiestand verfügt hatte. Massenproduktion aber war effizient, wenn sie eine gewisse Gleichförmigkeit der Produkte bedingte, egal ob es sich um etwas für den täglichen Gebrauch handelte oder einen Maschinenpark. Diese Regel, die Kerr von allen Spezies kannte, die er jemals kennengelernt hatte, war hier außer Kraft gesetzt worden. Es gab ganz sicher Massenproduktion – es gab jedenfalls Massen von Dingen hier unten! –, aber es gab keinerlei gemeinsames Design. Und die Unterschiede waren keine Nuancen. Sie waren deutlich, keine Individualisierungen auf der Basis eines gemeinsamen Grundgerüsts, sondern … alles war anders. Unterschiedlich. Und bei den allerwenigsten Dingen konnte Kerr auch nur erahnen, welche Funktion sie gehabt haben könnten. Er hielt sich nicht für besonders dumm, er kannte Technik, auch die anderer Zivilisationen. Form folgte der Funktion, das war ein Grundsatz, den er für sehr wahr hielt. Übertrug er ihn auf diese Funde, dann fragte er sich, was das wohl für Funktionen gewesen sein mochten – oder ob all diese Dinge überhaupt eine erfüllten und nicht allein dekorativen Zwecken dienten.

Eine große, unterirdische Anlage, die sich über Kilometer erstreckte, sollte nur ein Lager für Kunstgegenstände sein? Kerr war vielleicht kein besonders fantasievoller Mann, das wollte er einräumen, aber das war eine Erklärung, die er nicht akzeptieren konnte.

Also wurde sein Ehrgeiz genährt, mehr zu finden. Ein seltsamer Forschergeist hielt ihn gefangen. Es war ein interessantes Gefühl, das er so noch niemals zuvor empfunden hatte. Durchaus angenehm, aufregend, besser als die tödliche Langeweile seines unausweichlichen Exils.

Es gefiel ihm. Fast hoffte er, nicht allzu schnell Antworten auf seine Fragen zu erhalten. Der Weg war hier das Ziel, so empfand er es. Das Ziel, so befriedigend das Erreichen desselben auch sein würde, war ein Ende. Kerr hatte Furcht vor dem, was danach kam, denn die Perspektiven waren nicht sehr verheißungsvoll.

Als auf der Karte die große Halle auftauchte, zögerte er daher erst einmal. Das roch nach Ziel, nach dem krönenden Höhepunkt, der großen Erkenntnis, dem Ende der Suche. Das war nicht gut. Für ihn hieß es mehr als jemals vorher: Der Weg war das Ziel. Wenn er zum Abschluss kam, was sollte danach noch kommen? Doch nichts anderes als die Wiederaufnahme seiner Selbstgespräche.

Er zögerte länger als erwartet, länger als vernünftig, und als der Halbautomat ihn fragend ansummte, schüttelte Kerr wie benommen den Kopf. Blödsinn! Alles fing an und alles hatte ein Ende. Gerade er sollte sich dieser Erkenntnis nicht wie ein kleines Kind verschließen.

Er wanderte durch die dunklen Gänge, bis er in der Halle ankam, und es bedurfte nur eines langen Blickes, um zu erkennen, worum es sich handelte. Dies war kein Ort der Produktion, keine Lagerstätte, keine Wohneinrichtung, kein Platz der Versammlung. Dies war ein unterirdischer Hangar und Kerr war sich dessen so sicher, weil mittendrin ein Raumschiff stand.

Zumindest war er sich einigermaßen sicher, es mit einem zu tun zu haben.

Die Lichter des Halbautomaten wanderten die fremde Hülle entlang. Kerr rührte sich nicht, nahm den Anblick in sich auf. Viele Schiffe hatte er in seinem Leben gesehen, doch keines wie dieses. Es war schmal und lang gestreckt, hatte eine dunkelblaue, mit bräunlichen Flecken übersäte Hülle, die im Schein der Lampen nicht sonderlich stark reflektierte, sondern vielmehr das Licht in sich aufzunehmen schien. Die Oberfläche war uneben, wies Ausbuchtungen und kleine Beulen auf, doch das filigrane Gewirr von Antennen oder anderen Aufbauten, die Kerr von seinen Schiffen her bekannt war, fehlte. Er schätzte die Konstruktion auf zwanzig Meter Länge, vielleicht auch fünfundzwanzig, und er konnte das Heck vom Bug unterscheiden, weil die Ausstoßrohre des Triebwerks dasjenige waren, was er am ehesten erkennen und verstehen konnte.

Deswegen glaubte er, ein Raumschiff vor sich zu haben.

Die Hülle stand nicht auf Stelzen und sie schwebte auch nicht, sie lag mit dem Bauch auf dem Boden. Kerr konnte nicht abschätzen, ob sie aufrecht war oder zur Seite geneigt, ob sie so liegen sollte oder nur aus Energiemangel und Funktionsunfähigkeit so ruhte. Es wirkte auf ihn ebenso sinn- und nutzlos wie alles andere, was er bisher hier unten vorgefunden hatte. Seine Freude und Überraschung wichen der Ernüchterung, als er um das Fahrzeug schritt, denn er fand weder eine Öffnung noch irgendwelche Markierungen, nur diese blaubraune Farbgebung, die die Hülle wie das Fell eines Tieres zu umspannen schien und keine Rückschlüsse auf das Schiff und seine weitere Funktion zuließ. Auch seine Messungen förderten nichts zutage. Das Schiff war energetisch tot, ein großer Klumpen Etwas, und obgleich Kerr sich abmühte, vermochten die Scanner nicht ins Innere der Hülle vorzudringen. Woraus auch immer die Wandungen gebaut worden waren, das Material widersetzte sich allen Bemühungen, durch es hindurchzusehen. Das regte Kerrs Interesse wieder an. Für solch ein Material, das aus so kurzer Entfernung so perfekt abschirmte, und das ohne jede Energieentwicklung, würde das Imperium den rechten Arm des Imperators hergeben.

Mindestens!

Er ließ den Halbautomaten vortreten. Vielleicht war es möglich, dem Material eine Probe zu entnehmen. Der Automat verfügte über eine Reihe von geeigneten Werkzeugen und eine mikroskopische Probe würde bereits ausreichen. Der Roboter näherte sich der Hülle, streckte einen Instrumentenarm aus und berührte sie. Kerr erwartete das Singen des Diamantbohrers oder den gleißenden Schein des Lasercutters.

Nichts. Der Automat stand nur so da – regungslos.

Die Scheinwerfer erloschen. Die plötzliche Dunkelheit erschreckte Kerr, sodass er zusammenzuckte. Er richtete sein eigenes Licht auf den Halbautomaten, doch der bewegte sich nicht.

Er sprach ihn an: keine Antwort.

Er betätigte die Fernbedienung: keine Reaktion.

Kerr klappte ein Panel am Leib der Maschine auf, betrachtete das winzige Kontrollfeld: Es war tot.

Er beugte sich hinab zur Energieversorgung. Normalerweise glomm die Anzeige der Batterie schwach, selbst wenn sie fast leer war. Die LEDs hatten eine eigene kleine Energiequelle, die dafür sorgte, dass man immer wusste, wie der Füllstand der Atombatterie war. Die, so erinnerte sich Kerr, Strom für drei Monate harten Einsatzes gespeichert hatte, als er sie gestern überprüfte.

Leer.

Sie war leer!

Ein sanfter Schein fand seine Aufmerksamkeit. Dort, wo der Instrumentenarm des Automaten die Schiffshülle leicht berührte, glomm die Außenhaut. Der Schimmer verbreiterte sich ein wenig, dann verschwand er, als hätte das Schiff die Energie des Automaten aufgesogen und ins Innere geleitet. Eine volle Atombatterie in einem Augenblick.

Aber natürlich. Kerr richtete sich wieder auf. Wer wusste, wie lange das Schiff hier schon stand? Eigene Energievorräte waren längst aufgebraucht oder diffundiert. Keine Isolation war perfekt und die Entropie forderte immer ihren Preis. Er stand da, starrte auf das Schiff und die tote Maschine und fasste nach kurzer Überlegung einen möglicherweise sehr unüberlegten Entschluss. Er konnte natürlich einfach zurückkehren und die Sache auf sich beruhen lassen. Aber das war nicht seine Absicht. Der Weg war das Ziel und ein neuer Weg öffnete sich vor ihm. Eine Alternative zum bloßen Verlassen- und Verlorensein.

Das Schiff bedurfte der Energie? Dann sollte es welche bekommen. Der Konverter an Bord des Transporters konnte Hunderte von Atombatterien aufladen, ohne sich dafür sonderlich anstrengen zu müssen. Noch besser, er konnte eine Stromleitung hierher legen, genug drahtlose Emitter waren leicht mit dem kleinen Manufaktor herzustellen. Dafür musste nicht einmal der Konverter herhalten: Eine kleine Windkraftanlage gehörte zur Notausrüstung des Transporters. War sie erst aufgestellt und aufgerichtet, konnte sie das Schiff kontinuierlich ... ja, was eigentlich? Aufladen?

Ja, das war Kerrs Hoffnung. Er hatte natürlich keine Ahnung, was danach passieren würde – oder ob überhaupt etwas. Das Ziel war nicht definiert. Das war beruhigend.

Er machte sich sogleich an die Umsetzung seiner Pläne. Mit der aus dem Roboter entfernten Batterie unter dem Arm strebte er die ausgelegten Marker entlang zurück, deren Peilsignal sich mit der Kartendarstellung in seiner Helmprojektion verband. Seine Schritte beschleunigten sich, sein Enthusiasmus wuchs zusammen mit seiner Ungeduld. Er kam an die Oberfläche, erreichte den Transporter und klinkte die Batterie ein. Noch während diese wieder aufgeladen wurde, initiierte Kerr die nächsten Schritte. Der Manufaktor begann, einfache drahtlose Stromemitter auszuspucken, einfachste Technologie. Die dafür notwendigen Rohstoffe fanden sich im Gestein sowie in den Gebäuderesten, Kerr musste sie nur klein hacken und in die Rohstoffzufuhr schaufeln. Nachdem er sich der Tatsache versichert hatte, dass der Manufaktor seine Arbeit tat, und der erste Emitter in das aufgestellte Auffangbecken klackerte, machte sich Kerr an den Aufbau der Windkraftanlage.

Das Gestänge mit den beiden Röhrenrotoren musste genau in die Winde ausgerichtet werden, die zwischen den Ruinen zu spüren waren. Dies war glücklicherweise eine windige Welt und die Straßenzüge kanalisierten die Luftbewegungen zusätzlich. Schnell war eine geeignete Stelle gefunden, nicht zu weit vom Eingang in die unterirdische Anlage entfernt. Die ersten Emitter waren rasch aufgestellt, und als Kerr nach mehrstündiger Arbeit wieder die unterirdische Halle erreicht hatte, war er müde und gleichermaßen zufrieden. Der letzte Schritt bestand darin, eine Energieübertragung zu gewährleisten. Da der Halbautomat durch bloße Berührung entladen worden war, ging Kerr davon aus, dass keine großartige Installation nötig war. Er fand auch keinerlei Zugänge, die er hätte nutzen können. Sicherheitshalber stellte er eine niedrige Spannung ein und einen Sofortunterbrecher, sollte das Schiff sich als zu gierig erweisen. Am Ende legte er nichts anderes als einen Stromabnehmer direkt an die Hülle, durch den die Elektrizität in das Schiff floss.

Es funktionierte perfekt.

Anhand der Anzeige am Abnehmer konnte Kerr erkennen, dass der Strom gleichmäßig floss und die Spannung nicht schwankte. Das sanfte Leuchten am Berührungspunkt tauchte wieder auf und diesmal blieb es, gut erkennbar. Es war, als habe die entleerte Atombatterie wie ein Anlasser gewirkt, der eine Grundaktivität ausgelöst hatte. Nun war das Schiff bereit, kontinuierlich und geduldig Energie aufzunehmen.

Kerr musste über sich selbst den Kopf schütteln. Die Einsamkeit seines Exils begann wirklich, an seinen Geistesgaben zu nagen. Er fing jetzt schon damit an, ein Alien-Raumschiff zu anthropomorphisieren, eine an sich absurde Vorstellung. Welche technischen Grundlagen diese Einheit hatte, war ihm völlig unbekannt, und ob es gar über etwas Vergleichbares zu einer terranischen KI verfügte, konnte er ebenfalls nicht wissen. Es musste die Tatsache sein, dass er seine FRIEDBERT so vermisste, die ihn dazu brachte, unrealistische Hoffnungen zu hegen.

Für eine halbe Stunde stand Kerr nur so da und betrachtete die Anzeige, dann ertappte er sich bei einem herzhaften Gähnen. Für einen Moment überlegte er, direkt neben dem Schiff ein Nachtlager aufzuschlagen – entsprechende Druckzelte gehörten zur Ausrüstung des Transporters –, dann aber entschied er sich dagegen. Er hatte das Gefühl, dass ein so großes Schiff wie dieses eine Nacht brauchen würde, um einen Energielevel zu erreichen, der komplexere Reaktionen und Funktionen auslösen konnte. Kein Grund, sich hier eine ungemütliche und potenziell gefährliche Nachtwache anzutun. Er schaute noch einmal zurück, dann wandte er sich ab und begab sich zurück zum Transporter. Ob er wirklich gut schlafen würde, das war dahingestellt. Es würde aber auf jeden Fall gemütlicher sein und er wollte eine richtige Mahlzeit zu sich nehmen, was er nach seiner Rückkehr auch gleich als Erstes in Angriff nahm. Kurz darauf legte er sich hin und fiel in einen unruhigen Schlaf.

Er kehrte nach gut sieben Stunden zum Ort des Geschehens zurück, und als er die Halle betrat, schaltete er das Licht seines Scheinwerfers sowie des wieder aufgeladenen Halbautomaten aus, der an der Wand stand, in sicherem Abstand.

Die Beleuchtung war nicht mehr notwendig.

Das Schiff strahlte einen angenehmen Lichtschein aus, der die Halle erfüllte. Die Hülle schien ein großer Emitter zu sein, denn sie schimmerte überall und auch die braunen Flecken trübten die Emission nicht nennenswert ein. Lichtreflexe wanderten über die Struktur, als würde sich ein Muskel unter einer feucht glänzenden Haut bewegen und von außen einfallendes Licht reflektieren. Der Schein kam aber eindeutig von innen. Kerr starrte überrascht und fasziniert auf das Schauspiel.

Es brauchte eine Weile, bis er sich an seine Möglichkeiten erinnerte, das Phänomen auch mit anderen Instrumenten als seinen eigenen optischen Rezeptoren zu untersuchen. Als Erstes kümmerte er sich um die Stromverbindung. Die Nacht über hatte ein frischer Wind geherrscht und die Stromübertragung war von kontinuierlich hoher Qualität gewesen. Auch jetzt nahm das Schiff die zugeführte Elektrizität ohne Probleme auf. War es irgendwann in der Lage, selbstständig Energie zu generieren? Oder wies die Aufnahmekapazität der Hülle darauf hin, dass es einen externen Zufluss benötigte? Wenn dem so war, hatte man es hier unten begraben, um exakt diese Zuflüsse zu verhindern? Das war ein Gedanke, der Kerr für einen Moment stark beunruhigte. Doch es war zu spät, sich darüber Gedanken zu machen. Das Schiff war aktiv. Es würde sich jetzt nehmen, was es brauchte.

Kerr hielt inne, schüttelte den Kopf.

Er machte aus dem Artefakt schon wieder eine Persönlichkeit. Sein innerer Drang danach, die Einsamkeit zu überwinden, an die er sich doch zu gewöhnen gehabt glaubte, schien stärker zu sein als erwartet, seine Psyche zermürbt durch die Monotonie dieser Welt. Kerr verlangte es nach Gesellschaft, das war sicher. Er musste jetzt sehr vorsichtig sein und seine Bedürfnisse nicht über eine rationale Analyse und ordentliche Gefahrenanalyse stellen. Er war ein Pilot, ein Profi. Er tat so etwas Unüberlegtes nicht.

Kerr blickte auf die aktive Stromleitung.

Eigentlich hatte er es ja schon getan.

Seine Versuche, mit dem tragbaren Messgerät oder den Anlagen des Halbautomaten mehr zu erfahren, erwiesen sich als mühsam. Ja, das Schiff strahlte nun Energie ab, nicht nur im sichtbaren Spektrum. Es war energetisch aktiv, aber wie genau, war nicht zu ermessen. Die Scans durchdrangen die Hülle nun erst recht nicht, jetzt, wo sie wieder aktiviert war und ... was auch immer tat. Das Triebwerk war weiterhin tot, daran hatte sich nichts geändert. Auch sonst war da nichts außer energetischer Aktivität, sehr kontrolliert und doch allgegenwärtig.

So kam er nicht weiter.

Kerr umrundete das Schiff mehrmals. Er wagte es sogar, es anzufunken, rief damit aber keine Reaktion hervor. Er klopfte an, als würde er dadurch einen Zugang öffnen können. Auch das führte zu nichts. Als er sich nach vergeblicher Mühe neben den Halbautomaten auf den Boden setzte, spürte er eine gewisse Enttäuschung. Außerdem hatte er Kopfschmerzen bekommen. Er beschloss, etwas zu essen und eine Tablette zu nehmen, um das Unwohlsein zu beenden. Vielleicht war er einfach auch etwas überdreht und musste erst einmal wieder runterkommen. Ein geeignetes Beruhigungsmittel würde sich in der Bordapotheke des Transporters finden lassen und beinahe fasste er schon den Entschluss, die Halle zu verlassen und zum Fahrzeug zurückzukehren, um ...

[Nein, bitte nicht.]

Kerr erstarrte.

Die Stimme war direkt in seinem Kopf gewesen, leise, krächzend, aber doch vernehmbar. Zumindest bildete er sich das sein. Bildete er sich das ein? War es schon so weit gekommen? Es war wohl tatsächlich Zeit für eine Tablette, eine richtig starke, etwas aus der guten Giftküche, aus dem militärischen Arsenal ...

[Keine Drogen. Es macht mir die Sache nur noch schwerer. Habe Geduld.]

Kerr schluckte trocken, vergaß die Röhre, die er nur in den Mund zu nehmen brauchte, um etwas Saft zu sich zu nehmen. Wenn er irre wurde, dann gleich richtig. Das war anders als Selbstgespräche. Da wusste er wenigstens, *wer* zu ihm sprach.

Die Stimme war immer noch schwach, wie ein moduliertes Hintergrundrauschen, aber nein, er konnte sich so etwas doch nicht ausdenken.

So tief war er noch nicht gesunken. Er hielt sich immer noch für stabil genug, um Realität von Wahn unterscheiden zu können.

Oder?

»Mit wem spreche ich?«, sagte er laut. Das fühlte sich albern an. Er sprach doch über den Funk, und hatte bisher keine Antwort zu erhalten. Das hier spielte sich *in* seinem Kopf ab. Wenn es keine Halluzination war, musste er davon ausgehen, dass es genügte, die Worte einfach nur zu denken, aber sie auch zu sprechen, half ihm, sich zu konzentrieren.

[Lass mir noch etwas Zeit, dann beantworte ich deine Fragen. Eine Nacht, wenn die Stromzufuhr konstant bleibt.] Die Stimme zögerte. *[Bleibt sie konstant?]*

Das war interessant, wie Kerr fand. Die Stimme – das Schiff? Ein Besatzungsmitglied? – war sich ihrer Sache nicht sicher. Sie hatte die Befürchtung, Kerr könnte die Energieversorgung unterbrechen. Und so abwegig war diese Angst nicht. Da saß er allein auf dieser Welt und hörte Stimmen, konfrontiert mit einem Raumschiff, uralt, völlig fremdartig, potenziell feindlich ...

[Ich bin nicht dein Feind!], kam es mit Nachdruck.

»Öffne einen Zugang!«, sagte Kerr laut. »Ich will sehen, mit wem ich spreche.«

[Du siehst es.]

»Ich sehe ein Raumschiff.«

[Ich repräsentiere das Schiff.]

»Hast du Passagiere?«

[Nein. Schon lange nicht mehr.]

»Wie lange?«

Das Schiff – oder wer auch immer – schwieg. Dann: *[Ich weiß es noch nicht. Ich war lange Zeit passiv, funktionslos. Ich kann es nicht einmal schätzen. Ich muss die Sterne sehen, dann weiß ich es.]*

Kerr verstand. Basierend auf einem Referenzrahmen würde das Schiff durch die Veränderung der Sternenpositionen errechnen können, welche Zeitspanne zwischen der letzten Beobachtung und der aktuellen lag. Also ein logisch nachvollziehbarer Wunsch. Kerr erwärmte sich für dieses Gespräch. Es war nicht halb so irre, wie er befürchtet hatte. Für eine Halluzination wirkte alles recht vernünftig.

»Öffne dich!«, insistierte er.

[Ich kann nicht.]

»Warum?«

[Ich vertraue dir nicht.]

»Du liest offenbar meine Gedanken. Du weißt damit doch alles über mich. Ich kann nichts vor dir verbergen.«

[Das ist nicht ganz korrekt. Ich lese weder deine Absichten noch deinen Charakter. Ich lese nur die elektrischen Prozesse aus, die Worte und Sätze bilden, deren bewusste Formulierung an mich gerichtet ist. Leitet sich jede Handlung deiner Spezies durch eine ausformulierte Absicht ein, und sei es auch nur in Gedanken?]

»Nein, sicher nicht.«

[Also traue ich dir nicht.]

»Du erwartest aber, dass ich dich weiter mit Energie versorge.«

[Ich erhoffe es. Erwartungen habe ich keine. Ich habe endlos lange geschlafen. Auf welcher Basis soll ich Extrapolationen berechnen, wenn mir doch jede empirische Grundlage fehlt?]

Jetzt klang sie viel mehr wie eine KI, so, wie Kerr sie kannte. Und er fand es sympathisch. Das Abhängigkeitsverhältnis wurde klar und die Stimme war ehrlich genug, es von sich aus zu beschreiben und das eigene Misstrauen in Worte zu fassen. Kerr entspannte sich etwas. Er hatte nicht den Eindruck, es mit einer Intelligenz zu tun haben, die grundsätzlich schädliche Absichten hatte.

Kerr beschloss, die Unterhaltung eine Stufe weiter zu führen.

Er beschrieb in Gedanken das Konzept künstlicher Intelligenz, ließ vor seinem geistigen Auge Konversationen an Bord seines Schiffes vorbeiziehen, sein Verhältnis zur FRIEDBERT, beschrieb Potenziale und Begrenzungen, und er wurde nicht einmal durch einen Kommentar unterbrochen.

[So bin ich nicht], erklärte die Stimme schließlich. Sie war immer noch fern und leise und drohte in der Kakofonie von Kerrs anderen Gedanken leicht unterzugehen. Er fragte sich, ob es nicht möglich war, die Konversation akustisch – etwa über Funk – fortzusetzen.

[Derzeit noch nicht. Ich muss Reparaturen durchführen. Es dauert noch.]

Das war der erste Hinweis darauf, dass die makellos erscheinende Hülle des Schiffs eine Illusion von Vollständigkeit erzeugte, der Kerr bisher, ohne nachzudenken, auf den Leim gegangen war. Natürlich war anzunehmen gewesen, dass eine so lange inaktive Phase zum Verfall selbst perfekt gebauter Gerätschaften führte. Und wenn mangels Energie auch Reparaturroutinen nicht funktionierten, nagte die Entropie an allem, manchmal schneller und manchmal langsamer.

[Entropie ...], murmelte die Stimme, als sei sie an etwas erinnert worden.

»Kann ich behilflich sein?«, fragte Kerr schließlich, der entschlossen war, in dem Schiff vorerst keine Bedrohung zu sehen.

[Die dauerhafte Zuführung von Energie ist ausreichende Hilfe, danke.]

»Wie kann ich dich ansprechen? Führst du eine Bezeichnung?«

[Ah ...] Die Stimme brach ab. *[Ja, doch. Wahrscheinlich. Ich suche danach. Ich bin mir sicher, dass ich einen Namen hatte, auf etwas reagiert habe. Aber ich weiß es nicht mehr ... mir fehlen einige Erinnerungen. Ich muss wirklich wissen, wie lange ich hier geschlafen habe.]*

»Bist du in der Lage, diesen Ort zu verlassen?«

[Sobald ich wiederhergestellt bin. Zumindest vermute ich das.]

Kerr räusperte sich und zögerte, ehe er eine wichtige Frage formulierte.

»Würdest du mich dann möglicherweise mitnehmen – wenn dir der Transport sauerstoffatmender Lebewesen möglich ist? Es ist so ... ich bin hier gestrandet, abgestürzt. Ich kann diese Welt nicht verlassen und befürchte, hier zu sterben.«

Die Antwort kam nicht spontan. Kerr nahm das nicht übel. Man akzeptierte nicht einfach so Anhalter, denen man gerade mitgeteilt hatte, dass sie nicht vertrauenswürdig seien.

[Ich verstehe. Der Transport von Lebewesen gehört zu meinen Grundfunktionen und ich kann verschiedene Kleinhabitate ausbilden. Du hast mir geholfen, ich bin in deiner Schuld, Holoban Kerr. Sollte ich mich wieder in die Lage versetzt sehen, eigenständige interstellare Mobilität zu erlangen, sei mein Gast. Tatsächlich glaube ich, dass dies ... notwendig ist.]

Egal, wer oder was dieses Schiff war, Holoban Kerr fand, dass es die richtige Entscheidung getroffen hatte. Die plötzliche Zuversicht, die ihn zu erfüllen begann, fühlte sich gut an. Er überprüfte einmal mehr die ununterbrochene Energieübertragung und beschloss, hier noch einige Stunden zu warten und mit dem Schiff zu reden.

Es versprach ein sehr interessanter Tag zu werden.

»Notwendig«, hatte das Schiff gesagt. Es elaborierte dieses Wort nicht weiter, aber Kerr konnte es nicht vergessen. Das war mehr als das, was er bisher erfahren hatte, mehr als das, an das sich das Schiff zu erinnern glaubte.

Er spürte eine gewisse Anspannung. Es war kein unangenehmes Gefühl.

Progress 17

Die Haraldus Vindicator war ein Schneller Kreuzer und diese Schiffsklasse war stets bemüht, ihrer Bezeichnung alle Ehre zu machen. Thasri hatte beim Anflug den schlanken Leib des Schiffes bewundert, das durch die mächtigen Triebwerksgondeln am Heck sowie den tiefen Schlot der Hauptdüsen dominiert wurde, wie ein großer Fisch, der sein Maul weit aufgerissen hatte und der in Kürze daraus die Energien des Antriebs schlagen lassen würde.

Captain Edna Ildiz empfing ihre Gäste mit der Hibbeligkeit einer Kommandantin, die schon zu lange auf glühenden Kohlen saß. Sie begrüßte Thasri, indem sie sie einem Sergeant übergab, der ihr ihre Kabine zeigen sollte. Stattdessen aber suchte sich die reaktivierte Einsatzagentin einen Notsitz auf der sehr geschäftigen Brücke des Kreuzers, schnallte sich fest und signalisierte damit ihre Absicht, den Start hier mitzuerleben. Wenn Ildiz darüber erbost war, zeigte sie es nicht. Sie würdigte ihre Anwesenheit mit keinem Blick, sondern sorgte dafür, dass die Vindicator sich sogleich auf den Weg machte. Ihre knappen und klaren Anweisungen an den Navigator bewiesen, dass der Kreuzer wirklich nur noch auf Thasris Ankunft gewartet hatte. Sämtliche Vorschriften zum Orbitalverkehr ignorierend, schleuderten die mächtigen Triebwerke das Schiff aus der Umlaufbahn, die von der Verkehrskontrolle offenbar leer gefegt worden war. Das heftige Dröhnen und Zittern der Schiffshülle wies darauf hin, dass die Vindicator weit über das normale Maß hinaus belastet wurde. Ildiz schonte ihr Schiff nicht und ihr verbissener Gesichtsausdruck zeigte, dass ihr klar war, was sie den Maschinen gerade antat. Doch der grobe Missbrauch der Triebwerke zeigte Wirkung: Der Kreuzer erreichte atemberaubende Beschleunigungswerte, die von den Kompensatoren nur mit Mühe neutralisiert wurden. Daher warf manches Manöver Thasri in ihrem Sitz hin und her, und sie fragte sich, ob die Kommandantin wirklich wusste, was sie dem Kreuzer zumutete.

Ihre Befürchtungen waren selbstverständlich völlig unbegründet. Diese Frau und ihr Schiff wären niemals ausgesucht worden, wenn die absolute Zuverlässigkeit von Mensch wie Maschine auch nur andeutungsweise infrage gestellt gewesen wäre.

Nach gut zwei Stunden war ihre Heimatwelt zu einem winzigen Punkt zusammengeschrumpft und Thasri beobachtete mit Entsetzen, dass Ildiz ernsthafte Anstalten machte, das Schiff noch innerhalb des Systems zum Hypersprung vorzubereiten. Sie wusste erst nicht, ob sie etwas sagen sollte – es widersprach jeder Etikette, einem Raumschiffskommandanten in seine Arbeit hineinzureden, egal wie wichtig der Gast war –, aber dann konnte sie doch nicht an sich halten.

»Das ist gefährlich«, sagte sie. »Die Verzerrungen …«

»Doktor Caldin, Sie haben Ihre Befehle und ich habe meine«, unterbrach Ildiz sie und machte eine Handbewegung, die deutlich machte, dass sie keine weiteren Unterbrechungen wünschte. Thasri verstummte. Die drahtige Frau in der Uniform war wie eine gespannte Bogensehne, und Thasri hatte Angst, dass diese ihrem Unwillen noch ganz anders Ausdruck geben konnte. Auf einem imperialen Kreuzer war die Kommandantin absolute und unumschränkte Herrscherin. Ihre Kompetenzen waren weitreichend und schlossen Leben und Tod aller Besatzungsmitglieder und Passagiere ein. Thasri kannte Ildiz nicht und vermochte sie daher nicht einzuschätzen. Aber da sie nicht den Rest der Reise in einer Einzelzelle im Trakt des Marineprovost zubringen wollte, hielt sie den Mund.

Es war ihr Fehler gewesen, überhaupt etwas zu sagen. Sie seufzte. Sie war schon zu lange aus diesem Geschäft raus. Früher hätte sie gewusst, wann sie die Klappe zu halten hatte.

Schiffe dieser Klasse waren auf Geschwindigkeit gebaut, auf sonst nichts. Die Besatzung war minimal, nicht mehr als zwei Dutzend Männer und Frauen, alles mehrfache Spezialisten, die für ausreichende Redundanz in der Besetzung wichtiger Posten sorgte. Dazu kamen in Kreuzern wie der VINDICATOR Kurierkabinen für wichtige Persönlichkeiten und imperiale Boten. Einen Lagerraum für besonders eilige Fracht gab es auch, Thasri ahnte, dass er mit geeignetem Expeditionsmaterial gefüllt war. Hier musste sie auf den Direktor und seine Voraussicht vertrauen.

Das widerstrebte ihr zutiefst. Doch er hatte sie geangelt. *Eine Welt der Kath!* Der Traum einer jeden Xenoarchäologin. Es gab eine Reihe bekannter Planeten, die dereinst von dieser mysteriösen Zivilisation bewohnt worden waren, und alle waren leicht gefunden worden: Orbitalbojen hatten die Symbolketten der Kath-Sprache in den Raum geplärrt, sobald sich ihnen ein Schiff näherte. Doch auf diesen Planeten selbst hatten die seltsamen Artefakte der verschwundenen Spezies Generationen von Wissenschaftlern in den Irrsinn getrieben.

Und das war nicht im übertragenen Sinne gemeint, sondern *wortwörtlich.* Es gab gute Gründe, warum Kath-Welten unter Interdikt standen. Thasri kannte die Vorsichtsmaßnahmen, die Wissenschaftler mittlerweile eingingen, wenn sie eine der raren imperialen Forschungslizenzen für eine dieser Welten erhielten. Sie war sich nicht sicher, ob sie für eine solche Vorbereitung überhaupt Zeit haben würde. Zu den zentralen Aktivitäten gehörte aber die Unterzeichnung einer Erklärung, dass man niemanden für die Folgen der Expedition verantwortlich machen würde außer sich selbst.

Thasri musste dieses Papier nicht mehr unterzeichnen. Sie hatte es bereits getan, als sie Einsatzagentin geworden war, damals, in einem früheren Leben, das sie nun auf schmerzhafte Weise einholte.

Aber dennoch: die Kath, über die man so wenig wusste und bei denen man nur ahnte, dass sie noch über technologische Geheimnisse verfügten, die ihr Verständnis vom Universum revolutionieren konnten. Wenn man sie nur verstand – und nicht bereits auf dem Weg des Verstehens völlig verrückt wurde.

Die VINDICATOR beruhigte sich, als sie eine stete Beschleunigung erreicht und Ildiz die Maschinen auf ein vertretbares Maß heruntergeschaltet hatte. Thasri löste die Gurte und erhob sich. Sie nickte dem Sergeant zu, der auf seinem eigenen Notsitz immer noch auf sie wartete.

»Ich möchte mein Team sehen«, sagte sie.

Der Mann erhob sich.

»Ich soll Sie erst …«

»Mein Team! Alle! In der Messe!«

Thasri spürte, dass sie das Eis immer noch hatte, das sie in ihre Stimme legen konnte, eine Fähigkeit, die sie bis zur Perfektion gelernt hatte, um damit exakt den Effekt zu erzielen, den sie jetzt auslöste: Der Sergeant zog den Kopf ein und gehorchte.

Thasri ignorierte den kritisch misstrauischen Blick der Kommandantin, als sie die Brücke schließlich verließ. Das war jetzt ihre Kompetenz, ihre Kommandogewalt. Ildiz mochte es nicht schätzen, aber sie war nicht mehr als eine glorifizierte Taxifahrerin.

Die Messe war klein und derzeit erwartungsgemäß nicht frequentiert. Die drei Wissenschaftler und die sieben Soldaten ihres Kommandos erwarteten sie. Als sie dort ankamen, verschwand der Sergeant des Schiffes, um einem anderen Platz zu machen. Der drahtige Mann, der ihren Begleitschutz anführen würde, salutierte vor ihr, obgleich sie keine Uniform trug. Er hatte eine dunkle Haut, tiefschwarze Augen und schien nur aus Knochen und Sehnen zu bestehen, sein Händedruck war stark.

»Sergeant Eusebio Imanez«, stellte er sich mit heiserer Stimme vor. »3. Arkturisches, auf Sondereinsatz.«

Thasri nickte ihm zu. Das3. Arkturische Regiment war eines der besten der imperialen Armee und es war in Teilen oder als Ganzes permanent auf irgendeinem Sondereinsatz. Sie erlaubte dem Mann, ihr die sechs anderen Kämpfer vorzustellen, keiner älter als 30 Jahre, ein Corporal und fünf Mannschaftsdienstgrade, die alle stille Kompetenz ausstrahlten. Thasri behauptete von sich, ihr Auge für diese Dinge noch nicht verloren zu haben, und sie akzeptierte die Begrüßung schweigend. Der militärische Teil ihrer Expedition, so ihr vorläufiger Schluss, lag in guten Händen. Natürlich würde sie sich noch intensiv mit den Personalakten einer jeder Person auseinandersetzen. Ein funktionsfähiger Instinkt ersetzte nicht die gründliche Vorbereitung.

Die drei Wissenschaftler trugen Uniform, sie waren ebenso wie Thasri entweder aktive Soldaten oder reaktiviert worden. Thasri ignorierte die Rangabzeichen und Dienstgrade, sie spielten für ihr Vorhaben keine Rolle.

Sie nickte dem erstbesten Mann zu, damit dieser sich vorstellte.

»Dr. Josaphat Hephos, Xenoarchäologe. Spezialgebiet: Kath.«

Hephos war ihr gut bekannt. Sie war ihm noch nie persönlich begegnet, hatte aber von ihm gelesen. Er war Leutnant der Miliz und die Rangabzeichen des niedrigen Dienstgrades sahen im Kontrast mit dem gut 50 Jahre alten Gesicht des Wissenschaftlers etwas albern aus. Er trug die Uniform mit sichtlichem Unbehagen und genoss sofort Thasris Sympathie. Er hatte den Weg hierher wahrscheinlich auf eine ähnliche Weise angetreten wie sie selbst. Ihr Lächeln erwiderte er zögerlich, aber erleichtert.

Dann eine Frau. Schmaler Körperbau, mittleres Alter, Falten um die Augen, die auf Humor schließen ließen. Ihre Stimme aber war geschäftsmäßig, wenngleich der melodische Klang mehr erahnen ließ.

»Dr. Anneli Dukas, Xenopsychologin. Ich würde gerne behaupten, dass mein Spezialgebiet die Kalten Geher sind, aber wenn ich das täte, würden Sie alle damit beginnen, mir Vorwürfe zu machen.«

Jeder verstand den Scherz. Die Kalten Geher zu verstehen, hatte sehr viel mit Kaffeesatzleserei zu tun und nur wenige wagten sich an dieses Forschungsgebiet, da es voller Tretminen war und eine wissenschaftliche Karriere, die vielversprechend begann, blitzartig ins Verderben führen konnte. Dukas war entweder eine Fanatikerin oder sehr mutig, beides war Thasri recht.

Der Dritte, wieder ein Mann. Seine Stimme war leise, fast unhörbar.

»Spezialist Erman Kolic. Technospürer.«

Der junge Mann war einsilbig und wirkte nicht nur äußerlich schmächtig und unaufdringlich. Seine fahrigen Bewegungen sowie sein Bemühen, niemanden anzusehen, wiesen auf seine Profession hin, genauso wie die Tatsache, dass er nur einen Dienstgrad und keine akademischen Meriten führte. Er war von ihnen allen der Jüngste und Thasri vermutete daher, dass er gar nicht reaktiviert, sondern aus dem aktiven Dienst hierher versetzt worden war. Technospürer waren eine kleine Spezialeinheit, die sich der höchst esoterischen Aufgabe widmeten, Alien-Technologie zuerst einmal in Funktionsweise und Bedienung zu verstehen, ehe man die dahinterliegenden technischen Prinzipien erforschte – was dann der wissenschaftlichen Gemeinde überlassen wurde. Technospürer hatten eine ordentliche Allroundausbildung genossen, aber ihre wahre Qualität war das intuitive Verständnis, das sie technischen Gerätschaften entgegenbrachten. Thasri war noch nie jemanden begegnet, der in dieser Einheit arbeitete, aber man erzählte sich Wunderdinge von ihr. Sie erwartete, dass das meiste davon hoffnungslos übertrieben war. Dennoch war jemand der Ansicht – der Direktor wahrscheinlich –, dass jemand wie Kolic für ihre Mission nützlich war.

Sie nickte ihm zu. Er schaute weg. Mit ihm würde es nicht so leicht werden.

Thasri stellte sich selbst in knappen Worten vor und sie empfing die ungeteilte Aufmerksamkeit aller. Dann aber kam sie schnell zur Sache, soweit das überhaupt möglich war.

»Ich würde Ihnen allen *normalerweise* ein Briefing geben«, sagte sie dann nach einem abschließenden Blick in die Runde. »*Normalerweise* sollte die Missionschefin über alles informiert sein und Sie einweisen. Diesmal ist es anders. Ich habe nur bruchstückhafte Informationen. Ich vermute, jemand von Ihnen muss *mich* auf den aktuellen Stand bringen. Ist das so?«

Hephos meldete sich. Thasri nickte ihm zu.

»Liebe Kollegin … in der Tat. Die Kommandantin bat mich, die inhaltlichen Fragen des Briefings zu klären. Auch Sergeant Imanez ist noch nicht instruiert. Das 3. Arkturische ist erst vor acht Stunden hier angekommen.«

Es war nicht das ganze Regiment, sondern nur ein winzig kleiner Teil, aber weder Imanez noch Thasri wiesen ihn auf diesen Fehler hin. Er sollte nicht unterbrochen werden. Hephos räusperte sich, als niemand seinem Ansinnen widersprach, endlich zur Sache zu kommen. Seine Stimme bekam nun einen dozierenden Tonfall, den Thasri gut genug von sich selbst kannte.

»Vor exakt acht Monaten entdeckte eine Aufklärungssonde im System DHK-29774 eine Kath-Welt. Die Entdeckung erfolgte auf die übliche Art: Als die Sonde beim routinemäßigen Anflug aller habitablen Welten in den Orbit des zweiten Planeten einschwang, löste sie die Kath-Boje aus, da die Sonde beim Anflug auf jede Welt automatisch alles in Reichweite mit einem Code traktiert, der für uns bis heute keinen Sinn ergibt. Ist doch so, Doktor Dukas, oder?«

Niemandem entging der leicht süffisante Unterton. Dukas lächelte bezaubernd und sagte: »Ich bin Psychologin. Ich kenne mich mit Codes nicht aus.«

»Lieder.«

Alle Augen richteten sich auf Kolic, der nur dieses eine Wort ausgesprochen hatte. Thasri nickte ihm aufmunternd zu, als er sie verschüchtert, ja fast ängstlich ansah.

»Lieder?«

»Die Codes. Sie singen.«

Alle wechselten stumme Blicke. Technospürer befanden sich oft am Rande des Spektrums, das gemeinhin als »geistige Gesundheit« definiert wurde, aber trotzdem … Thasri ahnte etwas. Kolic war nicht zufällig in diese Gruppe berufen worden, so viel stand fest. Er war möglicherweise auch mehr als einfach nur ein guter Technospürer.

»Sie haben sich mit den Codes befasst, Spezialist?«

Ob es nun die militärische Anrede war oder die plötzliche Aufmerksamkeit, in den Körper des Mannes kam etwas mehr Spannung, wenngleich er sich erkennbar unwohl fühlte.

»Ja.«

Thasri wartete, aber mehr kam nicht. Der Mann starrte zu Boden.

»Sie sind zu Ergebnissen gekommen, Spezialist?«

»Ja. Nein. Ich denke, dass die Bojen singen.«

»Was singen sie?«

»Lieder.«

Thasri unterdrückte ein Seufzen. Mit diesem Mann würde sie ein Gespräch unter vier Augen führen müssen. Die mitleidig amüsierten Blicke der anderen versetzten Kolic nahezu in Schockstarre. Unter der zweifelnden Aufmerksamkeit seiner Gefährten, dessen war sich Thasri sicher, würde er nicht funktionieren. Sie nickte Hephos zu. »Fahren Sie fort.«

Der Mann räusperte sich.

»Zwei Monate nachdem die Sonde die Existenz der Kath-Welt gemeldet hatte, wurde eine Expedition entsandt. Standardausrüstung, acht Wissenschaftler von der Militärischen Akademie auf Garph, ein Militärfrachter mit Landeausrüstung. Erfahrene Leute, auch mit den Kath-Artefakten. Keine Amateure, nicht einer.«

Thasri nickte. Das Imperium ging normalerweise bei Kath-Welten kein Risiko ein. Man schickte vielleicht einen Novizen mit, damit er Erfahrungen sammelte, aber niemals mehr als einen.

»Was ist passiert?«

»Die Expedition berichtete von einem vollständig erhaltenen Dodekaeder. Der zweite nach Parfass.«

Der zweite nach Parfass. Thasri erinnerte sich an Parfass. Sie war damals dort gewesen und sie hatte den Dodekaeder mitentdeckt, hatte erlebt, wie er ihre Kameraden gefressen hatte, einen nach dem anderen, und sie war gerade noch so entkommen. Parfass war der Auslöser für ihre Kath-Leidenschaft geworden, denn sie wollte bis heute wissen, was aus ihnen allen geworden war, aus Doktor Bellheim, Leutnant Ermin, aus den Wissenschaftlern und Soldaten und Technikern, aus Karl, an dessen Verlust sie manches Mal Albträume erinnerten. In letzter Zeit war es besser geworden, aber sie ahnte, dass jetzt ein guter Zeitpunkt für ihre Rückkehr war. Sie würde sich nicht so bald schlafen legen.

»Vollständig erhalten?«

»Er hatte keinen Makel, soweit wir das den Aufzeichnungen entnehmen konnten. In welchem Zustand er sich jetzt befindet, kann ich nicht sagen.«

»Was passierte dann?«

»Die Expedition begann mit der Erforschung. Nach den Ereignissen von Parfass gibt es ein sehr komplexes Sicherheitsprotokoll einzuhalten. Niemand wollte, dass der Dodekaeder sich unkontrolliert aktiviert und ... alle ... konsumiert.« Hephos machte eine Pause und sah Thasri entschuldigend an. Er kannte ihre Geschichte natürlich, sie war in der Kath-Community kein Geheimnis. Sie nickte ihm zu, das Gesicht, hoffentlich, eine Maske. »Wie dem auch sei – das Protokoll wurde mit peinlichster Sorgfalt eingehalten, dann aber brach jede Verbindung ab – zu den Leuten, zu den Automaten, Sonden, zum Raumschiff im Orbit ... alles weg, mit einem Schlag und ohne jeden Hinweis darauf, was passiert sein könnte. Der Datenstrom zeigte bis zuletzt nicht die geringste Anomalie, keine Aussetzer, nichts geortet oder aufgezeichnet. Es war einfach nichts mehr da.«

Warum war sie nicht überrascht? Weil man sich das in Bezug auf die Kath schnell abgewöhnte.

»Welche Maßnahmen wurden ergriffen?«

»Eine Sonde wurde entsandt. Sie erreichte den Orbit und ortete den Frachter, der sich nicht an der erwarteten Position befand. Er hatte an Höhe verloren. Wir gehen derzeit davon aus, dass er mittlerweile abgestürzt sein wird.«

»Das heißt, dass die Schiffs-KI nicht funktioniert«, kommentierte Kolic. Thasri nickte ihm zu, was er mit einem schüchternen Lächeln quittierte.

»Das kann gut sein«, meinte Hephos. »Wir wissen es nicht, denn dann fiel auch die Sonde aus. Keine Telemetrie mehr. Daraufhin beschloss das Generalkommando, eine zweite Expedition auszustatten.«

»Warum werden wir erfolgreich sein, wo die anderen versagten?«, wollte Thasri nun wissen.

»Wir sind besser ausgerüstet, die VINDICATOR ist besser geschützt, hat bessere Anlagen und den neuen Koaleszenzgenerator.«

Thasri sah den Mann überrascht an. »Sie wissen von dieser Technologie? Selbst ich dürfte eigentlich davon nichts gehört haben. Sie ist streng geheim.«

»Sie wurde im letzten Jahr erstmals gegen die Kalten erprobt, passiv wie auch aktiv«, belehrte Hephos sie. »Sie ist noch nicht serienreif, aber ihre Existenz hat sich rumgesprochen. Die VINDICATOR gehört zu den Erprobungskreuzern, deswegen wurde sie ausgewählt. Wenn die Koaleszenz nicht gegen den Einfluss des Dodekaeders hilft, dann hilft nichts.«

Thasri entgegnete nichts. Hephos schien, basierend auf seiner Kenntnis der Vorfälle auf Parfass, davon auszugehen, dass der Dodekaeder der Kath für die Vorfälle verantwortlich war. Sie hielt diese Schlussfolgerung für voreilig. Sie benötigte weitere Fakten, um zu einer eigenen Einschätzung kommen zu können.

»Und jetzt sind die Kalten auch unterwegs – wir haben das gleiche Ziel«, warf Dukas ein und wies auf die Ursache ihrer Eile hin.

»Die Kalten interessieren sich für die Kath, das ist nichts Neues«, warf Hephos ein. »Sie sind auf die Artefakte genauso scharf wie wir.«

»Nur mit dem Unterschied, dass wir nicht wissen, warum die sie für so wichtig halten«, meinte Thasri. »Vielleicht wissen die Kalten mehr.«

»Wir könnten sie ja fragen.«

Allgemeines Kopfschütteln. Niemand sprach mit den Kalten, zumindest niemand, der anschließend darüber zu berichten in der Lage gewesen wäre.

»Wir wissen also, dass da etwas ist, aber nicht, was genau – und dass wir unter starkem Zeitdruck stehen. Wie viel Zeit haben wir genau, weiß das jemand?«, fragte Thasri.

»Agent Caldin, ich habe Daten«, erhob nun der Sergeant das Wort, der bisher durchweg geschwiegen hatte. »Der Aufklärungsdienst meint, dass wir innerhalb von drei bis vier Tagen nach Ankunft mit den Kalten zu rechnen haben. Wir kennen die Stärke ihrer Expedition nicht, aber derzeit gehen wir vom Standardverfahren aus – es gibt keinen Grund für eine Abweichung.«

Thasri nickte. Die Kalten kamen das erste Mal mit einem Kältegenerator, einem Wachschiff, manchmal einem der gefürchteten Kollapsare, einem sternförmigen Ungetüm, das kaum zu überwinden war, und einem Landungsboot, das die Geher auf die Oberfläche bewohnbarer Planeten abwarfen. Man konnte Kollapsare im All besiegen, aber meist war es vergebliche Mühe, da sie sich nur kurzzeitig zurückzogen und dann wiederkamen. Auf Planetenoberflächen aber stellten sich die Geher zum Kampf und es schien, als würden die Kalten aus einer lang gezogenen Kampagne irgendeine Befriedigung ziehen. Schlug man sie jedenfalls zurück – nicht unmöglich, wenn man auf den Angriff vorbereitet war –, kamen sie das zweite Mal mit einer doppelt so großen Streitmacht. Das dritte Mal war sie viermal so groß und so weiter. Sobald eine gewisse Schwelle überschritten war, ließen die Angriffe insofern nach, als die zeitlichen Abstände beträchtlich anwuchsen – wie die Größe der Streitmacht exponentiell. Da dies genau vorherzuberechnen war, hatte das Imperium seine Verteidigungsstrategie exakt darauf hin ausgerichtet. Klar war aber, dass die Kalten immer wiederkamen und dass ihre Ressourcen beträchtlich waren. Sie hatten bisher noch nie einen Angriff abgebrochen. Und immer gewonnen.

»Kann die VINDICATOR einen Standardangriff abwehren?«

»Captain Ildiz ist zuversichtlich, solange kein Kollapsar auftaucht«, erklärte Imanez und zuckte mit den Achseln. »Wenn das Landungsboot die Geher abwirft, sind wir aber geliefert. Wir haben keine Garnison am Boden, keine Befestigungen, nur mich und meine Truppe. Das ist … etwas knapp.«

Imanez grinste freudlos. Thasri respektierte seine professionelle Herangehensweise an die Sache. Die größten Feinde des Infanteristen waren schlechte Verpflegung und Selbstüberschätzung.

»Ich werde mir jetzt in Ruhe die Aufzeichnungen ansehen«, kündigte Thasri an. »Wenn ich Fragen habe, werde ich Sie einzeln ansprechen. Ich rate Ihnen allen, sich entweder auszuruhen oder sich gleichfalls noch einmal mit den vorhandenen Daten vertraut zu machen. Alle weiteren

Entscheidungen können wir treffen, sollten wir den Eintritt in den Orbit überleben. Vorher bleibt alles Spekulation.«

Sie schaute in die Runde. »Noch Fragen oder Kommentare?«

Allgemeines Kopfschütteln antwortete ihr.

»Dann ist dieses Briefing beendet. Ich danke für Ihre Kooperation.«

Alle erhoben sich und verließen die Messe, nur der Sergeant blieb zurück und schaute Thasri an. Sie setzte sich neben ihn.

»Sergeant Imanez, jetzt können Sie es mir erzählen.«

Der Mann grinste wieder.

»Woher wissen Sie es?«

»Sie tragen den Akademiering. Das tun Sie doch mit Absicht. Sie wollten, dass ich ihn sehe.«

»Er sieht aus wie der Ring einer Unteroffiziersschule der Spezialkräfte.«

»Ich trage das Implantat und der Direktor hat es, genauso wie mich, reaktiviert. Wir sind Kollegen, nehme ich an?«

»Das sind wir wohl«, gab Imanez nunmehr bereitwillig zu.

»Sie sind mein Aufpasser?«

»Sind wir das nicht alle – gegenseitig?«

Das war das Prinzip des Sicherheitsdienstes, wie Thasri wusste. Ein fürsorgliches, aufmerksames System, das keinen Raum für privates Vertrauen ließ. Es war ein System, das einen normalen Menschen irgendwann kaputt machte und nur Psychopathen wie Direktor Kalebonian aufsteigen ließ.

»Was muss ich noch wissen, Sergeant?«

»Das Briefing war relativ vollständig und ich rate Ihnen in der Tat, sich alle Aufzeichnungen anzusehen und vor allem anzuhören. Wir haben viele Wortprotokolle von den Konversationen der ersten Expedition. Deren Mitglieder haben sich wirklich eng an die Vorschriften gehalten, Agent Caldin. Niemand kann ihnen Vorwürfe machen, das erschwert unsere Situation, denn ich muss menschliches Versagen oder eklatante Fehlleistungen bis jetzt ausschließen.«

Wenn ein Agent wie Imanez das tat, dann hatte Thasri die Tendenz, es ihm zu glauben. Sie runzelte die Stirn.

»Aber da ist noch etwas, oder?«

»Ja.«

»Raus damit!«

»In dem Moment, als der Kontakt zur Expedition abbrach, zeichneten Messstationen im ganzen Imperium erhebliche Schwankungen im galaktischen Gravitationsfeld auf. Sie hatten keine Auswirkungen – zumindest keine, die wir kennen –, aber sie waren signifikant, wurden überall in exakt der gleichen Höhe gemessen und traten zum exakt gleichen Zeitpunkt auf.«

»Quelle?«

»Es gibt keine, zumindest keine offensichtliche.«

»Schlussfolgerungen?«

»Keine; von der zeitlichen Koinzidenz einmal abgesehen haben wir keine Indizien. Aber etwas anderes ist bemerkenswert. Die generellen Gravitationsdaten sind nach den Schwankungen wieder auf den normalen Durchschnittswert zurückgefallen. Aber nicht überall.«

»Wo nicht?«

»An mehreren Orten. Wir kennen sie möglicherweise nicht alle, die Galaxis ist groß und wir haben nicht überall Messstationen. Aber es gibt Orte, stationäre wie mobile, und das Imperium ist alarmiert. Es wird notwendig sein, sich mit diesem Phänomen zu befassen, und es sind weitere Forschungsteams unterwegs. Die Kath-Welt, zu der wir reisen, gehört zu diesen Orten. Dort geht etwas vor. Ein Prozess wurde in Gang gesetzt.«

Thasri nahm die Information zur Kenntnis. Sie war keine Astrophysikerin, daher konnte sie möglicherweise die wahre Tragweite dieser Aussage nicht erfassen. Aber ihr wurde offenbar erhebliche Bedeutung beigemessen.

»Sonst noch etwas?«

Imanez zuckte mit den Schultern und zeigte ein freudloses Lächeln.

»Ich weiß nicht, wie es Ihnen geht – aber mir reicht es bereits.«

»Dann bleibt die wichtige Frage – haben Sie die Kompetenz, meinen Anweisungen zu widersprechen?«

»Nur, wenn sich zeigen sollte, dass Sie zu lange außer Dienst waren und ganz offensichtliche Fehler machen.«

»Wir fliegen auf eine Kath-Welt. Das ist bereits ein offensichtlicher Fehler, wenn man einigermaßen bei Verstand ist.«

Imanez grinste. »Und Sie haben das Sagen. Sie sehen, ich halte mich zurück.«

Progress 18

Es herrschte natürlich Aufregung, zumindest die ersten Tage nach dem missglückten Anschlag, und Ildaya musste mehrere Kontrollen über sich ergehen lassen, die sich noch einmal intensivierten, als irgendjemand den Milizkommandanten zu vermissen begann. Es war bezeichnend, dass das relativ lange dauerte, möglicherweise ein Hinweis auf die Beliebtheit des Ermordeten bei seinen eigenen Leuten. Die Kontrollen und spontanen Hausdurchsuchungen ebbten nach einer Woche erstmals ab und nach einer zweiten war beinahe der Normalzustand wiederhergestellt. Ildaya war nicht in den Fokus der Aufmerksamkeit geraten, aber das Verschwinden von Feydaman beschäftigte die Sicherheitsbehörden intensiv. Niemand hatte von ihrer Beziehung gewusst und Ildaya war niemals als Revolutionärin in Erscheinung getreten, und solange keiner die Leichen fand, würde allmählich Gras über die Sache wachsen.

So war es doch immer. Dies war nicht der erste – geglückte oder missglückte – Anschlag und es würde nicht der letzte bleiben. Das gewalttätige Hin-und-her dauerte bereits einige Jahre und es sah nicht danach aus, als würde sich das in absehbarer Zeit ändern.

Dennoch wurde Ildaya der Boden zu heiß unter den Füßen und sie beschloss, das Dorf zu verlassen und in die Stadt zu ziehen. Die Anonymität der Massen würde ihr helfen, ihre Spuren noch weiter zu verwischen. Eine neue Identität anzunehmen und sich danach neu zu orientieren, würde ihr keine Probleme bereiten, sie hatte es schon einmal getan. Ildaya war nicht ihr erster Name und es würde nicht ihr letzter sein. Wer im Widerstand kämpfte und effektiv sein wollte, durfte seinen Wurzeln nicht allzu sehr nachtrauern, im Grunde durfte man gar keine entwickeln.

Allein im Kampf gegen die Unterdrücker lag der Sinn ihrer Existenz; alle anderen Aspekte ihres Lebens waren nur Funktionen dieser einen Aufgabe. Hatte man erst einmal diesen Grad der Selbsterkenntnis erreicht, fiel vieles leichter, und die gewohnte, vertraute Umgebung zu verlassen, verlor an Schrecken.

Eine weitere Woche verging, dann hatte sie ihre Zelte abgebrochen und saß in der Magnetbahn nach Zulus, der Hauptstadt dieser Welt. Alles, was sie besaß, steckte in dem großen Rucksack, der über ihr in der Gepäckablage ruhte: Kleidung, etwas Bargeld, ein paar Kontaktdaten, die der Widerstand ihr übermittelt hatte, und ...

Das Ding.

Ja, sie hatte es noch. *Irgendwie albern.*

Ildaya rühmte sich, eine harte Frau zu sein: erbarmungslos, allein darauf ausgerichtet, dem Imperium jederzeit den größtmöglichen Schaden zuzufügen, und allzeit bereit, dafür auch ihr Leben zu riskieren. Schon vor langer Zeit, und trotz ihrer Jugend, hatte sie jede Hoffnung auf den Genuss der feineren Elemente des Lebens fahren lassen: Liebe, beruflicher Erfolg, gesellschaftliche Anerkennung, Kinder, Kunst, Poesie, Geborgenheit, Kreativität – so viele verschiedene Aspekte, die nur dann für sie einen Sinn ergaben, wenn die sie in ihrem revolutionären Kampf weiterbrachten.

Doch dieses Ding, das sie manchmal in der Hand hielt und in dessen goldenem Schimmer sie badete, das berührte eine Saite in ihr. Es war wie ein Versprechen auf Gefühle und eine Art von Zufriedenheit, die sie normalerweise kategorisch von sich wies. Ildaya wusste nicht, wie sie damit umgehen sollte, aber sie konnte auch nicht davon ablassen. Und so trug sie diesen mysteriösen Gegenstand weiter bei sich.

Als sie in der Stadt angekommen war, führte ihr Weg sie direkt zum Kontakt der Revolutionsfront, einem ältlichen Ladenbesitzer, der in einer Seitengasse ein wahrscheinlich höchst unprofitables Tarngeschäft betrieb. Ildaya war etwas irritiert, dass man ihr die Adresse so bereitwillig gegeben hatte, und für einen Moment beinahe misstrauisch geworden. Normalerweise war die Organisation weitaus vorsichtiger und hinterfragte die Motive ihrer Mitstreiter genau, wenn diese einen Ortswechsel anstrebten. Die Gefahr, von einem Agenten des Imperiums unterwandert zu werden, war allgegenwärtig.

Andererseits hatte man ihr gegenüber gewisse Andeutungen gemacht …

Als Ildaya das Geschäft betrat und der alte Mann aus dem Hintergrund des unaufgeräumten und leicht verdreckten Verkaufsraumes trat, hatte sie schon das Gefühl, dass dies mehr werden würde als ein Antrittsbesuch. Er führte sie ohne viele Worte in ein Hinterzimmer, nachdem er sich durch ein erprobtes und recht kompliziertes Verfahren ihrer Identität versichert hatte. Dort wartete man auf sie – und nicht nur irgendjemand.

Ildaya wurden die Knie weich, als sie das Gesicht von Horton Mek erblickte, dem Anführer der Front, der legendären, verehrten Gestalt, dem Grund dafür, dass viele wie Ildaya sich mit Leib und Seele der Sache des Widerstands verschrieben hatten. Die charakteristische lange Narbe in Meks Gesicht war unverkennbar und sein charismatisches Lächeln, mit dem er seine Persönlichkeit in das enge Hinterzimmer strahlte, spülte jedes Misstrauen hinweg, das sie noch eben verspürt haben mochte.

»Setz dich, Ildaya!«

Er kannte ihre Namen!

Ildaya verwandelte sich in diesem Moment von der gnadenlosen Widerstandskämpferin in eine Art Fangirl. Sie setzte sich nicht, sie schmolz förmlich dahin.

Er kannte ihren Namen!

Das war absolut unglaublich!

Mek sah sie lange an und es war, als würde dieser Blick ihr Innerstes nach außen kehren. Sie hockte geduldig da, denn einen Mann wie ihn drängte man nicht, und als er sprach, lag so viel Wärme und Respekt in seiner Stimme, dass Ildaya sich fragte, ob er mit der Richtigen redete. Es war richtig, diesem Anführer zu folgen, das spürte sie instinktiv.

»Ildaya«, sagte er und legte ihr eine Hand auf den Unterarm, eine vertrauliche, beiläufige Geste, die sie sofort elektrisierte. »Du hast gut gehandelt. Deine Reaktion auf den gescheiterten Anschlag war schnell und professionell, du hast einen Unfähigen ausgelöscht, der unserer Sache nur geschadet hat, und einen Kollaborateur noch dazu. Du bist eine treue Revolutionärin, eine standfeste Kämpferin für die Gerechtigkeit, eine Zierde unserer Organisation.«

Diese Worte gingen ihr runter wie Öl und sie musste sich beherrschen, um nicht vor Freude auf und ab zu springen. Stattdessen neigte sie respektvoll den Kopf und wartete ab.

»Ich habe eine besondere Aufgabe für dich, Ildaya. Eine Mission von höchster Bedeutung. Ein großer Schritt. Bist du bereit, einen großen Schritt für unsere gemeinsame Sache zu machen?«

»Jederzeit«, sagte sie heiser und meinte es auch. Mek lächelte und nickte.

»Das habe ich nicht anders erwartet.«

»Was soll ich tun?«

Ihre Stimme verbarg den Eifer nicht, den sie empfand.

»Du musst diese Welt verlassen.«

Ildaya starrte Mek an. Das kam unerwartet, es war nahezu schockierend. Warum sollte sie ihre Heimat verlassen, wo doch hier der Kampf gegen die Unterdrücker stattfand? Da draußen war nichts, was für sie von Interesse war. Die Euphorie, die sie eben noch empfunden hatte, drohte einer tiefen Enttäuschung Platz zu machen. Mek schien dies wahrzunehmen, denn er drückte ihren Unterarm und sprach weiter, ehe sie Einwände erheben konnte.

»Du weißt, dass es viele unseres Volkes in die Galaxis getrieben hat. Kolonien unserer Brüder und Schwestern finden sich auf einigen imperialen Welten, auf der Suche nach materiellem Wohlstand gegründet. Ich lehne diese Migration genauso ab wie du, aber sie ist eine Tatsache, und das nun schon eine ganze Zeit. Wir haben da einen Fehler begangen, Ildaya, einen strategischen Fehler. Unsere Vorbehalte haben dazu geführt, dass wir das Potenzial der Diaspora nicht erkannt haben, doch das ändert sich jetzt. Nur weil sie da draußen leben, heißt das nicht, dass sie unserer Sache keine Sympathie entgegenbringen würden. Unsere Freunde erleben die Ungerechtigkeit des Imperiums auf viel eindringlichere Art und Weise, ohne den Trost der heimatlichen Erde und die Solidarität des eigenen Volkes. Viele leben in erbärmlichen Verhältnissen, ihre Träume zerstoben, ihre Haltung voller Bitterkeit. Fruchtbarer Boden, Ildaya. Fruchtbarer Boden.«

Verstehen glomm in ihr auf. In der Tat. Die Enttäuschung machte neuer Erwartung Platz. Sie hatte zu voreilig geurteilt. Sie schalt sich selbst. Wie konnte sie nur? Natürlich hatte Mek alles bestens durchdacht. Es ergab immer alles einen Sinn. Sie musste nur geduldig sein.

»Ich soll die Heimat verlassen, um eine Zelle auf einem anderen Planeten zu gründen.«

»Eine Zelle zu gründen, zu leiten und eigenständig revolutionäre Aktionen zu planen und durchzuführen. Vorher schließt du dich einer bereits bestehenden an und wirst dich vor Ort bewähren. Du sollst den Befreiungskampf in die Galaxis tragen, Ildaya. Du sollst das Feuer der Revolution ins Herz unserer Brüder und Schwestern in der Diaspora pflanzen. Das ist eine der größten und schwierigsten Aufgaben, mit denen ich jemals eine von uns betraut habe. Ich setze mein größtes, mein absolutes Vertrauen in deine Fähigkeiten ... und in deine Bereitschaft. Bist du bereit dafür?«

Für Ildaya gab es keinerlei Zweifel.

»Das bin ich. Jederzeit«, lautete ihre feste und überzeugende Zustimmung.

»Gut, gut. Ich habe keine andere Antwort erwartet.«

Mek lehnte sich zurück, sichtlich zufrieden. »Ich habe lange überlegt, welche Welt für diesen Schritt die geeignete wäre, geeignet für eine junge, tatkräftige Frau wie dich. Wir haben uns die Planeten angeschaut, auf denen unsere Diaspora am größten ist. Viele sind agrarische Welten, wo wir uns zwar leichter organisieren können, die Wirksamkeit revolutionärer Aktionen aber sehr begrenzt wäre. Deine Talente wären dort verschwendet. Wir benötigen eine Welt, die im Fokus der imperialen Aufmerksamkeit steht, eine wichtige Welt, eine alte. Nach reiflicher Überlegung haben wir uns für das Canopus-System entschieden. In den Wohntürmen gibt es viele von den Unseren, die in den Manufaktorien schuften und den Kriegsapparat des Imperiums dadurch am Leben erhalten. Der perfekte Ort, um den Kampf gegen die Unterdrückungsmaschinerie in ihr Herz zu tragen. Du gehst nach Canopus, Ildaya, nach Stratum. Das ist dein Ziel.«

Er beugte sich wieder nach vorne. »Du bekommst Geld und wir besorgen dir eine Anstellung, eine gute Tarnung. Du wirst umfassend vorbereitet. Aber es muss bald geschehen. Ich habe für dich ein Ticket gebucht, auf einem Frachter, der auch Passagiere aufnimmt. Der Flug geht nächste Woche. Du bist bald auf dem Weg, Ildaya, und unsere besten Wünsche und unser aller revolutionärer Geist begleiten dich.«

Eine Woche!

Ildaya zuckte erst vor diesem Gedanken zurück. So schnell?

Doch es war wohl besser so. Eine zu lange Wartezeit würde sie auf die falschen Gedanken bringen, mochte Zweifel säen. Aber Zweifel würden ihr bei dieser gigantischen, ehrenvollen Aufgabe nicht weiterhelfen.

Sie nickte.

Es ging nach Canopus, nach Stratum.

Es ging hinaus in den revolutionären Kampf.

Dafür lebte sie. Und wenn es sein musste, würde sie dafür sterben.

Progress 19

»Sergeant Vocis, ich freue mich.«

Commander Fjodon machte eine Handbewegung, die darauf hindeutete, dass er keinen Wert auf allzu militärische Umgangsformen legte. Vocis war ohnehin nur begrenzt dazu in der Lage. Sie saß halb aufrecht in einem Bett der Krankenstation der OKZIDENT und spürte das beruhigende Summen der Schiffsmotoren, die den Kreuzer mit stetig steigender Geschwindigkeit aus dem System trieben. Man hatte sie gründlich gereinigt, vor allem innerlich, und die ganzen Drogen aus ihrem System gespült, die sie in den letzten Wochen am Leben erhalten hatten. Sie war erschöpft und widerstand der beinahe automatischen Versuchung, sich wieder einen Upper zu genehmigen. Es gab hier keinen Kampf auszufechten.

»Ich freue mich auch«, sagte sie also nur leise und sah zu, wie Fjodon sich neben sie ans Bett hockte. »Yela geht es gut?«

»Sie war heute noch nicht bei Ihnen?«

»Offiziell bin ich noch bewusstlos.«

»Offiziell sind Sie die einzige Überlebende Ihrer Einheit. Haben Sie mit den Psychos darüber geredet?«

»Ich mag die Psychos nicht.«

Fjodon lächelte und nickte. Niemand mochte sie. Aber seine Sorge war nicht unberechtigt. Die Schuld des Überlebenden war eine ernsthafte psychische Erkrankung, die auch alte Veteranen aus der Bahn werfen konnte. Ehe man sich nicht sicher war, dass Vocis diese Sache einigermaßen im Griff hatte, würde sie keinen Kampfeinsatz mehr sehen. Unbehandelt und unbeaufsichtigt war es oft genug vorgekommen, dass Überlebende in Kämpfen bewusst den Tod gesucht hatten, und das war nicht nur für sie, sondern vor allem für ihre Kameraden sehr gefährlich.

Vocis empfand diese Schuld nicht. Sie war schon länger eine Überlebende, und immer, ohne dass sie dies auf Kosten anderer erreicht hatte. Kein Grund für Schuldgefühle.

»Wir haben die Aufzeichnungen Ihres Anzugs ausgewertet, Sergeant.«

Vocis spürte, wie sich in ihrem Magen etwas verknotete, obgleich sie sich auch hier keiner Schuld bewusst war. Die permanente Aufzeichnung aller Daten durch den Anzug war nicht abzuschalten, und obgleich die Masse an Dokumentation im Regelfall nicht gesendet werden konnte, war das Auslesen der Speichereinheit Standardverfahren beim Debriefing, das sich dadurch auf ein Minimum reduzieren ließ.

»Sie haben alles richtig gemacht«, sagte Fjodon beruhigend, dem die plötzlich etwas angespannte Haltung der Frau offenbar nicht entgangen war. »Sie bekommen eine Belobigung und eine Beförderung, die war ohnehin fällig. Und einen langen Urlaub. Sie wissen, wie die Üblichkeiten ablaufen: Rekonvaleszenz, psychologische Beobachtung, Aufbautraining. Durch Ihre Beförderung und die damit verbundene Kommandoverantwortung dauert es sogar noch etwas länger. Wenn alles gut geht, sind Sie in einem halben Jahr wieder einsatzbereit. Wir wollen aber nichts überstürzen.«

Vocis protestierte nicht. Sie war nicht einfach nur erschöpft von den körperlichen Strapazen und der medizinischen Behandlung. Die Müdigkeit reichte tiefer, war nicht durch einige Stunden Schlaf zu beseitigen. Es war dieses Gefühl umfassender Energielosigkeit, das selbst negative Gefühle wie Schuld oder Reue, die sie sonst möglicherweise doch empfinden würde, weitgehend ausblendete. Vocis schaute auf die Decke, die über ihren Beinen lag, und fühlte wie auch sonst eine gewisse emotionale Leere in sich. Auf der Suche nach etwas, das ein Gefühl auslösen konnte, suchte sie kurz in ihren Gedanken und fand Yela.

»Was wird aus dem Mädchen?«, fragte sie und scheiterte völlig daran, einen neutralen Tonfall zu bemühen. Fjodon bemerkte das natürlich und lächelte fein.

»Es gibt mehrere Optionen. Sie kann in ein Waisenhaus aufgenommen werden. Das wird wohl generell die wahrscheinlichste Option sein. Allerdings gibt es einen Mechanismus, der mit Beginn des Krieges gegen die Volpek eingerichtet wurde – das war vor Ihrer Zeit, vor den Kalten. Es kam relativ häufig dazu, dass die Volpek Siedlungen angriffen und in ihrem Wahn, den wir bis heute nicht verstehen, nur die Erwachsenen töteten.«

Vocis nickte.

»Ich habe davon gehört. Sie nannten es die Taktik des selektiven Genozids. Ihr Ziel war es, eine zutiefst traumatisierte Generation zu erschaffen.«

»Die Volpek hatten ein sonniges Gemüt, ja. Fakt ist, dass viele dieser Siedlungen von unseren Soldaten eingenommen und oft wochenlang gegen Gegenangriffe gehalten wurden. Es entstanden Bande zwischen den zurückgelassenen Kindern und den Kämpfern, das war unausweichlich. Aus der Konsequenz dieses Krieges wurde das Adoptionsprogramm ins Leben gerufen. Es ermöglichte Soldaten, für Kriegswaisen, mit denen sie auf positive Weise in Kontakt gekommen waren, einen Mentorenstatus zu erhalten, der eine Reihe von Vormundschaftsrechten beinhaltet. Die Kinder bleiben zwar in Waisenheimen, aber aktive Soldaten haben eine eigene Rechtsbeziehung zu ausgewählten Waisen und die Kinder behielten eine Bezugsperson. Ich schlage Ihnen nicht nur vor, eine solche Vereinbarung in Bezug auf Yela zu bedenken, sondern biete Ihnen auch an, dass sie beide erst einmal auf der gleichen Welt ausruhen. Dieser Kreuzer muss repariert werden und wir steuern die Werften von Canopus an. Auf Canopus gibt es sowohl eine Rekonvaleszenzeinrichtung der Armee wie auch ein großes Heim für Kriegswaisen. Sie könnten Yela oft sehen und sich mindestens ein halbes Jahr direkt um sie kümmern.«

Fjodon lächelte sie an und Vocis wusste, warum. Es war ihr sicher anzusehen, was sie von der Idee hielt. Die Aussicht, sechs Monate außer Dienst gestellt zu werden, erfreute sie plötzlich. Was aus dem Mädchen werden würde, hatte ihr große Sorgen bereitet. Und Yela hatte mehrmals unmissverständlich klargemacht, dass sie nicht von Vocis getrennt werden wollte, die die neue und einzige Bezugsperson für sie geworden war. Sechs Monate waren besser als gar nichts. Yela würde sich an ihre neue Umgebung gewöhnen, Freunde finden. Es würde ihr nach einer solchen Zeitspanne definitiv leichterfallen, von Vocis zumindest vorübergehend Abschied zu nehmen.

»Mich würde das sehr freuen«, sagte sie aus vollem Herzen.

»Dann werde ich mich um den Papierkram kümmern.« Fjodon erhob sich und sah sie ernst an. »Sie haben Ihre Pflicht erfüllt. Es ist weder Ihre

Schuld, dass die Einheit aufgerieben wurde, noch, dass wir diese Welt an die Kalten verloren haben. Das war durch eine einzelne Person nicht zu schaffen. Aber Sie haben ein ganzes Universum gerettet, nämlich das, dessen Mittelpunkt Yela ist. Darauf können Sie zu Recht stolz sein.«

Vocis nickte. Was sollte sie sagen? Und warum kam Fjodon nicht auf das zweite Thema zu sprechen, das er eigentlich ansprechen musste? Doch der Offizier verabschiedete sich und verließ den Raum. Sie sah ihm nach. Dies war das dritte Gespräch mit ihm, und so angenehm es auch immer ablief, es fehlte etwas. Sie würde nicht von sich aus darauf zu sprechen kommen.

Augenblicke später trat ein uniformierter Krankenpfleger ein und sah nach ihr.

»Sieht gut aus, Sergeant«, sagte der junge Mann mit einem zufriedenen Kopfnicken. »Wären Sie bereit, noch mehr Besuch zu empfangen? Ich hätte da eine junge Dame anzubieten!«

Vocis' Herz machte einen Sprung. Die Besuche Yelas waren das, worauf sie sich hier am meisten freute. Keine Beförderung des Universums konnte damit konkurrieren.

Sie nickte.

Yela stürmte herein, ohne auf eine Erlaubnis zu warten, und der Pfleger zog sich lächelnd zurück.

»Wir fliegen nach Canopus«, eröffnete das Mädchen, als es sich auf den Bettrand setzte und mit einer gewissen Neugierde die angeschlossenen medizinischen Gerätschaften betrachtete. Yela war gut gekleidet, wirkte gesund und aktiv, vor allem aber von einem lebensfrohen Funken beseelt, den Vocis erst jetzt richtig wahrnahm. Dass es hier warm war, sie umsorgt wurde und niemand ihnen nach dem Leben trachtete, half sicher.

»Gibt es da Kalte?«, fragte Yela dann, und obgleich sie sich mühte, die Frage beiläufig klingen zu lassen, war da der Unterton von Angst, den Vocis nicht überhören konnte. Sie ergriff Yela an einer Schulter und drückte sanft zu.

»Die Geher sind weit weg, Yela. Canopus ist eine der Zentralwelten. Wir sind dort sicher.« Sie zögerte. Fjodon mochte es nicht ansprechen wollen, aber sie selbst musste es wissen. Es ging ihr einfach nicht aus dem Kopf. Sie senkte die Stimme und fragte: »Sag mal … haben sie dir den warmen Stein weggenommen?«

Yela machte große Augen, beugte sich nach vorne und erwiderte wispernd: »Nein. Sie haben ihn nicht einmal gesehen. Ich hatte ihn in meiner Tasche und dann habe ich ihn in einen Schrank gelegt, als sie mir mein Zimmer gegeben haben.«

Vocis nickte und lächelte weiterhin, aber etwas gedankenverloren. Das war seltsam. Sie hatte erwartet, dass jemand sie auf diesen Fund ansprechen würde, und bis jetzt war das nicht geschehen. Yelas Versteckkünste waren da eigentlich völlig unerheblich. Die internen Sensoren und die Quarantäneuntersuchungen hätten dafür sorgen müssen, dass der Gegenstand gefunden und aufgrund seiner seltsamen Eigenschaften sofort in ein Labor gebracht werden würde. Das war offensichtlich nicht geschehen. Verbarg sich das Ding vor den Sensoren? Das wäre ein Kunststück, das noch bemerkenswertere Fähigkeiten offenbarte, als die Kälte abzuhalten und gute Stimmung zu verbreiten.

Und es beunruhigte sie ein wenig.

»Ich darf ihn doch behalten?«, fragte Yela.

Vocis wusste, dass es ihre Pflicht war, den Fund zu melden und damit mögliche Gefahren vom Schiff abzuwenden. Doch sie hörte sich sagen: »Aber natürlich. Pass nur gut auf ihn auf.«

Yela entspannte sich und begann zu plappern. Das große Raumschiff war für sie ein besonderes Erlebnis und sie fand, dass Vocis über all die faszinierenden Dinge, die sie bisher hier gesehen hatte, im Detail zu informieren war. Die Frau hörte geduldig zu, zum einen, weil der Redefluss des Mädchens zeigte, wie sehr es sich bereits von den Schrecken der Vergangenheit zu erholen begann, und zum anderen, weil es ihr ermöglichte, eigene Überlegungen anzustellen, solange sie nicht jene Momente verpasste, in denen Yela einen Kommentar von ihr erwartete.

Sie schlug sich ganz gut und nach einer Stunde zog Yela wieder ab, die sich mit den 3D-Spielprogrammen ihrer Kabine beschäftigen wollte, von denen einige auch für kleine Mädchen angemessen waren.

Vocis' Kopf sank in ihr Kissen, als sie sich wieder in eine liegende Position brachte, und sie schloss die Augen.

Sie verstand es nicht.

Sie verstand sich nicht.

Jetzt, wo Ruhe einkehrte, dachte sie an den seltsamen, schimmernden Gegenstand und an ihre eigene Reaktion darauf. Sie war seltsam erleichtert, dass der Stein – oder was auch immer es war – dem Zugriff der Eierköpfe entzogen blieb – dass aber sie ihn wieder eines Tages würde berühren können. Sie erforschte sich selbst, ihre Gedanken und Gefühle, doch es war, als hätte sie darüber keine volle Kontrolle – und es war nicht schlimm.

Aber das war es doch!

Etwas war nicht in Ordnung, dessen war sie sich ganz sicher.

Progress 20

Niemand erzählte ihnen, wer der Tote gewesen und wie er in den Klärtank gekommen war. Sie waren nicht wichtig genug für diese Information und auch Chorl, den sie einmal fragten, zuckte nur mit den Schultern. Es war eine Sache der Schiffsführung, der Tote war ein Mann der regulären Besatzung, offensichtlich ein Offizier, wenn man den vagen Andeutungen Glauben schenken wollte. Daher war das eine Angelegenheit, mit der sie nur zu tun bekämen, wenn die Spur der Ermittlungen in ihre Richtung führen würde.

Das war jedoch nicht sehr wahrscheinlich. Der lange Aufenthalt in der Klärgrube hatte dazu geführt, dass viele potenzielle Spuren sich längst verflüchtigt hatten. Ob die Besatzung des Superfrachters dazu in der Lage war, auf die gute alte Art polizeiliche Ermittlungen durchzuführen, wusste Kip nicht. Er nahm aber an, dass an Bord eines so großen Schiffes, das so lange unterwegs war, irgendjemand dafür zuständig war. Er begegnete dieser Person nicht. Chorl hatte für sie alle ausgesagt und es gab keinerlei Hinweise dafür, dass jemand an seiner Aussage Zweifel anmeldete.

Anstatt sich über diese Dinge weiter großartig Gedanken zu machen, lebte Kip sich weiter in die Gemeinschaft der Schiffssklaven ein. Es war kein verschworener Bund der Unterdrückten, es war vielmehr eine eigene, kleine Welt mit ihren Konflikten und Eifersüchteleien, mehr oder weniger subtilen Machtspielen und Hierarchien. All dies wurde von den Wärtern stillschweigend geduldet, solange es nicht in Gewalt ausartete und die Arbeit behinderte. Immerhin, die Neuen wurden anfangs in Ruhe gelassen und Kip hatte Glück, dass Chorl in der Hackordnung relativ weit oben stand und die Verantwortung für seine Leute recht ernst nahm. Da Kip selbst niemanden ärgern wollte und nichts zu beweisen hatte, hielt er sich bedeckt und fuhr gut damit. Er aß regelmäßig und gab seine bescheidenen Sklavenkredite für zusätzliche Speisen im Freizeitbereich aus. Seine hervorstechenden Knochen, vor allem die Rippen, wurden langsam mit einer zufriedenstellenden Schicht aus Fett bedeckt, die seine erbarmungswürdige Erscheinung verbesserte. Manches verwandelte sich auch in Muskeln, denn die Arbeit war hart, dauerte lang und beanspruchte den Körper mehr als den Geist. Kip nutzte die freien Stunden, die ihm blieben, um für Letzteren etwas zu tun. Es gab Lernmaschinen im Sklavensektor, einfache Geräte, die verschiedene Bildungsprogramme anboten, die viele verschiedene Fachgebiete abdeckten. Eine dieser Maschinen war immer frei, denn viele Sklaven hatten kein Interesse an diesem Angebot. Kip aber stellte fest, dass das Lernen ihm leichtfiel, und er hatte in manchen Bereichen den Eindruck, diese Dinge bereits zu wissen oder davon gehört zu haben. Sie mussten nur wieder geweckt werden.

Und so erfuhr er auch durch eine Mischung aus Deduktion, Beobachtung und Lerneifer, wozu das Ding diente, das er der Leiche abgenommen hatte und seitdem sehr sorgfältig verborgen hielt. Es war ein Universalschlüssel. Und er war offenbar nicht auf den Besitzer codiert, er konnte von jedem verwendet werden. Der Tote musste entweder eine ranghohe Persönlichkeit gewesen sein oder jemand, dessen Sicherheitszugang ihm geholfen hatte, einen uncodierten Schlüssel für weniger legale Aktivitäten herzustellen. Kip hatte nicht einmal eine Ahnung, was an Bord der Canopus Traveller alles passierte, und die wenigen Hinweise, die er erhielt, deuteten darauf hin, dass Teile der Mannschaft irregulären Umgang mit Sklaven pflegten. Umgang, der unter anderem sexuelle Gefälligkeiten umfasste.

Möglicherweise würde die Benutzung des Schlüssels einen Alarm auslösen, also konnte er damit den Sklavensektor nicht direkt verlassen. Den Alarm zu umgehen und autorisiert herumzuschnüffeln, dazu bedurfte er der Hilfe, und wie es sein Glück wollte, hatte er mit Sol den Richtigen gefunden. Er wollte ihn nicht Freund nennen – hatte man hier überhaupt jemals richtige Freunde? –, aber er war ein sympathischer Leidensgenosse, der Kips Leidenschaft für die Lernmaschinen teilte.

Also weihte er Sol ein. Und der erwies sich als ebenso interessiert an den Möglichkeiten, die sich für sie durch den Fund ergaben, wie Kip – und ebenso bereit, die möglichen Risiken ein andermal zu diskutieren.

Sol konnte sich, wie jeder von ihnen, nicht an das Leben erinnern, das er vor der Versklavung geführt hatte, aber er hatte rasch seine Affinität zu elektronischen Anlagen jeglicher Art, zu Soft- wie Hardware, entdeckt. Ohne sich weiter Gedanken darüber zu machen, hatte er diese Neigung durch eifriges Studium der zur Verfügung stehenden Lernprogramme aktiviert. Das Wissen war ihm dermaßen schnell zugeflogen, dass über seine Tätigkeiten in der Vergangenheit kein Zweifel bestehen durfte. Kip selbst hatte noch kein vergleichbares Erlebnis gehabt. Er suchte bei seinen eigenen Studien nach einem emotionalen Feedback, einem vagen Gefühl von Vertrautheit vielleicht, einem besonders einfachen Zugang zu einem bestimmten Themenfeld, doch nichts ganz Spezifisches hatte sich geregt. Er lernte gut und schnell, also war er das Lernen gewohnt, was immerhin etwas darüber aussagte, wie er aufgewachsen war. Doch es schien nichts zu geben, was in ihm eine besondere Leidenschaft erweckte, und das machte ihn nachdenklich. Er spürte, dass der blinde Fleck seines bisherigen Lebens sich nun, da er sich langsam einzugewöhnen begann, nicht nur als störend, sondern als belastend herausstellte. Da war etwas – und hier unterschied er sich auch von Sol, dessen innere Ausgeglichenheit ihn mit Neid erfüllte –, was er wissen, was er tun sollte, so als ob eine große Ungerechtigkeit auf seinem Schicksal lastete. Es war ein Gedanke, der ihn mit Unruhe erfüllte.

Zwei Wochen nachdem er Sol eingeweiht hatte, zog dieser ihn nach der Schicht zur Seite, als Kip in die Kantine gehen wollte. Sie hatten stundenlang Rohre gereinigt, die zur Klärgrube führten, eine sinnlose Tätigkeit, die auch von Robotern durchgeführt werden konnte und die wie alles derzeit dazu diente, die Sklaven zu Disziplin und Unterwerfung anzuhalten, ehe sie auf etwas anspruchsvollere Tätigkeiten hin trainiert werden konnten. Tatsächlich waren ihnen die künftigen Betätigungsfelder bereits angekündigt worden: Sol wurde als Hilfstechniker vorgesehen, was gut passte, und Kip sollte in der Messe der Unteroffiziere als Bedienung arbeiten. Er war sich nicht sicher, ob das eine gute oder eine schlechte Nachricht war, aber Chorl beglückwünschte ihn dazu. Es musste sich also nicht um die schlechteste Position handeln. Wahrscheinlich gab es etwas Besseres zu essen.

»Ich kann die Tür in den Lagern damit öffnen«, wisperte Sol. »Die hintere.«

Die Lager. Einmal in der Woche hatten sie dort Dienst und taten nichts anderes, als die Böden zu reinigen und die endlos hohen Containerberge mit andächtiger Ehrfurcht zu betrachten. Zu den gigantischen Bäuchen, in denen sich die Fracht aus Dutzenden Welten stapelte, gab es einen direkten Zugang vom Sklavensektor. Viele Sklaven arbeiteten als Lagerknechte, dirigierten Container, überwachten Ladung, reinigten die Zufuhrschienen und warteten die Maschinen. Vom Lager gingen zahlreiche Zugänge in jene Bereiche des Superfrachters, die ihnen gemeinhin verwehrt waren, und diese waren selbstverständlich verriegelt.

»Bist du dir sicher?«

Sol verzog das Gesicht, als sei der Zweifel an seiner Einschätzung nahe an einer persönlichen Beleidigung. Er bildete sich in der Tat recht viel auf seine Fähigkeiten ein.

»So sicher man sein kann. Du weißt, dass die Kameras nicht in die Ecke hineinreichen, in der die beiden großen Autoloader geparkt stehen. Wir sollten es schaffen, dort unerkannt weiterzukommen.«

Sol war voller Enthusiasmus. Kip packte ihn an der Schulter.

»Das ist toll«, sagte er. »Aber wir sollten uns vielleicht erst einmal überlegen, warum wir das überhaupt machen wollen.«

»Warum?«, echote Sol. »Na ja, weil ... wir könnten ...«

Er verstummte. Natürlich hatte er sich über diesen Aspekt keine Gedanken gemacht. Er war daran interessiert, es zu ermöglichen, das war alles. Sol war intelligent, dessen war sich Kip sicher. Aber langfristige Planung gehörte nicht zu seinen Stärken. Möglicherweise war er deswegen hier gelandet.

»Wir können dem Superfrachter nicht entkommen. Nächster Halt ist Canopus und bis dahin dauert es noch eine Weile«, sagte Kip eindringlich. »Und selbst dann, wüsste ich nicht, wie wir von Bord gehen könnten, ohne entdeckt zu werden.«

»Das könnten wir versuchen herauszufinden!«, sagte Kip mit neuem Feuereifer. »Ich kann die ID des Schlüssels unterdrücken. Das hängt von der Komplexität des Zugangs ab. Ich kann nicht am Kommandolevel ran, aber da unten ... also unten sollte es klappen ... Unser toter Freund hat sorgfältig darauf geachtet, kein Aufsehen zu erregen. Ich muss gar nicht viel daran herumdrehen.«

»Das ist gut. Ich möchte aber noch etwas anderes herausfinden und ich weiß nicht, ob wir dafür nicht einen höheren Zugang benötigen.«

»Was denn?«

Kip holte tief Luft.

»Ich möchte wissen, wer ich bin.«

Sol schaute ihn an. Ihm war diese Idee gar nicht gekommen. Er schien seinem alten Ich nicht sonderlich nachzutrauern. Kip aber fühlte, dass ihm etwas fehlte, etwas sehr Wichtiges, und dass er nicht hinnehmen durfte zu warten, bis seine Zeit hier abgelaufen war.

»Du willst es nicht wissen?«, fragte er Sol.

»Na ja, schon ...«, kam die wenig enthusiastische Antwort.

»Hast du Angst?«

Sol blickte zu Boden, als hätte man ihn bei etwas ertappt. Er druckste einen Moment herum, dann antwortete er, leise und ohne Kip anzusehen: »Weißt du ... ich habe diese Träume. Es sind unterschiedliche, aber ... sie sind immer sehr brutal. Gewalttätig. Blutig. Und ...«

»Und?«

Sols Stimme wurde noch leiser. »Ich bin meistens nicht das Opfer.«

Kip schwieg für einen Moment. Dann: »Das muss nichts heißen, Sol. Unser Unterbewusstsein macht manchmal seltsame Dinge. Vielleicht signalisiert es dir nur, dass du dich gegen die Ungerechtigkeit wehren sollst, und das mit aller Macht. Du nimmst Rache an den wahren Tätern, die dir im Traum erscheinen.«

»Vielleicht«, echote Sol. Die Erklärung schien ihn etwas zu erleichtern, vertrieb seine Sorge aber nicht vollständig. »Aber wenn nicht ... wenn es gar keine Ungerechtigkeit gibt? Wenn das, was mir hier zustößt, absolut gerechtfertigt ist und ich es nicht anders verdiene? Erinnerst du dich daran, was uns zu Anfang gesagt wurde? Dass viele ihre Erinnerungen gar nicht zurückwollen, dass sie froh sind, ein neues Kapitel aufschlagen zu können? Das hat ... Ich habe diese Worte gut verstanden und ich weiß nicht einmal, warum ... Als ob eine Stimme in mir sagt: *Du gehörst dazu. Erinnere dich besser nicht mehr. Sei eine neue Person. Sei Sol und sonst niemand mehr.*«

Kip nickte. »Gut. Es ist deine Entscheidung. Ich verstehe dich. Ich habe auch ein wenig Angst vor dem, der ich war. Aber meine Stimme sagt etwas anderes: *Dir ist ein Unrecht widerfahren. Du gehörst hier nicht hin. Du bist ein Opfer.* Vielleicht rede ich mir da auch nur was ein, ich weiß es nicht. Aber ich muss es einfach herausfinden.« Er machte eine bedeutungsvolle Pause. »Hilfst du mir dabei?«

»Klar. Und mich wird die Neugierde ja auch treiben, da habe ich gar keinen Zweifel. Ungewissheit treibt mich genauso um wie dich. Wenn ich mit dem Ergebnis nicht einverstanden bin, kann ich es ja immer noch verdrängen.« Sol grinste. »Darin bin ich ganz gut, glaube ich. Aber, Kip, wenn wir einen Weg finden können, auf Canopus zu entkommen – dann bin ich auf jeden Fall an deiner Seite. Ich sehe das nicht so pessimistisch wie du. Gemeinsam können wir das schaffen.«

Kip grinste zurück. »Kann gut sein, dass das die direkte Konsequenz meiner Selbsterkenntnis werden könnte.«

Sol schlug ihm auf die Schulter. »Dann bin ich dabei, mein Freund. Zähle auf mich. Aber sei nicht zu enttäuscht, wenn sich herausstellt, dass du nicht mehr als ein vom Pech verfolgter Gauner bist.«

»Ich bemühe mich«, sagte Kip lachend. Doch er spürte tief in sich, dass er alles Mögliche war, aber ganz sicher kein Gauner. Woher er diese emotionale Gewissheit nahm, wusste er nicht. Aber es war wie eine unumstößliche Wahrheit in ihm.

Progress 21

Jed machte keinen glücklichen Eindruck, aber das war Hamid egal.

Als er ihm eröffnet hatte, dass er Jed einen Job suchen werde, dass es gewisse Regeln gebe, an die er sich zu halten habe, dass jeder Alkohol, alle Drogen ab sofort verboten seien, dass er keine Waffen tragen dürfe und außerdem neu eingekleidet werde – »normal«, wie Hamid fand, »total scheiße«, wie Jed meinte –, wurde das Gesicht des Halbstarken immer länger. Es wurde ihm wohl klar, dass Schutz und Obdach immer mit einem Preis einhergingen, und obgleich Hamid nichts forderte, was man als unmenschlich oder unwürdig bezeichnen konnte – wenngleich Jed bei der Kleiderordnung diesen Eindruck zu vermitteln versuchte –, war diese neue Form der Disziplin für den jungen Mann schwer zu verkraften. Es warf ein bezeichnendes Licht auf seine Angst vor seiner ehemaligen Gang, dass er die Bedingungen Hamids mit einem Murren, aber letztlich ohne großen Widerstand zu akzeptieren bereit war.

Hamid schleppte ihn zum Schrotthändler. Das klang schlimmer, als es war.

Unten auf dem Boden, zwischen den Türmen, hatten sich eine Reihe von Unternehmungen angesiedelt. Viele lebten nicht nur im übertragenen Sinne von dem, was von oben noch abfiel. Kendo Plastikk gehörte zu den Größten jener, die das verkauften, was niemand sonst mehr haben wollte. Auf seinem Schrottplatz gab es alles: alte Gleiter, Baumaschinen, Manufaktoren, Geschäftseinrichtungen, Möbel, Elektrogeräte jeder Art und sogar drei Hüllen ausgeschlachteter Raumschiffe, die quasi das Wahrzeichen des unübersichtlichen Areals darstellten. Plastikk beschäftigte zwei Dutzend etwas raubeiniger Mitarbeiter, die für diverse Bereiche des

Platzes verantwortlich zeichneten und alle ihre kleinen Nebengeschäfte am Laufen hatten. Was aber wichtig war: Plastikk war ein Zehnjähriger wie Hamid, hatte Geld beiseitegeschafft wie Hamid und es sinnvoll investiert, was Hamid bisher noch nicht fertiggebracht hatte. Sie hatten sich auf einem Veteranentreffen kennengelernt und Hamid hatte an der geschäftsmäßigen Haltung des anderen Gefallen gefunden. Eine wohltuende Abwechslung zum üblichen Gejammer und bierseligen Lamento, das diese Treffen normalerweise ausmachte. Plastikk hatte ihm einen Job angeboten. Hamid hatte Arbeit, aber nun bestand vielleicht die Chance, das Angebot auf Jed zu übertragen. Der Händler hatte nicht prinzipiell abgelehnt, als Hamid ihn vor ihrem Aufbruch anrief. Eine Hand wusch die andere. Für einen guten Techniker wie Hamid fand sich immer eine kleine zusätzliche Aufgabe, die Plastikks Mannen nicht lösen konnten. Hamid war zu einem Entgegenkommen bereit.

Sie kamen am frühen Vormittag an, nach einer anstrengenden Nachtschicht für Hamid, die dieser jedoch gut weggesteckt hatte. Jed zu dieser Zeit aus dem Schlaf zu reißen, hatte in Hamid gewisse Verhaltensweisen aus seiner Militärzeit zum Leben erweckt und es war ihm eine Freude gewesen, den Halbstarken voranzutreiben. Es sprach für Jed, dass er zwar maulte, sich aber fügte, und in dem gebrauchten Arbeitsoverall, wie ihn in den unteren Ebenen von Stratum so viele trugen, sah er beinahe wie ein richtiger Mensch aus.

Die Fahrt zum Schrottplatz dauerte eine gute halbe Stunde. Den Rest des Weges mussten sie zu Fuß gehen. Das war keine gute Gegend, aber es gab schlechtere.

Plastikk begrüßte sie in seinem Hauptbüro, einem umgebauten Container, in dem neben ihm noch drei Angestellte saßen, die den Besuchern kaum Aufmerksamkeit schenkten. Der Händler war groß wie breit, ein Berg von einem Mann, dem das gute Leben anzusehen war. Er war gut sechs Jahre älter als Hamid, sein flaches, fleischiges Gesicht leuchtete vor Schweiß. Die Klimaanlage des Containers war in keinem besseren Zustand als die meisten Waren auf dem Platz. Sie produzierte wenig Kühlung, dafür aber eine Menge Lärm.

Nach einer leutseligen Begrüßung nahmen sie in den schmierigen Sesseln von Plastikks Büro Platz und der Boss streckte die Arme in die Luft, während seine Schweinsäuglein Jed in den Blick nahmen.

»Die Tattoos kenne ich«, sagte er dann mit seiner heiseren Stimme. »Ich nehme eigentlich keine Leute aus den Gangs.«

»Er ist kein Mitglied mehr«, sagte Hamid ruhig. »Ich will ihm helfen.«

»Warum? Fickst du ihm in den knackigen Arsch und willst dich revanchieren?«

Hamid machte keine Bewegung, aber Jed lief rot an und öffnete den Mund. Plastikk sah ihn berechnend an. Natürlich war das eine absolut kalkulierte Provokation gewesen, gerade weil er den Ehrenkodex mancher Gang gut kannte. Die meisten der Banden hatten gar kein Problem mit Homosexualität, aber es war die Andeutung völliger Unterwerfung und damit einhergehender Prostitution, die Jed erzürnte. Der Junge warf einen wilden Blick auf Hamid, der diesen ruhig begegnete, ohne auch nur ein Wort der Entgegnung zu äußern.

Jed schwieg. Hamid war beinahe stolz auf ihn. Es gab die eine oder andere Lektion, die der Junge gelernt hatte. Hamid fühlte sich darin bestätigt, sich um ihn zu kümmern. Es war noch nicht alles verloren, so viel stand fest. Jed war nicht dumm.

»Du machst sicher eine Ausnahme. Ein persönlicher Gefallen«, sagte Hamid, als hätte er Plastikks Frage gar nicht gehört.

»Ja.«

Der Mann sah Jed an. »Ich mag die Gangs nicht. Halten sich für was Besonderes und machen nur Ärger. Ich mag auch Ärger nicht. Ich habe hier eine große Fläche und die ist voller gefährlicher Dinge. Man kann sich leicht verletzen.«

Plastikk ließ den letzten Satz ein wenig in der Luft hängen. Jed konnte sich jetzt überlegen, wie er gemeint war. Der Junge war gewieft und bekam Untertöne mit. Er nickte etwas verkrampft und tat das, was das Klügste war: Er schwieg erst mal.

»Ich tu dir den Gefallen, Hamid, und frag mich nicht, warum eigentlich.«

»Ich rate mal: Ich tu dir dafür einen.«

Plastikk grinste und drückte einen Knopf. Es dauerte nur einen Moment und eine ausgemergelt wirkende Gestalt in einem Overall, der ihr um die Knochen schlotterte, kam herein.

»Bent, nimm den Jungen mit. Die übliche Einweisung.«

»Alles klar, Chef.«

Jed fühlte sich aus dem Stuhl gezogen und folgte Bent, ohne dass Hamid ihn eines weiteren Blickes würdigte. Soweit es zweite Chancen im Leben gab, hatte der Junge soeben eine bekommen. Wenn er es jetzt verbockte, war er selbst schuld.

»Also«, sagte Hamid und beugte sich nach vorne, als sie wieder alleine waren. »Da ist etwas, was ich für dich tun kann?«

Plastikks Gesicht wurde ernst. Wenn es ums Geschäft ging, kannte er keinen Spaß mehr.

»Kleines Geschäft. Nicht ganz legal.«

»Ich weiß, was kleine Geschäfte sind. Ich war auch zehn Jahre im Dienst.«

Plastikk kicherte leise. »War mir klar. Wo liegen deine Grenzen, Hamid?«

Es war gut, dass der Händler fragte. Denn er musste ahnen, dass sein Gegenüber tatsächlich Grenzen hatte, was man nicht von jedem sagen konnte.

»Ich töte nicht. Ich drohe nicht. Ich foltere nicht. Keine Erpressung. Und nichts, was auch nur in die Nähe von Hochverrat kommt. Du kannst lachen, aber ich bin immer noch als eine Art Patriot aus dem Dienst ausgeschieden. Die Kalten sind nicht lustig.«

»Niemand lacht«, sagte Plastikk ernst. Er holte eine fleckige Plastikglasflasche aus einer Schublade und stellte zwei leidlich saubere Becherchen daneben. »Flottendestille, zehn Jahre alt. Habe ich selbst aus den Triebwerksleitungen der Lord von Tulivar gezapft.«

»Dann kann es nur gut sein. Schenk ein.«

Plastikk tat wie ihm geheißen. Hamid nahm seinen Becher und trank, ohne zu zögern. Flottendestille hieß nichts anderes, als dass die unteren Dienstgrade, meist unter dem Schutz eines älteren Unteroffiziers, an Bord ihres Schiffes eine illegale Schnapsbrennerei betrieben, mehr aus Zeitvertreib denn aus Notwendigkeit, denn Alkohol war an Bord grundsätzlich zugelassen. Es gab kein größeres Schiff, das keine eigene Destille hatte, und es gab so gute Brenner, dass manche Tropfen auch außerhalb der Hülle des eigenen Fahrzeugs begehrt und zu einer Art Markenzeichen wurden. Manche Brennereien hatten sich zu veritablen Geschäften entwickelt, die ihre Betreiber zu wohlhabenden Menschen gemacht hatten.

Das Zeug hier schmeckte so widerlich wie erwartet. Der TULIVAR-Schnaps war dafür bekannt, ziemlich schlecht zu sein, was man einem Veteranen dieses Schiffes aber nicht ins Gesicht sagte. Auch das war eine Art von Patriotismus, eine, die Hamid gut verstand.

»Was kann ich tun?«, fragte er, nachdem er seine Pflicht getan und das Becherchen geleert hatte.

»Also, es ist so, Hamid. Ich betreibe Handel, meistens mit Überschussware.«

Hamid verbarg ein Lächeln. Was der Mann als »Überschussware« bezeichnete, waren militärische Kleingüter, die von etwas nachlässigen Logistikern nicht vollständig in der Ein- und Ausgabe erfasst worden waren, wodurch seltsamerweise das eine oder andere »übrig blieb«, während die Lager alle ordnungsgemäß und vollständig verwaltet schienen. Dieser »Überschuss« wurde dann unter der Hand verkauft, meist in Raumtransportern von Militärkontraktoren, die ihren Anteil vom Handel mitnahmen und die »Überschüsse« auf ihren Zielwelten an Hehler weitergaben, an Männer wie Plastikk, der mit seinem Schrottplatz über das ideale Versteck mit eigenem Landefeld verfügte. Hamid wunderte sich keine Sekunde. Er hatte selbst seinen Anteil an solchen Geschäften gehabt. Es hatte sich für ihn immer gelohnt.

»Wie läuft es so?«, fragte er.

»Geht so, geht so. Der Krieg läuft mal besser und mal schlechter, und die Routen der Kontraktoren werden ständig angepasst. Kommt nicht immer alles schnell bei mir an, was ich bestellt habe. Man muss Geduld haben in diesem Geschäft.«

»Das muss man wohl.«

Hamid hob seinen leeren Becher und Plastikk lächelte erfreut, goss sogleich nach. Der Schnaps war unerträglich schlecht, aber er war aller Wahrscheinlichkeit völlig keimfrei.

»Aber deine Geduld wurde überstrapaziert, nicht wahr?«, fragte Hamid, nachdem er erneut angesetzt und geschluckt hatte.

»Es gibt da eine wichtige Lieferung«, sagte Plastikk. »KI-Chips, Level 5. Zwanzig Stück.«

Hamid pfiff leise. KI-Chips waren heiß begehrt, von nicht völlig legal operierenden Unternehmen, die seit Beginn des Krieges vom Markt abgeschnitten waren. Der Verkauf war streng reglementiert und der Krieg fraß fast die gesamte Produktion. Zwanzig Level-5-Chips waren ein kleines Vermögen wert. Eine KI, die auf dreien dieser Prozessoren lief, bestand jeden Turing-Test. Schlachtkreuzer hatten Sechs-Chip-KIs. Das Manufaktorium, in dem Hamid arbeitete, wurde durch zwei gesteuert. Er verstand, warum Plastikk ungeduldig wurde. Es war, als würde man permanent Weihnachten verschieben, immer und immer wieder.

»Nicht schlecht. Was hast du für Abnehmer, Plastikk?«

»Ist wichtig für dich, nicht wahr?«, fragte der Händler mit einem wissenden Lächeln.

»Beantworte einfach meine Frage.«

»Unternehmer. Keine Gangs, keine Kingpins. Firmen, die vor Jahren Chips bestellt haben, sie aufgrund des Krieges aber nie geliefert bekamen und die nicht so kriegswichtig sind, dass sie auf der Prioritätenliste stehen. Auch ungeduldige Leute, die bereit sind, ein paar Kredite extra zu zahlen, um endlich investieren zu können.« Der Händler beugte sich vor. »Ich habe eine Liste. Wenn du mitmachst, bekommst du sie. Ich spiele mit offenen Karten, Hamid. Wir sind Kameraden.«

»Sprich weiter«, sagte der Angesprochene. Er spürte den Kitzel, das wollte er nicht verleugnen. Während seiner Zeit hatte er durch diese Geschäfte seine eigenen Mittel an die Seite geschafft und es waren lukrative Deals dabei gewesen. Das hier aber war eine andere Größenordnung. Plastikk spielte in einer weitaus höheren Liga.

»Der Frachter gehört einem Kontraktor, einem Typ namens Holoban Kerr. Sollte eine Ladung Krempel vom Manufaktorium abholen und danach mit den Chips und allerlei Militärgütern für die Flotte hierher zurückkehren. Offizielle Route, alles völlig ohne Risiko. Das Schiff ist überfällig.«

»Es ist Krieg«, informierte Hamid ihn lächelnd.

»Scheiß drauf! Kontraktoren fliegen nicht an die Front, die bleiben hübsch in der Etappe. Da ist was schiefgelaufen. Vielleicht hat Kerr herausgefunden, was in der Box ist, und macht sein eigenes Geschäft. Vielleicht wollen mich meine Geschäftspartner über den Tisch ziehen. Vielleicht ist wirklich was passiert. Ich muss es wissen, Hamid. Ich habe viel investiert und ich bin ein großes Risiko für diesen Deal eingegangen. Mir hängen Leute im Nacken, die Anzahlungen geleistet haben.«

Hamid sah Plastikk an. Der meinte es ernst.

»Das glaube ich dir gerne. Was kann ich tun?«

»Ich habe Vorkehrungen getroffen, Hamid. Die Kiste mit meiner Überschussware hat einen eigenen Peilsender, der von außen aktiviert werden kann. Ich möchte, dass du Kerr suchst und mir meine Ware zurückholst.«

Hamid schüttelte den Kopf. »Ich bin kein Pilot.«

»Ich bin Pilot. Aber ich weiß, was du kannst. Du hast eine technische Ausbildung bekommen und bist gut in dem gewesen, was du gelernt hast. Du hast eine B-Einstufung erhalten, sie haben dir weitere zehn Jahre angeboten, mit sofortiger Beförderung und Aussicht auf ein Offizierspatent. Stimmt's?«

Hamid nickte. Er war nicht überrascht, dass Plastikk so viel über ihn wusste. Männer wie er hatten ihre Verbindungen bis tief in die Flotte. Man schuldete sich Gefallen, man teilte Geheimnisse. Die Personalakte eines entlassenen Spezialisten zu erhalten, gehörte ohne Zweifel zu den geringeren Herausforderungen.

»Ich bin nicht schlecht gewesen«, sagte Hamid dann. »Und ich ahne, was du von mir möchtest. Du hast eine Konsole mit B-Zugang?«

»Ich habe sogar eine aktive Berechtigung. Ich will passiven Zugriff auf die Ortungsprotokolle des galaktischen Satellitennetzwerks. Ich will wissen, ob irgendwo auf dem Weg hierher das Schiff Kerrs irgendwas gesendet hat, das aufgefangen wurde.«

»Das bekomme ich raus. Aber wenn nicht?«

»Dann schicke den Aktivierungsimpuls des Peilsenders durch das Netz. Ich lasse es von meinem Hacker in ein Standarddatenpaket implantieren. Niedriges Hyperfrequenzband. Niemand wird es merken. Du musst nur nachher das Aktivierungsprotokoll löschen. Niemand wird wissen, was du getan hast.«

Hamid kratzte sich am Kopf. »Du kannst froh sein, dass die Kalten keine Cyberfront aufgemacht haben wie damals die Tlatlix. Die Sicherheitsprotokolle werden zwar regelmäßig aktualisiert, aber es ist keine Leidenschaft mehr darin. Die Kalten frieren unsere Welten ein und alle Prozessorkerne gleich mit. Das ist ihr Umgang mit hochgezüchteter Elektronik.«

Plastikk nickte schwermütig. Der Krieg gegen die Kalten war eine klare und einfache Sache, ohne verwirrende Details, versteckte Fronten, Intrigen und Unterschwelliges. Das hing sicher auch damit zusammen, dass niemand wusste, wo sie herkamen, warum sie ein großes Interesse daran hatten, alles in eisige Minusgrade zu verwandeln, und wie man ihnen dauerhaft und effektiv beikommen konnte. Sie eroberten gar nichts, um es anschließend zu nutzen. Sie verwandelten nur alles in eine tote Eiswüste.

»Du bist also einverstanden?«

»Zeig mir deine Konsole – und dann sag mir, was für mich drin ist. Jed ist eine Sache, aber der Preis ist höher. Das ist ein dickes Geschäft mit einem hohen Risiko.«

Plastikk verzog das Gesicht. »Du bist undankbar, Hamid.«

»Ich bin auf meinen Vorteil bedacht, genauso wie du. Ein alter Mann muss leben.«

»Soll ich mal spekulieren, wie viele neutrale Denominatoren du in deinem Kleiderschrank versteckt hast?«

Hamid grinste seine vorübergehende Unsicherheit weg. Plastikk hatte den Nagel natürlich auf den Kopf getroffen. In seiner Reisetruhe steckte ein Bündel mit nicht verfolgbaren, neutral verschlüsselten Denominatoren und die Summe, auf die er damit zugreifen konnte, war beträchtlich.

Aber es schadete nicht, davon noch mehr zu haben. Es schadete nie, noch mehr zu haben.

Er sah Plastikk abwartend an, schweigend, bis dieser gequält aufseufzte und mit der Theatralik eines Schrotthändlers ein Angebot äußerte. Hamid, der das auch ganz gut konnte, bot seine eigene Schauspielkunst auf und hielt dagegen. Das Spiel dauerte einige Minuten, bis sie zu einem Ergebnis kamen, mit dem sie beide leben konnten. Sollte Plastikk die Chips bekommen und verkaufen, wäre er ein reicher Mann, der sich für den Rest seines Lebens auf einem Urlaubsplaneten eine Strandvilla leisten konnte. So, wie Hamid ihn einschätzte, würde er stattdessen weiter in seinem schäbigen Container sitzen und seinen Geschäften nachgehen, und sei es nur, um etwas zu tun zu haben. Hamid war sich nicht sicher, ob er ähnlich handeln würde. Seine zehn Jahre waren noch sehr frisch und er wusste noch nicht richtig, was er mit seinem Leben wirklich anfangen sollte. Noch ein wenig reicher zu werden, war aber sicher nicht hinderlich, um die eigenen Optionen zu erweitern.

Plastikk führte ihn in einen Nebenraum, der sich in vielerlei Hinsicht dermaßen von den anderen Räumlichkeiten unterschied, dass Hamid überrascht stehen blieb. Hier herrschte kein Chaos, keine Atmosphäre schmierigen Verfalls. Der Raum war peinlich sauber, mit modernstem Mobiliar ausgestattet, völlig schmucklos und erinnerte an eine Workstation an Bord eines Flottenneubaus. Der weiße Plastikboden schien ihn blenden zu wollen und die beiden Eingabeterminals waren aktuellste Technologie, nichts, was man auf einem Schrottplatz gemeinhin erwartete. Das leise Säuseln der Klimaanlage und das tiefe, beruhigende Summen der dicken Speicherbänke, deren Kapazität ausreichend sein musste für den Betrieb eines Raumschiffes, erzeugten eine vertraute Stimmung. Auch an Bord der Schiffe, auf denen er gedient hatte, war es nicht immer so neu und makellos gewesen wie hier, aber es war dennoch eine ihm gut bekannte Umgebung, die für einen winzigen Moment so etwas wie Wehmut in Hamid auszulösen imstande war.

Für einen winzigen Moment, nicht länger.

»Ich bin beeindruckt«, sagte Hamid wahrheitsgemäß und ertappte sich dabei, die Handflächen an der Hose abzuwischen, ehe er die Verkleidung eines Eingabeterminals berührte. »Sehr beeindruckt.«

»Von einem Experten höre ich das Lob gerne.«

»Wer bedient diese Anlage denn normalerweise?«

»Er ist tot.«

Die Aussage kam knapp und klar aus Plastikks Mund und sein Tonfall signalisierte, dass er nicht darüber sprechen wollte. Hamid überlegte sich einen Moment, trotzdem nachzufragen, aber sein Instinkt gemahnte ihn, das auf später zu verschieben. Er setzte sich vor den Monitor.

»Ein B-Level-Zugang, sagst du?«

»So ist es.«

Plastikk griff in eine seiner Hosentaschen und holte eine Codekarte hervor. Hamid kannte diese gut. Offiziere trugen sie bei sich, um Zugang zu Computersystemen zu erlauben, die als besonders sensitiv galten. Sie waren verbunden mit ihrem DNA-Abdruck und einer Stimmerkennung, von einer komplexen Zahlenkombination einmal ganz zu schweigen.

»Das volle Programm?«, fragte Hamid daher, als er die Karte in Empfang nahm.

»Nein, nur ein Code.« Plastikk nannte ihm eine Zahlenkombination, nachdem Hamid die Karte auf das dafür vorgesehene Sensorfeld gelegt hatte. Es dauerte keine Sekunde, dann entfaltete sich ein vertrautes Menü vor Hamids Augen. Er wusste sofort, wo er war, und er war tief, tief drin.

»Du hast nicht gelogen«, flüsterte er, als habe er Angst, er könne er jemanden auf sein illegales Eindringen in das Flottennetz aufmerksam machen. »Wo hast du die Codekarte her?«

»Beziehungen.«

Es musste ihn eine große Stange Geld gekostet haben. Mit Beziehungen allein bekam man so etwas nicht.

Hamid wies auf den Schirm. Jetzt galt es. Das war eine echte Herausforderung.

»Gib mir etwas Zeit.«

Plastikk nickte.

Progress 22

Irgendwann hatte das Schiff sich an seinen Namen erinnert.

Er laute AUME und weder Holoban Kerr konnte den tieferen Sinn dieser Bezeichnung ergründen noch das Schiff selbst, das nur die Information preisgab, aber den Hintergrund immer noch als verwirrend empfand. Dann, nach einigen weiteren Stunden der Kontemplation, hatte die AUME darum gebeten, eine Projektion des aktuellen Sternenhimmels zu erhalten, um gewisse Kalkulationen anstellen zu können. Kerr war nach oben gelaufen, hatte seine Kameras in die Nacht gerichtet und musste feststellen, dass sternenklare Nächte auf dieser Welt wohl eher selten vorkamen. Also hatte er im Speicher des Transporters gesucht und war fündig geworden. Dass Logbuch der FRIEDBERT vor seinem Aufbruch komplett zu überspielen, inklusive aller Sensordaten, war eine gute Idee gewesen. Die Aufnahme war zwar drei Wochen alt, aber Kerr hatte nicht den Eindruck, dass diese Zeitspanne für das Schiff wirklich relevant sein würde.

Er hatte der AUME die Aufnahme gebracht und war dann schlafen gegangen. Als er sich nach kurzer Nachtruhe wieder zum Schiff begeben hatte, stellte er zum einen fest, dass es ein merkliches, beständiges Summen ausstrahlte und den Eindruck erweckte, für größere Taten bereit zu sein. Zum anderen teilte ihm das Schiff mit, dass es jetzt wisse, wie lange es hier unten ruhe und wer es hier vergraben habe.

»Ich bin vor 1316 Jahren auf dieser Welt angekommen«, teilte es Kerr mit. »Und ich habe mich selbst vergraben.«

»Warum?«, fragte Kerr und bezog sich mit dieser Frage auf beide Informationen.

»Meine Mission liegt immer noch im Dunkeln, ebenso meine Herkunft. Die Speicher sind in Mitleidenschaft gezogen worden. Aber ich weiß, warum ich hier eine Ruhestätte suchte: Ich musste mich verstecken. Es war notwendig.«

»Vor wem?«

»Ich weiß es nicht.«

Kerr machte eine umfassende Handbewegung. »Du hast diese Anlage erbaut?«

»Nein. Die Zivilisation dieser Welt war bereits ausgestorben oder ausgewandert, als ich hier ankam. Ich fühlte mich zu den Konstruktionen hingezogen. Sie gaben mir etwas Vertrautes. Daher suchte ich hier nach einer geeigneten Ruhestätte.«

Kerr fand es schwer zu verstehen, dass eine offensichtlich hoch entwickelte KI wie die der Aume so handelte, als würde sie sich plötzlichen Eingebungen hingeben, die zu einem mehr als 1000 Jahre währenden Schlaf führten.

»Ruhestätte oder Versteck? Du hast dich hier unten isoliert!«

»Ah«, machte die Aume, als sei ihr das jetzt erst aufgefallen. »Eine interessante Frage. Ich kann sie dir nicht beantworten, aber ich habe den Eindruck, dass eine Antwort sich als notwendig erweisen könnte. Ich bin vor einiger Zeit schon einmal kurz erwacht, als eine tektonische Veränderung Wärmeenergie erzeugte, die ich anzapfen konnte. Es hat nicht gereicht, um mich zu sammeln und zu regenerieren. Aber es hat dieses zweite Erwachen für mich leichter gemacht. Danke für deine Hilfe. Ich bin froh, wieder zu meinem Ich zurückzufinden. Froh und sehr, sehr dankbar.«

Den Eindruck hatte Kerr auch.

»Du kannst also starten?«

»In Kürze.«

»Wohin wirst du fliegen?«

»Erst einmal dorthin, wohin du möchtest, Holoban Kerr. Ich habe dir gegenüber eine Schuld abzutragen. Ich verstehe jetzt, dass es bei meinem Erweckungsmechanismus zu einer Fehlfunktion kam und dass ich zu viel Energie verloren hatte. Ohne deine Hilfe hätte mein Schlaf ewig gedauert. Das wäre unvorteilhaft gewesen.«

»Warum? Hast du noch etwas vor?«

Ein Muster fuhr über die Außenhülle der Aume, als habe sie Kerr gegenüber eine Geste gemacht, eine Raumschiffsgeste, die niemand verstand, der nicht selbst eines war. Kerr lächelte über sich selbst. Was für ein alberner Gedanke. Die AUME war eine hoch entwickelte KI, zu dieser Schlussfolgerung war es nicht weit. Aber sein ständiger Drang, den Fund zu vermenschlichen, nahm wirklich groteske Züge an. Er musste sich wirklich immer noch recht einsam fühlen.

»Ich bin mir dessen ziemlich sicher, ja«, erwiderte das Schiff. »Allerdings weiß ich bislang noch nicht, was. Aber die Zeit ist reif, diese Erkenntnis hat mir die Ermittlung meiner Wartezeit gebracht. Ich wurde zum exakt richtigen Zeitpunkt erweckt, weil du hier aufgetaucht bist.«

Kerr runzelte die Stirn. »Das ist ein seltsamer Zufall.«

»Nur, wenn man dem Konzept des Zufalls eine ernsthafte Bedeutung schenkt.«

»Du glaubst an das Schicksal?«

»Solltest du diesem Begriff eine spirituelle Komponente geben, dann lass mich dir sagen, dass es keinen Unterschied zwischen Spiritualität und Wissenschaft gibt, wenn du nur tief genug forschst und alle Gesetzmäßigkeiten erkannt hast.«

Kerr war dieses Konzept durchaus vertraut. Es gab eine große imperiale Religionsgemeinschaft, die Naujoken, die der Ansicht waren, dass man durch die Wissenschaft Gott erkenne und eifrige Forschung dazu führe, dass sich Gott einem irgendwann zeige, nicht einmal aus Absicht, sondern schlicht, weil man ihm endlich auf die Schliche gekommen war. Kerr war kein Wissenschaftler und er glaubte an relativ wenige Dinge, ohne sich damit neuen Erkenntnissen per se verschließen zu wollen. Wenn die AUME bereit war, philosophische Erörterungen anzustellen, dann wollte er gerne mitmachen. Vielleicht konnte er der KI dadurch zeigen, dass er kein völliger Trottel war.

Warum er das Bedürfnis empfand, dies unter Beweis zu stellen, stand auf einem ganz anderen Blatt.

Und er musste ja nicht alles glauben, was das Schiff ihm so erzählte.

»Ich habe da draußen ein Schiff, abgestürzt, mit einer Ladung«, erklärte er dann. »Ich weiß nicht …«

»Bitte gib mir ein Volumenmaß.«

Kerr kannte die Zahl natürlich auswendig. Er konnte sogar exakte Daten aus dem Speicher des Transporters anbieten.

»Ich bin in der Lage, meine Hülle zu expandieren und meine materielle Erscheinungsform flexibel zu konfigurieren. Wenn die Ladung zugänglich ist, können wir sie aufnehmen und bergen.«

»Das Wrack ist mittlerweile zusammengebrochen«, erklärte Kerr. »Besitzt du Werkzeuge?«

»Ah. Ich verstehe.«

Die seltsame Antwort veranlasste Kerr zu schweigen, ebenso das plötzliche Farbenspiel, das über die Hülle der Aume flackerte. Er zuckte etwas zusammen, als sich in der glatten Außenhaut eine Wölbung bildete, wie eine Beule, und langsam anwuchs. Fasziniert beobachtete er, wie die Beule immer größer wurde und weitere Ausbuchtungen bildete, die binnen kurzer Zeit einem plumpen, humanoiden Körper zu ähneln schienen. Der Prozess endete da nicht. Der Körper wuchs an, bis er ungefähr Kerrs Größe erreicht hatte, und dann begann er Feinheiten zu entwickeln, vollständige Proportionen. Zu seinem Erstaunen sah er, wie sich vor ihm, nur noch mit einem dünnen Faden Schiffsmaterie mit der Hülle verbunden, eine Gestalt ausbildete, eine weibliche – die ausladenden Hüften, eine beachtliche, angenehm geformte Oberweite, Kaskaden von haarähnlichen Filamenten, die sich aus dem Schädel lösten und ihn entlangfielen, dann ein Gesicht, mit einer eleganten Nase, vollen Lippen und zwei Augen, denen aber Pupillen fehlten. Als die Gestalt fertig war, kam Kerr nicht umhin, anerkennend zu nicken. Die Frau vor ihm, ein Avatar nur, ein Abbild, eine Puppe des Schiffes, gänzlich unbekleidet, aber mit einer Haut von gleicher Farbe wie die Hülle, war der KI gut gelungen. Woher genau sie die Informationen über die Anatomie weiblicher Menschen hatte, wollte er lieber nicht fragen. Die Fähigkeiten der Aume potenzierten sich mit jeder Erinnerung, jedem neu und wieder funktionierenden Element. Und sie hatte ihn als Quelle, als willentliche wie auch möglicherweise als unbewusste.

Die Demonstration war eindeutig. Ja, das Schiff verfügte über Werkzeuge, und zwar über jedes, das es benötigte.

Dann brach der dünne Faden, der die Frau mit dem Schiff verband. Doch damit erstarrte die Figur nicht. Stattdessen machte sie einen Schritt nach vorne, ergriff Kerrs behandschuhte Rechte. Die Drucksensoren übermittelten die Berührung. Zu seiner Überraschung musste der Pilot feststellen, dass die Hülle der Frau weich wie die Haut eines echten

Lebewesens seiner Spezies war, und die plötzlich in seinem Kopf aufsteigenden Fantasien waren ihm sofort so peinlich – und abstrus –, dass er sie bewusst unterdrückte.

»Ich bin eine autonome Entsprechung der Schiffsintelligenz«, sagte die Frau mit einer samtweichen Stimme, die das Herz des Piloten noch mehr zum Schmelzen brachte als die sinnlich fremdartige Ausstrahlung ihres gerade geschaffenen Körpers. »Nenne mich Aume.«

»Ich ... äh ... angenehm«, brachte Kerr hervor, albern, verlegen, unzureichend, ein wenig würdelos. Als ob er sich erst noch vorstellen und Small Talk halten müsse. Aume war das Schiff und er ahnte, dass dieses mehr über ihn wusste, als er wahrhaben wollte. Es hatte seine Traumfrau geschaffen, jeden Knopf in seinem Herzen gedrückt, und obgleich er sich dafür hasste, wie er zum plötzlichen Sklaven seiner Sehnsüchte und Hoffnungen zu werden drohte, ein hormongesteuertes Stück organischer Mittelmäßigkeit, konnte er doch im ersten Moment nichts dagegen tun. Er war schon ein wenig erbärmlich. Das machte ihn traurig.

Aume schien das nicht zu stören.

Das machte es natürlich noch schlimmer.

»Ich bin stark«, erklärte Aume. »Ich werde die Ladung bergen können.«

»Das ist gut ... sehr gut.«

»Ich schulde es dir. Tatsächlich möchte ich, dass wir unsere Beziehung vertiefen.«

Kerr war dankbar, dass die Sichtblende des Helms sein Gesicht einigermaßen verbarg. Wenn die KI auch nur ansatzweise zu interpretieren in der Lage wäre, was in seiner Mimik derzeit vorging, hätte sie diesen Wunsch nicht so leichtfertig formuliert. Er atmete tief durch, ermahnte sich ob seiner mangelnden Selbstkontrolle und sprach: »Woran hast du gedacht?«

»Dies ist eine fremde Zeit und eine fremde Welt. Ich benötige einen Lotsen. Willst du mein Lotse sein?«

»Dein Lotse wohin?«

»Das weiß ich noch nicht.«

»Es wäre ziemlich leichtsinnig, dir eine pauschale Zusicherung zu geben, oder? Ich meine, wenn du dich plötzlich daran erinnerst, dass du hier bist, um Zerstörung und Chaos zu verbreiten, dann hätte ich schon meine Probleme, dir zu helfen. Das Imperium hat es schwer genug im Krieg gegen die Kalten, da bedarf es keiner zweiten Bedrohung.«

Aume schaute ihn aus pupillenlosen Augen an und schwieg länger, als er erwartet hatte. Zeit, den Blick über ihre perfekten, sanft nach unten geschwungenen Brüste streifen zu lassen. Das Konstrukt simulierte sogar Atemzüge, wie er an den Bewegungen des Brustkorbs erkennen konnte. Tiefe Atemzüge. Verwirrend tiefe, verstörend eindringliche Atemzüge. Kerr zwang sich, nach oben zu sehen, in die Augen.

»Die Kalten?«, echote sie.

»Ja, wir … nun, ich glaube, wenn du tatsächlich in meinen Kopf gucken kannst, dann wirst du schnell herausfinden …«

»Ich tu es nicht wieder«, sagte Aume schnell. »Ich verarbeite nur die Daten, die du mir freiwillig gibst. Sobald ich frei bin, muss ich ohnehin die Datenspeicher deines Fahrzeuges auslesen. Ich muss wissen, wo genau ich bin, und mich orientieren. Doch ich möchte es nicht ohne deine Erlaubnis tun.«

Kerr machte eine Handbewegung. »Tu es. Aber erwähne es Dritten gegenüber nicht. Ich möchte keine Schwierigkeiten bekommen.«

»Dann komm an Bord.«

Aume machte eine einladende Bewegung, drehte ihren Körper leicht zur Seite, was die Silhouette noch einmal besonders betonte. Ihre Brüste zitterten leicht, als sie sich bewegte. Kerr zwang sich, etwas zu sagen, was er gar nicht sagen wollte.

»Aume, kannst du dir bitte etwas anziehen?«

Sie sah ihn an und ihr Ausdruck schien auf leichte Verwirrung hinzudeuten.

»Mein Anblick ist verstörend und unangenehm? Ich kann Modifikationen vornehmen.«

Für einen Moment hatte Kerr die Illusion, dass die KI eine Spur beleidigt klang. Es musste sich aber um Einbildung handeln.

»Nein«, beeilte er sich trotzdem zu sagen. »Nicht unangenehm … ablenkend. Wir biologische Wesen sind leider oft Sklaven … gewisser …«

»Es war durchaus meine Absicht, deine Instinkte zu stimulieren«, erklärte Aume. Über ihren Körper liefen Wellen, dann war sie in einen Overall gekleidet, der sich farblich von ihrer irisierenden Haut abhob. »Ich bin eine KI, aber ich bin mehr als eine rationale Existenz. Mir wurde die Fähigkeit zur umfassenden Simulation aller emotionalen Zustände gegeben. Meine Erschaffer waren keine Anhänger blinder Rationalität.«

»Deine Erschaffer?«

Aumes Gesicht wirkte betrübt. »Ich suche noch nach allen Daten.« Sie wiederholte die einladende Bewegung. »Ich lade dich ein. Hast du Furcht?«

Kerr forschte in sich nach. Verlangen war da, eine sehr atavistische Regung. Neugierde. Die Gewissheit, auf dieser Welt sterben zu müssen, wenn er Aumes Angebot nicht annahm. Und ein wenig Fatalismus. Hoffnung, doch noch seine Lieferung machen und ein wohlhabender Mann werden zu können. Gespannte Erwartung. Nein, Angst war da nicht, nur etwas Vorsicht.

»Nein. Ich folge dir«, sagte er also.

Sie wandte sich ab, ging vor ihm auf das Schiff zu. Overall oder nicht, er fixierte die sanften Schwingungen ihres Hinterteils mit einer Intensität, die ihn daran erinnerte, wie primitiv er doch am Ende handelte und fühlte.

Dennoch sah er diesmal nicht weg. Es hatte ja ohnehin keinen Sinn.

Progress 23

»Wir sind in das System eingetreten«, meldete der Zweite Offizier mit etwas Anspannung in der Stimme. Das große Rund der Zentrale war erfüllt von professioneller Betriebsamkeit. Zwölf Männer und Frauen saßen an den halbkreisförmigen Konsolen, die im Raum verteilt waren. Captain Ildiz hockte auf einer Art Empore, der schwere Sessel des Schiffskommandanten vollständig schwenkbar. Sie hatte keine Konsole vor sich, nur Projektionen, die sanft schimmernd vor ihr in der Luft schwebten. Der Zweite Offizier saß in einem ähnlichen Sessel neben ihr, in ähnliche Darstellungen vertieft. Thasri hockte in einem Notsitz an der Wand, hatte einen eigenen Projektor und bekam einen umfassenden Datenfeed, den sie auf das Wichtigste reduzierte. Es hatte ein wenig gedauert, bis man ihr diese Privilegien zugesprochen hatte. Doch sie war beharrlich gewesen. Wenn man sie schon aus der Beschaulichkeit ihres Ruhestandes riss, dann sollte man sie zumindest nicht verarschen.

Die Haraldus Vindicator war ein schnelles Schiff, in der Tat. Sie war mit einer bemerkenswerten Geschwindigkeit am Ziel angelangt und ja, Thasri hatte die leisen Klagen des Chefingenieurs mitbekommen, die irgendwann zu vorsichtigen Warnungen eskaliert waren. Doch Ildiz hatte ihre Befehle, und sosehr es sie auch schmerzen mochte, ihr wunderbares Schiff bis an den Rand der Selbstzerstörung anzutreiben, kannte sie doch ihre Pflicht. Die Welle der Erleichterung, die am Ende der Hyperraumetappe aus dem Maschinenraum das Schiff durchzog, war beinahe körperlich spürbar gewesen. Dort war man bereits jetzt damit beschäftigt zu retten, was zu retten war. Thasri kannte Ingenieure. Sie übertrieben gerne. Die Vindicator würde auch weiterhin fliegen, und das auch schnell, wenn es sich als notwendig erweisen würde.

»Aktive und passive Ortung. Wir schalten den gesamten Weihnachtsbaum ein«, befahl Ildiz. »Fernsonden absetzen. Ich will alles über jeden Himmelskörper in diesem System wissen, und das bis gestern. Energieemissionen?«

»Bisher negativ«, kam die Antwort von der Scannerkonsole, hinter der zwei sehr aufmerksame Spezialisten saßen. »Fernsonden abgesetzt. Weihnachtsbaum eingeschaltet.«

Der Kreuzer war mit dem Besten ausgerüstet, was die Technologie des Imperiums anzubieten hatte, und die Darstellungen vor Thasris Auge flammten auf, als die Ortungsergebnisse eintrafen. Es gab nicht nur lichtschnelle Signale, sondern auch die eines Tachyonenscanners, der neuesten Entwicklung der Kriegsschmieden des Imperiums. Er vermochte, überlichtschnelle Radarimpulse auszusenden, und er identifizierte Schwankungen im Magnet- und Schwerkraftfeld eines Systems, vor allem Bewegungen darin. Wenn sich etwas mit eigenem Antrieb auf den Weg machte, wurde es sogleich ausgemacht. Das war wichtig für die großen Kältekollapsare, mit denen die Kalten unterwegs waren, gigantische, sternförmige Ungetüme, deren Antriebskraft nicht zu orten war, die keine Emissionen ausstrahlten und die sich im Orbit einer Zielwelt in ihre Einzelteile zerlegten, um ihr unheilvolles Tun an der Oberfläche zu beginnen. Kältekollapsare entdeckte man entweder visuell oder durch die Tachyonenscanner, ansonsten blieben sie für die klassischen Ortungseinrichtungen unsichtbar.

»Negativ, negativ«, hörte sie die Stimme der Spezialisten. »Tachyonenscan negativ.«

Ildiz fuhr sich mit der Hand über den Kopf. »Gut. Oder auch nicht. Wenn da etwas ist, was wir nicht sehen können, wäre das sehr, sehr unangenehm. Kurs auf die Zielwelt. Halber Schub, wir lassen uns ein wenig Zeit.«

Sie warf einen prüfenden Blick auf Thasri, als erwarte sie einen Protest. Doch diese schwieg. Das Schiff gehörte Ildiz.

Der Pilot bestätigte den Befehl leise, kaum hörbar. Auf Thasris Schirm erschien sofort ein Kurs und eine Extrapolation. Die VINDICATOR war senkrecht zur Ekliptik in das System eingetreten, von hier aus war der Planet relativ direkt und leicht zu erreichen. Flugzeit: geschätzte 48 Stunden.

Eine lange Zeit. Nach einer guten Stunde machte das Starren auf die Schirme keinen Spaß mehr. Es tat sich nichts: keine Bewegungen im System, keine Energieemissionen, keine relevanten Daten von den Sonden, niemand, der sie angriff. Die VINDICATOR zog ihre Bahn, völlig unbehelligt, und die Teams im Maschinenraum arbeiteten an den notwendigen Reparaturen nach dem Gewaltflug, der sie hierhergebracht hatte. Es war beruhigend zu erfahren, dass der Hyperantrieb einsatzbereit war und sie jederzeit von hier forttragen konnte, doch es gab keinen Grund für eine Flucht.

Thasri ging essen, sie ging schlafen, fand wenig Ruhe, wälzte sich in der Koje hin und her. Sie duschte sich mehrmals, heiß und kalt, nahm schließlich ein leichtes Beruhigungsmittel, schlief ein und träumte, ohne sich nach dem Erwachen genau daran erinnern zu können – außer dass es entsetzliche Albträume gewesen waren und sie schweißgebadet in ihren Laken wach wurde, die Hände in die dünne Matratze gekrallt. Beunruhigt über ihre emotionale Reaktion sah sie auf die Uhr. Sechs Stunden Schlaf, neun Stunden Abwesenheit von der Brücke – vielleicht gab es Neuigkeiten. Ihre Hoffnung war nicht groß, denn wenn etwas wirklich Wichtiges passiert wäre, hätte man sie geweckt. Dennoch erhob sie sich, machte sich fertig, aß eine Kleinigkeit – der Albtraum war ihr aber auf den Magen geschlagen, sie brachte kaum etwas herunter.

Als sie die Brücke betrat, fand sie Ildiz genauso vor, wie sie diese verlassen hatte, und diese sah auch genauso makellos und dienstbereit aus. Thasri wusste nicht, ob Ildiz mittlerweile geschlafen hatte – sie vermutete es aber – und war ein wenig neidisch auf die Soldatin, der es offenbar gelang, in jeder Stimmungslage das perfekte Abbild einer imperialen Offizierin zu geben. Thasri musste nicht in den Spiegel gucken, um zu wissen, dass sie arg zerknittert aussah.

Ildiz nickte Thasri zu.

»Gibt es neue Informationen?«, fragte die Agentin, betrat die Empore und stellte sich neben den ausladenden Kommandosessel, der von zahlreichen Projektionen umgeben war, die das gefasste Antlitz der Kommandantin in ein buntes, flackerndes Licht tauchten.

»Nichts. Keine Ortung, keine Auffälligkeiten. Sie können noch ein wenig schlafen, Sie sehen aus, als könnten Sie es gebrauchen.«

»Ich habe es versucht und war mit dem Ergebnis nicht sehr zufrieden.«

Ildiz gestattete sich ein schwaches Lächeln. »Ich dachte, ihr Agenten hättet Nerven aus Stahl.«

»Vielleicht hatte ich die mal. Über viele Jahre habe ich danach versucht, mir die Psychosen und Bequemlichkeiten einer Universitätsprofessorin anzueignen. Ich bin dabei erfolgreicher gewesen, als ich es für möglich gehalten hätte.«

Ildiz lachte leise. »Setzen Sie sich, wenn Sie wollen. Der Notsitz lässt sich sogar nach hinten klappen. Es geht gemütlicher, aber vielleicht beruhigt die Nähe am Geschehen Ihre Nerven so weit, dass Sie etwas Ruhe finden.«

Angenehm berührt von der Anteilnahme der Kommandantin, nahm Thasri wieder Platz.

Sie musste tatsächlich eingenickt sein, denn als sie erwachte, war Betriebsamkeit in der Zentrale ausgebrochen und diese hatte sie wahrscheinlich auch geweckt. Aus etwas verklebten Augen beobachtete sie, wie Ildiz mit einem Offizier konferierte, und als sie sich aufrichtete, fiel ihr Blick auf das Chronometer. Drei Stunden waren vergangen und ihr Rücken tat weh, denn der Notsitz hatte sich als absolut ungeeignet für eine entspannte Ruhe erwiesen.

»Was gibt es?«, sagte sie etwas schwerfällig, als sie sich aufrichtete und mit der flachen Hand über das Gesicht fuhr, um sich etwas Wachheit einzumassieren.

Ildiz winkte sie heran.

»Die Fernsonden haben im Orbit etwas gefunden.«

»Den Militärfrachter?« Thasri war jetzt hellwach.

»Wir sind uns nicht sicher.«

»Zeigen Sie mir die Daten.«

Ildiz wies auf eine Projektion, die Thasri mit leicht zusammengekniffenen Augen musterte. Erst mühte sie sich etwas, die Daten zu interpretieren, dann runzelte sie die Stirn.

»Staub?«

»Staub. Eine Wolke, sehr dünn, schon fast so ausgedünnt, dass wir sie nicht bemerkt hätten, wenn wir nicht die besten Ortungsanlagen in unserer Fernsonde hätten, die das Imperium bauen kann.« Ildiz sagte es mit Stolz in der Stimme und dieser war berechtigt. Die Vindicator gehörte zum Besten des Besten, sie war eine Krönung der technologischen Entwicklung.

»Die Zusammensetzung der Elemente …«, murmelte Thasri, als sie erneut die Daten studierte. Dann fuhr sie hoch, als eine plötzliche Erkenntnis jeden Rest von Trägheit aus ihren Bewegungen vertrieb.

»Das *ist* der Militärfrachter«, sagte sie tonlos.

Ildiz nickte. Sie war offenbar zum gleichen Schluss gekommen.

»Was von ihm übrig blieb. Die Fernsonde hat den Orbit vermessen, soweit es ging. Die Gesamtmasse des Staubs entspricht in etwa 65 Prozent der Masse des Frachters. Wenn wir einmal annehmen, dass der Rest in die obere Atmosphäre diffundiert ist oder in Energie umgewandelt wurde, etwa infolge eines Angriffs, dann ist das wirklich alles, was vom Frachter noch existiert – und seiner Besatzung.«

Ildiz wies auf eine spezielle Datenreihe. Die ausgelesenen Moleküle waren organischer Natur. Thasri empfand eine plötzliche Beklemmung.

»Was ist passiert?«, fragte sie leise.

»Sie meinen: Was kann ein gut geschütztes, modernes Kriegsschiff der imperialen Flotte auf so umfassende Weise vernichten? Ich weiß es nicht. Ein Kollapsar wäre dazu in der Lage, aber wenn, dann ist er glücklicherweise wieder abgeflogen. Ansonsten? In Raumgefechten gibt es immer Trümmer. Selbst wenn ein Reaktor hochgeht oder ein sehr großer thermonuklearer Sprengkopf ein vergleichsweise kleines Schiff trifft – es bleibt mehr als Staub, sehr regelmäßiger Staub, ohne jede Variation, ohne auch nur kleine, signifikante Trümmerteile. Das Schiff wurde im wahrsten Sinne des Wortes vaporisiert. Ich befürchte, die Kalten waren schon hier. Und es kann gut sein, dass sie zurückkommen, möglicherweise mit Verstärkung.«

Thasri nickte, fühlte sich immer noch beklommen. Sie gab es nicht gerne zu, aber sie empfand nun etwas Angst.

»Was bedeutet das für uns?«

Ildiz lächelte freudlos. »Dass wir verdammt aufpassen müssen.«

Thasri empfand spontane Verwunderung. Die Kommandantin musste wissen, auf was sie sich da einließ. Sie änderte weder den Kurs noch ihre Absicht, ihre Befehle auszuführen. Sie erfüllte ihre Pflicht. Thasri war früher auch einmal so gewesen, hatte ebenso gedacht. Es hatte ihrem Leben Orientierung und Sinn gegeben, bis sie gemerkt hatte, was für sinnlose Dinge ihr zu tun aufgetragen wurden – und welche Verletzungen sie damit links und rechts zurückließ.

Aber dennoch. Es war wohl etwas anderes, ein Schiff wie die HARALDUS VINDICATOR zu kommandieren, als in Undercover-Einsätzen imperiale Bürger in Gefahr zu bringen, die mit alledem nichts zu tun hatten und nur ein friedliches Leben haben wollten. Die Männer und Frauen der VINDICATOR waren Soldaten und sie nahmen das Geld des Imperators, seinen Schutz für ihre Familien und das Prestige ihrer Karrieren im Austausch für das Versprechen, für den Imperator zu sterben, wenn es sich als unumgänglich oder notwendig erweisen würde.

Ildiz war offenbar bereit, ihren Teil des Handels einzuhalten.

Thasri eigentlich nicht. Aber für sie hieß es nun: mitgefangen, mitgehangen. Und ein wenig spürte sie die Aufregung in sich, die sie in jüngeren Jahren empfunden hatte, die Vorfreude auf das Unwägbare, das Unbekannte. Es war ihr eine Erinnerung an eine spannende, eine aufregende – und an eine wunderbar gedankenlose – Zeit.

Sie schüttelte sacht den Kopf, als sie sich wieder auf ihren Notsitz hockte. Ein Kadett brachte ein Tablett mit Kaffee und Sandwiches. Sie bediente sich und stellte mit Erstaunen fest, welchen Appetit sie plötzlich zu entwickeln in der Lage war.

Nachdem sie ihr zweites Sandwich verspeist hatte, fühlte sie sich bereit für alles.

Sie lächelte zu sich selbst, schüttelte den Kopf.

Das war lächerlich, aber Flottenkaffee hatte diese Wirkung.

Progress 24

Als Ildaya den Liner verließ, war es kurz vor Sonnenaufgang auf Stratum und es war kühl für diese Welt, so hatte sie gehört. Für sie war es heiß und sie war müde. Andere Reisende, jene mit mehr Geld, hatten in der zweiten und ersten Klasse weitaus angenehmere Tage zugebracht. Ildaya aber war, wie die meisten Passagiere, in engen Vierbettkabinen gereist. Dort hatte es gestunken, immer Streit gegeben und die Laune war allgemein schlecht gewesen. Wer von einer Welt wie der ihren nach Canopus reiste, hatte zu Hause alle Hoffnung fahren lassen und ging einer ungewissen Zukunft entgegen. Die meisten hatten Angst, die Taschen waren leer und sie hatten, wenn überhaupt, nur die vage Aussicht, bei Verwandten oder Freunden unterzukommen, oder eben auch nicht. Manche waren Betrügern aufgesessen, die ihnen mit Versprechungen all ihr Hab und Gut genommen und sie nur mit einem Ticket und viel Hoffnung in das Raumschiff gesetzt hatten. Allen war im Verlauf des Fluges gedämmert, dass sich ihre goldene Zukunft nicht würde verwirklichen lassen können. Ildaya hatte es da besser: Sie war mit Kontaktadressen, einer ersten Unterkunft und Bargeld ausgerüstet worden, sodass weder Obdachlosigkeit noch Hunger drohte. Doch sie spielte die Rolle der verzweifelten Migrantin sehr überzeugend.

Die Einreiseformalitäten waren relativ schnell erledigt, zumindest für sie. Andere, die keine Unterkunft vorweisen konnten und keinerlei Bargeld in der Tasche hatten, wurden aufgehalten. Es gab viel Migration im Imperium und theoretisch herrschte natürlich für alle Bürger die Freizügigkeit. Praktisch hatten Planetengouverneure Beschränkungen eingerichtet, die verhindern sollten, dass die Armen auf die reichen Welten strömten und hier die Situation unerträglich machten. All dies, das wusste Ildaya, wäre nicht passiert, wenn die Kalten nicht angegriffen hätten. All das Geld, das das Imperium für die eigene ökonomische Entwicklung hätte investieren sollen, floss in den Krieg. Planeten, die kriegswichtige Güter produzierten, blühten auf. Solche, die nicht viel dazu beitrugen, die Militärmaschinerie am Leben zu erhalten, litten. So wie ihre eigene Heimat. Ein Grund mehr, sich aus dem Verbund des Imperiums zu lösen, die Okkupatoren zu vertreiben und den eigenen Weg weiter zu gehen, der einst durch die Expansion des Imperators so empfindlich und nachhaltig unterbrochen worden war. Ja, die Kalten waren der Auslöser der aktuellen Krise, die Umstellung auf eine Kriegswirtschaft betraf viele Bevölkerungsschichten. Aber ohne das Imperium ... wäre alles nicht passiert, das war zumindest ihre Überzeugung.

Ildaya bestieg die Röhrenbahn, die sie vom Raumhafen aus nach Stratum führen würde. Alles hier war neu und ungewohnt für sie. Es war ihr bewusst, dass sie auf dieser alten Welt ein naives Landei war, das mit offenem Mund auf die Wunder starrte, die sich ihr darboten. Raste die Bahn oberirdisch dahin, konnte sie einen Blick auf die Wohntürme und Fabrikationsanlagen werfen und beides stellte alles in den Schatten, was sie von ihrer Heimatwelt kannte. Sie war vernünftig genug, um den Entwicklungsunterschied zu bemerken und damit den langen Weg, der ihrer Welt noch bevorstand, egal ob nun unabhängig oder nicht. Sie bekam eine Ahnung von der tatsächlichen Macht ihres Feindes. Und sie war beeindruckt.

Als sie die Station verließ, gestattete sie sich den Luxus eines Taxis, denn das unendliche Durcheinander der verschiedenen Wohnebenen des Turmkonglomerats, in dem sie angekommen war, verwirrte sie sehr. Sie sollte sich in einer Wohnung melden, nicht ihrer Unterkunft, sondern der Behausung ihres Kontaktes. Etwas eingeschüchtert gab sie dem Taxi die Adresse und die Maschine blinkte eine Bestätigung, nachdem sie notwendigen Credits eingeworfen hatte. Sie stellte nach kurzem Flug fest, dass das Taxi sie in eine Art Ghetto brachte, in ein Viertel, in dem alle jene hausten, die es nicht zu etwas gebracht hatten – oder zu nur so wenig, dass es gerade für das Existenzminimum reichte. Alles wirkte schäbig und heruntergekommen. Das Taxi setzte sie auf einer Landeplattform ab, bei der sie Angst bekam, sie würde unter dem Gewicht des Gleiters zusammenbrechen, so sehr ächzten die

Stahlstreben mit der abgeblätterten Farbe und den deutlich sichtbaren Roststellen.

Es war eine schlimme Gegend, doch die Adresse stimmte. Hier würde sie nicht auffallen.

Sie betrat ein Wohnhaus, das im Schatten eines der großen Türme auf dem Boden stand, und wie alles hier unten war dies der Ort, von dem aus es nicht mehr schlechter werden konnte. Es stank und es war dreckig, Schimmel wucherte an den Wänden. Kinder verschiedener Spezies spielten auf dem fleckigen Plastikfußboden mit billigem Spielzeug, und als sie den Gang im zweiten Stock betrat, trafen sie altersweise Blicke aus dem Gesicht von Fünf- oder Sechsjährigen, darunter genug ihres eigenen Volkes. Es waren nicht die neugierigen, verspielten Mienen von Kindern, es war ein lauernder Blick, abschätzend, der von einer Gefahr oder der Aussicht auf Beute ausging, ehe die Fakten eine andere Sprache sprachen. Es waren Kinder, die die Gewalt kannten und wussten, dass der Tod hinter jeder Ecke lauerte, und die ahnten, dass niemand sie beschützen würde. Es waren alte Kinder, viel zu alt, und Ildaya fühlte die plötzliche Beklemmung in sich, als sie den Blicken dieser schmalen Gesichter ausgesetzt war.

Sie lächelte. Niemand erwiderte die Geste. Sie blieb stumm im Zentrum kollektiver Aufmerksamkeit. Langsam und ohne jede Bedrohung spazierte Ildaya an ihnen vorbei, fühlte ihr Starren auf ihrem Rücken, erreichte die Tür und klopfte laut.

»Wer ist da?«, fragte eine dumpfe Stimme.

»Tara. Ich komme, wie gerufen. Skodan schickt mich«, erwiderte sie mit dem vereinbarten Kennwort.

Die Tür öffnete sich einen Spaltbreit. Jemand schaute sie an, prüfend.

»Tara?«

»So ist es?«

»Mit dem Flug heute Morgen?«

»Wie angekündigt.«

Die Tür öffnete sich und gab den Blick auf das Innere des Apartments frei. Der Mann ließ sie eintreten und verschloss den Zugang hinter ihr. Sie hörte das Zuschnappen zweier elektrischer Riegel.

Das Apartment war sauber und ordentlich, ein starker Kontrast zur Umgebung. Der Mann war ein Artgenosse, älter, aber kräftig gebaut, mit dem Habitus eines Arbeiters, der Anstrengungen gewohnt war. Er musterte sie abschätzend, als könne er nicht glauben, dass der Widerstand jemanden wie sie mit einer solchen Aufgabe betraut habe. Sie war das gewohnt und blieb gelassen.

»Wir haben nicht viel Zeit«, sagte er. »Meinen Namen musst du nicht kennen. Hier.«

Er nahm eine schmale Kunstledertasche vom Tisch. Sie öffnete sie und fand, was sie erwartet hatte: Ausweispapiere mit ihrem Konterfei, eine Kreditkarte der Imperialen Volksbank, wo jeder sein Konto hatte, der über nur wenig Geld verfügte, ein elektronischer Schlüssel für eine Tür, eine Adresse, wo sie diese Tür finden würde, ohne Zweifel in einem Apartmentblock wie diesem. Natürlich war es eine ganz andere Anschrift als jene, die sie bei der Einreise angegeben hatte. Es war ratsam, nie irgendwelche Spuren zu hinterlassen.

»Du wirst kontaktiert und in eine Zelle aufgenommen«, sagte der Mann. »Wir expandieren und bilden gerade neue Strukturen. Alles etwas chaotisch. Du wirst etwas warten müssen. Gewöhne dich ein, halte dich zurück. Du bist eine etwas ängstliche und überwältigte Einwanderin, also verhalte dich auch so. Wir haben eine große Aktion vor und der Chef will, dass du die wichtigste Rolle spielst. Sei bereit.«

»Ich brauche einen Job.«

»Den hast du.« Der Mann produzierte eine zweite Adresse. »Über eine Vermittlungsagentur. Die Qualifikationen, die du angegeben hast, sind echt, oder?«

Ildaya nickte. In einem früheren Leben hatte sie als zertifizierte Buchhalterin gearbeitet, ehe sie sich ganz dem revolutionären Kampf verschrieben hatte. Das war das Gute am Imperium, wie sie widerwillig zugab: Das Zertifikat war überall das gleiche und wurde universal anerkannt.

»Melde dich beim Chef. Ein Mensch, er heißt Plastikk. Kein Dummkopf. Aber auch ganz sicher kein Sympathisant. Ein Gauner, der mit und im System arbeitet. Morgen früh, Tara. Sei pünktlich.«

Der Arbeitsplatz war auf einem Schrottgelände außerhalb der Stadt. Sie würde früh aufstehen müssen, um dorthin zu gelangen. Doch es war eine gute Tarnung. Schlecht bezahlte Arbeit an einem unangenehmen Ort, weitab der Stadt. Exakt das, was eine arme, verzweifelte Zuwanderin aus der Provinz hier vom Leben erwarten konnte.

»Was gibt es sonst noch?«, fragte sie. »Welche Aktionen sind geplant?«

Der Mann lächelte und winkte ab. »Eines nach dem anderen. Wir sind hier im Aufbau begriffen, Tara. Du hast eine große Empfehlung bekommen, du bist mutig und zu allem bereit. Wir bereiten alles vor. Ich weiß keine Details, aber ich denke mal, wir kümmern uns um das Manufaktorium, es ist die zentrale militärisch-industrielle Anlage auf Stratum, der größte Arbeitgeber, der wichtigste Lieferant von Militärmaterial im ganzen Sektor. Dort müssen wir ansetzen. Ich arbeite dort, wie einige andere, und wir rekrutieren noch mehr. Es wird nicht lange dauern, aber fürs Erste musst du deine Ungeduld zügeln. Wir dürfen keine Fehler machen. Der imperiale Abwehrdienst hat diese Welt gerade aufgrund ihrer Bedeutung gut im Auge. Halte dich bedeckt. Sei fleißig und unauffällig. Tu, was dir gesagt wird, und warte.«

Ildaya kannte diese Vorgehensweise, sie war auf ihrer Heimatwelt nicht viel anders gewesen.

Das Gespräch fand sein Ende. Ihr Kontakt war nicht zu weiteren Auskünften bereit, und wenn sie sich zu lange hier aufhielt, würde sich jemand möglicherweise an sie erinnern. Keine Spuren.

Als sie die Wohnung verließ, spürte sie Vorfreude und Ungeduld. Ein so großes Ziel? Eine solch herausragende Aktion? Es würde eine Ehre sein, daran teilzunehmen, und eine Verpflichtung zugleich. Wenn von Stratum ein Fanal für die unterdrückten Völker des Imperiums ausging, das in der Lage war, das Feuer der Revolution in ihre Herzen zu pflanzen, dann lohnte es sich, dafür alles zu riskieren, jede Mühe auf sich zu nehmen – und jede notwendige Umsicht walten zu lassen, vor allem in der Vorbereitung.

Sie würde eine sehr brave Tara sein. So hieß sie auch laut ihrer neuen Identitätspapiere. Eine brave, fleißige Arbeiterin, mit kleinen Hoffnungen für ein kleines Leben. Niemand, der größerer Aufmerksamkeit bedurfte, und niemand, der aus der Masse herausragte.

Bis zu jenem Tag, an dem alle wissen würden, dass das Kollektiv entschlossener Revolutionäre und Freiheitskämpfer begonnen hatte, das Imperium in seinen Grundfesten zu erschüttern.

Was für ein wunderbarer, was für ein glorreicher Tag würde das werden!

Doch jetzt zog sie sich erst einmal in ihr kleines Loch zurück.

Progress 25

Vocis hatte Stratum vor vielen Monaten zuletzt besucht, nicht mehr als eine Durchgangsstelle vor ihrem letzten, recht verhängnisvollen Einsatz. Es war die letzte Welt gewesen, auf der ihre Kompanie noch vollständig gewesen war, und sie hatten zwei Tage Landurlaub bekommen, an die sie sich nur noch undeutlich erinnern konnte. Ob es ihr mangelndes Erinnerungsvermögen war oder die Tatsache, dass diese Erinnerung schmerzhaft war, da sie Personen umfasste, die allesamt tot waren, war ihr nicht klar. Es konnte auch etwas mit den Mengen an Alkohol zu tun gehabt haben, die sie damals verkonsumiert hatte.

Sie hatten alle gesoffen, als gäbe es kein Morgen, und für alle außer ihr selbst hatte das auch zugetroffen.

Dennoch löste die Rückkehr hierher das aus, was sie zu lange aufgeschoben hatte: Sie schrieb Briefe an die Verwandten und Freunde der Gefallenen, soweit diese in den Todesverfügungen der Toten erwähnt waren. Sie hatte jeden der toten Männer und Frauen gut gekannt und sie hatte nicht jeden gleichermaßen geschätzt. Es waren Psychopathen darunter gewesen, Soldaten mit sehr fragwürdigen Charakterzügen, manche von stiller Grausamkeit, die sie nur schwer unter Kontrolle hielten. Einige waren persönlich unsympathisch gewesen, Ekel, unhöflich, vielleicht auch unnötig gemein. Aber alle waren sie pflichtbewusst gewesen und alle hatten sie getan, was zu tun war, und das war das Beste, was Sergeant Vocis über einen Kameraden zu sagen wusste. Also setzte sie sich hin, in ihrem Einzelzimmer im Kurheim der Flotte, in dem sie Unterkunft bezogen hatte, und schrieb. Auch der psychologische Betreuer hatte es ihr geraten, ohne sie dazu zu drängen. Es ging aber letztlich nicht um ihr Wollen, es war ihre verdammte Pflicht.

Erst hatte sie Angst gehabt, welche Gefühle dadurch aufbrechen würden, aber dann hatte sie es als Katharsis wahrgenommen. Ihre anfangs etwas ungelenken, trockenen Worte waren allmählich lebendiger geworden, herzlicher, und die Briefe hatten eine starke individuelle Note bekommen, hatten an persönliche Merkmale und Eigenschaften erinnert, an die positiven Dinge, an alles Gute, an das sie sich erinnerte.

Mehr Gutes, als ihr bewusst gewesen war. Manchmal musste sie innehalten und etwas weinen, ganz still, beinahe reglos. Sie ließ es hinausfließen und dann ging es ihr besser und sie setzte das Schreiben fort. Drei Tage verbrachte sie damit und es waren gute Tage, trotz all der schmerzlichen Erinnerungen, die dabei in ihr aufstiegen. Sie fand natürlich immer genug Zeit, um sich mit Yela zu treffen, die in einem Waisenheim untergebracht worden war, in das sie sich bemerkenswert gut einlebte. Sie war ein Kind des Krieges und das Imperium achtete darauf, dass Kriegswaisen gut versorgt wurden, allein schon aus Gründen der Kriegsmoral. Vocis wurde als Patin akzeptiert, ohne dass dafür ein allzu langer bürokratischer Prozess notwendig war. Die Tatsache, dass die psychologischen Gutachten, die über sie erstellt wurden, durchweg zu positiven Ergebnissen kamen, hatte sicher geholfen.

Vocis würde gewisse Bilder nie mehr loswerden, würde Gesichter in der Erinnerung behalten und es würde Albträume geben, immer mal wieder.

Aber nicht jede Nacht.

So war sie nicht. Sie konnte vergessen – oder vielmehr: sich auf die wichtigen Dinge konzentrieren. Das Wichtige und Unmittelbare war nun ihr Aufenthalt auf Stratum, ihre Sorge um Yela, für die sie sehr mütterliche Gefühle entwickelt hatte, und die Frage, was danach, wenn ihre Rekonvaleszenz vorbei war, mit ihr und dem Mädchen geschehen sollte. Für Vocis war klar, dass es wieder in den Krieg gehen würde. Von ihren zehn Jahren waren sieben um, es blieben nicht nur drei Jahre, sondern auch der ernsthafte Gedanke, um weitere zehn Jahre zu verlängern. Was sollte sie auch sonst mit ihrem Leben anfangen? Sie kannte ja nichts anderes. Zumindest hatte sie das bis vor Kurzem gedacht. Yela begann, ihre Perspektive etwas zu verändern, und dieser Prozess war nicht unangenehm. Nur ein wenig verwirrend.

Am Ende der ersten Woche ihres Aufenthaltes kamen die Männer in Anzug. Sie kamen unangekündigt, aber es überraschte sie im Grunde nicht, dass sie bei ihr auftauchten. Sie reagierte gelassen.

Ihrem Habitus, ihrer Förmlichkeit war anzusehen, wer sie waren, auch ohne dass sie Vocis ihren Ausweis ins Gesicht hielten. Vocis mochte den Geheimdienst nicht. Niemand, der nicht zu diesem Laden gehörte, mochte ihn. Die meisten der eigenen Agenten konnten ihn nicht leiden. Er hatte die normalen Soldaten, die auf den von den Kalten angegriffenen Welten ums Überleben kämpften, mehr als einmal verarscht. Es war sicher schwer, immer vorherzusehen, wo der Gegner angriff und welche Taktik er diesmal bevorzugen würde, aber nach so vielen Jahren des Krieges musste sich auch beim Geheimdienst so etwas wie Erfahrungswissen angesammelt haben. Davon merkte man nicht viel. Stattdessen überschlug man sich darin, nach rebellischen Elementen zu suchen und jene zu verfolgen, die nach einem Saufgelage ein großes »Fick den Imperator!« an die Wand pinselten. Vocis hielt die Prioritäten in dem Punkt für nicht ganz richtig geordnet, und dass die drei wohlgekleideten Gestalten mit dem undurchdringlichen Gesicht sie zum Gespräch luden, konnte letztlich schon deswegen nichts Gutes bedeuten, weil es das einfach nie tat.

Sie hatte ein intensives Debriefing hinter sich. Die Akten standen sicher dem Geheimdienst zur Verfügung. Ihr war jede Frage gestellt worden, und jede mehrmals.

Als sie in dem Zimmer Platz nahm, den drei Männern gegenüber, erinnerte sie sich daran, dass ein sehr spezieller Aspekt ihrer Erlebnisse nicht thematisiert worden war, und das zu ihrer eigenen wiederholten Verwunderung. Die plötzliche Beklemmung, die sie empfand, zeigte sich bestimmt auch in ihrer Haltung. Es war aber nicht nötig, das zu verbergen – jeder zeigte Angst, Abwehr und Unwillen, wenn er mit dem Geheimdienst zu tun hatte. Die Ursachen waren nur ein jedes Mal etwas andere.

»Sergeant Vocis – ich hoffe, es geht Ihnen gut?«, fragte der erste der drei Männer. Er hatte sich als Kenn vorgestellt; die Namen der beiden anderen hatte sie bereits wieder vergessen. Sie waren ohnehin ausgedacht. Kenn war schlank und hatte ein Allerweltsgesicht. Vocis hatte die Vermutung, dass jeder Agent einer plastischen Operation unterzogen wurde, um so unauffällig wie möglich auszusehen. Immerhin, Kenns Stimme hatte ein angenehmes Timbre und er sprach, wie man es von jemandem erwartete, der im Sprechen ausgebildet worden war.

»Mir geht es gut, danke«, sagte sie schlicht. »Womit kann ich Ihnen dienen?«

Kenn lächelte, wohl einstudiert, völlig ohne dahinterliegendes Gefühl.

»Schön, dass wir gleich zur Sache kommen, das kürzt unser Gespräch ab und wir können Sie schnell wieder in Ihre wohlverdiente Ruhezeit entlassen.« Kenn lächelte immer weiter, ohne es zu meinen, und öffnete eine Ledermappe, ein alberner Manierismus, der seinen Händen etwas zu tun gab. Vocis kam daher in den Genuss, sorgfältig manikürte Nägel bewundern zu dürfen. Kenn achtete auf sein Äußeres, da bestand schon mal kein Zweifel.

»Wir haben Ihre Berichte über Ihren letzten Einsatz gelesen. Sehr gründliche Berichte übrigens.«

»Danke.«

»Sie haben tapfer gekämpft und eine Zivilistin gerettet.«

Das war eine weitere Feststellung und Vocis ermahnte sich, nur auf Fragen zu antworten. Sie schwieg daher und begnügte sich damit, Kenn aufmerksam anzusehen.

»Abgesehen von den im Bericht niedergelegten Ereignissen, haben Sie da etwas Außergewöhnliches bemerkt?«

Vocis spürte die Anspannung in sich aufsteigen, beherrschte sich aber mustergültig.

»Meine Berichte sind vollständig.«

Kenn tappte mit einem Finger ganz sachte auf die Mappe.

»Natürlich. Aber vielleicht irgendein kleines Detail? Etwas, was nicht so wichtig erschien?«

»Helfen Sie mir, Agent Kenn. Sie wollen doch auf etwas heraus.«

Der Agent wechselte einen Blick mit seinen Kollegen, die ihm aber weiterhin die Gesprächsführung zu überlassen schienen. Der Mann lehnte sich zurück, verschränkte die Arme vor der Brust und sah Vocis ausdruckslos an. Sie erwiderte den Blick, ohne zu zucken. Da musste schon jemand anderes kommen, um einen Infanteriesergeant im Anstarren zu besiegen.

»Wir haben nicht nur Ihren Bericht ausgewertet. Darüber hinaus auch die Berichte aller anderen Überlebenden anderer Einheiten – wenig genug, leider – und die der Messstationen und Kreuzer. Bis zu unserem Abflug.«

»Unserer Flucht.«

Kenn nickte schwer. »Unserer Flucht. Sergeant, aus dem Bereich, in dem Sie operierten, wurden mehrmals unerklärliche Messwerte aufgefangen, energetischer Natur, sehr exotisch. Die Kalten haben bisher derlei nie ausgelöst und wir haben die Quelle nicht ausmachen können. Daher unsere Frage. Ein Detail nur, Sergeant? Etwas, das uns hilft, Licht auf die Sache zu werfen?«

Natürlich, dachte Vocis bei sich, während sie sich um eine unbeteiligte Miene bemühte. Natürlich wusste sie etwas. Aber das würde diese Leute auf Yela stürzen und sie würden dem Mädchen nicht nur wegnehmen, was ihr das Teuerste war, sondern sie auch befragen – und nein, der Geheimdienst war nicht dafür bekannt, Schwache und Verwundbare besonders pfleglich zu behandeln. Und da war noch etwas, was sie abhielt.

Sie fühlte, dass es *falsch* wäre, den Agenten von ihrem Fund zu berichten.

Einfach *falsch.*

So kannte sie sich gar nicht.

»Ich wüsste nicht, was das sein könnte«, sagte sie. Es war jetzt notwendig, die Worte sorgfältig zu wählen. »Ich war größtenteils nur auf der Flucht. Ich habe mich auf den Weg konzentriert und Geher gemieden, wo es nur ging. Ob und was diese in meiner Umgebung getan haben, interessierte mich nicht. Ich habe um mein Überleben gekämpft, meines und das des Mädchens. Damit war ich wirklich sehr beschäftigt.«

Kein Wort davon war gelogen. Sie trug es selbstsicher vor.

Kenn lächelte farblos. »Ich bin mir sicher, dass das sehr anstrengend war. Aber vielleicht, bei rechtem Nachdenken, fällt Ihnen doch noch etwas ein. Überlegen Sie in Ruhe. Man vergisst immer mal etwas. Die Flucht war aufreibend, hat an ihren Kräften gezehrt. Sie haben Boosterdrogen nehmen müssen. Die haben manchmal Auswirkungen auf die Konzentrationsfähigkeit.«

Ja, dachte Vocis. *Sie erhöhen sie auf ein Maximum, du Idiot. – Nein,* korrigierte sie sich sofort. *Kenn ist ganz sicher kein Idiot. Und er weiß das alles natürlich.* Also dachte sie nach, wenngleich nicht über die eigentliche Frage, deren Antwort klar vor ihr lag, sondern darüber, wie sie eine Antwort umgehen konnte.

Wie sich herausstellte, konnte sie das nicht.

Kenn wartete nicht lange darauf, dass sie wieder das Wort ergriff. Er schüttelte sachte den Kopf und holte einen ovalen Gegenstand hervor, zeigte ihn Vocis. Sie musste nur einmal kurz hinschauen, um zu wissen, worum es sich handelte. Moderne Bioscanner sahen überall gleich aus. Dieser hier war speziell konfiguriert, um nach den üblichen körperlichen Reaktionen zu suchen, die darauf hinwiesen, dass jemand log. Vocis wusste, dass diese Dinger hervorragend funktionierten. Auf Booster konnte sie die Ergebnisse etwas verfälschen, aber sie war derzeit völlig drogenfrei. Und ihre Biochemie hatte sie nicht unter Kontrolle. Nicht die elektrischen Ströme in ihrem Gehirn. Sie war kein verdammter Guru.

»Sie lügen uns an, Sergeant.«

Vocis entgegnete nichts. Das verdammte Teil las in ihr wie in einem offenen Buch. Normalerweise durfte es nur eingesetzt werden, wenn der Befragte dies ausdrücklich erlaubte. Dass Agent Kenn den Scanner die ganze Zeit aktiv in seiner Anzugjacke mit sich geführt hatte, sagte einiges über die Organisation aus, für die er arbeitete. Vocis spürte die Galle den Hals hochsteigen.

»Ärgern Sie sich, Sergeant? Ich habe viel mehr Grund, mich zu ärgern.«

Die plötzliche Kälte in der Stimme des Mannes überraschte sie nicht. Er beugte sich vor und machte sich jetzt endgültig nicht mehr die Mühe, ihr etwas vorzulächeln.

»Wollen wir uns gemeinsam erinnern, was vorgefallen ist, Sergeant? Oder wollen wir es so machen, dass ich mit meinen Kollegen in das Heim gehe und die kleine Yela einem Verhör unterziehe? Ich bin mir nicht sicher, ob ich mit Kindern gut umgehen kann. Es sind hektische Zeiten, man kommt einfach nicht dazu, eine Familie zu gründen.« Kenn lächelte dünn. »Das kennen Sie ja.«

Vocis presste die Lippen aufeinander. Natürlich wusste sie sofort, auf was der Mann anspielte. Auf First Lieutenant Archibald Todd, den Mann, den sie leichtsinnigerweise geliebt hatte, der leichtsinnigerweise ihre Gefühle erwiderte, und das, obgleich sie in einer Kommandokette gestanden hatten. Archibald Todd war mittlerweile Captain und schickte ihr hin und wieder eine traurige Nachricht. Die Affäre hatte ihrer beider Karriere nicht geholfen. Ohne den Krieg wären sie härter bestraft worden, vor allem Archie wäre als höherrangiger Offizier aus dem Dienst entfernt worden, was ein Jammer gewesen wäre.

Es gab keinen besseren Mann in der gesamten verfickten Kackflotte!

»Wütend, Vocis? Sie sind ja ein Sturm der Emotionen«, sagte Kenn und zeigte ihr ein dünnes Lächeln. Ob er sich tatsächlich amüsierte, wusste Vocis nicht, aber er stand definitiv nicht so schmerzhaft an der Wand wie sie.

»Sergeant, Sie schweigen mir zu lange«, sagte Kenn schließlich. »Ich muss Ergebnisse vorweisen. Ich bin nicht Ihr Feind. Der schlechte Ruf des Geheimdienstes besteht zu Unrecht. Wir ziehen doch an einem Strang, haben die gleichen Feinde. Wir sind Verbündete. Wenn Sie etwas gesehen haben, das uns einen Hinweis geben kann, wie wir den Kalten beikommen – das wäre doch in unser aller Interesse, oder?«

Er hatte natürlich absolut recht. Das machte ihre Situation noch schlimmer. Mit solchen Freunden brauchte man keine Feinde mehr, man war absolut bedient.

Also begann Vocis zu erzählen. Von der Art und Weise, wie sie Yela gefunden hatte, und von dem glühenden Gegenstand, den diese bei sich getragen hatte. Sie füllte diese bloße Tatsache mit allerlei unwichtigen Details, als wolle sie Kenn mit einem Wortschwall ertränken, und ja, genau das war ihre Absicht. Irgendwo in ihrem immer länger werdenden Vortrag verschwand die Erwähnung der Tatsache, dass sie den Gegenstand auf der Flucht verloren hatten und er daher noch irgendwo auf dieser Welt liegen musste. Während sie ihre Geschichte spann und Agent Kenn mit ausdruckslosem Gesicht zuhörte, überlegte sie fieberhaft, ob das leuchtende Ding überhaupt etwas mit der gemessenen Energie zu tun gehabt haben konnte – schließlich war der Gegenstand ohne Probleme durch alle Kontrollen auf der Reise hierher gerutscht, ohne dass irgendwer darauf aufmerksam geworden wäre.

Oder aber …

Irgendwann fiel ihr dann nichts mehr ein.

»Das ist alles, was ich dazu sagen kann. Möglicherweise kann ich präzisere Angaben machen, wenn Sie mir mitteilen können, wann genau Sie die Messungen gemacht haben. Koinzidieren sie mit einem von mir wahrgenommenen Erlebnis, kommen wir der Sache vielleicht näher.«

Kenn nickte. »Sie kooperieren endlich. Ich bin sehr erfreut.« Er nannte einen Zeitpunkt und Vocis zog die Stirn kraus. Dann schüttelte sie den Kopf.

»Zu der Zeit war ich noch bei meiner Einheit und im Kampf.«

»Es war vor dem Fund des seltsamen Gegenstands?«

»Deutlich vorher. Ich sehe da keinen Zusammenhang.«

Kenn nickte. Er wechselte einen Blick mit seinen Kollegen.

»Danke, Sergeant. Das hat uns etwas weitergeholfen. Wir werden Sie jetzt nicht länger belästigen. Ich kann aber nicht ausschließen, dass wir Sie noch einmal befragen werden.«

»Das ist Ihr Recht«, stellte Vocis fest. »Lassen sie Yela jetzt in Ruhe?«

»Yela? Ach so, die Göre. Na ja. Ich befürchte leider, dass ich Ihnen das so nicht zusagen kann. Bitte haben Sie dafür Verständnis. Sie hat den Gegenstand vor Ihnen gesehen und wir müssen da wohl noch einige Kleinigkeiten klären.« Kenn lächelte freudlos. »Wir werden ganz nett und freundlich sein, versprochen.«

»Ich bin ihr Vormund«, erklärte Vocis. »Ich muss zugegen sein.«

»Ah so, das …« Der Agent holte ein Dokument aus der Anzugtasche. »Ihr Antrag auf Vormundschaft wurde leider nachträglich abgelehnt, Sergeant. Es tut mir leid, dass ich Ihnen diese traurige Nachricht überbringen muss. Aber eine Unteroffizierin wie Sie … im Krieg … das sehen Sie doch sicher ein …«

Vocis war wie vor den Kopf geschlagen, ihr wurde heiß und kalt zugleich. Der glühende Hass auf Kenn flutete durch ihre Adern. Dass der Bioscanner nicht vor ihren Augen explodierte, war nur als Wunder anzusehen.

»Das meinen Sie nicht ernst!«, brachte sie hervor. Ihre Stimme zitterte und die Scham darüber machte sie gleich noch wütender.

»Seien Sie froh. Wir haben Ihnen eine Bürde abgenommen.«

»Sie lassen Yela in Frieden!«, zischte sie.

Kenn sah sie säuerlich an. Herablassend.

»Das ist nichts mehr, was Sie entscheiden. Sie dürfen sich gerne noch von ihr verabschieden. Wir werden sie übermorgen in eine geeignete

Fazilität des Geheimdienstes bringen. Dort gibt es ausgebildetes Betreuungspersonal. Machen Sie sich keine Sorgen.«

Ihr schwindelte. Vocis wusste, was diese Worte wert waren. Die Gerüchte um die »Einrichtungen« des Geheimdienstes hielten sich seit Jahren beharrlich und Vocis kannte sie alle. Waisen wurden, soweit geeignet, bereits in frühesten Jahren ausgebildet, um so zu werden wie Kenn und seine Kollegen: Marionetten des Geheimdienstes, perfekte Werkzeuge, ohne ein eigenes Leben. Absolute Loyalität, absolute Hingabe, Hüllen ohne Persönlichkeit, Willen und Charakter. Als Vocis sich vorstellte, dass aus Yela eine solche Person werden sollte, verkrampfte sich in ihr erneut alles. Ihre Stimme klang erstickt, als sie sagte: »Das werde ich. Ich werde mich verabschieden.«

Kenn sah sie lange an.

»Machen Sie keine Dummheiten, Sergeant! Lassen Sie nicht irgendwelche Sentimentalitäten in den Weg Ihrer Pflichterfüllung kommen. Wir alle dienen dem Imperium und nur seinem Wohl sind wir verpflichtet.«

Der letzte Satz hatte nahezu feierlich geklungen, als ob der Agent tatsächlich daran glaubte. Vielleicht tat sie ihm unrecht und dies war seine Überzeugung. Sie wie einen Popanz vor sich herzutragen und vor Vocis' Gesicht zu halten, war aber ein Fehler.

Die Agenten verschwanden grußlos. Vocis wartete einen Moment, dann erhob sie sich. Sie beherrschte das Zittern ihrer Arme, bemühte sich um einen starren, nichts preisgebenden Gesichtsausdruck. In ihre Unterkunft zurückgekehrt, packte sie einige Sachen in ihren kleinen Rucksack, nichts, was sonderlich auffiel oder Fragen hervorrufen würde. Sie ging sehr methodisch vor, effizient, wie es sich für einen Infanteriesergeant gehörte.

Als sie im Spaziertempo das Heim verließ und der Türwache gezwungen freundlich zuwinkte, brach die Sonne durch die Wolkendecke.

Sie bestieg die Röhrenbahn und fuhr einige Stationen. Sie wechselte die Fahrtrichtung, schlenderte durch eine Einkaufspassage in einem der besseren Wohntürme, beobachtete, war vorsichtig. Sie kaufte ein wenig ein, Allerweltskleidung, modisch, aber unauffällig, und machte eine Show daraus, sich Schuhe auszusuchen. Sie beobachtete immer noch sehr aufmerksam ihre Umgebung. Niemand zu sehen.

Erneut die Röhrenbahn. In der Toilette zog sie sich um, stopfte die alten

Kleider in den Konverter. Welche Form von Wanzen der Geheimdienst auch an ihrer Kleidung fixiert haben mochte, der Energieumwandlung würden sie ganz sicher zum Opfer fallen. Natürlich machte sie sich jetzt verdächtig, andererseits – sie hatte nur altes ziviles Zeug gegen was Schickes, Neues ausgetauscht.

Sie war eine Frau, oder?

Wer wollte ihr das zum Vorwurf machen?

Anderthalb Stunden hatte sie so verbracht. Sie spürte, wie die Zeit auf den Nägeln brannte, aber es war notwendig, die Dinge nicht zu überstürzen. Sorgfalt war wichtig. Zwischendurch rief sie Yela im Heim an, dem Mädchen ging es gut. Vocis sagte ihr nichts von den neuesten Entwicklungen, um sie nicht unnötig zu beunruhigen. Bald würden sich die Dinge ohnehin anders ergeben.

Sie bestieg die Röhrenbahn erneut, nun einigermaßen sicher, nicht mehr verfolgt zu werden, und verließ sie in einem der Vororte von Stratum, in denen sich keine Wohntürme in die Luft reckten, sondern nur normale Gebäude am Boden schmiegten, viele davon in einem baulichen Zustand, der auf den mangelnden Wohlstand seiner Bewohner hinwies. Sie war schon einmal hier gewesen, es war einige Jahre her, doch viel hatte sich nicht verändert. Hier wurde nicht gebaut, nicht renoviert, die Bewohner verharrten in einem Zustand, der sich wenig änderte. Sie überlebten alle, irgendwie, aber das war auch schon alles und niemand brachte es fertig, die Dinge grundsätzlich zu verbessern. Immerhin, es wirkte nicht noch heruntergekommener als damals, also war das niedrige Niveau gehalten worden. Bei ihrem letzten Besuch hatte Vocis etwas zu verkaufen gehabt – das eine oder andere, was sie aus einem imperialen Magazin abgezweigt hatte.

Diesmal wollte sie etwas kaufen.

Sie ging zu Fuß, was etwas dauerte, doch immerhin war sie nach einer guten Stunde doch am Ziel: ein großer Schrottplatz, betrieben von einem Veteranen, der einen gewissen Ruf in gewissen Kreisen hatte, vor allem dann, wenn man etwas zu verkaufen hatte, das nicht ganz legal erworben worden war. Plastikk nannte sich einen Geschäftsmann und Händler, und das war er sicher auch – wie bei jedem Hehler bestand ein guter Teil seiner Geschäfte aus absolut ehrenwerten Transaktionen. Aber den richtigen Profit, der ihm das Wochenendhaus auf einer schönen

Urlaubswelt ermöglichte – und den gelegentlichen Flug dahin an Bord seines eigenen Sprinters –, brachten Geschäfte dunklerer Natur ihm.

So lebte das Imperium. Und zu Kriegszeiten erst recht. Vocis verurteilte Plastikk nicht, vor allem jetzt nicht, wo er seine Nützlichkeit unter Beweis stellen würde.

Als sie den Schrottplatz betrat, wirkte er relativ verlassen, doch der Container mit dem Büro stand immer noch an der gleichen Stelle wie damals. Als sie ihn betrat, schaute der Mann hinter der Theke auf und musterte sie kurz, dann nickte er und erhob sich. Plastikk hatte sich über die Jahre wirklich nicht verändert und Vocis wusste genau, dass er sie wiedererkannte. Der Mann vergaß keine Kunden.

»Sergeant Vocis«, sagte er lächelnd und hielt ihr die Hand hin, die sie, ohne zu zögern, ergriff und schüttelte. »Ist lange her. Schön, Sie zu sehen. Was treibt Sie wieder nach Stratum? Landurlaub?«

»Sozusagen.«

»Rekonvaleszenz?«, fragte der Mann sofort und entweder war das gut geraten oder er hatte tatsächlich ein sehr scharfes Auge. Er fragte es mit echtem Mitgefühl in der Stimme. Er war ein Veteran und er kannte viele aktive und ehemalige Soldaten. Es gab da immer dieses Mindestmaß an Solidarität.

Vocis nickte nur.

»Wie läuft der Krieg?«

»Wir verlieren.«

Plastikk seufzte. »Hat sich also nichts geändert. Was kann ich für Sie tun? Etwas zu verkaufen?«

»Diesmal nicht. Ich suche etwas.«

»Womit kann ich dienen?«

Vocis holte tief Luft.

»Einen Huntington Plasmakarabiner mit Zielaufsatz. Eine Standardpistole Alpha mit zusätzlichem Energiepack. Eine Schutzweste Mark II. Einen Flottenkommunikator mit ausgebautem Trackingmodul.«

Plastikk stieß ein Pfeifen aus. »Allerhand. Kleiner Privatkrieg gegen die Kalten?«

Vocis sagte nichts. Plastikk hatte seine Frage nicht ernst gemeint. Ihm war es letztlich völlig egal. Er würde alles abstreiten und niemand konnte die Waffen zu ihm zurückverfolgen.

»Ich werde einige Minuten brauchen. Wie zahlen Sie, Sergeant?«

»Neutrale Denominatoren.«

Plastikk nickte. Natürlich zahlte sie auf die einzige, nicht nachweisbare Art und Weise, und damit mit der einzigen Währung, die auch ein Hehler wie er akzeptieren würde. Von Sex einmal abgesehen, aber Vocis hielt nichts von dieser Art von Transaktionen.

»Das wird teuer. Ich muss Ihnen 3000 abverlangen. Das ist ein Freundschaftspreis.«

Tatsächlich glaubte ihm Vocis sogar. Plastikk war ein ehrlicher Gauner, soweit es das in diesem Universum gab. Und als Veteran hatte er die Tendenz, seine alten Kameraden nicht unnötig übers Ohr zu hauen. Der dadurch etablierte gute Ruf hatte seinem Geschäft nicht geschadet. 3000 war eine Menge Geld, fast alle neutralen Ersparnisse, die Vocis im Laufe ihrer Dienstzeit beiseitegeschafft hatte. Dennoch zog sie den Denominator aus der Tasche, den sie dafür vorbereitet hatte. Der längliche, golden schimmernde Stab mit der fest verdrahteten Geldsumme im Permanentspeicher wog schwer in ihrer Hand. Sie würde einiges an Geschäften machen müssen, um den Verlust wieder auszugleichen.

Wahrscheinlich würde es nie dazu kommen. Sie war immerhin gerade dabei, ihren Abschied zu nehmen.

Dummes, dummes Mädchen!

Plastikk nahm den Stab in die Hand und las ihn aus. Er nickte.

»Ich gebe dir das Wechselgeld in Chips. Die sind gewaschen, keine Sorge.«

Die Geldchips waren nicht ganz so sicher wie die Denominatoren, da sie eine permanente Signatur trugen, die bei Transaktionen gespeichert wurde. Wenn Plastikk aber sagte, dass sie sauber waren, dann waren sie es auch.

Vertrauen gegen Vertrauen.

»Plastikk, ich glaube, ich habe jetzt den richtigen ...«

Der Mann, der hinter dem Hehler aus der Tür getreten war, hielt inne, als er Vocis sah. Seine Haltung, sein Körperbau, die Disziplin seines Auftretens: Er schrie förmlich heraus, dass auch er ein Veteran war, und zwar erst seit kurzer Zeit. Die aufweichenden Einflüsse des zivilen Lebens hatten ihn noch nicht erreicht, hatten die scharfen Kanten von Haltung und Gestus noch nicht abgeschmirgelt.

»Hamid«, sagte Plastikk. »Darf ich dir eine alte Kundin vorstellen? Sergeant Vocis. Eine gute Kundin. Sehr vertrauenswürdig.«

Der Mann namens Hamid nickte ihr zu.

»Flotte? Armee?«, fragte sie.

»Flotte. Sie sind Armee.«

»Woher wissen Sie das?«

»Bei der Flotte haben nur die Fitnessfanatiker solche Oberarme.«

Vocis musste gegen ihren Willen lachen. Gegen das Argument konnte sie wenig vorbringen. Ihr Körper war athletisch und sie war stolz auf ihn. Nicht jedem Mann gefiel das. Mit Schultern, die fast so breit waren wie die eines gut gebauten Mannes, wirkte sie auf manche Leute eher abstoßend, etwas freakig. Doch Vocis wusste, was sie tat. Ihr Körper war ihr bestes Instrument zum Überleben. Ihn auf höchstem Niveau zu halten, war ihre Strategie, um irgendwann lebend aus dem Dienst entlassen zu werden.

Nein. Das war sie gewesen. Jetzt wurde alles anders.

»Die Dame wünscht das eine oder andere einzukaufen«, sagte Plastikk zu Hamid. »Ich kümmere mich gleich um unser kleines Projekt.«

»Ich warte hinten. Sergeant.« Hamid verabschiedete sich mit einem Kopfnicken.

Plastikk gab einige Dinge in ein Terminal ein. »Dauert einen Moment. Setzen wir uns?«

»Nein.«

Der Hehler runzelte die Stirn. »Sie haben Probleme, Sergeant?«

»Nein, ich erweitere nur meine private Waffensammlung.«

»Mit Ihren ganzen Ersparnissen?«

»Manche Hobbys kosten eben Geld.«

Plastikk war nicht überzeugt, ließ es aber dabei bewenden. Er wurde ohnehin abgelenkt, als sich die Tür öffnete und eine weitere Person den Raum betrat. Hier war heute mehr los, als Vocis erwartet hatte.

Sie erkannte eine junge Frau aus dem Volk der Audh. Die Audh waren bekannt, da ihre Heimatwelt eine der letzten Eroberungen des Imperiums vor dem Krieg mit den Kalten gewesen war und die Armee sich arg hatte anstrengen müssen, um das stolze und kriegerische Volk unter Kontrolle zu bekommen. Selbst jetzt gab es noch eine beachtliche Besatzungsmacht auf Audur und Vocis kannte einige Geschichten von Kameraden, die darauf hinwiesen, dass dort immer noch keine vollständige Pazifizierung gelungen war. Dennoch waren viele Audh im Imperium unterwegs, um außerhalb ihrer relativ armen Welt nach ihrem persönlichen Glück zu suchen. Man fand sie auf allen größeren Welten, die Arbeit und Auskommen boten. Manche waren sogar Soldaten geworden. Der Beruf lag ihnen und sie waren gut darin.

Die Frau stand schüchtern an der Tür, als sich alle Blicke auf sie richteten. Plastikk winkte ihr zu.

»Was kann ich für Sie tun?«, fragte er.

Sie trat nach vorne, die Kleidung sauber, aber abgenutzt. Mit einer fahrigen Bewegung legte sie einige Dokumente auf die Theke und sagte leise, fast nicht hörbar: »Mein Name ist Tara … ich sollte mich hier melden. Ich suche eine Stelle.«

Plastikk hob eine der Folien. »Die Arbeitsvermittlung meines alten Freundes Connor schickt Sie, wie ich sehe.«

»Er sagte, Sie hätten etwas für mich.«

Plastikk sah sie kritisch an. »Die Qualifikationen sind echt?«

»Ich bin zur Probearbeit bereit, auch mehrere Wochen. Ich habe gespart.«

»Sie kommen direkt von Audur?«

»Direkt, vor zwei Tagen eingetroffen.«

Plastikk nickte. »Probearbeit geht in Ordnung. Sehen Sie da draußen den zweiten Container … hinter dem ausgebauten Wassertank? Ja, das große schwarze Ding … dort ist die Buchhaltung. Melden Sie sich bei Tomwa, er wird Sie einweisen.«

Die Audh zog sich zurück, murmelte einen Dank und verschwand so schattenhaft, wie sie gekommen war. Vocis beobachtete durch das Fenster, wie sie in die angegebene Richtung ging. Tomwa war der Chefbuchhalter Plastikks, soweit es die legalen Aspekte der Firma anging. Für alles andere gab es aus Sicherheitsgründen so wenige Aufzeichnungen wie möglich. Steuerpflichten waren bei Hehlerei ohnehin nicht zu beachten, für irgendwas musste das Wort »illegal« ja gut sein.

Zehn Minuten später kam ein junger Mann mit einer großen Kiste. Er mühte sich sichtlich ab, aber beklagte sich nicht. Er setzte sie auf der Theke ab, wischte sich den Schweiß von der Stirn und fragte: »Was ist denn da drin? Goldbarren?«

Plastikk winkte ab.

»Du bist zu neugierig, Jed. Verpiss dich!«

Der Junge zuckte mit den Schultern, verzog seine Gangtattoos zu einem Grinsen, als er Vocis zunickte, und tat wie ihm geheißen.

Plastikk legte eine Hand auf die Kiste.

»Sie wollen die Ware sehen, Sergeant?«

»Ich traue Ihnen ein wenig, Plastikk, aber so weit traue ich Ihnen nicht. Natürlich.«

Der Hehler lachte.

»Ich habe nichts anderes erwartet, Sergeant.«

Dann öffnete er die Kiste. Vocis beugte sich über den Inhalt.

Das sah gut aus.

Progress 26

»Es ist schwieriger, als ich dachte«, wisperte Sol. Er beugte sich über das Terminal, dessen Display matt in der Dunkelheit schimmerte. Sie waren weit gekommen mit der Zugangskarte, und das einfacher, als Kip erwartet hatte. Diese war wirklich ein Türöffner besonderer Art. Der Verdacht, dass der Tote sich mit illegalen Geschäften befasst hatte und seinen Kumpanen möglicherweise quergekommen war, erschien immer wahrscheinlicher. Bis heute aber hatten niemand etwas vom Ergebnis der Untersuchungen gehört.

Er musste sich vor Augen halten, wie gigantisch der Superfrachter war und wie klein im Vergleich dazu die Besatzung. Dass überall auf den Gängen Leute herumliefen, war zu kurz gedacht. In den Aufenthaltsbereichen traf man sicher andere Crewmitglieder, aber in den Abteilungen, die bestimmten Funktionen dienten, würde nur jemand auftauchen, wenn es absolut notwendig war. Jetzt, um zwei Uhr morgens Schiffszeit, und in einer Logistikstelle in der Nähe des Laderaums, gab es für niemanden etwas zu tun, ehe der Frachter nicht sein nächstes Ziel erreicht hatte.

So einfach ihr Vordringen bisher gelungen war, umso schwieriger entpuppte sich die Umsetzung von Sols vollmundiger Ankündigung, Zugang zum eigentlichen Schiffsnetz zu erhalten. Die Nutzung eines Terminals, die Aktivierung einer Verbindung: All dies hinterließ Spuren. Wurden Warnprotokolle ausgelöst, konnte das ihre kleine Expedition schnell beenden. Welche Sanktionen ihre Ergreifung nach sich ziehen würde, daran wagte keiner von ihnen zu denken.

Sol gelang es, sich wunderbar in diese Arbeit hineinzufühlen. Es war ihm wie angeboren. Selbst wenn alles nichts nützte, zu seiner Selbsterkenntnis hatte diese Expedition dennoch bereits beigetragen.

»Wir können nicht ewig warten«, sagte Kip eindringlich. »Je länger wir hier sind, desto größer die Gefahr der Entdeckung.«

»Je mehr du quatschst, desto länger dauert es.«

Mit Sol war nicht vernünftig zu reden. Er war so in die Architektur des Schiffsnetzes vertieft, dass Kip sich erneut fragte, welche verborgenen Fähigkeiten er selbst eigentlich hatte. Bisher war ihm nichts begegnet, was hier auch nur eine Ahnung ausgelöst hätte. Er musste doch auch etwas erlernt, ein Talent für etwas entwickelt haben! Die Tatsache, dass er dafür noch gar kein Gefühl entwickelt hatte, beunruhigte ihn. So gesehen hatte er sehr großes Interesse daran, dass es Sol gelang, in die Personendateien vorzudringen. Er musste mehr wissen. Die Löcher in seinem Gedächtnis waren eine Qual.

Er sah sich um, zwang sich, seinen Freund nicht weiter zu stören. Die kleine Abteilung bot noch einige weitere Terminals, die meisten unter Plastikhaube abgedeckt. Ein Bildschirm an der Wand zeigte allgemeine Schiffsdaten: Geschwindigkeit, Vektor, Flugplan. Daraus hatte Kip genau entnehmen können, wann sie ihr nächstes Ziel, das Canopus-System, erreichen würden. Es war näher, als er gedacht hatte: Nur noch eine knappe Woche Flugzeit trennte sie von dort. Wenn der Flugplan nicht geändert wurde, sollte die Canopus Traveller ganze zwei Wochen dort bleiben, laden und entladen. Das System war der Heimathafen des Superfrachters, und obgleich das an sich keine besondere Bedeutung hatte, schien der etwas längere Aufenthalt diesem Umstand irgendwie Rechnung zu tragen. Es würde Landurlaub für die Mannschaft geben.

Für die Sklaven natürlich nicht. Aber vielleicht die Möglichkeit zu entkommen. Kip setzte seine Hoffnung darauf.

»Die machen sich verdammt viel Mühe mit ihren Sicherheitsprotokollen«, wisperte Sol.

»Geh kein unnötiges Risiko ein«, warnte Kip alarmiert.

Sein Freund kicherte. »Das sagst du mir jetzt? Du bist ein Witzbold. Da, ich wusste es. Das machen sie immer.«

Kip trat näher heran. »Was macht wer?«

»Keine Ahnung, wie mir das jetzt eingefallen ist. Vergessen die Hintertür im Logistikmanagement. Ist eigentlich nur für die Softwarefernwartung gedacht, aber in dieser Programmversion leicht zu hacken.« Sol lachte verächtlich auf. »Die Systeme auf diesem Schiff sind alt. Da hätte es schon vor Jahren ein Update geben sollen.«

Er hielt inne, starrte auf den Bildschirm. Kip sah, wie sein Gesicht etwas Verblüffung zeigte.

»Was ich so weiß«, murmelte Sol dann. »Was ich so weiß …«

Es ging seinem Freund im Grunde nicht besser als ihm selbst, dachte Kip. Aber Sols Arbeit zeigte, dass die Gedächtnislöschung ihre Schwächen hatte. Sobald man begann, etwas zu tun, was der eigenen Lebensart vor der Amnesie entsprach, entstand eine Reaktion, die zu einer Form von Erinnerung führte. Nicht bewusst gesteuert und wohl keine, die mehr triggerte als das – aber eine Reaktion.

»Du hast also Zugang?«

»So ist es«, bestätigte Sol stolz. »Ich schau mir jetzt mal die Personaldateien an. Da ist auch schon … meine …«

Seine Stimme wurde leiser, als die Daten über den Schirm rollten. Kip beugte sich nach vorne, las, wer Sol wirklich war.

Er hieß natürlich anders. Edwin Kedian war sein Name. Seine Heimatwelt war das Procyon-Habitat, eine der Stationen auf der langen Reise des Superfrachters. Procyon. Irgendwas löste dieser Name in Kip aus. Er konnte aber, wie immer, nicht den Finger drauflegen.

»Ich bin ein böser Junge«, murmelte Sol, als er weiterlas, und da schwang ein wenig belustigte Bewunderung in seiner Stimme. Das war auch nachzuvollziehen. Kedian war kein Mörder, kein Betrüger oder Dieb, zumindest nicht im üblichen Sinne. Er war ein Jockey, der für Firmen Software anpasste, Lücken ausnutzte, Zugänge schaffte, für die Standardsysteme eigentlich nicht gedacht waren. Er passte an. Dass er dabei nicht immer die Regeln des Urheberrechts einhielt und auch die Firmen, für die er arbeitete, die Modifikationen nicht durchweg für legale Aktivitäten einsetzten, ließ sich seinem Vorstrafenregister detailreich entnehmen.

Kip war erleichtert. Mit einem brutalen Mörder hätte er sich gerne weniger gut verstanden. Aber das hier war – vergleichsweise – harmlos. Damit konnte er leben. Und Sol offenbar auch, der aus dem blöden Kichern gar nicht mehr herauskam.

Zumindest wurde klar, wie er hier gelandet war. Schadensersatzklage eines geschädigten Konzerns – eines großen Konzerns, sehr mächtig! –

und dann der Verkauf als Schiffssklave. Problem beseitigt, Störfaktor eliminiert, Kompensation eingeleitet. Eine elegante Lösung.

»Hey, Kip«, murmelte Sol, nachdem er sich einen ersten Überblick verschafft hatte. »Ich bin ja eine richtig coole Sau. Und der Name geht in Ordnung. Geiler Scheiß!«

Es war offensichtlich, dass er mit seinen Erkenntnissen über sich selbst ausgesprochen zufrieden war.

»Was hast du über mich?« Kip merkte, dass seine Stimme zitterte. Er beugte sich nach vorne, die Augen auf den Schirm geheftet, und die Finger seines Freundes konnten nicht schnell genug über die Tasten fliegen.

»Nichts«, sagte Sol.

»Wie bitte?«

»Nichts. Keine Datei. Nichts. Gar nichts.«

Kip spürte Enttäuschung, Wut und Verwirrung. Und er ahnte, dass das etwas zu bedeuten hatte.

»Oh, oh!«, machte Sol.

Auch das hatte etwas zu bedeuten, und sicher nichts Gutes. Kip wurde heiß und kalt.

»Wir sollten verschwinden?«

»Aber ganz schnell. Nach deiner Datei zu suchen, hat etwas ausgelöst … einen verborgenen Alarm … Wer auch immer du in Wirklichkeit bist, Kip, du sorgst für Aufregung, selbst wenn man über dich gar nichts findet.«

Sol stand auf, er wirkte plötzlich sehr nervös. Er hob seine Hände, als sei die Tastatur vergiftet.

»Wir sollten jetzt wirklich abhauen.« Er drückte auf ein Sensorfeld. »Alle Daten gelöscht, alle Protokolle gewaschen und auf energetischen Sensorfeldern gibt es weder Abdrücke noch DNA-Spuren.«

»Du kennst dich aus.«

Sol grinste wieder. »Ganz offensichtlich.«

Sie beeilten sich. Es war nirgends erkennbar, dass ein Alarm ausgelöst worden war, aber die ganze Sektion hatte kaum Besatzung, also war das nicht weiter verwunderlich. Sie rannten zurück zu dem Zugang, der sie aus der Sklavenabteilung hierhergeführt hatte, und öffneten ihn ohne Probleme. Es dauerte nur wenige Minuten, dann waren sie wieder in der Unterkunft angekommen.

Sie waren nervös.

Doch es tat sich nichts.

Sol hatte dafür eine gute Erklärung, als sie am nächsten Morgen in der Kantine ihr Frühstück zu sich nahmen.

»Unser Schiff ist alt und wie alle Superfrachter chronisch unterbesetzt – Chorl hat das selbst gesagt. Niemand will so ein Leben leben, jedenfalls nicht dauerhaft, und die Margen sind gering. Der Krieg hat die Sache nicht verbessert – der Handel richtet sich stark auf Rüstungsbelange aus, die Superfrachter aber sind langsam und transportieren Stückgut, das nicht eilt. Sie bleiben aus dem Militärhandel ausgeschlossen. Solange der Krieg andauert, geht es den Superfrachtern schlecht. Frag mal die Sklaven, die schon länger dabei sind und schon so einiges mitbekommen haben.«

Kip war beeindruckt. Sol hatte sich umgehört und viel aufgeschnappt, was ihm selbst entgangen war.

»Das heißt, wir laufen hier am Rande des Bankrotts entlang?«

»Ich denke, dass die schwarzen Zahlen schwer zu erreichen sind, ja. Schau dir doch die technischen Anlagen genau an. Hast du gesehen, wie es gestern auf unserem Weg um uns herum wirkte? Ich erkenne keinen richtigen Verfall, keinen Gammel, aber letztlich müsste die Hälfte der Installationen ausgewechselt werden. Die letzte Generalüberholung ist lange her und die nächste lange überfällig. Es wird repariert, was zu reparieren ist, aber letztlich nur das Notwendigste. Schau es dir an, Kip.«

»Ich habe dafür kein Auge«, sagte dieser nachdenklich. »Ich komme auf einem Raumschiff zurecht, aber ich habe dafür kein Auge ... was sagt das über mich?«

Sol zuckte mit den Achseln.

»Jedenfalls ist die CANOPUS TRAVELLER alt und wird gerade noch so am Laufen gehalten. Die internen Systeme sind größtenteils abgeschaltet, vor allem in den Sektionen, die weitgehend leer sind. Selbst hier im Sklavenbereich gibt es massenhaft tote Winkel. Die Wärter kennen sie, die älteren Sklaven auch. Da wird Stillschweigen bewahrt, solange dort nichts anderes stattfindet außer Hatth rauchen und Sex.«

Kip nickte. Hatth war eine leichte Rauschdroge, die in Destillatoren geraucht wurde. Sie wirkte wie ein Halluzinogen und verursachte schöne Träume. Andere Wirkungen schien sie nicht zu haben. Kip vermutete, dass die Schiffsführung das Zeug absichtlich in Umlauf brachte und das offizielle Verbot nur dazu diente, den Sklaven in den besagten toten Winkeln einen kleinen Triumph zu schenken, der im Grunde aber gar keiner war. Es half, den Unzufriedenen die Chance zu geben, etwas zu tun, das niemandem schadete, aber ihr Selbstbewusstsein stärkte.

Er runzelte die Stirn. So etwas fiel ihm leicht ein. Er hatte intuitiv begriffen, wie die Schiffsführung lief. Wie er es tun würde, in ihren Schuhen. Seltsam.

»Ich will wissen, wer ich bin«, wisperte er schließlich.

»Ich benötige Zugang zu einem anderen Terminal«, erwiderte Sol. »Eines mit höherer Berechtigung. Kommandoebene. Das finde ich nicht in einer Logistikabteilung. Dafür müssen wir in den Kernbereich vordringen.«

»Das ist gefährlich. Da laufen überall Besatzungsmitglieder herum.«

»Es gibt eine Möglichkeit«, sagte Sol leise. »Wenn wir im Canopus-System ankommen. Die Besatzung bekommt größtenteils Landurlaub, es ist das Heimatsystem des Schiffes. Viele sind mit Ent- und Beladen befasst. Das Schiff ist ansonsten immobil, sobald es im Verladeorbit angekommen ist. Canopus ist ein sicheres System, eine der Zentralwelten des Imperiums. Die allgemeine Wachsamkeit wird nachlassen. Die Schichten sind dünn besetzt und viele werden pennen, da es nichts zu beobachten gibt. Das ist unsere Chance, in den Kernbereich vorzudringen und es ein zweites Mal zu versuchen – und unsere Flucht vorzubereiten.«

»Ja, unsere Flucht«, stimmte Kip zu. Das war es, was er wirklich wollte. Weg hier. Antworten gab es vor allem außerhalb des Superfrachters. »Nur, wie schaffen wir das?«

Sol grinste. »Ich habe einen Plan.«

Gut. Der war hoffentlich besser als alles, was ihm derzeit einfiel. Denn das war leider verdammt wenig.

Progress 27

»Und, dir gefällt der weibliche Sergeant?«

Plastikk grinste Hamid an, als er sich neben ihn hinter die Konsole setzte.

»Blödsinn!«, murmelte der Veteran und schüttelte den Kopf. Er sah nicht einmal auf.

»Erzähl mir nichts. Dein Blick sagte alles. Stehst auf den kräftigen Typ.«

»Sie ist athletisch, nicht massig«, erwiderte Hamid gegen seinen Willen. Da. Plastikk hatte ihn.

Der Händler lachte. »Und er verteidigt sie schon. Prächtig. Hamid, mein Freund, lass dir gesagt sein: Die Hübsche ist nichts für dich. Die frisst dich zum Frühstück. Armeetyp, aber so richtig. Die hat sich gerade mit einem Waffenarsenal für einen Privatkrieg eingedeckt. Wenn du mit ihr schmusen willst, musst du erst durch ihre Rüstung durch, die physische und die psychische. Ich bin mir nicht sicher, ob du diesem Kampf gewachsen bist.«

»Wie ich gerade schon sagte: Blödsinn! Wollen wir uns um deine Ware kümmern? Ich habe das eine oder andere herausgefunden, mein Freund.«

Der Händler wurde sofort ganz professionell, was sich vor allem durch den plötzlichen Ausdruck von Gier in seinen Augen manifestierte.

»Schieß los.«

»Der Sender ist ausgefallen, vor einigen Wochen.«

»Scheiße! Wo und warum?«

»Warum? Das sagt mir das bloße Verstummen eines Peilsignals nicht. Wo? In einer gottverlassenen Ecke des Imperiums: Delta-Cluster. Dort ist nichts los, ein paar Bergwerkstationen, viele unbewohnte und uninteressante Systeme, die meisten kaum exploriert. Alles offiziell vom Imperium beansprucht, aber ohne große Relevanz. Relativ weit hinter der Front. Es ist eine Handelsroute, viele Frachter machen Orientierungspausen in der Gegend. Das könnte erklären, warum dein Freund dort unterwegs war. Es ist auch ein Umschlagplatz für Schmugglergut.«

»Was du nicht sagst.«

Hamid grinste. »Ich wollte es nur erwähnen. Jedenfalls gibt es dort so gut wie keine imperiale Präsenz und keine Überwachung des Schiffsverkehrs. Wer verschwinden oder untertauchen will, der kann dort anfangen.«

Plastikk verzog sein Gesicht. »Willst du damit andeuten, dass mein Freund sich abgesetzt hat?«

Hamid zuckte mit den Achseln.

»Das könnte zwar sein, aber dann müsste es sich für ihn schon sehr lohnen. Wer einmal in dieser Gegend verdunstet, für den ist der Weg zurück schwer, vor allem wenn er mit einem Frachter voller Militärhardware unterwegs war. Jetzt kommen wir zu den interessanten Nachrichten: Es gab überraschende Flottenbewegungen der Kalten in dem Sektor.«

»Was haben die da zu suchen?«

Hamid lachte freudlos. »Was haben die überhaupt irgendwo zu suchen? Jedenfalls koinzidiert dies mit dem Verschwinden deines Freundes. Auf die Idee ist mittlerweile auch das Militär gekommen und hat sich auf die Suche begeben. Es könnte sein, dass wir bald wissen, was mit ihm passiert ist.«

Plastikk sah nicht glücklich aus. Wenn das Signal deswegen erloschen war, weil die Kalten das Schiff zerstört hatten, war seine Ware verloren. Und wenn das Militär ein Wrack fand und durchsuchte und Dinge an Bord fand, die auf Plastikk hindeuteten – konnte es ungemütlich werden. Natürlich kommentierte der Hehler all das nicht. Aber es war ihm anzusehen, wie er im Geiste die unterschiedlichen Optionen durchging und die möglichen Konsequenzen bedachte. Seine Begeisterung über Hamids Informationen hielt sich in engen Grenzen.

»Was können wir tun?«, murmelte er. »Die Fracht ist echt verdammt wichtig.«

»Wir können die Militärleitungen abhören und uns informieren. Wir können zum letzten Ort des Peilsignals fliegen und uns umsehen. Du hast doch sicher ein überlichtschnelles Raumschiff, oder?«

Plastikks Gesicht verschloss sich. Seit Ausbruch des Krieges war privater Raumflug auf ein Minimum begrenzt worden. Aber die Reaktion des Hehlers sagte alles. Natürlich stand irgendwo auf diesem Schrottplatz ein kleiner Sprinter, vielleicht ein ausrangiertes Kurierboot der Flotte, das man leicht verbergen konnte. Hamid ging davon aus, dass die Lizenzen in Ordnung waren, Plastikk das Schiff aber als Versicherung benutzte und nicht als ein Vehikel für ständige Lustreisen. Andererseits hatte er von einem Bungalow auf einer Urlaubswelt gehört. Wie dem auch war: Es gab ein Raumfahrzeug, das stand für ihn fest.

»Hinfliegen«, murmelte der Hehler. »Hm.« Er sah Hamid an. »Du hast Daten?«

»Ich habe Daten.«

»Kurierboot der Avari-Klasse«, sagte Plastikk leise.

»Wenn du fliegst, kann ich die Technik machen. Standardbauweise. Aber …« Hamid ließ den Satz in der Luft hängen.

Der Hehler verzog das Gesicht. Er wusste, was jetzt kam. »Wie viel?«

Hamid nannte eine Summe, die seinem Gegenüber körperlichen Schmerz zu bereiten schien. Doch es sprach für die Gier und die Verzweiflung Plastikks, dass er gar nicht lange verhandelte, sondern sogleich zustimmte. Wenn alles klappte, würde Hamid ein noch reicherer Mann sein als zuvor und dann stand ihm die Welt wirklich offen, zumindest der Teil, den die Kalten bis jetzt übrig gelassen hatten.

Außerdem hatte die Sache ihren Reiz. Durch die Arbeit bei Plastikk hatte er festgestellt, dass das friedliche und geruhsame Leben als Arbeiter und Eigenheimbesitzer nicht ganz die Erfüllung gebracht hatte, die er sich erhoffte. Die Aussicht, etwas tun zu können, was Abwechslung versprach und erforderte, dass er wieder ins All aufbrach, belebte seine Lebensgeister auf unerwartete Weise. Er würde Urlaub nehmen, und wenn man ihm den nicht gab, würde er kündigen. Es gab genug andere, die auf eine Stelle wie die seine warteten. Er hatte nicht nur seine Pension, er hatte auch neutrale Denominatoren, und wenn er mit Plastikk fertig war, davon noch einige mehr.

Vielleicht kaufte er sich dann auch ein ausrangiertes Kurierboot und machte den Pilotenschein. Veteranen genossen gerade zu Kriegszeiten gewisse Privilegien – vor allem da Inhaber einer Fluglizenz von planetaren Verwaltungen jederzeit zu Notdiensten rekrutiert werden konnten. Ja, der Gedanke gefiel ihm, gefiel ihm sogar sehr.

»Wann fliegen wir?«, fragte er.

»Ich muss dem Piloten Bescheid sagen«, erwiderte Plastikk. Keine Lizenz für den Hehler, zumindest keine offizielle, und damit auch keine Notdienste. Der Mann begab sich nicht in Abhängigkeiten, er schuf sich welche. Hamid saß im Netz und erfüllte seinen Zweck. Das war kein Problem, wenn das Geld stimmte und die illegalen Machenschaften sich darauf beschränkten, Waren zu verschieben. Hamid ging davon aus, dass Plastikk ein Pilot war und sein Angestellter nur eine Deckung.

»Ich sage Bescheid. Ein oder zwei Tage.«

Hamid runzelte die Stirn. »Der Pilot ist nicht greifbar? Er arbeitet nicht für dich?«

»Er arbeitet für viele.«

Das erklärte die Verzögerung. Es war vermutlich jemand, der sich für allerlei nicht völlig legale Reisen verdingte und der daher von vielen potenziellen Auftraggebern nachgefragt wurde. Ein weiterer, sehr wohlhabender Mann, wie Hamid vermutete.

Er erhob sich und nickte Plastikk zu. »Du weißt, wo du mich findest.«

Plastikk winkte. »Erhol dich.«

Er sah auf, als sich Hamid nicht von der Stelle bewegte und ihn stattdessen geduldig anschaute, das Gesicht ausdruckslos. Der Hehler seufzte und erhob sich. Mit müden Schritten, als ruhe alles Leid des Universums auf seinen Schultern, schleppte er sich zur rückwärtigen Wand, in die der mehrfach gesicherte Tresor eingelassen war. Dort hatte er erst vor Kurzem das Geld von Sergeant Vocis deponiert und es war ihm anzusehen, dass es ihm körperlichen Schmerz bereitete, den Schrank nun wieder öffnen und Geld herausnehmen zu müssen. Plastikk zog eine kleine Show ab. Hamid war nicht beeindruckt. Als der Mann ihm mit einer theatralischen Gestc, die aus einer der alten Tragödien stammen könnte, den Denominator in die Hand drückte, machte Hamid eine Show daraus, genaustens zu prüfen, welche Summe in der Einheit fest verdrahtet gespeichert war. Es war exakt das, was Plastikk ihm schuldete; im Grunde hatte er auch keinen Moment daran gezweifelt.

Heute Abend, so beschloss er, würde er ausgehen: ein gutes Essen, eine gute Show, ein gutes Bordell, ein wenig Zeit für sich.

Er hatte es sich verdient.

Hamid wog das angenehme Gewicht des Denominators in seiner Hand.

Ja, das hatte er ganz offensichtlich.

Progress 28

Das Innere von Aume war faszinierend. Das leicht irisierende, schwarze Material erfüllte auch die Gänge und Räume, durch die Kerr geführt wurde. Es war ihm klar, dass das Schiff diese eben erst erschaffen hatte, dass es volle Kontrolle über jedes Molekül hatte und jede Form bilden und annehmen konnte, die ihm gefiel. Wie es »wirklich« war? Der Gedanke allein war absurd. Es gab kein »wirklich«, sondern nur das, was die Aume beschloss zu sein.

»Es gibt zwei Bereiche, die ich ungern verändere, da sie essenziell sind«, erklärte Aume, als sie vor ihm durch den Gang schritt. Kerr musste ordentlich ausholen, um mit ihr Schritt zu halten. »Da wären die primären Energiespeicher, die, einmal gefüllt, nur unter großem Aufwand zu rekonfigurieren sind. Und dann ist da die Antriebssektion. Die dortige Maschinerie ist hochkomplex.«

»Und du … das Gehirn, wo bist du?«, fragte Kerr, als er zusammen mit Aume eine Art Kanzel betrat, die einen freien Blick in den unterirdischen Hangar erlaubte. Zwei Sessel und eine elegant geformte Konsole waren die einzigen Einrichtungsgegenstände, alle dunkel schimmernd, mit sanften Leuchteffekten, die über Boden und Möbel flackerten, als würden sie ein Feuerwerk reflektieren.

»Ich bin alles und überall.«

Kerr nickte. Diese Antwort hatte er erwartet.

»Setzen wir uns.«

Während Aume sich mit erotischer Leichtigkeit in einen Sessel hockte, mit dessen Materie sie sofort zu verschmelzen schien, bewegte sich Kerr etwas ungelenker. Er hatte weiterhin seinen Druckanzug an, Ausdruck eines Restmisstrauens, das ihm Aume allerdings nicht übel zu nehmen schien. Hätte sie ihm etwas Böses gewollt, der Anzug hätte sie kaum davon abgehalten.

»Ich löse jetzt einen Desintegrator aus. Er wird eine ausreichend große Öffnung in die Anlage schneiden und uns damit den Start ermöglichen.« Aume sah Kerr an. »Es besteht keine Gefahr für deine Unversehrtheit. Bist du bereit?«

»Ich bin nur Passagier.«

»Du bist ein geehrter Gast.« Aumes Lächeln war so echt und herzerwärmend, dass Kerr sich wirklich wunderte, wie viel von seinen atavistischen Instinkten das Schiff mittlerweile in ihm gelesen hatte. Es wusste jedenfalls, auf welche Knöpfe es bei einem alleinstehenden männlichen Menschen drücken musste.

Ein Leuchten erfüllte für einen Moment die Kanzel und Kerr blinzelte. Aume hatte ihre Ankündigung sofort und ohne weitere Präliminarien in die Tat umgesetzt. Als er wieder klar sehen konnte, zeigte die Decke ein gähnendes Loch und Schwaden der Atmosphäre drangen in die Halle ein. Er starrte ein wenig, möglicherweise mit leicht geöffnetem Mund.

Das war schnell gegangen. Und sehr gründlich. Aume verfügte über eine mächtige Waffe.

»Ich löse damit die Bindungskraft zwischen den Atomen auf«, erklärte sie beiläufig.

»Wozu benötigst du so was?«

Aume sagte nichts und das war vielleicht auch ganz gut so. Diese kurze, beiläufige Machtdemonstration hatte ihm gezeigt, welche Möglichkeiten dieses Schiff hatte. Es war das eine, sich derlei auszumalen, und das andere, es zu erleben. Das plötzliche Gefühl von Hilflosigkeit, von Ausgeliefertsein, das ihn erfüllte, war nicht angenehm.

Er spürte eine Berührung: Aumes Hand auf seinem Unterarm. Es war, als habe er gar keinen Druckanzug an, so deutlich spürte er den sanften Druck auf seiner Haut, die angenehme Wärme.

»Du hast Angst vor mir.«

Kerr rang sich ein Nicken ab. »Mir ist jetzt erst klar geworden, welche Macht du repräsentierst. Und wozu du diese einsetzen könntest. Und wie sehr ich deinem guten Willen ausgeliefert bin.«

»Und du zweifelst an meinem guten Willen.«

»Ich weiß nicht, was für dich ›gut‹ bedeutet.«

Das Schiff glitt sehr langsam nach oben. Er spürte erwartungsgemäß keinerlei Andruck.

»Holoban«, sagte Aume sanft, »ich verspreche dir eines: Solltest du einmal an meinen Absichten und Plänen so sehr zweifeln, dass du nicht mehr in meiner Gegenwart sein möchtest, werde ich dich an einem Ort deiner Wahl absetzen, ohne dir Unwillen entgegenzubringen oder beleidigt zu sein.« Aume lächelte. »Mich kann man ohnehin nur schwer beleidigen.«

»Sind deine Gefühle nicht sowieso nur Simulation?«

Aume legte den Kopf zur Seite, als müsse sie erst noch darüber nachdenken.

»Wie deine, Produkt von Hormonen und Drüsen. Meine Hormone und Drüsen sehen nur anders aus und ich verfüge über eine größere Körperbeherrschung, könnte man sagen. Aber damit sind meine emotionalen Zustände nicht weniger real als deine. Die Frage, die Wesen wie du und ich teilen, ist doch diese: Beherrschen wir unsere Gefühle oder beherrschen diese uns?«

Kerr, der immer jemand gewesen war, der sich für einen sehr beherrschten Mann hielt, gab darauf keine Antwort. Er fühlte sich vor Aume entblößt und auch ihre besänftigenden Worte konnten daran nichts ändern. Er wusste, was sein eigentliches Problem war: ein massiver Minderwertigkeitskomplex, der sich im Verlauf seiner Interaktion mit diesem Schiff aufgebaut hatte. Er bedurfte der ständigen Bestätigung seiner Nützlichkeit und er befürchtete, dass das Schiff dieses Bedürfnis gut erkannte und daher in der Lage war, ihn entsprechend zu manipulieren.

Kerr wurde nicht gerne manipuliert. Er war zu intelligent, um sich permanent selbst zu belügen, nur damit er sich wohlfühlte. Das war ein Fluch, meistens, und jetzt wahrscheinlich auch.

Das Schiff erhob sich in die Atmosphäre, verließ das alte Gefängnis. Es verhielt schwebend über der Ruinenstadt und Aume fokussierte auf den Transporter, Kerrs altes Zuhause. Er bedauerte beinahe, es jemals verlassen zu haben. Doch er riss sich zusammen. Einsiedelei hätte ihn auf dieser Welt in den sicheren Tod geführt.

Und das war ja auch keine Lösung.

»Soll ich das Fahrzeug aufnehmen?«

»Du bist nicht so groß, um alles mitzunehmen«, gab er zu bedenken.

»Ich bin flexibel«, erwiderte Aume mit einem leicht belustigten Unterton und lächelte ihn an. Kerr war der sexuelle Unterton nicht entgangen. Das mit der Manipulation fiel ihm sofort wieder ein, was aber seiner unmittelbaren körperlichen Reaktion nichts entgegenstellte. Er räusperte sich.

»Flexibel?«, fragte er etwas heiser nach.

»Ich kann meine Hülle ausdehnen. Der Transporter ist kein Problem. Die Ladung deines Schiffes ist kein Problem. Möchtest du ihn behalten?«

»Ja, bitte.«

Das Schiff senkte sich sofort nach seinen Worten auf den Boden herab. Das Fahrzeug verschwand aus seinem Blickfeld und für einen Augenblick sah er nichts als die Dächer der Ruinenstadt.

»Sedili«, sagte Aume unvermittelt und ohne jeden Kontext.

Kerr sah sie verwirrt von der Seite an. »Bitte?«

»Die Zivilisation, die hier lebte, waren die Sedili. Sie sind nicht ausgestorben, zumindest jetzt noch nicht. Sie haben diese Welt verlassen und sind auf einem Pfad der Veränderung. Eines der alten Völker, hochgeachtet und respektiert in der Galaxis.«

Hochgeachtet, respektiert und den Menschen völlig unbekannt, dachte Kerr.

»Du erinnerst dich?«

»Ja, zumindest in Bruchstücken. Ich war ihr Gast, kein Feind. Sie nahmen mich auf, als ich fortlief. Als sie gingen, schlief ich wohl noch. Sie ließen mich in der Obhut ihrer Gebäude zurück. Ich habe mich geirrt. Es gab sie hier noch, als ich ankam. Es ist schwer, wenn man sich nur an diese Fragmente erinnert.«

Das klang beinahe etwas gequält.

Dann erhob sich das Schiff langsam. Es drehte sich, Kerr blickte auf den Parkplatz des Transporters hinab, sah, dass das Fahrzeug verschwunden war.

»Ich fliege jetzt zu deinem Raumschiff. Ich orte, dass es zerbrochen und teilweise eingesackt ist. Bitte zeige mir auf dem Scannerbild, was du benötigst.«

Vor Kerr erschien eine schematische Darstellung der FRIEDBERT oder vielmehr ihrer Reste im aktuellen Zustand. Er brauchte nicht lange, um die Ladung zu identifizieren, die offizielle wie auch die nicht ganz so offizielle. Er hoffte, dass der leichte Stich schlechten Gewissens Aume verborgen blieb, als er unter anderem den Container bezeichnete, in dem neben allerlei mechanischen Werkzeugen auch die Kiste mit den Handelsgütern stand, deren Inhalt nicht allen Vorschriften entsprach.

War persönlicher Reichtum etwas, dem er angesichts seiner Situation noch Aufmerksamkeit schenken sollte?

Kerr beschloss, auf Nummer sicher zu gehen. Lieber unglücklich und reich als unglücklich und arm.

Es dauerte kaum fünf Minuten, dann glitt die AUME über den Resten der FRIEDBERT, die in etwa so aussahen, wie er sie verlassen hatte. Das plötzliche Gefühl von Verlust und Trauer, das er in den letzten Wochen so erfolgreich verdrängt hatte, kehrte mit unerwarteter Wucht zurück und er saß für einige Minuten nur so da, starrte auf das Wrack und fühlte sich nicht gut. Die AUME landete in unmittelbarer Nähe des Havaristen und Kerr beobachtete, wie ihr Leib weitere Avatare ausbildete, keiner auch nur halb so attraktiv wie Aume, dafür aber sehr funktional und leistungsfähig in Bezug auf die anstehende Aufgabe. Ladegeräte, Transporteinheiten, roboterähnliche Bergungseinheiten, die sich alle in Form und Funktion gar nicht einmal groß von vergleichbaren Erzeugnissen imperialer Technik unterschieden, außer dass sie bis vor ein paar Minuten gar nicht existiert hatten und nach Ende ihrer Arbeit wieder aufhören würden zu existieren.

Die AUME hielt ihr Wort. Nach gut zwei Stunden hatte sie einen erheblichen Teil der Ladung aus der FRIEDBERT geborgen. Zurück blieb nur, was beim Absturz so beschädigt worden war, dass sie nur Schrott an Bord genommen hätte. Aber auch so blieb doch ein erheblicher Anteil übrig, darunter viele wichtige Militärgüter. Das Schiff hatte, wie angekündigt, sein Volumen deutlich erhöht. Kerr hatte es förmlich wachsen sehen. Ein beängstigender und gleichermaßen beeindruckender Vorgang.

Nach Abschluss der Bergung begann die AUME mit dem Aufstieg. Kerr sah die graubraune Welt unter sich schnell kleiner werden, und sosehr er dem Grab der FRIEDBERT nachtrauerte, so wenig unglücklich war er darüber, diesen Planeten hinter sich lassen zu dürfen. Zu seinem Erstaunen begann die AUME, sich nach Erreichen des Orbits neu zu konfigurieren. Er durfte genau mit ansehen, wie sie ihre schlanke Flunderform, etwas verdickt durch die plötzliche Schwangerschaft mit ihrer neuen Ladung, vollständig umbaute – ein gleitender, geräuschloser und auf berückende Art elegant wirkender Prozess. Die Kanzel, in der er sich befand, veränderte sich nicht, glitt aber in etwa an die Stelle, an die sich das Cockpit der FRIEDBERT befunden hatte, deren äußere Form und Konsistenz die AUME nunmehr übernommen hatte. Nach wenigen Minuten saß Kerr völlig fassungslos in einer perfekten Kopie seines alten Schiffes, das sogar die gleiche Kennung aufwies und die gleichen Gebrauchsspuren.

»Das wird deine Heimkehr erleichtern, denke ich«, sagte Aume.

Kerr schaute sie wie entrückt an, als sie sich freundlich an ihn wandte. Der ganze bisherige Prozess war in beiderseitiges Schweigen gehüllt gewesen.

»Ich war wochenlang verschwunden«, protestierte er.

»Du warst mit schwierigen Reparaturen beschäftigt. Ich habe an mir entsprechende Spuren hinterlassen. Das erklärt auch, warum Teile der Ladung fehlen. Niemand wird den Unterschied bemerken. Du hast es geschafft, nur die Hyperfunkanlage bleibt irreparabel. Wie gut, dass der Sprungantrieb wieder funktioniert und du nach Hause zurückkehren kannst. Was war dein Ziel?«

»Das Canopus-System.«

»Gut. Ich werde mich mit üblicher Geschwindigkeit innerhalb der Parameter der FRIEDBERT dorthin begeben.«

Kerr schaute Aume an, ihr wunderschönes Gesicht, die schwarz schimmernden Augen, das gewinnende, vielleicht etwas nachsichtige Lächeln.

»Was muss ich dafür tun?«, stellte er erneut die wichtigste Frage. Er glaubte nicht, dass Aume böse Absichten hatte, er wollte aber auch nicht an völlige Selbstlosigkeit denken. Aume hatte Absichten. Sie wollte seine Hilfe. Was waren ihre Ziele?

»Ich werde dir alles offenbaren. Sobald ich mich selbst erinnere. Mehr kann ich nicht versprechen. Aber erst müssen wir nach Canopus. Ich muss dorthin. Für meine eigentliche Mission.«

»Was ist das Ziel dieser Mission?«, drängte Kerr.

»Unklar. Ich spüre jedoch, wie das Wissen darüber sich in mir wieder zusammensetzt. Eines allerdings weiß ich schon jetzt mit Bestimmtheit: Ich werde Krieg führen. Einen alten, sehr alten Konflikt wieder aufnehmen. Es wird dir gefallen, Holoban Kerr. Meine Feinde sind die deinen.«

»Meine Feinde?«, echote Kerr. »Wer sind denn meine Feinde?«

Wieder der nachsichtige Blick, eine sanfte, elektrisierende Berührung am Unterarm.

»Du nennst sie die Kalten. Ich habe andere Namen für sie. Aber mein Ziel ist, sie aufzuhalten. Ich bin schon einmal daran gescheitert, das weiß ich noch.« Sie machte eine Pause. »Beim zweiten Mal sollte es mir gelingen.«

Progress 29

Als die HARALDUS VINDICATOR in den Orbit einschwenkte, waren sie alle noch am Leben. Das empfand Thasri als angenehme Überraschung. Ildiz zeigte weder Überraschung noch Erleichterung. Sie aktivierte zahllose Atmosphärensonden, die auf den Planeten hinabglitten und die vor Feuchtigkeit dampfende Dschungelwelt in Anschein nahmen. Es dauerte nur wenige Minuten, dann hatten sie aufgrund der zur Verfügung stehenden Daten den Landeplatz der ersten Expedition gefunden und daneben, noch viel wichtiger und beeindruckender, die gigantische Tempelanlage, von Gewächsen überwuchert, aber kaum zu übersehen.

Aus Thasri, der Agentin, wurde in diesem Moment wieder die Xenoarchäologin. Das Bauwerk, dessen wahre Struktur sich unter den tastenden Strahlen der Scanner sofort enthüllte, war ohne Zweifel ein Werk der Kath und gleichzeitig das größte, das man jemals von dieser enigmatischen Zivilisation gefunden hatte. Der gigantische, freitragende Dom des Hauptgebäudes war nahezu unbeschädigt. Die Kath hatten für die Ewigkeit gebaut und alles darangesetzt, dieses architektonische Versprechen auch einzuhalten.

»Ich muss da runter«, murmelte sie, völlig versunken in den faszinierenden Anblick. Kath-Ruinen waren schwer zugänglich. Normalerweise waren sie nicht so imposant und sie lagen auf Welten, die im Regelfall kein großartiges anderweitiges Interesse aufwiesen. Erschwerend kam hinzu, dass diese antike Zivilisation nicht über eine Art geschlossenes galaktisches Siedlungsgebiet verfügt zu haben schien. Die gefundenen Welten waren verstreut und absolut lebensfreundliche Systeme in ihrer aller Reichweite waren völlig frei von Artefakten. Nach welcher Logik die Kath ihre Stützpunkte und Kolonien ausgewählt hatten, gehörte zu den zahllosen Rätseln, die es noch zu lösen gab. Thasri hatte feuchte Handflächen. Für diese Momente hatte sie vergessen, dass das Imperium mehr von ihr verlangte als archäologischen Ehrgeiz und dass die Kalten hierher unterwegs waren.

Diese Tempelanlage war wie Weihnachten und Ostern zusammen. Es war der große Traum eines jeden Xenoarchäologen. Es war der Jackpot.

Sie blickte hoch. Kommandantin Ildiz sah sie an, als würde sie ein wenig an Thasris Verstand zweifeln. Die Gier musste sich deutlich auf dem Gesicht der Agentin widergespiegelt haben. Sie riss sich zusammen, bemühte sich um eine professionelle Haltung, doch es fiel ihr schwer. Das Schatzfieber hatte sie gepackt, so stark wie selten zuvor in ihrem Leben.

»Ich muss landen. Mit meinem Team«, sagte sie mit fester Stimme.

Ildiz nickte langsam. »Das ist der Plan. Erst möchte ich aber ...«

»Nein. Dafür ist keine Zeit.«

Thasri starrte die Offizierin an. Es wurde kein echter Wettkampf der Willenskraft. Jetzt, wo die VINDICATOR den Orbit erreicht hatte, begann Thasris Kommandogewalt zu wirken. Ildiz war, wie sie wusste, die glorifizierte Chaffeuse gewesen. Jetzt entschied die Agentin.

Ildiz zeigte weder Trotz noch beharrte sie auf ihren Einwänden. Sie nickte nur und wandte sich an ihre Brückenbesatzung.

»Dropship Alpha startbereit machen. Sergeant, begeben Sie sich mit Ihren Männern in Hangar 7. Agentin Caldin wird sich in Kürze zu Ihnen gesellen. Lieutenant Wolof, Staffel 1 startbereit machen. Sie werden dem Dropship Geleitschutz geben.«

Thasri wollte widersprechen, besann sich jedoch eines Besseren. Es half nicht, die Kommandantin unnötig zu provozieren. Wenn sie ihr drei Jagdflieger mit auf den Weg schicken wollte – exakt so viele, wie die VINDICATOR an Bord mitführte –, dann würde sie dies akzeptieren. Die Jäger konnten ohnehin keinen Schaden anrichten. Nützen würden sie wahrscheinlich auch nichts. Sobald die Fähre gelandet war, kehrten sie zu ihrem Mutterschiff zurück.

Sie warf Ildiz einen letzten Blick zu und marschierte in den Hangar. Imanez wartet dort bereits auf sie und reichte ihr den Rucksack mit ihrer persönlichen Ausrüstung. Noch im Hangar kleidete sie sich um, tauschte den Schiffsoverall gegen einen Standard-Kampfanzug um. Die Atmosphäre da unten war atembar, wenn die Messungen sie nicht belogen, dennoch würde sie den Helm geschlossen halten und zumindest am Anfang aus den Druckluftkapseln atmen, die in der Kragenmanschette verborgen waren. Obgleich es viele Jahre her war, seitdem sie das letzte Mal so eine Montur angelegt hatte, saßen ihre Handgriffe immer noch perfekt. Ihr entging der anerkennende Blick von Imanez keinesfalls und sie spürte einen leichten Anflug von Stolz.

Als sie das tropfenförmige Dropship betrat, waren die anderen Soldaten natürlich bereits startbereit. Sie wanderte nach vorne bis in die Führungskanzel, in der eine junge Pilotin saß und sie schweigend ansah. Thasri trug keinen militärischen Dienstgrad und Dropshippiloten waren ohnehin nicht dafür bekannt, übermäßigen Eifer bei militärischen Ehrbezeugungen an den Tag zu legen. Es waren derangierte Menschen mit wenig Respekt vor dem Leben und genau deswegen flogen sie ihre Nussschalen direkt in feindliches Feuer hinein und hatten auch noch Spaß dabei.

»Wir können dann«, erklärte die Agentin und schnallte sich an. Sie hörte, wie die Zugangsluke zuglitt und arretiert wurde, und unvermittelt hob sich das wendige und widerstandsfähige Gefährt in die Luft. Noch während die äußere Hangartür langsam aufglitt und den Blick auf die von der Sonne erleuchtete Oberfläche der Welt unter ihnen freigab, beschleunigte die Pilotin den Zubringer nach vorne. Thasri befürchtete beinahe, die Stummelflügel würden an den zur Seite fahrenden Hangartoren kratzen, aber das war natürlich unbegründet.

»Wir machen es nicht zu wild«, erklärte Thasri. »Wir landen sauber, aber ich erwarte weder Bodenfeuer noch Flugabwehr. Und das Dropship bleibt unten. Es sollte also in der Lage sein, wieder zu starten.«

Die Pilotin nickte und verbarg ihre Enttäuschung nur unzureichend. Sie gehörte zu einer Kategorie, die Freude daran empfand, das eigene Fluggerät und die eigenen Fähigkeiten immer wieder bis an die Grenzen zu führen – und der völlig gleichgültig war, ob ihre Passagiere sich dabei die Seele aus dem Leib kotzten.

Heute nicht. Es ruckelte. Die Eintrittsgeschwindigkeit war möglicherweise ein kleines bisschen höher als notwendig, auch am Winkel, mit dem die leicht ausgefahrenen Flügel auf die dichter werdende Atmosphäre trafen, hätte man drehen können. Für eine Dropshipfrau aber hatte die

Pilotin den butterweichen Gang eingelegt und Thasri vermochte anzuerkennen, dass für die Soldatin damit ein großes Maß an Selbstdisziplin verbunden war.

Der Dschungel breitete sich unter ihnen aus. Die grünbraune Fläche wirkte verwaschen, da sich Nebelbänke über ihr gebildet hatten, die den Blick verschleierten. Das Dropship glitt über die wie fugenlos aussehende Vegetationsfläche dahin. Als das Gebäude des überwucherten Tempels vor ihnen aufragte, hatte die Pilotin die Geschwindigkeit bereits so weit vermindert, dass der Anblick von allen genossen werden konnte. Dieser Planet war auch ohne Kath-Bauwerke beeindruckend, seine biologische Vielfalt musste erstaunlich sein. Unter normalen Umständen – ohne Kath und ohne die Bedrohung durch die Kalten – wäre diese Welt ein El Dorado für imperiale Pharmakonzerne, denn egal wie gut die Laboratorien auch arbeiteten, der Natur fiel auch heute noch meistens etwas Besseres ein.

»Umkreisen Sie das Gebäude einmal«, ordnete Thasri an und ihr Befehl wurde sofort ausgeführt. In einem weiten Bogen schwebte das Fahrzeug um den hoch aufragenden Bau herum, an dem nun Einzelheiten zu erkennen waren. Türme, wie Minarette, aber größtenteils abgebrochen oder zerfallen, rahmten die riesige Kuppel ein, deren Hülle unbeschädigt schien. Ob die geschlossene Decke aber aus dem ursprünglichen Baumaterial bestand oder sich allerlei Ranken und andere Pflanzen bemüßigt sahen, die Löcher im Dach auf ihre Weise zu flicken, das war von hier kaum zu erkennen.

Dann erblickten sie den Landeplatz. Drei Standard-Landefähren waren zu erkennen, teilweise mit offener Luke. Es wirkte alles friedlich und es bewegte sich nichts. Noch war nicht genug Zeit gewesen für den Dschungel, die freigebrannte Fläche wieder für sich zu reklamieren. Welche Tiere es sich in den Transportschiffen mittlerweile gemütlich gemacht hatten, war von hier nicht zu sehen.

»Sie setzen neben den Fähren auf«, befahl Thasri. »Lassen Sie das Schutzfeld aktiviert. – Sergeant!«

Imanez' Stimme ertönte in ihrem Helm. »Agentin?«

»Wir bilden den ersten Perimeter innerhalb des Schutzfeldes. Ich möchte, dass Sie den Energoboter als Erstes hinausschicken.«

»Bestätige.«

Das androide Mitglied ihrer Crew nahm den Laderaum des Dropships ein, eine auf Gleisketten oder Prallfeldern sich fortbewegende Kampfmaschine, deren Hauptgeschütz aus einer Plasmakanone bestand, mit der man nötigenfalls kilometerbreite Furchen in den Dschungel schlagen konnte – oder große, schmerzhafte Löcher in jeden Angreifer. Der semiintelligente Automat konnte sowohl autonom agieren wie auch ferngesteuert werden und wurde eigentlich nur für richtige Invasionen eingesetzt, bei denen starke Befestigungen oder gegnerische Kriegsmaschinen zu eliminieren waren. Sie konnten es sogar mit Kalten Gehern aufnehmen, bis sie getroffen wurden. Die Energieschirme hielten dem Feuer eines Gehers meistens nur wenige Augenblicke stand, wie alles, auf das ihre rätselhaften Feinde ihre tödliche Aufmerksamkeit richteten.

Das erinnerte Thasri an den Zeitdruck, unter dem sie standen.

Das Dropship landete, natürlich mit einem völlig unnötigen, deutlich spürbaren Ruck.

»Wir sind da«, meinte die Pilotin unnötigerweise. Sie sah nicht glücklich aus. Das war alles viel zu sanft verlaufen.

Thasri hatte ihren Sitz bereits verlassen. Als sie in die hintere Kammer trat, war diese schon leer. Imanez' Leute waren aus dem Dropship gesprungen und hatten sofort den Perimeter errichtet. Sie hörte es rumpeln, als unter ihr der Energoboter aus dem Laderaum geholt wurde. Nur die anderen Wissenschaftler waren an Bord geblieben, ein wenig ängstlich, auf jeden Fall vorsichtig. Das war völlig in Ordnung so.

»Sergeant, wie ist die Lage?«, fragte Thasri.

»Alles ruhig.«

»Wir kommen dann.«

Sie nickte den Wissenschaftlern zu und stieg die flache Rampe hinab. Die Soldaten hockten innerhalb des Schutzfeldes, die Waffen erhoben, auf der Suche nach Zielen. Das dunkle Summen des Energoboters erfüllte die nähere Umgebung des Dropships und Thasri schaute sich um. Der Sergeant hatte natürlich recht. Nichts regte sich. Sie konnten nichts erfahren, indem sie hier blieben.

»Bodenradar?«, fragte sie in Richtung Cockpit.

»Tierzeugs. Keine energetische Aktivität.«

»Deaktivieren Sie den Feldschirm. Wenn wir durch sind, wieder einschalten.«

»Bestätige.«

Thasri wandte sich an den Sergeant. »Ich will in die Fähre da drüben.« Sie zeigte mit dem Finger. Das Shuttle stand etwa fünfzehn Meter entfernt auf dem ausgebrannten Boden.

Imanez nickte.

Der Schirm erlosch.

Die Soldaten rückten vor. Einer blieb bei den Wissenschaftlern, aber Thasri bedurfte des Schutzes nicht. Ja, sie war sicher etwas eingerostet über die Jahre, und sie war nicht mehr die Jüngste. Aber sie wusste, wie man die HFL 17, die Standardeinsatzwaffe des Geheimdienstes, benutzte. Der stumpfe Lauf zeigte nach vorne, als sie mit geübten, beinahe angeborenen Bewegungen hinter den vorrückenden Soldaten voranschritt.

Die Ersten erreichten die Fähre. Einer zog den Hebel der Zugangsrampe. Es knirschte, doch die Fähre hatte noch Saft; alles andere hätte Thasri auch sehr verwundert. Die Rampe fuhr nach unten, knallte etwas zu heftig auf den Boden. Staub wirbelte auf. Thasri sah sich unwillkürlich um, den Finger am Abzug.

Nichts.

»Niemand«, meldete ein Soldat, der einen Blick in das Innere der Fähre geworfen hatte. »Auch nicht im Cockpit.«

»Beschädigungen?«

»Keine zu sehen. Ich kann einen Systemcheck durchführen.«

»Später. Wir gehen zum Domzelt.«

Etwa hundert Meter in Richtung des Tempels stand das Hauptgebäude, das die erste Expedition errichtet hatte – wenn man den etwa zwanzigminütigen Vorgang, ein vollautomatisches Domzelt unter Druckluft aufzurichten, so bezeichnen wollte. Das grauweiße Bauwerk war luftdicht und bot frei gestaltbare Innenräume, es war Standardausrüstung für Missionen wie diese. Von außen sah es völlig unbeschädigt aus. Sogar die in die Decke eingelassenen Ventilatoren kreisten träge, als würden sie nur darauf warten, wieder richtig in Anspruch genommen zu werden. Sie schaufelten verbrauchte Luft hinaus und frische herein, ein in atembaren Atmosphären absolut üblicher Vorgang.

Die Soldaten rückten vor. Thasri und die Wissenschaftler folgten in gebührendem Abstand. Doch die Anspannung löste sich etwas. Die Gegend wirkte friedlich. Auf den Scannern zeigte sich nichts. Der große

Tempel lockte mit seinen Geheimnissen. Noch nie war von Kath-Artefakten ernsthafte Gefahr ausgegangen, vom unsachgemäßen Gebrauch durch Amateure einmal abgesehen, die in der Anfangsphase das eine oder andere Todesopfer gekostet hatte. Der Grund für die Sanktionen, die das Imperium auf die Fundwelten legte, lag aber letztlich woanders: Niemand sonst sollte die potenziellen technologischen Vorteile abgreifen dürfen. Doch Thasri wusste, dass die bisherigen Bemühungen, aus Kath-Technik irgendeinen signifikanten Vorteil zu schlagen, eher erfolglos geblieben waren. Doch allein alles, was man bereits begriff, hatte die Gier zu wecken vermocht.

Was hieß, dass man es weiter versuchte.

»Nichts und niemand«, meldete Imanez und er klang beinahe etwas enttäuscht. »Die Unterkünfte sind leer. Keine Seele. Keine Zerstörungen. Sieht alles normal aus.«

Thasri betrat das Zelt. Soldaten nickten ihr zu, ihre Haltung entspannt. Sie schritt in den Gemeinschaftsraum, das traditionelle Zentrum einer Forschungsgruppe. Es sah aus, als wäre es gerade erst verlassen worden, um eine Schicht anzutreten. Sie berührte einige dreckige Kaffeebecher, die neben der Waschanlage aufgebaut waren. Diese war nicht eingeschaltet worden, wie man es eben manchmal vergaß. Der Schimmel an den Kaffeeresten war der größte Hinweis darauf, dass dies schon einige Zeit zurücklag. Dann betrat sie einen Raum, der offenbar als Lazarett eingerichtet worden war. Zwei mobile Autodocs, der Gipfel imperialer Hochtechnologie, standen da, abgeschaltet unbeschädigt. Hier war nie jemand verarztet worden. Alles wirkte wie neu.

»Ich verstehe es nicht«, murmelte sie. »Irgendwelche Rückstände? Haben Sie die Sniffer aktiviert?«

»Wir sind dabei«, sagte Imanez, der den Raum nun auch betrat. »Bisher nichts. Die Luft ist exakt die gleiche wie da draußen. Wenn da etwas in der Atmosphäre war, dann ist es längst fort.« Er wies nach oben, zeigte auf die sich träge drehenden Ventilatoren. »Energie gibt es. Die Speicher sind voll. Aber die Computerkerne sind gelöscht.«

»Gelöscht?«

»Feucht ausgewischt.«

Das war der übliche Euphemismus für einen umfassenden und vernichtenden EMP-Angriff auf elektronische Anlagen. Normalerweise waren diese aber bestens gegen derlei geschützt. Dies war Militärausrüstung. Bei einer rein zivilen Mission wäre Thasris Fantasie weit genug gegangen, sich derlei ausmalen zu können, aber dies war keine privat finanzierte Expedition von Schatzsuchern. Sie schüttelte in ihrem Helm den Kopf, eine Geste, die nur der Sergeant wahrnehmen konnte.

»Wo sind die Leute?«, murmelte sie leise.

»Hier nicht.«

»Dann im Tempel.«

Imanez nickte. »Dort sollten wir als Nächstes suchen.«

»Ich möchte, dass Ihr Trupp einen Blick in alle Ecken wirft. Suchen Sie nach schriftlichen Aufzeichnungen.«

Der Sergeant warf ihr einen verwirrten Blick zu. »Schriftlich ... Sie meinen ...«

»Physische Notizen, auf Papier oder Folie, erstellt durch die Abgabe von Farbpartikeln auf einem festen Medium«, dozierte Thasri mit einem ironischen Unterton. »Wissenschaftler tun so was manchmal.«

Imanez grinste und nickte. »Geben Sie uns zwanzig Minuten.«

Thasri winkte. Dann wandte sie sich den abwartenden Experten zu, die dem Treiben der Soldaten nicht verständnislos, aber mit erkennbarer Ungeduld zusahen.

»Dr. Hephos«, wandte sie sich an ihren Kollegen, »Sie alle brennen darauf, den Tempel aufzusuchen, aber wir wollen methodisch vorgehen. Überprüfen Sie die Anlagen, spielen Sie neue Software auf. Reaktivieren Sie die Computer, die Messgeräte. Wenn etwas fehlt, holen Sie sich die Transportkisten aus dem Dropship. Ich möchte, dass Sie hier alles einigermaßen wieder in Gang setzen. Wenn Ihnen etwas auffällt, dann melden Sie es sofort. Klar?«

Hephos nickte. Er salutierte nicht, aber er wandte sich sofort ab und die anderen folgten ihm. Orientierungsprobleme sollte es nicht geben. Sie waren alle mit dem Standardlayout dieser Aufbauten gut vertraut. Der Soldat, der bisher als Geleitschutz fungiert hatte, sah Thasri fragend an.

»Bleiben Sie in der Nähe«, sagte sie und der Mann grinste.

Thasri trat ins Freie. Der Energoboter hatte sich vor dem Zelt aufgebaut, seine Aufbauten kreisten auf dem gedrungenen Körper. Die Maschine behielt zusammen mit dem Dropship die Umgebung auf alle möglichen

Arten im Auge. Die Militärmaschine musste gegen EMP-Schocks auf spezielle Weise geschützt sein, sonst wäre sie nicht für Kampfeinsätze zertifiziert. Der Roboter machte auf sie einen beruhigenden Eindruck. Wenn alle Stricke rissen, war es immer gut, ausreichend rohe Feuerkraft im Rücken zu haben, mit der man einfach alles in Schutt und Asche legte.

Thasri reckte sich und seufzte.

Ein solcher Befehl wäre nicht der erste in ihrem Leben. Es war nichts, woran sie gesteigertes Interesse hatte. Aber egal, ob sie es hasste oder nicht, sie wusste, was Pflicht bedeutete, und ja, sie hatte damals unterschrieben und gewusst, was das für sie heißen konnte.

Eine gute halbe Stunde später meldete Imanez, dass sie nichts weiter gefunden haben und die Anlagen des Basislagers wieder funktionsfähig seien. Es hatte einige kleinere technische Probleme gegeben, die darauf zurückzuführen waren, dass die Technik nicht normal heruntergefahren worden war, sondern quasi zu Tode geschockt wurde. Doch dann waren sie bereit, in den Tempel vorzudringen. Auch Thasri fand keinen Grund, es länger hinauszuzögern.

»Die Wissenschaftler bleiben hier«, ordnete sie an. »Nur Militär – und ich. Den Energoboter lassen wir auch hier, er soll den Eingang bewachen. Ich will das Risiko minimieren.«

Der Sergeant hatte offenbar nichts anderes erwartet.

Der Tempel war gut dreihundert Meter entfernt und eine in den Dschungel gebrannte Schneise führte sie geradewegs dorthin. Die Vegetation hatte noch nicht genug Zeit gehabt, das verlorene Terrain zurückzuerobern, was unter anderem daran lag, dass der Boden teilweise verglast war. Die erste Expedition war relativ rücksichtslos vorgegangen und musste mit Plasmabrennern weiträumig Platz geschaffen haben. Die Erde war dabei so erhitzt worden, dass das Silizium darin zu Glas geworden war.

Der Dschungel würde sich ein wenig anstrengen müssen.

Der Tempel war groß, erhaben, sein weit geschwungener Dom kündete von der Baukunst der Kath. Der Eingang, obgleich das Portal etwas bröckelig wirkte, stand sperrangelweit offen. So ein Tempeldom, von denen Thasri kleinere betreten hatte, hatte meist keine festen Wände, sondern stand auf einer Trägerkonstruktion, die seitlich Luft und Licht einließ. Mittlerweile waren wohl doch Teile der Decke eingefallen, und die

Ranken und Schlingpflanzen hatten gerade die Löcher mit einem grünen Filter bedeckt, der flammende Lichtspiele auf den staubigen Boden der Halle warf. Thasri betrat die Anlage mit Ehrfurcht und Entschlossenheit. Sie war neben Dr. Hephos die Einzige, die in etwa wusste, wo sie hier waren und welche Bedeutung dieser grandiose Fund hatte. So eine große Kath-Anlage war noch niemals zuvor entdeckt worden, zumindest nach ihrem Wissen nicht.

»Wir orten nichts«, meldete Imanez, der den Handscanner trug und aufmerksam betrachtete. »Ist das hier wirklich ein Tempel?«

Thasri zuckte mit den Achseln.

»Wir nennen diese Gebäude so. Wir wissen so gut wie nichts über die Kath, ob und welche Religion sie hatten und welchen Zweck diese Anlagen erfüllten. Es könnte genauso gut ein Ferienresort der Reichen und Schönen sein. Eine Universität. Ein Parlament. Eine Sportarena. Wir wissen es nicht.«

»Hier liegen aber doch überall Gegenstände herum«, meinte der Sergeant interessiert. Er zeigte auf die Dinge, die dort schon ewig lange liegen mussten, teilweise überwachsen, teilweise noch gut in ihrer ursprünglichen Form erkennbar.

»Sie werden einiges finden, vor allem in den unterirdischen Stockwerken«, erläuterte Thasri, die sich jederzeit für dieses Thema erwärmen konnte. »Es gibt Standardgegenstände, die man überall findet. Fassförmige Dinge, in die viereckige Aussparungen eingearbeitet worden waren, und die auf Podesten standen, die so etwas wie Energieverbindungen zu haben schienen, etwa wie Ladestationen. An der Wand hängen oft lange Röhren, die nur an einem Ende befestigt scheinen, deren Öffnungen aber frei sind. In manchen Räumen werden Sie Furchen im Boden erkennen, Gleisen gleich, die streckenweise auch in die Gänge hinausführten, manche Räume miteinander verbanden, andere aussparten, wie ein sehr selektives unterirdisches Transportsystem. Fast in jedem Tempel gibt es die trogartige Wanne, im der konisch geformte Gegenstände liegen, aus einem tiefschwarzen, beim Einfall von Licht schimmernden Material. Diese haben Aussparungen und Aufsätze, einige halbtransparente Elemente, durch die man meinte, ins Innere sehen zu können. Ich könnte die Liste noch endlos lang fortsetzen. Und eines haben all diese Dinge gemeinsam: Wir haben nicht die geringste Ahnung, wozu sie dienen.«

Imanez nickte und akzeptierte die Erklärungen der Agentin mit dem Gleichmut eines Unteroffiziers, der schon viele Dinge gesehen und gelernt hatte, mit denen er absolut nichts anfangen konnte. Doch andere Männer wie er hätten nicht einmal gefragt. Thasri rechnete es Imanez an, dass dieser nach Kontext verlangte.

Kontext war hilfreich.

Sie fanden den Zugang in die unterirdische Anlage, exakt dort, wie man ihn immer fand, und als die ersten Soldaten mit aktivierten Scheinwerfern hinabstiegen, ergriffen Thasri die Vorfreude und Anspannung, die sie zur Wissenschaftlerin hatte werden lassen. Als sie ebenfalls den Abstieg die Rampe hinunter begann, musste sie an sich halten, die vorgehenden Soldaten nicht einfach beiseitezuschieben und davonzustürmen.

Auf der ersten Ebene unterhalb der Oberfläche fanden sie die Flecke. Es waren dunkle Aussparungen auf dem Boden, unregelmäßig geformt, und sie waren frisch. Der seitlich davon liegende Staub war scharf abgegrenzt, als ob jemand mit einem Laser eine feine Grenze zwischen der dunklen Fläche und dem umherliegenden Material geschnitten hätte. Für einen Moment starrte Thasri irritiert auf die Verunreinigungen und fragte sich, was hier geschehen war, bis es ihr dämmerte.

Mit klammer Erwartung beugte sie sich nieder, berührte die dunkle Fläche mit einer Hand. Die hochgezüchteten Sensoren an den Fingerspitzen nahmen Material in Nanopartikelgröße auf und die Analyse war unkompliziert genug, dass der Anzug sie bereits nach wenigen Sekunden mit Informationen versorgen konnte – exakt den Informationen, die Thasri befürchtet hatte.

Calcium, Chlor, Phosphor, Kalium, Schwefel, Natrium und Magnesium.

Sie fuhr weiter über die dunkle Fläche, um eine größere Probe zu nehmen, und das Mischverhältnis wurde eindeutiger.

Dies waren die Überreste eines Menschen.

Sie erhob sich, leuchtete herum, sah die weiteren Flecke, und dann auch Reste von Ausrüstungsgegenständen: Scanner, Probenbehälter, Instrumente, Plastikboxen.

»Agentin?«

»Sergeant, wie viele Flecke?«

»Zwölf, Agentin.«

Thasri nickte. Gut die Hälfte der vermissten Truppe.

»Die Flecke stellen Leichen dar, Reste von Menschen. Vielleicht mehr als zwölf, wenn wir die Dichte messen, etwa, wenn zwei eng beieinanderstanden und gemeinsam starben. Zwölf mindestens.«

Der Sergeant starrte betroffen auf den Fleck vor ihm, zog unwillkürlich einen Fuß zurück.

»Gestorben?«, echote er. »Woran?«

»Ich habe keine Ahnung«, gab Thasri zu. »Aber was auch immer es war, es war gründlich. Nehmen Sie von jedem Fleck eine Probe. Fotografieren Sie das herumliegende Material. Das hier war ein Basislager zur weiteren Erforschung der unteren Anlage und vielleicht finden wir noch etwas. 20 Minuten, Sergeant, dann geht es weiter. Ich will den Rest der Truppe finden.«

»Glauben Sie, dass jemand überlebt hat?«

Sie seufzte und schüttelte den Kopf. Sie antwortete nicht, aber man sah ihr an, was sie dachte.

Nein, das glaubte sie nicht.

Progress 30

Sie begann, auf dem Schrottplatz von Meister Plastikk in der Aufbereitungsanlage zu arbeiten. Gleich der erste Tag war anstrengend, lehrreich und auf eine seltsame Art zufriedenstellend. Der kleine Schmelzofen wurde mit Schrott gefüttert, der beim besten Willen nicht mehr anderweitig zu verwenden war, und der Molekularfilter sortierte aus dem verbrennenden Material die Elemente fein säuberlich aus, vermischte sie mit anderen und produzierte Rohmaterial, das Plastikk danach verkaufte – seien es Metalle oder diverse Polymerverbindungen, die wieder als Baumaterial, als Grundstoff für das Manufaktorium oder anderweitig Verwendung finden würden. Es war keine anstrengende Arbeit und im Grunde konnte sie auch von Robotern erledigt werden. Angesichts der aktuellen wirtschaftlichen Situation waren die Wartungskosten für Roboter aber ähnlich hoch wie die Lohnkosten für einfache Arbeitskräfte und Plastikk wurde nachgesagt, dass er lieber Lebewesen als Maschinen beschäftigte. Sie war nicht die Einzige, die in den Haufen von Schrott grub, die Elektrowagen befüllte, zum Schmelzofen fuhr, wieder entlud und anschließend dafür sorgte, dass die produzierten Endprodukte fein säuberlich gestapelt im richtigen Bereich des Ladeplatzes landeten, von wo sie mit Lastgleitern abgeholt und ihrer weiteren Bestimmung zugeführt wurden. Sieben Männer und Frauen teilten ihr Schicksal, vier davon Menschen, drei Vertreter anderer imperialer Spezies. Trotz der harten Arbeit, so stellte Ildaya zu ihrem Erstaunen fest, waren sie alle guter Dinge. Plastikk hatte nichts dagegen, wenn sie mal eine Pause einlegten oder plauderten, er lieferte gegen Mittag sogar abgepackte und erhitzbare Nahrung, ganz nach dem Gusto der unterschiedlichen Bedürfnisse, und Ildaya begann zu verstehen, warum der Händler als Arbeitgeber nicht unbeliebt war. Dazu kam, dass er pünktlich zahlte und sogar Überstunden entlohnte, eine etwas aus der Mode gekommene Angewohnheit.

Ildaya war hergekommen mit der festen Überzeugung, dass sie für die Sache der Freiheit und der Revolution auch die systematische Ausbeutung durch einen imperialen Kriegsgewinnler ertragen würde, um dann festzustellen, dass sich das Gefühl der Ausbeutung schlicht nicht einstellen wollte.

Sie war nicht richtig enttäuscht. Vielleicht ein bisschen.

Einer der Aliens in der Arbeitstruppe war von ihrem Volk, wie sie es erwartet hatte. Er machte kurz nach ihrer Arbeitsaufnahme das Erkennungszeichen und damit war klar, dass er zu ihrer Zelle gehörte. Sein Name war Pyeleg, er war vielleicht ein oder zwei Jahre älter als sie und weilte bereits seit gut fünf Jahren in Stratum, drei davon als Arbeiter für Plastikk. Ildaya nahm an, dass er in dieser Zeit niemals unangenehm aufgefallen war, und auch sie bemühte sich darum, unter der Aufmerksamkeitsschwelle Plastikks zu bleiben. Das stellte sich als einfach heraus: Der Händler befasste sich so gut wie nie mit seinen Schrottschippern und überließ alles seinem Vorarbeiter, einem vierschrötigen, aber etwas einfältigen Mann namens Governor. Der nicht übermäßig mit Geistesgaben beseelte Terraner wusste, was zu tun war, und solange jeder und jede exakt das auch tat, ließ er sie alle mehr oder weniger in Frieden.

Es gab schlimmere Orte auf Stratum, dessen war sich Ildaya sicher.

Am Ende des Tages rief Governor die Arbeiter noch einmal zu sich. »Wir haben noch eine Sache zu erledigen. Das Raumboot soll bald starten. Wir müssen den Schlepper freiräumen und wegfahren.«

»Plastikk will verreisen?«, fragte einer der Männer. »Schon wieder Urlaub?«

»Vier Wochen an den roten Stränden von Rohde III«, erwiderte Governor mit einem schwärmerischen Gesichtsausdruck. »So leben und feiern die Reichen und Schönen.«

»Plastikk ist nicht schön«, wandte jemand ein. Alle lachten.

»Plastikk ist reich. Das macht schön«, gab Governor zurück und bewies damit eine tiefere Einsicht in den Lauf der Dinge, als man es ihm zugetraut hätte.

Der Schlepper war ein gut fünfzehn Meter langes und vier Meter hohes Ungetüm, ein Raupenfahrzeug, das gigantische Lasten über weite Flächen ziehen und gleichzeitig als mobile Werkstatt für kleinere Reparaturen eingesetzt werden konnte. Warum Plastikk so ein überdimensioniertes Gefährt unterhielt – es wurde regelmäßig gewartet, aber so gut wie nie bewegt –, konnte sich niemand so recht erklären. Möglicherweise war es ein Schnäppchen gewesen oder ein Jugendtraum, wenngleich noch niemand den Besitzer dabei ertappt hatte, fröhlich kichernd mit dem Ungetüm über den Platz zu brettern.

Aufgrund der Tatsache, dass man den Schlepper so gut wie nie fuhr, hatte sich im Verlauf der Zeit allerlei Krempel um das Fahrzeug herum aufgeschichtet, der erst fortgeräumt werden musste. Das Raumboot Plastikks, ein zumindest von außen heruntergekommen wirkendes, ausrangiertes Kurierschiff der Flotte, sah ebenfalls reichlich zugestellt aus. Oft flog der Händler wohl nicht in den Urlaub. Dass er es sich leisten konnte, daran zweifelte Ildaya nicht. Der Anblick des Schrottplatzes, dessen war sie sich sicher, täuschte sehr. Plastikk war ohne Zweifel ein sehr wohlhabender Mann.

Mit Handkarren und Gravklammern begannen sie, den Müll beiseitezuräumen. Es dauerte eine gute Stunde, weit über den Feierabend hinaus, doch niemand beklagte sich, da Plastikk bezahlen würde, und das sofort und ohne zu betrügen. Ildaya als neue Arbeitskraft durfte sich gar nicht aufmüpfig verhalten, also packte sie fleißig mit an, obgleich ihr die Knochen von dem langen Arbeitstag wehtaten. Sie erwartete für den morgigen Tag einen grausamen Muskelkater.

Als der Schlepper freigeräumt war, bestieg ihn Governor. Der Zugang zur Führungskanzel war nur über eine klapprig aussehende Leiter möglich. Er sah nach den ersten drei Sprossen hinunter, sein Blick fand Ildaya.

»Willst du mit? Warst du schon mal in so was?«

»Nein.«

»Dann komm.«

Governor war ein Mensch, er hatte sicher keine zweideutigen Absichten. Tatsächlich sahen einige der Arbeiter ihr neidisch hinterher. Den großen Schlepper aus der Führerkanzel bei der Fahrt erleben zu dürfen, war sicher etwas Besonderes. Der Vormann wollte der Neuen etwas Gutes tun.

Ildaya folgte ihm mit nachdenklichem Gesicht. Pure Nettigkeit war nichts, was ihr in ihrem bisherigen Leben allzu oft zugestoßen war.

Das Cockpit sah alt und abgenutzt aus, der Kunststoff an den Kontrollen fleckig und angelaufen, in den beiden Sesseln zeigten sich Risse. An einer Stelle quoll flockiges Füllmaterial heraus. Doch als der Vormann mit einer geübten Bewegung die Schalter umlegte, erwachte der Schlepper mit einem plötzlichen Rumpeln zum Leben und das sich anschließende Summen der anlaufenden Elektromotoren klang beruhigend und konstant. Ein weiterer Hinweis darauf, dass der äußere Anschein trügen konnte.

»Setz dich.«

»Was ist da hinten?«

Ildaya wies auf die kleine Metalltür, die tiefer in das Innere des Schleppers führte. Governor winkte ab.

»Die Werkstatt, die Motoren, ein Ersatzteillager. Das Lager ist leer geräumt. Früher hat man mit dem Ding kleine Schiffe auf großen Landefeldern repariert. Ein Fahrer und Mechaniker, möglicherweise ein weiterer Mechaniker und manchmal ein Meister, wenn der Schaden größer war. Standardbesatzung.«

»Du hast früher so was gefahren?«, fragte Ildaya.

Governor lächelte stolz. »Mechaniker, Lademeister, Landefeldbeobachter, auf Stratum Beta.«

Beta war der kleinere der beiden Raumhäfen von Stratum, so viel wusste Ildaya – sie war dort gelandet und hatte einen Blick auf eine sicher mehrere Quadratkilometer große Fläche erhaschen dürfen. Ein faszinierender Ort, wenn man es recht betrachtete, ein Tor zu den Sternen.

»Warum arbeitest du nicht mehr dort?«

Governor grinste. »Plastikk bezahlt besser und stellt keine Fragen.«

Ildaya beschloss, auch keine mehr zu stellen. Der Vormann war vielleicht doch nicht ganz so simpel gestrickt, wie sie gedacht hatte. Natürlich stellte Plastikk keine Fragen und Governor hatte ganz bestimmt seine eigenen, kleinen Geschäfte laufen, die geduldet wurden, solange er seinem Chef die Treue hielt. An Governors Loyalität gab es ganz sicher nichts auszusetzen.

Der vierschrötige Mann setzte sich vor den Kontrollen zurecht, der Sessel knirschte unter dem Gewicht des massigen Leibes. Die Armaturen machten einen sehr abgewetzten Eindruck, aber Ildaya wusste mittlerweile, dass dieser Eindruck nur eine Äußerlichkeit war. Als der Mann den Fahrthebel sachte nach vorne schob, setzte sich das massive Gefährt sanft in Bewegung.

»Willst du dich neben mich setzen?«

»Darf ich mich hinten mal umsehen?«

Governor winkte. »Mach. Da ist alles leer geräumt. Wir benutzen die Maschine nur noch als Räumgerät. Schau dir alles an.«

Ildaya griff zur Metalltür und wollte sie aufziehen, doch sie saß fest. Etwas mehr Krafteinsatz führte ebenfalls nicht zum gewünschten Effekt. Sie suchte nach elektrischen Kontrollen, doch es gab nichts außer dem Griff.

»Die Tür lässt sich nicht öffnen«, sagte sie.

»Klemmt? Lass das mal jemand mit Muckis machen.«

Das Fahrzeug blieb stehen, Governor erhob sich und grinste Ildaya vielsagend an. Er packte den Griff und sein selbstgefälliger Gesichtsausdruck veränderte sich, als die Tür blieb, wo sie war. Er runzelte die Stirn.

»Die klemmt nicht, die ist abgeschlossen.« Er beugte sich nach vorne. Plötzliches Misstrauen war auf seinem Gesicht zu erkennen, gepaart mit Unverständnis. »Verriegelt. Von innen.«

Er tippte auf den äußeren Riegel, der offen stand.

»Geht der von alleine zu?«

»Nur, wenn sich die Schwerkraft umdreht oder der Schlepper sich auf den Kopf stellt«, murmelte Governor und rieb sich über den fast kahl geschorenen Schädel. »Hm.«

Das Misstrauen in seinen Augen wurde stärker. Als er seinen kleinen Kommunikator an die Lippen führte und mit Plastikk Kontakt aufnahm, behielt er die verschlossene Tür vorsichtig im Blick.

»Chef«, sagte er leise, aber für Ildaya gut vernehmbar. »Komm mal zum Schlepper. Bring den Schweißbrenner. Und Bumbum.«

Es sprach für das langjährige Vertrauensverhältnis zwischen Plastikk und Governor, dass der Händler keine unnötigen Fragen stellte. Zehn Minuten später kletterte er in die Kanzel, und er war nicht allein. Hamid war bei ihm, den Ildaya nur kurz kennengelernt hatte, der aber eine Vertrauensstellung innezuhaben schien. Plastikk reichte Governor den Plasmabrenner und Hamid trug, was der Vorarbeiter mit »Bumbum« umschrieben hatte: eine stumpfnasige Handfeuerwaffe. Ildaya kannte das Design nicht, obgleich sie von sich behauptete, mit imperialen Waffen recht ordentlich vertraut zu sein. Wahrscheinlich eine Spezialwaffe für Nahkämpfe in geschlossenen Räumen. Hamid hielt sie mit vertrauter Gelassenheit und er war ein Ex-Flottensoldat, wie Ildaya gehört hatte. Das passte also ganz gut zusammen.

»Die Tür geht nicht auf. Von innen«, sagte Governor.

»Du verarschst mich.«

»Probier es selbst, Boss.«

Der Chef tat es, mit dem zu erwartenden Ergebnis. Dann hämmerte er gegen den Zugang.

»Hallo? Ist da wer? Mir gehört der Schlepper. Ich bin Plastikk. Machen Sie auf, ich werde nicht gewalttätig und ein Freund der Behörden bin ich auch nicht. Aber dies ist mein Eigentum und ich weiß gerne, was darin vorgeht.« Er schlug erneut gegen die Tür, diesmal mit dem Schaft des Brenners. Es war nicht zu überhören.

Einen Moment regte sich nichts. Alle lauschten. Dann eine Stimme.

»Plastikk?«

Eine Frau, kein Zweifel. Der Händler runzelte die Stirn. Ildaya erkannte an seiner Reaktion, dass er die Stimme zuordnen konnte. Er legte jedenfalls den Brenner beiseite und winkte Hamid, der den Lauf der Waffe senkte.

»Vocis? Sind Sie das?«

Anstatt einer Antwort hörte man den Riegel. Die Tür schwang auf. Licht fiel in die dunkle Kammer dahinter. Ildaya stand gut, sie konnte alles sehen. Zwei Personen wurden sichtbar, eine Frau in einem Militäroverall, ein Sturmgewehr in den Händen, das sie gut kannte. Standardausrüstung der Bodentruppen, eines der verhassten Instrumente imperialer Unterdrückung. Daneben, unerwartet, ein kleines Mädchen, das mit großen Augen und etwas Angst im Blick in das von außen einfallende Licht blinzelte.

Etwas leuchtete. Ildaya schaute genauer hin. Es war etwas, das das Mädchen in der Hand hielt. Ein sanfter Schimmer, beruhigend, labend, angenehm und … es durchfuhr sie mit plötzlicher Erkenntnis. *Sie kannte das.* Sie besaß auch so ein Ding. Sie holte es jeden Abend hervor und badete sich in dem schönen Schein, der ihre Seele beruhigte und ihr Trost und Schutz gab. Ildaya hielt an sich. Jetzt musste sie sich beherrschen.

Sie sah sich um. Governor starrte auf die Waffe, den Körper angespannt.

Plastikk starrte auf Vocis, nicht ganz so erregt, eher verwundert, aber ohne Angst. Dann pendelte sein Blick zwischen Vocis und dem Mädchen hin und her. Hamid aber … Ildaya schaute genau hin, aber es bestand kein Zweifel. Er fixierte ebenso wie sie den leuchtenden Stein, sein Gesicht eine Maske der Selbstbeherrschung, die mehr verriet, als er vielleicht dachte. Ildaya spürte mit plötzlicher Gewissheit, dass der Mann wusste, was er dort sah, oder es zumindest nicht zum ersten Mal in seinem Leben erblickte.

Was hatte das zu bedeuten?

»Was hat das zu bedeuten?«, kleidete Plastikk seine Verwirrung in die gleiche Frage, obwohl er sicher etwas anderes meinte. Er ignorierte die Tatsache, dass Vocis ihre Waffe immer noch im Anschlag hielt und den Lauf nicht einen Millimeter senkte.

»Wer ist da bei dir, Plastikk?«, fragte die Frau mit angestrengtem Unterton.

»Meine Leute. Sonst niemand. Entspannen Sie sich. Es wird keine Schießerei geben, ich verspreche es.«

Vocis machte einen Schritt nach vorne, erweiterte ihr Sichtfeld. Ihr kritischer Blick fiel auf die Waffe in Hamids Hand, die dieser betont auf den Boden richtete. Dann, langsam, mit einem widerwilligen Gesichtsausdruck, ließ sie ihr Gewehr sinken.

»Plastikk«, sagte sie dann leise und blickte plötzlich sehr verzweifelt drein, »ich stecke so richtig in der Scheiße.«

Der Händler sah sie kopfschüttelnd an.

»Was Sie nicht sagen, Sergeant.«

Progress 31

Das Canopus-System.

Auch die Schiffssklaven durften sich diesen Anblick auf den großen Schirmen im Gemeinschaftsbereich zu Gemüte führen und er war beeindruckend. Alpha Carinae, wie die alten Menschen auf Terra diese Sonne auch bezeichnet hatten, war ein helles Gestirn, eines der hellsten am Nachthimmel auf der Erde, dem Zentrum des Imperiums. Und auch aus der Nähe brannte der gelbweiße Schein von Canopus mit beeindruckender Intensität. Die Kameras des Superfrachters fokussierten lange genug auf den mächtigen Stern, dass man trotz aller Filter Augenflimmern bekam, wenn man zu lange hinschaute. Canopus leuchtete rund 14 000-mal stärker als die irdische Sonne und war ein Exot, gehörte zu einer Sonnenklasse, die so oft im bekannten Universum nicht vorzukommen schien. Mit einem Durchmesser von fast 72 irdischen Sonnen war er groß, wenngleich es noch größere Gestirne gab.

Das Canopus-System war ebenfalls eines der Superlative. 17 Planeten sowie eine Unzahl von Zwergplaneten zählte es, davon zwei in der habitablen Zone. Canopus Beta, die Hauptwelt mit Stratum, einer der größten Städte des Imperiums, war der innere der beiden Planeten. Canopus Gamma, der dritte Planet, lag am Rande der Lebenszone und war eher spärlich besiedelt. Die anderen Planeten hielten als Rohstofflieferanten her, die drei Gasriesen wurden durch gigantische Fabriken dominiert, die als Tankstationen Stützmasse für die Triebwerke von Raumschiffen bereithielten. Raumschiffe gab es viele, mehrere Tausend, eifrig unterwegs im großen System und viele davon Besucher von außerhalb wie der Superfrachter. 26 gigantische Habitate waren die zentralen Umschlagplätze für Güter, Canopus war ein Handelsknotenpunkt erster Priorität. Die beiden Flottenstationen waren die Heimatbasis für die Vierte Flotte sowie die beiden canopischen Regimenter der Marineinfanterie, Eliteeinheiten des Imperiums, ständig an vorderster Front im Krieg gegen die Kalten. Terra mochte das geistige und politische Zentrum des Imperium sein, Canopus war das militärische und ökonomische. Es war alles, was das Imperium darstellte, im Guten wie im Schlechten. Es war das Ziel vieler Träume und der Ort endloser Enttäuschung.

Als Kip auf die Sonne starrte, spürte er, dass er schon einmal hier gewesen war. Es war wirklich nicht mehr als eine Anwandlung, die den Schild der Unwissenheit durchbrach, der sein Erinnerungsvermögen umgab, aber es war dennoch ein Gefühl ungewohnter Gewissheit.

Es war in jedem Fall ein Ort der Entscheidung.

Der Plan, den er mit Sol ausgeheckt hatte, um dem Superfrachter zu entkommen, war relativ einfach und damit erfolgversprechender als ein allzu kompliziertes Stratagem.

Stratagem.

Das Wort war Kip bei ihren Planungen eingefallen. Ein altertümlicher Begriff, der allgemein gar keine Verwendung mehr fand. Woher kannte er dieses Wort und zumindest seine ungefähre Bedeutung?

Es machte sein Leben nicht einfacher, dass es ihm hin und wieder diese Einblicke in etwas gab, das für ihn unverständlich und gleichzeitig von so großem Reiz war.

Sobald die Parkposition erreicht und ein erheblicher Teil der Mannschaft Landurlaub bekommen hätte, würden sie die Zugangskarte des toten Offiziers nutzen, um sich in den nächstgelegenen Hangar zu begeben. Dank Sols Fähigkeiten hatten sie Zugriff auf einen genauen Lageplan des Schiffes und konnten daher feststellen, dass ein kleiner Hangar sich keine 800 Meter vom Sklavenbereich entfernt befand. Laut Checkliste befanden sich dort drei Raumboote sowie eine Reihe von Rettungskapseln, die allerdings seit geraumer Zeit nicht mehr verwendet worden waren. Stimmten die Wartungslogs, waren sie vor einem Jahr das letzte Mal überprüft und für flugtauglich befunden worden. Es gab keinen Grund anzunehmen, warum sie das nicht mehr sein sollten. Sol würde den Autopiloten programmieren und die Hangartore öffnen.

Danach hing viel von ihrem Glück ab.

Das Rechtssystem des Imperiums, das auf der einen Seite die Leibeigenschaft auf den großen Superfrachtern zuließ, behielt für die Unglückseligen ein besonderes Bonbon bereit: Gelang es einem, auf einer imperialen Welt zu landen und mit den Füßen den Boden zu betreten, galt die Person als frei. Hilfreich war aber, für diesen Vorgang Zeugen zu finden.

Doch ein Problem nach dem anderen. Während Sol sich Gedanken über die Programmierung eines Autopiloten machte, dachte Kip bereits an den Schritt danach: Was würde er nach erfolgreicher Flucht tun? Wohin sollte er sich wenden? Konnte er seine Erinnerung wiedererlangen? Und würde ihm gefallen, was er dann über sich erfuhr?

Diese und weitere Gedanken beschäftigten ihn, während das Schiff nach Eintritt in das System mit Unterlichtgeschwindigkeit stetig den Umschlagstationen in der Nähe der beiden besiedelten Welten zustrebte. Der Flug dauerte nicht allzu lange, da der Frachter in einer praktikablen Entfernung aus dem Hyperraum getreten war und im Grunde nur noch abbremste, da die Eigengeschwindigkeit nach dem Austritt ausreichte, um schnell zur Station zu gelangen. Von dort würde ein Flug zu einem der Planeten – bei ausreichend hoher Geschwindigkeit – weitere 24 Stunden dauern, die Zeitspanne, in der sie dem größten Risiko ausgesetzt sein würden, entdeckt und aufgehalten zu werden. Alles hing von der Fähigkeit Sols ab, die automatischen Überwachungsanlagen zu bluffen. Kip fühlte sich seinem Freund, ohne dass er dies als schmerzlich empfand, sehr ausgeliefert. Schmerzlich war allein, dass er so wenig zu ihrer Flucht beitragen konnte. Er hoffte, sich nach ihrer Landung an Fähigkeiten erinnern zu können, die ihm helfen würden, seine Schuld bei Sol abzutragen.

Oder Kedian, wie er eigentlich hieß. Interessanterweise blieb er jedoch bei Sol. Er schien den Namen zu mögen oder hatte eine sehr entspannte Haltung zum ständigen Wechsel seiner Namen, was ein Licht auf seine bisherige … Karriere warf. Solange Kip sich nicht im Klaren darüber war, was seine eigene Karriere gewesen sein mochte, behielt er jedes Urteil für sich. Vielleicht würde er auch ganz froh sein, sich weiterhin Kip nennen zu dürfen.

Sie merkten, als sie die Parkposition erreicht hatten. Die Sklaven wurden verstärkt zu Verladearbeiten herangezogen. Viele blickten sehnsuchtsvoll auf die Frachtcontainer, die für den Transport in die kleineren

Zubringer bereit gemacht wurden. Andere waren fatalistisch, vor allem jene, die sich an das Leben an Bord gewöhnt hatten oder deren Zeit vor dem Ablauf stand. Dass es da den einen oder anderen gab, für den Fluchtgedanken sich nicht mehr lohnten, erwies sich am Ende einer Woche intensiver Arbeit mit den Frachtcontainern. Wie zur Feier zum Abschluss dieser anstrengenden Phase gab es eine Feierlichkeit, direkt von der Schiffsführung angeordnet. Man nannte es die Zeremonie, es war die erste, die Sol und Kip miterleben würden. Wenn es nach ihnen ging, dann auch die letzte.

In der großen Halle versammelten sich die Sklaven vor einer eilends aufgebauten Tribüne. Oberaufseher Dubrek kletterte zusammen mit einem der Sklaven darauf. Der Mann hieß Doug, Kip kannte ihn flüchtig. Er war kräftig, etwa fünf oder sechs Jahre älter als Sol, ein eher ruhiger Typ. Jeder hatte gewusst, dass seine Zeit bald um war, und dem Mann war die Aufregung anzusehen. Immer wieder wischte er sich schweißnasse Hände an der Hose ab. Er bekam ermunternde Rufe aus der Menge und er winkte seinen Freunden zu, die für ihn Spalier gestanden hatten, ehe er die Tribüne betreten hatte. Die Stimmung war gelöst, aber dennoch vermochte Kip eine unterschwellige Anspannung wahrzunehmen.

Den Grund dafür würde er schnell erfahren.

Dubrek hob seine Arme.

»Alle mal herhören. Wir sind im Canopus-System angekommen und einer unter uns hat seine Zeit abgedient. Doug hier wird uns verlassen.«

Es gab Applaus, ehrlich erfreut, neidisch oder indifferent. Doug versuchte ein schwaches Lächeln, aber es fiel ihm sichtlich schwer.

»Doug«, erhob Dubrek wieder die Stimme und der Applaus verklang, »hat sechs Jahre auf der CANOPUS TRAVELLER gedient und seine Sache gut gemacht. Es gab nie Ärger und das wird natürlich honoriert. Wir werden ihn wie ein normales Besatzungsmitglied entlassen, dessen Heuer abgelaufen ist, er wird Papiere bekommen, das versprochene Handgeld und ein Zeugnis, das ihn schlicht als Hangararbeiter ausweist – was absolut der Wahrheit entspricht. Doug ist ein Meister des Verladebots geworden, eine Kenntnis, die ihm sicher auch künftig sehr weiterhelfen wird. Auf Canopus werden immer wieder qualifizierte Leute gesucht. Ich bin sehr zuversichtlich, was seine Zukunft anbetrifft.«

Dubrek konnte richtig weihevoll reden, wenn ihm danach war. Aus dem Mund des sonst so wortkargen und autoritären Oberaufsehers klang da nahezu beunruhigend.

»Nun hat Doug die Wahl, wie jeder von euch.«

Das war der eigentlich wichtige Augenblick. Eine erwartungsvolle Stille senkte sich über die Menge.

»Doug ... willst du Doug bleiben, wie in den letzten sechs Jahren, oder sollen wir dein Erinnerungsvermögen wiederherstellen und du wirst sein, wer du vorher warst, nur hoffentlich mit größerer Weisheit versehen?«

Das war die wichtige Entscheidung. Kip wusste, wie sie für ihn ausfallen würde. Aber Doug war sich offenbar nicht ganz so sicher. In seinem Gesicht war der Zweifel gut für alle zu erkennen, und obgleich er sich lange auf diesen Moment hatte vorbereiten können, kam er nicht gleich mit der Antwort heraus. Es fiel ihm sichtlich schwer.

Dann aber gab er sich einen Ruck.

»Ich möchte meine Erinnerung zurück«, sagte er mit etwas zittriger Stimme.

Dubrek nickte würdevoll. Er winkte. Aus dem Hintergrund kam ein Medtechniker hervor, in der Hand die alles entscheidende Injektion. Ohne größere Vorbereitungen setzte er die Pistole an den Hals des Sklaven, drückte kurz ab und die schmerzfreie Tat war vollbracht.

Es war so leise in der Halle, man hörte jedes Kratzen am Kopf, jedes unterdrückte Hüsteln.

Doug stand da, lauschte in sich hinein. Der Erinnerungsprozess war ein gradueller, hatte Kip gehört. Aber er lief in relativ kurzer Zeit ab.

Dougs Gesichtsausdruck veränderte sich. Das Abwartende wurde durch ein plötzliches Entsetzen ersetzt. Ereignisse und Taten fielen ihm ein, wahrscheinlich vor allem jene, die ihn auf den Superfrachter geführt hatten. Seine Augen weiteten sich. Seine Lippen begannen zu beben. Tränen sprangen ihm ins Gesicht. Er bedeckte es mit seinen Händen, weinte offenbar mit zitternden Schultern. Dann, langsam, schüttelte er den Kopf.

»Nein«, erklang seine Stimme, ein Ausdruck tiefer Verzweiflung. »Ich will das nicht. Nehmt es weg.«

»Es gibt keinen Weg zurück«, sagte Dubrek erstaunlich sanft. »Deine Strafe ist verbüßt.«

»Nein«, klagte Doug oder wie immer er nun wirklich hieß. »Das ist sie nicht. Das ist sie niemals. Nehmt es weg!«

»Helft ihm!«, sagte Dubrek und meinte damit den Medtechniker und einen der Wachmänner. Sie nahmen den schluchzenden Doug an den Schultern und führten den erschütterten Mann von der Tribüne. Das bedrückte Schweigen der Sklaven war alles, was zurückblieb.

Dubrek wandte sich an die Versammelten. Er war jetzt sehr ernst. Das war sicher nicht das erste Mal, dass er derlei erlebt hatte.

»Die Zeremonie erinnert euch an das, was ihr seid. Woher ihr kommt – und warum. Für manche von euch kann das Erwachen aus dem Vergessen böse ausgehen. Für andere mag es eine Rückkehr in ein vermisstes Leben sein. Wie ihr mit beidem umgeht, hängt davon ab, welche Erfahrungen ihr hier macht und wie ihr euch verhaltet. Doug wird es schaffen. Wenn der Schock vorbei ist, wird er sich daran erinnern, dass er hier ein anderer Mann geworden ist, fleißig, gehorsam, nützlich. Das wird ihm helfen.« Er warf einen langen, prüfenden Blick über die Menge. »Das wird auch euch helfen, wenn es für euch so weit ist. Vergesst das nicht.«

Es gab sehr viele nachdenkliche Gesichter unter den Sklaven. Niemand sagte etwas. Und so endete die Zeremonie in einer bedrückten Stimmung.

Von Doug sahen sie nichts mehr.

Die Versammlung löste sich auf. Als Kip in die Unterkunft strebte, stand der Entschluss für ihn so fest wie nie. Aus diesem Irrenhaus musste er so schnell wie möglich entkommen, koste es, was es wolle. Denn obwohl er nicht wusste, wer oder was er sein würde, sobald er sich wieder erinnern konnte, er hatte das plötzliche Gefühl, dass eine sehr dringende Aufgabe auf ihn wartete.

Und er würde keine endlosen Jahre auf diesem Schiff absitzen, ehe er sie erfüllen konnte – oder sich auch nur daran erinnern, was es überhaupt war.

Es war Zeit zu handeln.

Progress 32

Hamid hatte die Waffe noch nicht aus der Hand gelegt, aber er glaubte jetzt nicht mehr, dass er sie noch würde verwenden müssen. Sie saßen zu fünft zusammen, hier, ein Stockwerk unter dem Bürocontainer Plastikks. Er hatte nicht gewusst, dass es diese unterirdischen Räume gab, und als der Händler sie hinuntergeführt hatte, war ihm klar geworden, dass Plastikk ein Mann voller Überraschungen war. Die beiden Lager- und Aufenthaltsräume boten Platz für eine ganze Kompanie – und beinhalteten die passende Ausrüstung dafür. Ein moderner Tachyonentransmitter stand in der Ecke, offenbar nicht ans Energienetz angeschlossen. Hamid hatte das Terminal mit großer Überraschung bemerkt. Wofür benötigte Plastikk ein hochkomplexes, abhörsicheres, sündhaft teures Kommunikationsgerät aus Militärfertigung, das Energiemengen wie eine kleine Stadt verbrauchte? Abhörsicher oder nicht, die Kraftwerkstechniker von Stratum würden sofort Alarm schlagen, wenn er es einschaltete.

Natürlich stellte er diese Frage nicht.

Außer Plastikk, der neben einem Nahrungsdispenser saß und irgendwie bedrückt dreinblickte, war auch Governor anwesend, der sich wie ein Wachsoldat am Aufgang zum Container positioniert hatte und wahrscheinlich auch exakt diese Position innehatte. Die anderen Arbeiter waren heimgeschickt worden, mit dem Hinweis, dass man jetzt die Behörden benachrichtigen werde und es besser sei, wenn sie nicht darin involviert wären – eine Argumentation, die alle mit Begeisterung akzeptiert hatten.

Vocis saß mit dem Mädchen, das den Namen Yela trug, auf einem breiten Sofa. Sie hatten ihr die Waffe nicht abgenommen, eine instinktive Reaktion Plastikks, die sich als richtig erwiesen hatte. Das Sturmgewehr lag gesichert vor der Soldatin auf dem Tisch und sie sah nicht so aus, als wolle sie es noch benutzen. Ihr Gesicht wirkte noch besorgter als das von Plastikk, aber Hamid spürte, dass diese Sorge weniger ihr selbst, sondern eher dem Mädchen galt. Und ihrem Schicksal ganz allgemein.

Yela war die Ruhe selbst und Hamid wusste, woran das lag. Der sanfte Schimmer des Steins glomm durch den dünnen Stoff der Jacke, die sie trug. Er spürte die Wirkung bis hierher und es war natürlich auch Plastikk aufgefallen. Die Tatsache, dass es ein zweites Exemplar gab und dass ausgerechnet er darüber stolpern würde, war überraschend gewesen. Doch der Händler reagierte weder misstrauisch noch neugierig. Das war für Hamid nur schwer zu verstehen, aber der Mann hatte jetzt natürlich andere Sorgen. Er musste entscheiden, was er mit Vocis machte, und das war nicht ganz einfach.

Vocis hatte ihre Geschichte erzählt, mit der kalten Effizienz einer Unteroffizierin, die wusste, wie man konzise Meldung erstattete. Plastikk und Hamid kannten den Stil und empfanden ihn als wohltuend und vertraut, es half ihnen, die Glaubwürdigkeit des Gesagten einzuschätzen. Sie lauschten der Schilderung ohne jede Nachfrage oder Unterbrechung, bis zu dem Teil, der davon handelte, dass Vocis Yela aus dem Heim entführt und im Schlepper untergebracht hatte, in der Absicht, das Raumboot des Händlers zu stehlen und von hier zu verschwinden.

Das war der Punkt gewesen, an dem Plastikk ein wenig angepisst ausgesehen hatte.

Nur für einen kleinen Augenblick, aber sichtbar. Der Händler hielt viel von Eigentum, weniger von dem anderer, aber viel von dem seinen. Wenn Hamid etwas über ihn sagen konnte, dann das.

»Sie stecken richtig in der Scheiße«, bestätigte Plastikk nun Vocis' eigene Einschätzung und sein Blick wanderte von ihr zum Mädchen und zurück. »Aber ich mache Ihnen keinen Vorwurf. Der Geheimdienst ist eine kriminelle Organisation, war es schon vor dem Angriff der Kalten und seitdem ist es nicht besser geworden. Ich habe auch so meine Erfahrungen gemacht und es waren keine guten. Das sind megalomane Arschlöcher, die ohne ausreichende Kontrolle arbeiten und einen eigenen Staat innerhalb des Imperium bilden.« Er sah Yela noch einmal länger an und diesmal lächelte er. Es sah echt aus, mit Gefühl, und Hamid fand das ganz und gar nicht erstaunlich. Plastikk war kein kalter Gangster, er war ein Mann der sich bietenden Gelegenheiten, der sehr genau wusste, was Loyalität war, und der gut mit jenen umging, die ihm nicht ans Bein pissten. Plastikk nickte sinnierend, sein Gesicht zeigte einen Anflug von Trauer. »Ich hatte mal Kinder, zwei sogar. Die Mutter war ein Ekel, aber ...« Er seufzte. »Sind beide zur Flotte gegangen und gefallen, kurz hintereinander.« Hamid sagte nichts. Das hatte er nicht gewusst. Plastikk redete nicht gerne über seine Vergangenheit, weder über die guten noch die schlechten Aspekte. Dafür hatte der Techniker Verständnis, er tat das auch nicht.

»Ich verschwinde von hier. Ich will keinen Ärger machen«, sagte Vocis.

»Wohin?«

»Ich weiß es noch nicht. Mir wird etwas einfallen.«

»Auf Stratum gibt es Orte, an denen man sich verbergen kann«, sagte Plastikk. »Es sind jedoch keine Orte, an denen ein Kind sein sollte.«

Vocis zuckte mit den Achseln. »Besser als in der Obhut des Geheimdienstes.«

»Dem widerspreche ich nicht. Aber immer noch sehr, sehr ... suboptimal.«

Plastikk sah Hamid an. »Jetzt du.«

»Was?« Hamid war erstaunt. Was wurde von ihm erwartet? Er blickte irritiert zurück.

»Ich kenne dich noch nicht lange genug, mein Freund, aber ich kenne Menschen. Als wir Vocis fanden, warst du wie vom Donner gerührt. Und du hast dabei weder sie noch ihr lustiges Spielzeug angeschaut, das ich ihr selbst verkauft habe.« Er zeigte auf das Gewehr. Der letzte Halbsatz klang etwas gekränkt, wenngleich nicht ernsthaft.

Hamid nickte. »Das stimmt. Ich habe *das* Ding da gesehen.«

Er streckte den Arm aus und wies auf den schwach leuchtenden Gegenstand in Yelas Tasche, dessen Schimmer er ausmachen konnte. Es war erstaunlich, dass sowohl Governor wie auch Plastikk erst einmal gar nicht zu erkennen schienen, was er eigentlich meinte. Erst als das Mädchen den Stein herauszog und auf der flachen Hand präsentierte, reagierten sie. Vocis sah Hamid scharf an.

»Was wollen Sie damit sagen?«

»Das ist ganz einfach. Ich habe auch so eines«, antwortete Hamid. »In meiner Wohnung. Es ist exakt das gleiche Ding und es löst exakt die gleichen Gefühle aus.« Er sah Yela an. »Geborgenheit, Wärme, Zuversicht, Schutz, Fürsorge. Richtig?«

Yela und Vocis nickten.

»Woher haben Sie das, Sergeant?«, fragte Plastikk, der keine Anstalten machte, es zu berühren.

»Den Teil der Geschichte habe ich Ihnen nicht erzählt«, gab die Soldatin zu und skizzierte in wenigen Worten die Umstände des Fundes. Dann, an Hamid gewandt: »Haben Sie Ihres auch auf einem Schlachtfeld gefunden?«

»Absolut nicht.« Auch Hamid beschrieb knapp seine erste Begegnung mit dem Artefakt. Plastikk schaute von einem zum anderen, mit einem Gesichtsausdruck, als würde er sie beide für ein wenig verrückt halten.

»Irgendeine holotrope Droge«, sagte er dann. »Muss jemand verloren haben, ein Dealer oder ein Nutzer.«

Hamid legte den Kopf zur Seite, als würde er darüber nachdenken.

»Das ist *eine* Theorie. Das Ding macht aber nicht süchtig. Ich habe keine Probleme damit, es jeden Tag in meinem Apartment zurückzulassen.«

Vocis nickte. »Das stimmt. Es ist angenehm. Aber es macht nicht abhängig. Als Yela es bei sich behielt, war ich viele Tage davon getrennt und es machte mir absolut nichts aus.«

»Keine Droge?«, fragte Plastikk nachdenklich. »Vielleicht die perfekte Droge? Diejenige, nach der wir schon alle lange suchen?«

»Wenn, dann keine sehr starke oder wir kennen nicht alle Wirkungen«, kommentierte Hamid. »Ich habe nie zuvor davon gehört, obgleich ich mir ziemlich sicher bin, alles zu kennen, was im Militär konsumiert wird, und das dürfte die bekannte Bandbreite in etwa abdecken.«

»Eine Designerdroge der oberen Zehntausend – nicht süchtig machend, damit auch sehr teuer«, beharrte Plastikk auf seiner Theorie.

Vocis schüttelte den Kopf. »Können wir dieses Thema ein andermal vertiefen? Ich stecke ein wenig in Problemen. Ich möchte Sie alle da nicht hineinziehen, es geht Sie nichts an, aber ich muss einen Weg finden und der kann nicht darin bestehen, hier ewig in diesem Privatbunker zu sitzen.« Sie sah Plastikk an. »Geben Sie Yela und mir freies Geleit und Sie sehen mich nicht wieder.«

»So wird es nicht klappen«, sagte Plastikk. »Sie wollten mein Raumboot. Was war Ihr Ziel, Sergeant?«

»Balta III. Ich habe dort Freunde und Familie. Wir halten zusammen auf Balta. Dort habe ich die besten Chancen, Yela unterzubringen. Sie bekommt einen anderen Namen, richtige Verwandte, eine feste Gemeinschaft. Es ist das Beste für sie.«

Yela sah Vocis überrascht an – und wenig begeistert. Diesen Teil des Planes hatte die Frau offenbar noch nicht mit ihrer Schutzbefohlenen diskutiert. Es sprach für das Mädchen, dass es jetzt deswegen keinen Streit vom Zaun brach, sondern erst einmal abwartete.

»Was wird dann aus Ihnen?«

»Ich schlage mich schon durch.«

Plastikk sah Hamid sinnierend an. »Balta III, hm? Zwei Sprünge von hier?«

»Etwa.«

»Kleine Agrarwelt. Ich wusste nicht, Vocis, dass Sie so rustikale Wurzeln haben.«

Die Soldatin lächelte. »Ich habe es dort nicht ausgehalten und bin schnell abgehauen.« Es war ihr anzusehen, das war nicht die ganze Geschichte, aber Plastikk drängte nicht. Er schaute wieder Hamid an.

»Wir hatten ohnehin eine kleine Reise vor«, sagte er dann gedehnt. »In diesem Fall sollte ich möglicherweise selbst den Piloten geben, oder?« Es war eine rhetorische Frage, die keiner Antwort bedurfte. Hamid war erstaunt. Plastikk erwies sich als Menschenfreund, und das über das erwartbare Maß hinaus.

»Balta ist kein großer Umweg«, hörte er sich selbst sagen, beinahe gegen seinen Willen.

»In der Tat«, murmelte der Händler. »Vocis, ich werde Sie und Ihre Yela auf Balta absetzen. Dann müssen Sie sehen, wie Sie zurechtkommen, aber das mache ich für Sie.«

Vocis sah Plastikk an, der Blick hatte etwas Lauerndes. Sie wartete darauf, dass er den Preis nennen würde. Doch der Händler hob die Hände, als hätte er einen Vorwurf gehört.

»Ich berechne Ihnen nichts dafür. Zahlen Sie mit Ihrer Verschwiegenheit.«

»Das werde ich sicher. Warum tun Sie das für mich?«

Plastikk verzog das Gesicht. »Wie gesagt, ich habe meine Erfahrungen mit dem Geheimdienst gemacht. Wenn ich diesen Ärschen eins auswischen kann, dann werde ich das tun. Es bereitet mir Genugtuung und Zufriedenheit. Das ist ein Luxus, den ich mir nicht oft leisten kann. Außerdem, wie gesagt, es ist kein großer Umweg und wir fliegen sowieso los. Morgen, denke ich. Ja, morgen hört sich gut an.« Er sah Governor an. »Du hältst den Laden am Laufen. Fahre deine eigenen Geschäfte ein wenig zurück. Ich will keinen Ärger in meiner Abwesenheit.«

»Du kannst dich auf mich verlassen, Chef«, grummelte es tief aus Governors Brust und Hamid glaubte an die Loyalität des Vorarbeiters. Er stand seit langer Zeit in Plastikks Diensten.

»Dann ist es entschieden«, sagte Plastikk entschlossen und erhob sich. »Wir fliegen morgen los. Die Nacht verbringen Sie hier unten, Sergeant. Wir haben Betten und den Automaten, es wird Ihnen an nichts mangeln. Vermeiden Sie Kontaktaufnahmen nach draußen.«

»Da gibt es niemanden, mit dem ich reden möchte«, entgegnete die Frau, erstmals mit einem Anflug an Erleichterung und Entspannung in ihrer Haltung. »Ich danke Ihnen, Plastikk.«

»Danken Sie mir, wenn alles geklappt hat.«

Plastikk sah Hamid an, prüfenden Blickes. »Du machst mit? Ich ziehe dich da hinein.«

»Wir wurden alle hineingezogen«, sagte Hamid ruhig. »Ich gehe nach Hause und packe.«

Und damit war die Sache entschieden.

Progress 33

Die AUME hatte aus sich selbst endgültig eine perfekte Kopie der FRIEDBERT gemacht, ehe sie in den Hyperraum eintrat. Lediglich die Inneneinrichtung entsprach nicht dem Layout des zerstörten Frachters. Für Bildübertragungen oder Inspektionen, so hatte das Schiff versichert, würde sie aber entsprechende interne Konfigurationen veranlassen. Sie hatte Kerr gefragt, ob er sich wohlfühlen würde, wenn alles so aussähe wie auf seinem alten Schiff, und er hatte das verneint. Die FRIEDBERT war Vergangenheit, die AUME eine unbekannte, faszinierende Zukunft. Er wollte das eine nicht unnötig mit dem anderen vermischen, verstand aber, dass seine Rückkehr ins Imperium dadurch vereinfacht wurde – wenngleich er noch gar nicht begriff, worauf all dies genau hinauslief.

Die AUME hatte nicht nur die Ladung gerettet, soweit das möglich war, sie hatte auch eine Fehlfunktion simuliert, die den Verlust jener Teile der Ladung erklären würde, die nicht mehr zu bergen gewesen waren, inklusive aller elektronischen Aufzeichnungen, vom geretteten Logbuch einmal abgesehen, das nunmehr mit leichten Modifikationen im Speicher der AUME ruhte. Sie besaß nun alle Codes, auch die militärischen, die in der Datenbank der FRIEDBERT hinter mehrfachen Schichten von Schutzsoftware abgelegt gewesen waren. Diese Tatsache hatte Kerr wieder etwas unruhig gemacht. Gut, sie konnte damit keinen großen Schaden anrichten – die FRIEDBERT war eben nur ein Frachter gewesen, kein Einsatzschiff für geheime Kommandounternehmen –, aber dennoch ... irgendwie roch das nach Hochverrat, auch wenn er gar nichts verraten hatte. Die AUME hatte sich einfach genommen, was sie brauchte, und das, ohne weitere Fragen zu stellen.

Wenn die AUME sich dieser Sorgen ihres Passagiers gewahr war, ließ sie sich nichts anmerken. Die KI hatte immer gute Laune, oder emulierte diese auf besonders überzeugende Art und Weise, und es war, als wäre die Kleidung, die sie ihrem Avatar anzog, an jedem Tag entweder etwas enger oder verlöre an Bedeckungsfläche. Natürlich, er wurde manipuliert, auf einer sehr niedrigen, triebhaften Ebene. Doch führte diese Selbsterkenntnis dazu, dass er sich beschwerte oder um eine Änderung der Praxis bat? Absolut nicht!

Man lebte schließlich nur einmal und sollte mitnehmen, was man bekommen konnte. Und so ertappte sich Kerr bei dem Gedanken, wie es so wohl sein würde, mit dem elastischen, aufreizenden Leib des Schiffes eine ganz andere Verbindung einzugehen, und es gab Momente, in denen ihn dieser Gedanke nicht mehr verlassen wollte. Sex mit Androiden war nicht unüblich und es gab sehr überzeugende Konstrukte, in Erholungsheimen des Militärs genauso wie in automatischen Bordellen, die jede Art der Befriedigung anboten, ohne dass dafür ein reales Lebewesen eingesetzt werden musste. Aume wäre dann, zu Recht betrachtet, nur eine mehrfach potenzierte Sexpuppe und in dem Moment, als er dies dachte, fühlte er sich auch gleich schlecht dabei.

Er war, stellte er zum wiederholten Male fest, ziemlich erbärmlich. Die Blicke, die der weibliche Avatar ihm zuwarf, waren eindeutig. Natürlich erkannte Aume mit ihren empathischen Fähigkeiten ziemlich genau, was in ihm vorging. Ja, sie neckte ihn auf ihre Weise. Für sie wäre Sex wahrscheinlich nichts anderes als eine weitere mechanistische Funktion ihres Avatars, angepasst an seine biologischen Bedürfnisse, nicht viel anders, als ihm eine Toilette für die Notdurft und ein Bett für den Schlaf zur Verfügung zu stellen. Nahrung einer anderen Art, genauso wie die von ihr replizierten Rationen, die an Qualität und Geschmack die der FRIEDBERT sogar noch übertrafen. Aber für Kerr war es das nicht. Das war kein Sandwich, in das er hineinbeißen wollte. Er war kein Schwerenöter, hatte Frauen niemals als Objekte behandelt. So war er nicht erzogen worden, so war er nicht aufgewachsen. Und obgleich Aume de facto ein Objekt war, machte ihre besondere artifizielle Intelligenz und ihr besonderes Ich-Bewusstsein sie eben zu weitaus mehr als zu einem intelligent agierenden Sexspielzeug. Das Problem, so erkannte Kerr sehr wohl, waren er und seine Komplexe, seine Voreinstellungen, seine Ideale. Doch er war beinahe dankbar für diese Regeln, die er sich selbst auferlegt hatte. Sie halfen ihm, menschliche Würde zu bewahren, unabhängig davon, ob dies von anderer Seite auch akzeptiert wurde. Kerr war zeit seines Lebens ein introvertierter und manchmal sehr einsamer Mann gewesen. Er hatte nie das Bedürfnis verspürt, anderen etwas zu beweisen. Aber wenn er sich selbst im Spiegel nicht mehr in die Augen blicken konnte, das wäre die größte persönliche Katastrophe, die Holoban Kerr zustoßen konnte. Und so schaute er auf Aumes Hintern, oft sehnsuchtsvoll, aber mit absoluter Selbstbeherrschung, und er tat keinen Schritt, den er einstmals bereuen würde.

Es wurde daher trotz seiner relativen Untätigkeit ein recht anstrengender Flug.

Die Aume flog die Route nach Canopus, die die Friedbert genommen hätte, mit einer Geschwindigkeit, die den Parametern des Frachters entsprach, und sendete die Transpondersignale, die erwartet wurden. Der erste Test ihrer Verkleidung bestand darin, beim Orientierungsaustritt in der Nähe einer imperialen Wachstation den Fragen der menschlichen Controller zu begegnen. Kerr hatte Aume in wortreichen Vorträgen auf diesen Moment vorbereitet und sie hatte geduldig zugehört, bis er gemerkt hatte, dass er mehr zu sich selbst – und zu seiner Beruhigung – sprach, als der KI tatsächlich irgendwelche hilfreichen Hinweise zu geben.

Er musste die Dinge jetzt einfach geschehen lassen. Und er spürte, wie die Aufregung in ihm hochkroch, als die Friedbert aus dem Hyperraum glitt und in die Reichweite der ersten imperialen Ortungsstation flog.

Das Gesicht des Controllers erschien auf einem Schirm vor ihm. Aume hatte ihm versichert, dass der Mann exakt das erblickte, was er zu erblicken erwartete, einen Frachterpiloten in seinem Sessel, umgeben von den üblichen Kontrollen und Anlagen. Da der Uniformierte Kerr aus etwas müden Augen musterte, schien diese Aussage der Wahrheit zu entsprechen.

»Frachter HKE 445-7, Friedbert, Pilot … Holoban Kerr. Bitte nennen Sie uns den Militärcode.«

Kerr kannte ihn auswendig. Der Mann nickte.

»Transponder, visuell, Code, alles übereinstimmend.«

Er runzelte die Stirn.

»Pilot Kerr, Sie sind seit Wochen überfällig. Ich habe hier eine Verlust- und Suchmeldung.«

»Ich hatte eine Havarie. Ein Angriff der Kalten. Ich überspiele die Sensorlogs.«

Zusammen mit den realen Aufnahmen der FRIEDBERT hatten Kerr und Aume eine schöne kleine Geschichte komponiert, die vor allem deswegen so echt wirkte, weil sie es größtenteils war. Der Uniformierte musste nichts tun, außer auf die Analyse seiner KI zu warten, die erwartungsgemäß sehr schnell kam.

Er sah dann sehr ernst drein.

»Es tut mir leid, Pilot Kerr. Die Übergriffe der Kalten weitab der Front haben sich potenziert. Sie sind mit einem blauen Auge davongekommen. Ich übermittle Ihren Bericht an das Oberkommando. Sie sind unverletzt? Benötigen Sie Hilfe?«

Kerr war berührt über die echte Sorge in der Stimme des Mannes. Sein Blick suchte nach dem Namensschild.

»Controller Davis, vielen Dank. Ich bin wohlauf. Die FRIEDBERT ist leicht beschädigt, nach Canopus schaffe ich es problemlos. Ich habe einen Teil der Ladung verloren. Den Rest möchte ich so schnell wie möglich abliefern.«

»Ich bestätige den Kurs«, erklärte Davis. »Pilot Kerr, auf Canopus wird es ein Debriefing durch den Geheimdienst geben, das ist Standardprozedur.« Er blinzelte. Das war das Maximum an Despektierlichkeit, das er sich auf einem offenen Kanal leisten konnte, aber die Nachricht war angekommen. »Ich wollte Sie nur darauf hinweisen.«

Kerr verzog kein Gesicht. »Ich habe nichts anderes erwartet. Mein Flugplan ist akzeptiert?«

»Sie haben Freigabe. Sie benötigen wirklich nichts?«

»Es geht mir gut.«

»Dann alles Gute! Der nächste Sprung bringt Sie direkt nach Canopus. So weit haben sich die Kalten bisher noch nicht vorgewagt.«

»Ich danke Ihnen, Controller Davis.«

»Gute Reise – und willkommen unter den Lebenden!«

Das Gespräch war beendet und niemand hatte Verdacht geschöpft. Kerr beobachtete, wie Aume beschleunigte und exakt mit der erwarteten Geschwindigkeit auf exakt dem erwarteten Kurs von der Station davonstrebte.

»Der Geheimdienst«, grübelte er. »Das wird nicht so einfach werden.«

Er schaute auf das Konstrukt, das unweit von ihm saß und die Beine auf so entzückende Weise übereinandergeschlagen hatte, dass Kerr den Blick auf die perfekt geformten Waden werfen musste.

»Wenn du gegen die Kalten kämpfst, wirst du dich dem Imperium als das offenbaren, was du bist?«

Er fand, dass er die Frage geschickt gestellt hatte. Dadurch umging er die viel drängendere: nämlich dass er gerne genauer wüsste, wer oder was Aume eigentlich war, denn diesbezüglich hatte sich das Schiff bisher ausgesprochen bedeckt gehalten.

»Das ist möglich«, erwiderte die Frau und sah nachdenklich aus. »Es hängt davon ab, wie weit ich dem Imperium trauen kann. Es sind Kräfte am Werk, Holoban, und diese sind nicht immer offensichtlich.«

Kerr war kein Freund von Verschwörungstheorien und hoffte, dass Aumes dunkle Andeutungen zumindest etwas Substanz aufwiesen. Er fühlte sich ein wenig hingehalten, nicht ernst genommen und damit verloren auch plötzlich die wunderbaren Waden an Faszination. Aume schien seine Reaktion zu bemerken – natürlich bemerkte sie sie, überwachte sie Kerr doch permanent. Seine Vitalfunktionen repräsentierten oft genug seine Gefühle und die Gedanken, die sie auffing, kamen noch hinzu. Kerr machte sich da keine Illusionen. Er war und blieb ein offenes Buch für sie.

»Die Frage ist doch«, sagte er fast gegen seinen Willen, »ob das Imperium dir trauen kann. Und ich.«

Aume sah ihn lächelnd an.

»Du hast immer noch Angst vor mir und dem, was geschieht.«

»Ja.«

»Deine Angst ist berechtigt«, sagte sie. »Ich habe etwas im Sinn, was auf den ersten Blick wie ein Übel erscheint.«

»Es geht also nicht nur um die Vernichtung der Kalten?«

»O doch, darum geht es. Aber du weißt nicht, warum die Kalten überhaupt operieren. Du ... ihr alle seid Zeuge einer sehr speziellen Epoche in der Geschichte des Universums. Einer Epoche, die es eigentlich gar nicht geben darf.«

Universum! Kerr schüttelte den Kopf.

»Darf es etwas kleiner sein?«, sagte er dann spöttisch.

»Nein, aber keine Sorge: Ich bin nicht größenwahnsinnig. Es beginnt hier. Dies ist der Ort. Und ich will verhindern, dass die Kalten und die mit ihnen verbundenen Phänomene, sich weiter ausbreiten. Wir haben hier ohne Zweifel die gleichen Interessen.« Sie machte eine Kunstpause. »Aber im Endeffekt ist es mein Ziel, das Universum zu vernichten.«

Kerr kratzte sich am Kopf. Schwere Worte, leichthin ausgeplaudert, verbunden mit einem nachsichtigen Lächeln, das er von seiner alten Lehrerin kannte, damals, als Klein-Holoban noch der Ansicht gewesen war, dass er ein berühmter Admiral oder ein verwegener Schmuggler werden würde. Er spürte den gleichen Unwillen wie damals, als seine Lehrerin seine Visionen mit dieser gelassenen Nachsicht quittiert hatte, wie Aume sie jetzt zeigte. Natürlich hatte seine Lehrerin mehr oder weniger recht gehabt mit ihren Zweifeln und Kerr konnte sich nicht vorstellen, jemals ein Offizier zu werden. Hieß das aber, dass Aume mit diesem Universumskrempel ebenfalls richtiglag und sein Geist einfach nur zu begrenzt war, um die Tragweite ihres Handelns begreifen zu können?

Oder ließ sie einfach nur ein paar Wortblasen ab, damit er sich beruhigt und wichtig fühlte?

»Du zweifelst«, stellte Aume fest. »Du bist angespannt.«

»Ja auf beides«, knurrte Kerr. »Sag mir eines: Erzählst du mir nur deswegen nicht mehr, weil du mich für zu blöd hältst, oder weil du Angst hast, ich könnte dann schreiend davonrennen und deine Pläne verraten?«

»Du kennst meine Pläne gar nicht.«

»Das ist ja das Problem.«

»Ich werde die Kalten bekämpfen und das Imperium vor dem Untergang retten. Ist das akzeptabel?«

»Ich … die Idee finde ich ja grandios.«

Aume lächelte. »Ich erkläre es dir, wenn ich selbst alle Details kenne. Vieles ist mir noch verborgen. Ich fühle mich selbst nicht wohl dabei. Aber wir sind nicht allein in dieser Sache. Ich benötige noch die anderen..«

»Welche anderen?«

»Meine Besatzung, vollständig.«

Kerr seufzte. »Ich bin also nicht der Auserwählte.«

»Es gibt keine Auserwählten. Aber Wesen mit Affinität. Ich benötige sie. Ohne kann und darf ich nicht operieren.« Aume sah Kerr bedeutungsvoll an. »Meine Erschaffer hatten die gleichen Vorbehalte wie du. Eine KI voller Macht, ohne Kontrolle auf die Galaxis losgelassen. Habe ich den richtigen moralischen Kompass? Habe ich überhaupt das Recht, mich in die Belange von anderen Intelligenzwesen einzumischen? Bis zu welchem Grad? Welche Opfer bin ich bereit zu akzeptieren?«

Beim Wort »Opfer« zuckte Kerr leicht zusammen. Aume nickte.

»Siehst du? Deswegen benötige ich eine Besatzung. Als … moralische Legitimation. Als Resonanzboden. Als Vetomacht. Und für noch etwas anderes.«

»Was ist das?«

»Ich weiß es nicht.«

Kerr verbarg seinen Unwillen. Eines musste man Aume lassen. Jedes Mal wenn ihn die Zweifel überkamen und sie es bemerkte, rückte sie mit einem weiteren Informationsfetzen heraus. Er hatte natürlich absolut keine Möglichkeit, die Richtigkeit ihrer Angaben zu prüfen, aber er war verdammt neugierig und viel zu fasziniert von alledem, als dass er jetzt kneifen würde. Aume wusste das natürlich. Diese ganze Diskussion war auf dieser Basis erfolgt. Vielleicht war es das, was ihn so beunruhigte: Holoban Kerr wusste, wie berechenbar er war.

Er schaute auf Aume, die so tat, als würde sie sich den Schirmen auf dem Pult vor ihr widmen.

Berechenbar und manipulierbar.

Er schaute etwas tiefer.

Schöne Waden, verdammt!

Progress 34

Tiefer hinab ging es in die Katakomben und es wurde kälter.

Es war nicht die angenehme Kühle einer unterirdischen Anlage, vom Sonnenlicht abgeschirmt, es war nicht die feuchte Kühle einer seit Langem nur unzureichend ventilierten Gruft, obgleich es sich so anfühlte, als wären sie in eine hinabgestiegen. Es war eine beißende Kälte, die sie angriff wie ein wütendes Tier, wie lebendig, und sie alle hatten den gleichen Gedanken, ohne ihn auszusprechen. Es gab diese Art der Kälte, die sie entweder selbst erlebt oder von der sie zumindest gehört hatten.

Sie fanden, gut ein Stockwerk tiefer, drei weitere Flecke auf dem Boden, daneben einen toten Kommunikator und einen Handscanner, beide ohne jede Energie, die Speicher gelöscht. Drei weitere Tote, eine andere Erklärung würde Thasri bis auf Weiteres nicht mehr in Erwägung ziehen.

Der Tod schreckte sie aber nicht mehr so wie beim ersten Mal.

Nein, die Kälte beunruhigte, denn sie war durchdringend und lauerte in der Tiefe wie ein Verhängnis. Thasri sah in den Augen der Soldaten, dass sie Furcht bekamen, und sie wusste auch, was in ihnen jetzt vorging. Es war die Atmosphäre, die die Kalten verbreiteten, und es gab ihr stark zu denken, dass sie hier unten zu spüren war und nicht da oben, in der dampfenden Hitze einer Dschungelwelt. Normalerweise fing die Transformation einer Welt immer auf der Oberfläche an. Die Kalten mochten die dunklen Tiefen von Gewölben und Kavernen nicht, in diesen konnte man eine Weile Schutz vor ihnen finden. Normalerweise.

Was war dies für ein Ort?

Sie erreichten eine Halle und die starken Scheinwerfer erhellten sie nur unzureichend. Genug aber, um die herumliegenden Ausrüstungsgegenstände, die leeren und leblosen Konsolen, die umgeworfenen Tische und Kisten zu erkennen – und weitere Flecke, viele, und sie erkannten nicht einmal alle. Das hier war ein zweites Basislager gewesen, eilig errichtet, viele Kisten nicht einmal richtig ausgepackt.

»Das haben sie gefunden«, sagte Imanez. »Was ist das?«

Sein Lichtkegel wanderte über das Ding an der hinteren Wand. Es sah aus wie ein stilisierter Stern, die Strahlen ragten spindelförmig von einem uneben geformten Zentrum auf einer Ebene nach außen. Es war ein künstliches Objekt, daran bestand kein Zweifel, und es wirkte alt, aber nicht halb so alt wie die Umgebung. Im Zentrum des Sterns stand ein aus sehr dünnen Streben konstruierter Dodekaeder. Es war, so fand Thasri, ein Fremdkörper, etwas, das hier nicht hingehörte, aber schon sehr lange hier war. Und das gewartet hatte, bis es gefunden wurde, um dann …

… zu töten?

Der Dodekaeder auf Parfass hatte jemanden getötet. Aber er war auch mitten in ein Kreuzfeuer geraten, als Thasri und ihr Kommando damals die Plünderer bei ihrem Tun überrascht hatten. Er wurde beschädigt und seine Energien waren auf eine wilde, unberechenbare Art und Weise entladen worden. Thasri erinnerte sich nicht gerne daran. Es machte ihr immer noch Angst. So einen Tod hatte niemand verdient.

»Energie«, murmelte sie. »Messen Sie nach, sofort!«

»Es ist tot. Keine energetische Aktivität«, sagte Imanez. »Aber es gibt Residualenergie. Es war aktiv. Einige Zeit her, aber es war aktiv.«

Thasri deutete auf die beiden armdicken Leitungen, die in einem der Strahlen endeten, auf denen das Gebilde zu ruhen schienen. »Stromzufuhr«, sagte sie leise. Imanez' Lichtstrahl wanderte die Leitungen entlang bis zu zwei Schlackewürfeln, braunschwarz verbrannt, aus deren Umriss und Größe man aber erahnen konnte, was sie einst gewesen waren.

»Hochenergiespeicher. Sie haben versucht, das Ding mit Strom zu versorgen«, sagte der Sergeant.

»Es scheint ihnen gelungen zu sein. Narren! Die Berichte über Parfass sind doch unter Fachleuten bekannt.«

Imanez zuckte mit den Achseln. Möglicherweise konnte er damit nichts anfangen.

»Ein fragwürdiger Erfolg, wenn man den Effekt bedenkt.«

Thasri nickte langsam. Gegen diese Einschätzung vermochte sie wenig vorzubringen.

»Es ist kalt hier«, sagte sie leise.

»Meine Leute mögen das nicht.«

»Es gibt hier keine Kalten.« Sie sagte es mit Nachdruck, auch um sich selbst ein wenig davon zu überzeugen.

»Sind wir uns da sicher?«

»Es gibt keine Anzeichen. Dies ist eine heiße Welt, das Gegenteil von dem, was unsere Feinde anstreben. Sie würden sich nicht hier unten verbergen und auf jemanden warten. Das ist nicht ihre Art.«

Der Sergeant wirkte nicht überzeugt. »Dies ist besonders. Das da ist besonders. Ich möchte vorschlagen, dass wir uns nicht ewig lange hier aufhalten. Haben Sie so etwas schon einmal gesehen?«

»Ja. Dennoch haben Sie recht: Das ist speziell. So was haben die Kath bisher nur ein einziges Mal hinterlassen und die Konfrontation mit diesem Ding endete sehr unerfreulich.«

Der Sergeant sah sie abschätzend an, als wolle er überlegen, ob er ihrer Aussage traue. Dann nickte er.

»Wir untersuchen das?«

Thasri seufzte ergeben.

»Ich untersuche das. Und bis ich fertig bin – oder bis die Kalten kommen –, bleibe ich hier unten. Rufen Sie alle Wissenschaftler zusammen. Hier ist genug Ausrüstung, ich brauche nur Energie.«

Sie sah den zweifelnden, ja misstrauischen Gesichtsausdruck des Soldaten und lächelte.

»Nein«, sagte sie, erriet seine Gedanken. »Ich werde nicht versuchen, es einzuschalten. Ich will nur herausfinden, warum unsere Vorgänger es probiert haben.«

Als die Wissenschaftler mit der Arbeit begannen, waren sie mit Feuereifer bei der Sache, jeder auf seine Art. Thasri beobachtete Erman Kolic, den Technospürer, wie er die sternförmige Konstruktion unter Beobachtung nahm, sie immer wieder berührte, die feinen Ausbuchtungen und komplexen Ziselierungen beobachtete und dann andauernd nickte, als wolle er sich selbst eine in Gedanken formulierte Vermutung bestätigen. Thasri wusste nicht, ob diese Art der Vorgehensweise effektiv war, aber sie unterbrach ihn nicht in seinem Tun. Kolic war ein seltsamer Typ, schweigsam und introvertiert, manchmal fast scheu, und er schien nur in der Gesellschaft komplexer Technik aufzuleben. Den Flug hierher hatte er fast nur im Maschinenraum zugebracht. Der Chefingenieur hatte ihr berichtet, dass der Mann mit einem seligen Lächeln sehr entspannt vor einer Wartungskonsole gesessen und Routinen hatte ablaufen lassen. Zweimal habe er den Antrieb nachkalibriert, ohne dass der Ingenieur oder die Automatik die leichte Fehlfunktion überhaupt wahrgenommen hätten.

Kolic war seltsam, keine Frage. Aber Thasri war bereit zu glauben, dass er hier an der richtigen Stelle war. Und selbst wenn nicht, sie hatte noch niemals mit einem Begabten wie ihm zusammengearbeitet. Sie wüsste nicht einmal, was für Anweisungen sie ihm geben konnte, ohne sich völlig lächerlich zu machen. Und ob er solchen folgen würde. Für Kolic hätte sie eigentlich eine Bedienungsanleitung benötigt.

Die Experten waren alle eifrig bei der Sache. Auch Thasri ergab sich dem Forscherdrang. Imanez wirkte weiterhin nervös. Immerhin, es wurde nicht noch kälter. Die niedrigen Temperaturen waren aber eine gute Erinnerung an das, was aus dem Weltraum unterwegs war. Von der HARALDUS VINDICATOR kamen ständige Statusmeldungen, die sie zur Eile gemahnten.

Nach gut einer Stunde fasste Dr. Hephos die ersten Erkenntnisse zusammen. Es waren nicht viele. Er wirkte erschöpft und ein wenig enttäuscht, ganz sicher aber gehetzt. Der Zeitdruck musste wie eine besondere Qual auf ihm lasten.

»Die Speicher sind nur teilweise rekonstruierbar. Es ist klar, dass etwas passiert ist, als das Team versucht hat, diese Anlage zu aktivieren. Wir wissen nicht, warum, aber es gibt Hinweise darauf, was die Kollegen annahmen, damit zu tun. Sie hielten es für ein Tor.«

Thasri kannte die Theorie, die bereits nach dem Vorfall auf Parfass aufgestellt worden war. Dass der Dodekaeder ein Tor war, ein Transportmittel seiner ausgestorbenen Schöpfer – oder der Weg, auf dem sie sich aus diesem Teil der Galaxis zurückgezogen hatten.

»Ein Tor wohin?«, fragte Thasri.

Hephos zuckte mit den Achseln. »Wir wissen es nicht. Aber die Referenz taucht mehrmals auf. Die Leute arbeiteten ebenfalls unter starkem

Zeitdruck. Sie wollten es unbedingt aktivieren. Ich hatte den Eindruck, dass sie dabei nicht alle Vorsichtsmaßnahmen beachteten. Das könnte unter anderem zu der Katastrophe geführt haben, der sie alle zum Opfer gefallen sind.«

»Wir könnten das Experiment nachvollziehen?«, fragte Dukas, die Xenopsychologin. Für sie gab es hier nichts zu tun, sie assistierte nur, wo sie konnte.

»Theoretisch ja, mit Zeit, zusätzlichen Technikern und Energie.«

»Haben wir alles nicht«, beendete Thasri die Diskussion, ehe der alarmierte Blick von Sergeant Imanez sie bei lebendigem Leibe zu häuten begann. »Zeitdruck, sagen Sie?«

»Das lässt sich aus den Aufzeichnungen schließen.«

»Ja, es musste schnell gehen«, murmelte Kolic, der ebenfalls die Datenspeicher durchgesehen und ihren Inhalt mit der Effizienz eines Computers registriert hatte. Dass er über ein fotografisches Gedächtnis verfügte, war von Thasri beinahe mit Selbstverständlichkeit angenommen worden.

Sie sah ihn forschend an. Da kam noch etwas, das fühlte sie.

Er blickte auf. »Es war aber nicht das Ziel, das Tor zu öffnen. Es war das Ziel, die Öffnung zu verhindern.«

»Wie kommen Sie ...« Hephos unterbrach sich sofort. Einen Technospürer so etwas zu fragen, führte zu nichts. Man glaubte ihm, oder man ließ es bleiben. Wie sollte Kolic etwas erklären, was er selbst nur auf einer intuitiven Ebene verstand?

»Und?« Thasri sah dem Mann an, dass er immer noch auf einer Information saß. Der introvertierte Kolic hatte bei all seiner Zurückgezogenheit einen gewissen Sinn für das Theatralische bewahrt.

»Ich gehe davon aus, dass es ihnen nicht gelungen ist«, sagte Kolic.

Hephos lachte. »Na, offensichtlich. Sie sind alle tot. Die Anlage ...«

»... funktionierte einwandfrei und brachte niemanden um«, sagte Kolic stoisch. »Sie haben nicht verhindern können, dass sie aktiviert wurde, und dann trat ein, was sie befürchteten: Es kam etwas hindurch. Das wird übrigens auch den EMP-Schock ausgelöst haben, der alle Geräte plattgemacht hat.«

Schweigen war die allgemeine Reaktion. Nur Imanez' Waffe ruckte unwillkürlich hoch.

»Etwas kam hindurch?«, fragte Dukas etwas heiser. »Sie meinen ...«

»Nicht das Tor tötete die Leute, sondern das, was auch immer hindurchtrat.«

Thasri spürte eine plötzliche Unruhe. »Wenn das so ist ... ich akzeptiere das als Hypothese ... dann könnte es doch sein, dass ...«

»... es immer noch hier ist«, sagte Kolic und nickte. Er winkte in jene Teile der Anlage, die trotz der aufgestellten Scheinwerfer in Dunkelheit lagen. »Es ist da draußen und wartet.«

»Worauf?«, brachte Dukas ängstlich hervor. »Worauf?«

Kolic zuckte nur mit den Achseln. Die Absichten unbekannter Entitäten zu erkennen, war eigentlich mehr die Aufgabe der Psychologin, das dachte er sich wohl. Thasri war seiner Meinung. Doch Dukas sah nicht so aus, als würde sie ihnen eine große Hilfe sein. Sie war recht weiß um die Nase geworden.

»Imanez!«, rief Thasri. Der Sergeant war so schnell an ihrer Seite wie erwartet.

»Agentin?«

»Ich möchte, dass Sie ein mobiles Schutzfeld errichten. Holen Sie den Generator.«

Imanez hatte offenbar etwas anderes hören wollen, einen Satz, der »Rückzug« und »Abflug« enthielt. Der Soldat war kein Feigling, aber er hielt offenbar nichts davon, das Leben seiner Leute für ein paar alte Artefakte aufs Spiel zu setzen. Es sprach aber für ihn, dass er keine Diskussion begann und stattdessen sofort zwei Männer nach oben schickte, das Gewünschte zu besorgen.

Thasri sah in die Runde, erblickte Verwirrung, Angst und Neugierde, alles in etwa zu gleichen Teilen. Eine Hypothese, nicht mehr. Aus dem Munde eines Mannes, der so weit von echter Empirie entfernt war wie irgendein Slumbewohner auf Canopus. Und an dessen Lippen sie dennoch alle hingen.

»Wir machen weiter«, befahl sie. »Noch eine Stunde, vielleicht zwei. Dann benötige ich irgendwas Handfestes.« Sie sah Kolic an, der überrascht schien, wie ernst die Leiterin seine Worte genommen hatte. »Auch von Ihnen, Kolic. Mehr als nur Intuition. Geben Sie mir etwas, auf dem ich kauen kann.«

Der schmächtige Mann nickte schweigsam und machte sich an die Arbeit, was auch immer jemand wie er darunter verstehen mochte.

Eine angespannte, durchaus ängstliche Atmosphäre senkte sich über sie. Auch Thasri ertappte sich dabei, wie sie immer wieder verstohlen in die Dunkelheit schaute, den Anzugscheinwerfer kreisen ließ, als ob es ihr damit gelänge, die plötzlich spürbare Bedrohung zu vertreiben. Es war nur eine fixe Idee eines nicht ganz zurechnungsfähigen Technospürers, sagte sie sich. Es musste nichts bedeuten. Es konnte eine wilde Fantasie sein. Man wusste nie, auf was für Ideen diese Leute kamen.

Es half nichts.

Auch als die Soldaten zurückkamen und binnen weniger Minuten ein bläulich schimmerndes Kraftfeld ihre Gruppe umhüllte, fühlte sie sich nicht besser.

Sie wollte weg von hier.

Sie fühlte sich abgelenkt, es fiel ihr schwer, sich zu konzentrieren. Die schwarzen Flecke auf dem Boden erinnerten sie an das Schicksal derer, die vor ihr hier gewesen waren. Es beunruhigte sie. Früher wäre sie kühl geblieben, emotionslos, ganz die Ruhe selbst. Doch Thasri war alt geworden, weich, sie hatte die innere Disziplin ihres jüngeren Selbst nicht mehr. Nach außen hin wirkte sie gefasst und kontrolliert, aber sie war schon immer eine gute Schauspielerin gewesen; zumindest diese Fähigkeit hatte sie nicht eingebüßt.

Nach einer halben Stunde hörte sie einen unterdrückten Aufruf, der sie alarmiert aufspringen ließ. Natürlich, Kolic! Er hatte die Absperrung des Schutzfeldes verlassen und kam mit völlig uncharakteristischer Aufregung zurückgelaufen, wirkte aber nicht ängstlich oder in Panik, sondern eher begeistert. Als er die Öffnung im Schutzfeld passiert hatte, eilte er direkt auf Thasri zu und erst dann bemerkte sie, dass er etwas in seinen Händen hielt.

Es war ein undefinierbarer, leuchtender Gegenstand, oval, wie eine Art Stein, aber ohne Zweifel künstlichen Ursprungs. Er schimmerte nicht nur, man konnte seine Präsenz spüren. Etwas Beruhigendes ging davon aus, eine emotional wirkende Schwingung, ein Gefühl von Fürsorge, Sicherheit und Schutz, ein Einfluss, dem sich auch Thasri nicht völlig entziehen konnte. Kolic sah auf das schimmernde Etwas wie auf eine Offenbarung, seine Augen leuchteten.

»Was ist das?«, fragte Thasri.

»Ich habe es gefunden«, war die Antwort des Mannes. »Nebenan, in einem der anschließenden Räume. Das Licht fiel mir auf.«

»Wo?«, fragte Imanez, der hinzugetreten war. Kolic wies in die Richtung, der Sergeant schüttelte den Kopf. »Da haben wir alles durchsucht. Da war kein Licht.«

»Vielleicht wurde es durch unsere Aktivitäten initialisiert«, mutmaßte Thasri, die den Stein vorsichtig aus Kolics Hand nahm, ein Vorgang, der dem Mann sichtliches Unbehagen bereitete. Der Stein war warm und schmiegte sich in ihre Handfläche.

»Es macht jedenfalls keinen bedrohlichen Eindruck«, murmelte sie.

»Ein Kath-Artefakt?«, fragte der Soldat.

»Keines, das ich kenne.«

Sie drehte sich um und schritt auf die Wissenschaftler zu, die das Ding mit Andacht oder Misstrauen, in jedem Fall aber mit Neugierde betrachteten. Thasri legte es auf die Analyseplattform des großen Multiscanners, den ihre Vorgänger hier hinterlassen hatten und der nun, da er wieder mit Energie versorgt wurde, ohne Probleme funktionierte.

»Aktivieren Sie einen kompletten Durchlauf«, ordnete sie an. Hephos fühlte sich angesprochen und aktivierte die Sequenz. Mit einem geschäftigen Summen senkten sich diverse Sonden über den Stein und der Scanner begann mit der Arbeit. Die Schirme füllten sich schlagartig mit Daten, und obgleich sie alle die Ergebnisse aufmerksam beobachteten, schien nichts von alledem irgendeinen Sinn zu ergeben.

»Die Daten sind widersprüchlich«, murmelte Hephos. »Das Ding ist alles oder nichts.« Er schaute entschuldigend in die Runde. »Tut mir leid, das ist unwissenschaftlich.«

»Nein«, widersprach Kolic und stellte sich ohne Aufforderung an die Kontrollen, begann, Justierungen vorzunehmen. Sie ließen ihn gewähren, denn er machte den Eindruck, dass er wusste, was er da tat.

»Quantenmaterial«, sagte Kolic schließlich. »Aber ich verstehe es nicht.«

Der letzte Satz klang beinahe anklagend. Thasri war keine Physikerin, sie verstand nicht viel von dem, was das bedeutete, und sah den Technospürer daher auffordernd an.

»Quantenmaterialien sind Materialien, die sich durch überraschende neue Eigenschaften auszeichnen, die man von ihren atomaren

Bauelementen noch nicht kennt. Bekannte Beispiele für ein unerwartetes kollektives Quantenphänomen sind die Supraleitung und der Quanten-Hall-Effekt.« Kolic sprach monoton, als ob ihm egal sei, ob sein Publikum überhaupt verstand, wovon er sprach. »Beides ist gut erforscht, aber diese unerwarteten Phänomene sind damit noch nicht umfassend aufgelistet. Quantenmaterie hat in gewissen Zustandsformen die Eigenschaften, überall zugleich zu und dennoch örtlich begrenzt detektierbar zu sein. Sie kennen die Theorie der Multiversen?«

»Es ist eine Hypothese.«

»Nein, eine Theorie. Wir können praktisch damit noch nicht allzu viel anfangen, aber die Existenz von Multiversen ist wissenschaftlich erwiesen. Allein schon durch die Beobachtung der kosmischen Hintergrundstrahlung wurden …«

Thasri hob eine Hand. »Danke. Sparen wir uns das für später auf. Die Zeit rennt uns davon. Finden Sie einen Probenbehälter und stecken Sie das Ding ein. Wir nehmen es mit.« Sie schaute auf die Uhr. »Wir brechen in einer Stunde auf. Zeichnen Sie auf, was Sie noch können. Dann fliegen wir ab. Ich will nicht, dass uns noch kälter wird.« Sie hielt inne und sah Kolic an. »Das Ding ist nicht der Auslöser der Kälte, oder?«

»Nein, eher im Gegenteil«, sagte der Mann mit einer Bestimmtheit, die ansteckend wirkte, obgleich er sich dieser Sache gar nicht so sicher sein konnte.

»Ein gut isolierender Probenbehälter«, sagte Thasri. »Mit Schutzfeld. Ich will, dass das Ding absolut perfekt eingepackt ist.«

Es bestand kein Mangel daran. Die erste Expedition hatte reichlich Material mitgebracht und schnell war der Lichtschimmer unter dem Deckel eines geeigneten Behältnisses verborgen. Thasri legte die Hand darauf, und obgleich sie die Wärme nicht mehr spürte, schien es ihr, als dringe der emotionale Aspekt der Strahlung immer noch zu ihr vor. Wie war das möglich?

Darauf würde es so schnell keine Antwort geben.

Die Experten widmeten sich wieder ihrer Arbeit. Sergeant Imanez bewachte wieder den Perimeter, die Nerven zum Zerreißen gespannt. Ja, die Zeit lief ab.

Thasri war sich nicht sicher, ob sie Kalebonian bringen würde, was er wollte. Sie war sich nicht einmal sicher, was er überhaupt wollte. Sie wollte auf der einen Seite unbedingt schnell weg von hier, andererseits übten die Kath-Anlagen wie immer diesen unwiderstehlichen Reiz auf sie aus. Doch auch hier würde sie nicht mehr über diese uralte und lange untergegangene Zivilisation erfahren, dessen war sie sich nun sicher.

Und das war bei alledem für sie die größte Enttäuschung.

Progress 35

Der Kontaktmann wartete am Abend auf sie, im strömenden Regen. Er trug einen Poncho, der seinen ganzen Leib bedeckte und ihn fast unkenntlich machte, doch er sagte das Losungswort und machte die Handbewegung, als Ildaya in den Hauseingang trat. Sie sah ihn an, nickte, erwiderte die richtige Losung und dann zeigte der Mann auf das 24-Stunden-Automatencafé gegenüber, in dem die Nachtschicht bereits Platz genommen hatte. Obdachlose, die sich dadurch ein trockenes Plätzchen verschafften, dass sie alle sechzig Minuten einen faden Tee bestellten, der ihren Aufenthalt auf den fleckigen und stinkenden Plastikstühlen legitimierte, nur um über dem Getränk einzunicken, bis es Zeit für die nächste Bestellung war. Der Tee kostete so gut wie nichts, er gehörte zu den subventionierten Grundnahrungsmitteln und war eine fast geschmacklose, aus künstlichem Granulat hergestellte Brühe, die sich nur dadurch auszeichnete, dass sie heiß war und keine schädlichen Keime enthielt. Preiswerter als jede Unterkunft und angenehmer als die überlaufenen und nicht ungefährlichen Nachtheime, aus denen man oft ohne seine bescheidenen Habseligkeiten und manchmal nur tot herauskam. Das Café hatte seine Stammgäste und Ildaya hatte sie manches Mal vom Fenster ihres Apartments aus beobachtet. Männer zumeist, kaum Frauen, viele offenbar schon lange auf der Straße, manche in alten Uniformjacken, vielleicht Veteranen. Alle versüßten sich den Tee mit verschiedenen anderen Flüssigkeiten oder Tabletten, andere saßen nur so da und stierten vor sich hin. Manche hatten sicher ein Zuhause, viele aber, gerade die Veteranen, hatten ihre Pension und ihre Wohnung verkauft oder verpfändet, um an Drogen zu kommen, die ihnen halfen, alles zu vergessen.

Das glorreiche Imperium, dachte sie dann immer voller Bitterkeit. Der Gipfel der Zivilisation.

Der Kontaktmann setzte sich mit ihr in eine noch leere Ecke, an einen Tisch, der vollgekritzelt war mit Botschaften voller Verzweiflung und Obszönität. Es gab den faden Tee und ein auch nicht sehr vertrauenerweckend aussehendes Sandwich, das der Nahrungsdrucker mit winselndem Geräusch aus Algenkonzentraten und Geschmackstoffen produziert hatte. Es lag in einer Schale aus essbarem Karton.

Er rührte es nicht an.

»Ildaya, es wird Zeit für eine erste Aktion«, sagte er, ohne sich auch nur vorzustellen. Sie erwartete das auch nicht von ihm. Je weniger sie von ihm wusste, desto besser. Sie nickte nur und schaute sich verstohlen um. Niemand achtete auf das nasse und zusammengesunkene Pärchen in der Ecke. Hier kümmerte sich jeder nur um sich selbst.

»Ich höre.«

»Ein Anschlag auf das Manufaktorium. In einem Monat. Du bist indirekt involviert, der Sprengstoff wird von unseren Leuten dort hineingebracht und gezündet. Du musst bei der Logistik helfen. Wir brauchen noch technische Teile. Wir finden sie auf Plastikks Schrottplatz, aber nicht im üblichen Krempel.«

»Im Speziallager.«

Der Mann nickte. »Du hast dich umgehört, gut. Kommst du da ran?«

»Ich arbeite noch nicht lange genug für ihn. Der Vorarbeiter, Governor, hat einen Schlüssel, Plastikk selbst und jemand aus dem Büro. Die darin gelagerten Waren sind von einigem Wert und zum guten Teil illegal. Aber ich hörte, er will für einige Zeit verreisen. Das Raumboot wird startklar gemacht. Wenn er weg ist, kann ich es versuchen.«

»Was benötigst du?«

»Einen Formdietrich.«

Eine legitime Forderung. Das hochkomplexe und hoch illegale Gerät war gut dafür geeignet, mechanische Komponenten eines jeden Schlosses zu infiltrieren. Es fehlte dann nur noch die elektronische Variante, am besten die Codenummer.

»Du bekommst den Dietrich und einen Codegenerator. Er wird etwas Zeit benötigen, je nachdem, wie komplex das Sicherheitssystem ist.«

Ildaya nickte.

»Ich werde es nachts tun. Es gibt eine Nachtwache, aber ich kenne mich aus. Ich finde einen Weg. Wenn Plastikk nicht da ist, wird die Aufmerksamkeit allgemein sinken. Er hält den Laden beisammen. Sobald er nicht zugegen ist, wird alles sehr entspannt.«

»Es hängt von dir ab, Ildaya.« Der Mann reichte ihr eine Notiz, die sie einsteckte, ohne darauf zu blicken. »Die Liste. Wir brauchen alles. Wir verlassen uns auf dich. Wenn du die Sachen hast, melde dich auf dem üblichen Weg.«

Man hatte ihr diverse tote Briefkästen zugewiesen, die sie nutzen konnte. Es würde kein Problem sein, die Nachricht ihres Erfolgs zu übermitteln, sollte er eintreten.

Nein, verbesserte sie sich. Sobald er eintrat. Defätismus half ihr nicht weiter.

»Gut«, sagte sie. »Gibt es sonst noch etwas?«

»Ja.« Er machte eine bedeutungsvolle Pause. »Nachrichten aus der Heimat. Sie haben in einem Bergwerkschacht Leichen gefunden. Ildaya, das ist möglicherweise ein Problem für uns. Tote Sicherheitsleute, das kommt beim Imperium derzeit nicht gut an. Wir denken, dass deine Tarnidentität hält und wir die Spuren ausreichend verwischt haben, aber es kann sein, dass du dich bewegen musst – bald. Wir überwachen die Ermittlungen der Behörden, so gut wir können. Aber wenn dort die großen Räder erst einmal ins Rollen kommen ...«

Er ließ den Rest des Satzes in der Luft hängen, doch Ildaya wusste auch so, wovon er sprach. Sie hatte tatsächlich gehofft, dass man ihr gar nicht auf die Schliche kommen würde. Das Versteck der Leichen war ordentlich gewesen, fast narrensicher. Die Ereignisse auf ihrer Heimatwelt hatten offenbar eine unerkannte Eigendynamik erhalten. Sie beherrschte sich gut, der Schreck war ihr jetzt allerdings ordentlich in die Glieder gefahren.

»Was ist los?«, fragte sie nun leise, fast wispernd. »Was tut das Imperium daheim?«

»Man greift durch«, kam die ebenso leise Antwort. »Wir haben sechs Zellen verloren, binnen einer Woche. Hausdurchsuchungen, Verhöre, das ganze Register. Und es ist keine einmalige Welle, nach der man wieder Dienst nach Vorschrift schiebt – es findet kein Ende. Alle liegen sie flach am Boden und hoffen, dass der Sturm über sie hinwegfegt. Es hat dennoch so einige mitgerissen. Deine alte Zelle übrigens auch. Wir wissen nicht, ob jemand geplaudert hat. Wir wissen, dass die Imperialen verstärkt Hirnsonden einsetzen. Es gibt einen Sonderdispens, der die Persönlichkeitsrechte außer Kraft setzt. Es heißt, der Imperator persönlich hätte ihn unterzeichnet.«

Ildayas Gesicht blieb erstarrt. Die Hirnsonde konnte den Inhalt eines Gehirns auslesen, bis ins letzte Detail. Es war eine höchst invasive Technik und sie hinterließ bleibende Schäden bis hin zu einer nicht mehr aufhebbaren Katatonie. Das Imperium verzichtete normalerweise darauf, diese Techniken einzusetzen, weil sie der Beliebtheit der Fremdherrschaft nicht zuträglich waren. Wenn sie es nun doch taten, wollte jemand durchgreifen. Vielleicht gab es einen Wechsel in der Kommandostruktur. Vielleicht hatte jemand nur schlecht gefrühstückt. Das Imperium verstand niemand so genau. Was man hörte, war aber besorgniserregend. Selbst auf Canopus sagten die Leute hinter vorgehaltener Hand, dass der andauernde und verlustreiche Krieg aus einem ohnehin nie sonderlich stabilen Imperator einen wirren Paranoiker gemacht habe. Wundern würde es sie nicht.

»Das ist furchtbar«, sagte sie.

»Deswegen müssen wir woanders zurückschlagen und den Unterdrückern zeigen, dass wir nicht aufgeben, und sie unerwartet packen. Und deswegen ist der geplante Anschlag von großer Bedeutung.«

Ildaya hatte das Gefühl, dass an dieser Argumentation irgendwas falsch war oder zumindest nicht ganz durchdacht. Doch sie äußerte ihre Zweifel nicht. Wenn es eine wichtige Konstante in ihrem Leben gab, dann war es die Loyalität zum Widerstand und die Bereitschaft, jeden Befehl auszuführen, solange er nur dem Imperium schadete. Und da konnte es angesichts des geplanten Anschlags keinen weiteren Zweifel geben.

»Ich werde alles tun, was ich kann.«

»Warte nicht zu lange.«

Mit diesen warnenden Worten erhob sich ihr Kontaktmann, ohne seinen Tee und das Sandwich auch nur angerührt zu haben. Ildaya schaute sich um, eher gedankenverloren, und bemerkte, wie die sehnsüchtigen Blicke mehrerer Tischnachbarn auf dem Algenprodukt lagen. Sie würde aufstehen und einfach hinausgehen und hoffte, dass es keine allzu harten Verteilungskämpfe geben würde.

Sie ging ins Freie. Ein sanfter Regen fiel auf sie hinab, er hatte offenbar nicht aufgehört. Die Straßen waren nicht leer, in jeder Ecke, unter jeder Neonreklame kauerten Gestalten, manche, um dort zu nächtigen, andere, um Geschäften nachzugehen, über deren Inhalt sie nur spekulieren konnte. Bei allem Mut und aller Anpassungsfähigkeit hatte sie schnell gemerkt, dass sie hier in Stratum nicht mehr als ein Landei war und leicht unter die Räder kommen konnte. Hin und wieder, für einige Augenblicke, die sie sich schwerlich einzugestehen bereit war, fühlte sie sich von der überladenen Vielfalt an komplexem Irrsinn, die diese Stadt war, etwas überfordert.

Da war es gut, wieder ein richtiges Ziel zu haben. Eine Aktion. Ein Anschlag. Darauf wollte sie sich konzentrieren.

Als sie in ihrem Apartment ankam, setzte sie sich hin und entfaltete den Zettel, den der Mann ihr gegeben hatte. Die Liste war länger als erwartet und enthielt Gegenstände, von denen Ildaya niemals zuvor gehört hatte. Sie war keine Technikerin, sie war eine Aktivistin. Sie würde sich erst einmal mit diesen Dingen vertraut machen müssen, damit sie wusste, wonach sie zu suchen hatte. Ihr ursprünglicher Plan, bis zur Abreise Plastikks zu warten, zerstob damit. Sie würde endlos viel Zeit damit verlieren, sie musste vorher wissen, was diese Dinge waren und ob sie diese tatsächlich in Plastikks Speziallager vorfinden würde. Sie wollte sie nicht gleich mitnehmen, aber sie musste die Lage sondieren.

Sie musste einbrechen und nachschauen. Wenn Dinge von der Liste fehlten, war Meldung zu machen. Sonst würde der ganze Zeitplan für die Aktion in Gefahr geraten.

Ildaya legte den Zettel fort, schloss die Augen. Eine große Aufgabe, eine schwere Aufgabe. Würde sie es alleine schaffen? Sollte sie zusätzliche Hilfe aktivieren? Immerhin gab es im Team Governors jemanden, der ihr helfen konnte, sonst wäre Plastikks Schrottplatz gar nicht infrage gekommen. Doch war sie frei, eine solche Entscheidung zu treffen?

Ildaya versuchte erneut, die aufkeimenden Zweifel, die Angst vor der Größe der Aufgabe und vor einem möglichen Scheitern zu unterdrücken. Es war das erste Mal, dass sie so empfand, und es irritierte sie. Wieso jetzt eine Furcht, die sie vorher kaum jemals empfunden hatte? War es die fremde Umgebung, die Größe der Aufgabe – oder war es die Erkenntnis, dass ihr Kampf immer sinnloser wurde und sie drohte sich in leeren

Gesten zu erschöpfen, dass das Imperium ein Gegner war, der nicht zu bezwingen war? Dass es besser wäre, sich mit der Realität zu arrangieren, vielleicht ernsthaft zu versuchen, ein neues Leben zu …

Nein, ermahnte sie sich.

Ein neues Leben. Wie albern. Die Vergangenheit würde sie immer wieder einholen, das zeigte sich doch gerade jetzt deutlich, mit den schlechten Nachrichten von der Heimat. Sie hatte einen Pfad gewählt, aus Überzeugung. Keine Macht der Welt konnte sie von diesem Weg abbringen, keine Rettung war mehr möglich. Sie hatte die Brücken in eine andere Existenz schon vor langer Zeit abgebrochen und es gab niemanden, der ihr einen neuen Weg errichten konnte. Es war, wie es war.

Sie griff wieder zur Liste.

Das war die Aufgabe, die vor ihr lag.

Progress 36

»Setzen Sie sich, Kip.«

Er tat wie ihm geheißen. Er war noch vor seiner Schicht von einem Wachmann abgeholt worden, nun saß er in Dubreks Büro, einem kleinen, kahlen Raum, kalt und schmucklos, mit Möbeln, die in rechteckigen Winkeln zueinander standen, einem Schreibtisch, auf dem Dinge in rechteckigen Winkeln drapiert waren, und einem Offizier, der so gerade und steif hinter dem Tisch saß …

Kip bemühte sich, seine Gefühle unter Kontrolle zu bekommen. Er hatte Angst. Waren sie aufgeflogen? Hatte Sol seine Fähigkeiten überschätzt? Auszuschließen war es nicht und Kip konnte es schlicht nicht beurteilen. An Selbstbewusstsein mangelte es seinem Freund nicht, aber das war möglicherweise kein ausreichender Maßstab.

Jedenfalls begann die Schicht ohne ihn, und das, obgleich es viel zu tun gab. Der Frachter hatte nun einmal mit dem Be- und Entladen begonnen, seine Parkposition im Canopus-System eingenommen und jeder Arbeiter wurde gebraucht.

»Wie geht es Ihnen?« Dubrek klang sogar beinahe interessiert. Er sah Kip direkt an, das erste Mal, dass dieser sich durch den Mann richtig wahrgenommen fühlte.

»Gut.«

»Sie haben ordentliche Beurteilungen Ihres Vorarbeiters bekommen.«

»Danke.«

Dubrek musterte Kip. Sein Gesichtsausdruck passte zur Einrichtung seines Büros. Dennoch wirkte er nicht feindselig oder abweisend. Kip entspannte sich etwas. Dubrek war nicht als Sadist bekannt, machte keine Katz-und-Maus-Spiele. Er sagte klar, wenn ihm etwas missfiel, und gab eindeutige Befehle. Bei ihm folgte auf A auch B, und A wurde ebenso wie B lange vorher angekündigt. Auf seine Art war er ein sehr transparent agierender Mann. Man hatte Respekt vor ihm, aber keine kreatürliche Angst.

»Gibt es Beschwerden von Ihrer Seite?«

Kip schaute Dubrek fragend an.

»Ich darf mich beschweren?«

Dubrek lachte trocken, legte die Hände flach auf die Tischfläche vor sich und schüttelte den Kopf.

»So überrascht?«

»Es ist ungewöhnlich.«

»Ich nehme Beschwerden durchaus ernst. Haben Sie sich schon einmal mit Ihrem Vorarbeiter über derlei unterhalten? Wenn etwas nicht in Ordnung war, meine ich?«

»Ich führe seine Anordnungen aus.«

Dubrek nickte. Er schaute auf Unterlagen, die vor ihm lagen, eine dünne elektronische Akte, über die verschiedene Texte flimmerten, wenn er sie berührte, was er jetzt mit einer fast schon eleganten Handbewegung tat.

»Das tun Sie, ja. Sie haben keine Schicht ausfallen lassen. Sie waren nie krank. Sie waren nie rebellisch. Sie sind ordentlich und lernen schnell. Sie sind pünktlich. Sie suchen auch keinen Streit. Ihr Verhalten ist exemplarisch. Und Sie haben sich nie über irgendwas beschwert.«

»Ist das so außergewöhnlich? Jeder sollte daran Interesse haben. Wir sind auf dem Schiff gefangen. Wer will da Ärger provozieren? Ich wusste nicht, dass ich mich beschweren darf.«

»Hätten Sie etwas zu bemängeln?«

Kip überlegte kurz. Tatsächlich war er, objektiv betrachtet, bisher durchweg anständig behandelt worden. Es gab weder Schikanen noch willkürliche Bestrafungen und die Arbeit war hart, aber nicht unerträglich. Für einen Schiffssklaven, so war anzunehmen, führte er ein ganz passables Leben.

»Nein.«

Dubrek nickte langsam.

»Es hat Fälle gegeben, Kip. Sehr rebellische Geister. Leute, bei denen wir sofort verstanden haben, warum sie hier gelandet sind. Bei denen auch die Erinnerungslöschung nicht geholfen hat, gewisse grundlegende Charakteristika auszulöschen.«

»Ich kenne keinen dieser Leute. Ich bin also keine große Ausnahme.«

Der Offizier lächelte dünn. »Ja. Wir haben derzeit Glück. Es läuft alles ganz gut. Und Sie haben bisher Ihren Beitrag dazu geleistet.«

Kip sagte nichts mehr. Wohin führte dieses Gespräch? Warum fand es überhaupt statt? Sollte er einfach mal nachfragen? Das konnte Dubrek eigentlich nicht als anmaßend empfinden. Ihr Gespräch verlief doch ganz vernünftig.

»Ich habe keine Beschwerden«, sagte er also noch einmal betont, »außer dass ich gegen meinen Willen hier bin und nicht mehr weiß, wer ich bin.«

Dubreks Lächeln verschwand nicht, wurde eher intensiver, nicht mehr so aufgesetzt.

»Woher wollen Sie das wissen? Vielleicht haben Sie sich selbst verkauft, eine alte Schuld beglichen, für sich oder andere, die Familie möglicherweise.«

Kip lauschte in sich hinein. Wie fühlte sich das an? Falsch, fand er. Grundfalsch.

»Das glaube ich nicht.«

Dubrek lachte. »Doug hat auch nicht geglaubt, was er für ein Mensch in Wirklichkeit gewesen ist. Hätte er mit mir dieses Gespräch geführt, seine Reaktion wäre die gleiche gewesen.«

Kip befürchtete, dass Dubrek nicht unrecht hatte. Er wollte sich damit gar nicht erst weiter befassen. Die Aussicht, bei der Rückkehr seiner Erinnerung an sich selbst zu verzweifeln und sich in einen wimmernden Haufen Selbsthass zu verwandeln, war wenig erfreulich.

»Aber Sie haben mit Doug kein solches Gespräch geführt?«

»Nein, das habe ich nicht.«

»Warum dann mit mir?«

Dubrek legte die Fingerspitzen aufeinander. »Es gibt Leute, die sich für Ihr Wohl interessieren. Das ist nicht so ungewöhnlich.«

»Also habe ich mich nicht selbst verkauft«, schloss Kip mit einem triumphierenden Unterton.

»Eine voreilige Annahme, obgleich ich einräumen möchte, dass sie naheliegt.«

Vielleicht, dachte Kip. Aber dieser Gedanke, ob nun verifizierbar oder nicht, fühlte sich jetzt richtig an. Und vielleicht hatte Dubrek auf seine Art das sogar gerade bestätigt.

»Sie müssen also berichten, ob es mir gut geht – oder ob ich noch am Leben bin?«

»Am Leben müssen Sie sowieso sein – auch Schiffssklaven unterliegen gewissen Schutzvorschriften. Wenn einer stirbt, gibt es eine Untersuchung. Dazu hat keiner Lust und es ist ein langwieriger Prozess, der alles aufhält. Nein, es geht im Sinne des Wortes um Ihr Wohlergehen. Im Rahmen der Möglichkeiten Ihres Status natürlich.« Er zeigte die Zähne. Ein Lächeln war es aber jetzt nicht mehr.

»Ihr Luxus ist nicht die Frage. Aber Sie sollen intakt an Seele und Leib hier herauskommen. Daher unterhalten wir uns.«

»Intakt an Seele und Leib. Bis meine Gedächtnislöschung beendet wird und ich wie Doug ende?«

»Ich bin mir sicher, dass Sie Dougs Schicksal nicht teilen werden.«

Damit lehnte sich Dubrek weit aus dem Fenster, ein unerwartetes Zugeständnis an ihn. Kip war überrascht, ein wenig zumindest, und durchaus etwas beruhigt. Er würde mit Sol zusammen abhauen, das stand weiterhin fest. Ihre Vorbereitungen waren schon weit gediehen. Aber die Frage, wie er an sein wahres Ich zurückkommen sollte, stand weiterhin im Raum.

»Dann geht es mir im Rahmen der Möglichkeiten gut«, sagte Kip und er log nicht. Auf der Canopus Traveller galt das wohl für alle. Wer sich an die Regeln hielt, genauso wie anfangs angekündigt, der hatte keine Probleme. Das war ein Versprechen, das Dubrek eingelöst hatte, und es sorgte für die dünne Schicht an Zivilisation, die diese ansonsten ausgesprochen barbarische Praxis übertünchte.

»Das ist gut zu hören«, sagte der Offizier. »Ich werde also einen entsprechenden Bericht abgeben. Wenn Sie so weitermachen, wird die Zeit für Sie wie im Fluge vergehen.«

Kip sagte nichts, nickte nur und wartete darauf, entlassen zu werden. Ihm brannte die Zeit ein wenig auf den Nägeln. Sol wartete schon. Wenn die Verladearbeiten beendet waren und der Frachter auf Urlaubsmodus schaltete, mussten sie bereit sein. Nur dann öffnete sich ihr Zeitfenster für die Flucht.

Doch Dubrek beeilte sich nicht. Er kritzelte etwas mit einem Plastikstift in die Mappe, für Kip nicht zu erkennen. Es half nicht, wenn er drängelte. Ein Sklave, der entspannt im Büro sitzen konnte, anstatt arbeiten zu müssen, wurde nicht ungeduldig.

»Eine Sache wäre da noch.«

Dubrek sagte es dermaßen beiläufig, dass bei Kip sofort wieder die Alarmglocken zu schrillen begannen. Es bedurfte einer beinahe unmenschlichen Kraftanstrengung, ruhig zu bleiben, und sein »Ja?« kam weitaus schwächer hervor, als er es sich wünschte.

»Sie erinnern sich bestimmt an den Toten, den Sie bei der Reinigung des Tanks gefunden haben.«

»Ja.«

»Die Angehörigen haben mich um einen Gefallen gebeten. Ohne Ihren Fund wäre der Körper früher oder später völlig aufgelöst worden, jetzt aber war eine Überführung und Beerdigung möglich. Ich soll Ihnen daher, im Rahmen der Möglichkeiten, einen Wunsch erfüllen. Da die Familie des Toten zum Eignerkonsortium gehört, fällt es mir schwer, diese Bitte rundweg abzuschlagen. Ich bin also aufgefordert, Ihnen einen Gefallen zu machen. Haben Sie einen Wunsch? Eine Freischicht extra? Ein Bonus für das Casino? Wie gesagt ... im Rahmen der Möglichkeiten.«

»Muss ich das jetzt gleich einlösen?« Kip fiel jetzt beim besten Willen nichts ein und jede Gunst verblasste ohnehin vor seinen aktiven Fluchtplänen. Er versuchte dennoch, sich angenehm überrascht zu zeigen.

Dubrek schüttelte den Kopf. »Nein. Sie können es auch später tun, sollten Sie doch einmal eine Verfehlung begehen und eine Strafe vermeiden wollen. Wie gesagt, alles in einem angemessenen Rahmen. Aber Sie haben etwas gut, das werde ich auch den Aufsehern mitteilen.«

»Danke.«

»Gut. Das wäre es dann. Machen Sie weiter wie bisher. Ich will nicht, dass Sie Schaden nehmen. Das will niemand.«

Er winkte Kip hinaus und dieser erhob sich eilfertig.

Er verließ das Büro mit kreisenden Gedanken in seinem Kopf. Er hatte das Gefühl, dass jemand seine schützende Hand über ihn hielt, eine Erkenntnis, mit der er sicher nicht gerechnet hatte. Wurde er damit aus der Menge der Sklaven erhoben, genoss er somit eine besondere Stellung? Und was war der Grund dafür? Es war beinahe bedauerlich, dass er sich zur Flucht entschlossen hatte. Dennoch war sein Freiheitsdrang weitaus stärker als seine Bereitschaft, weitere Jahre an Bord dieses Frachters zu knechten, egal wie sehr man hier darauf bedacht war, dass ihm nichts passierte. Allein die Tatsache, dass er ein Schiffssklave war, reichte bereits, damit war genug »passiert«. Dass die Rahmenbedingungen seines Aufenthaltes erträglich waren, änderte daran absolut nichts. Dennoch, die Konversation mit Dubrek warf ein Schlaglicht auf das, was – oder wer – er wirklich war. Und dieses Rätsel nahm in seinen Gedanken und Überlegungen einen immer größeren Raum ein, vor allem jetzt, wo der Zeitpunkt seines Fluchtversuches immer näher rückte.

Er würde mit Sol über diese Sache reden. Mit irgendwem musste er es diskutieren.

Kip schaute auf die Uhr. Seine Schicht war noch nicht vorbei und es wurde von ihm erwartet, sich den laufenden Arbeiten anzuschließen. Es war zu früh, den Gefallen einzufordern, der ihm gewährt worden war.

So beschleunigte er seine Schritte.

Progress 37

Hamid setzte sich neben Vocis und legte den Rucksack ab, in dem er einige Sachen für die Reise zusammengepackt hatte. Es war ein großer Rucksack, darin steckte neben einem Haufen Geld auch seine eigene Waffe. Er fühlte sich nicht unbedingt sicherer mit ihr, aber sie gab ihm zumindest ein wenig psychologischen Halt.

In seiner Hand aber hielt er das leuchtende Objekt, das er nun Yela entgegenhielt. Sie schaute es mit großen Augen an, zog ihr eigenes hervor und hielt es daneben. Beide waren exakt gleich, strömten das gleiche, beruhigende Licht aus und waren nur durch die Größe der Handfläche zu unterscheiden, in der sie lagen. Vocis schaute die Exemplare forschend an, beugte sich sogar hinunter und schüttelte dann den Kopf.

»Ich erkenne keinen Unterschied.«

»Wir haben hier kein Labor«, sagte Hamid. »Ich habe meins mal durch einen Standardscanner geschickt, eines der portablen Geräte, jedoch nichts Sinnvolles herausbekommen. Das Ding strahlt Energie ab, aber nichts, was wir mit den normalen Geräten messen können. Jedenfalls nichts Schädliches, das kann ich bestätigen. Mir geht es gut und Ihnen auch.«

»Das stimmt«, sagte Vocis nachdenklich. »Aber damit wissen wir nur, was es nicht ist. Wer baut so was – und wozu?«

Hamid hatte keine Antwort. Er zögerte mit seinem nächsten Vorschlag. »Wir könnten sie einander berühren lassen. Möglicherweise hat das einen Effekt.«

Vocis sah Hamid zweifelnd an. Sie schien nicht überzeugt zu sein. Ihr Zweifel übertrug sich auf Yela, die ihrem Gespräch aufmerksam gefolgt war. Das Mädchen zog seine Hand mit dem Objekt ein wenig zurück, als wolle es kein Risiko eingehen. Hamid sagte beschwichtigend: »Keine Sorge. Es war nur eine Idee.«

»Wir kümmern uns darum, wenn wir Zeit haben«, sagte Vocis und nickte Yela zu. Die Kugel verschwand in ihrem Rucksack. »Wie sieht es aus?«

Die Ungeduld in ihrer Stimme war kaum zu überhören. Eigentlich hätten sie schon letzte Nacht abfliegen sollen. Plastikk war da, der Rest der Besatzung, alle hockten sie seit gut acht Stunden im engen Raumboot. Die Sitze in der Kabine waren leidlich bequem, doch es war kein Luxusliner, was sich auch darin gezeigt hatte, dass Plastikk mit einigen technischen Problemen konfrontiert worden war. Er hockte unter aufgeklappten Panels, murmelte etwas vor sich hin und probierte verschiedene Steckmodule aus, die verstreut neben ihm auf dem Boden lagen. Hamid hätte helfen können, doch Plastikk meinte, dass nur er sich wirklich »mit dem Baby« auskenne. Das Baby jedenfalls bewegte sich nicht von der Stelle. Mittlerweile war die Sonne aufgegangen. Es war ein Sonntag und die waren auch hier auf Stratum größtenteils arbeitsfrei. Auf dem Schrottplatz waren eigentlich nur zwei Sicherheitsleute anwesend, die nicht einmal wussten, dass im Raumboot, das abseits stand, einige Personen wach, aktiv und zunehmend frustriert waren.

»Wie sieht es aus?«, echote Plastikk. »Ich habe die Navigationselektronik jetzt einigermaßen im Griff. Ein Testlauf und …«

Etwas piepte, laut, vernehmlich und drängelnd.

Alle schauten sich an, verwirrt und überrascht, vor allem gereizt.

Der Laut wiederholte sich. Dann gab es einen Knall, als Plastikks Hinterkopf gegen die geöffnete Verschalung stieß. Es folgte ein Fluch. Yela bekam sehr große Augen.

Hamid sah sich um, konnte die Quelle des Geräuschs aber nicht recht ausmachen. Dann aber beobachtete er, wie Plastikk nunmehr in Windeseile aus seiner geduckten Haltung hochkam und mit einer fließenden Bewegung zur Waffe in seinem Brusthalfter griff. Er richtete sie auf niemand Bestimmten.

»Einbrecher«, stieß er hervor. Mit der freien Hand griff er zu einer zweiten Waffe, die er Hamid zuwarf und die dieser fing. Es musste wohl schnell gehen. Keine Zeit, die eigene Kanone aus dem Rucksack zu holen.

Dann warf Plastikk einen bezeichnenden Blick auf das Sturmgewehr, das Vocis mit einer stummen Bewegung an sich nahm und prüfte.

»Du hast einen Wachdienst«, sagte Hamid.

»Der ist tot oder außer Gefecht gesetzt«, erwiderte Plastikk und hob sein Armgelenk. »Sonst würde das hier keinen Lärm machen. Der Tresor. Das Speziallager. Da weiß jemand, wonach er sucht. Kommt mit.«

Es gab gar keine Frage. Hamid nickte Vocis zu, die Yela etwas zuflüsterte. Das Mädchen nickte tapfer und sah den drei Erwachsenen hinterher, als diese das Raumboot verließen und in den aufbrechenden Morgen rannten, der trübes Licht über den regennassen Schrottplatz ergoss. Es roch nach Tau, Feuchtigkeit, Ölen, Lack und Hydraulikflüssigkeit: ein ganz besonderes Parfum.

Plastikk übernahm die Führung, die Waffe nach vorne gerichtet, und er kannte seinen Platz. Er näherte sich dem Container mit der Vorsicht eines Mannes, der zumindest einmal gründlich geübt hatte, wie er sich in einem solchen Fall zu verhalten hatte. Hinter einem massiven Schrottteil hielt er inne und schien die Situation zu beobachten. Auch Vocis wagte einen Blick. Sie war die Einzige hier mit echter Kampferfahrung und wirkte dermaßen gelassen, dass es beinahe ansteckend war. Hamid würde sich an sie halten, wenn es hart auf hart gehen sollte.

»Keine Bewegung. Die Außentür ist geschlossen«, wisperte Plastikk. Natürlich war es kein Zufall, dass einige große, polierte Metallplatten direkt so vor dem Container lagen, dass man von dieser Position genau erkennen konnte, was sich dort abspielte, indem man das Spiegelbild betrachtete. Hamid fragte sich, wie viel auf diesem Schrottplatz generell tatsächlich nur »so herumlag« oder doch Produkt eines sorgfältigen Arrangements war.

»Nur ein Amateur würde die Tür offen lassen«, erwiderte Vocis. »Haben Sie irgendwo …«

Plastikk bückte sich. Erst jetzt merkte Hamid, dass sie auf einem Verschlag standen, einer Falltür oder eher einem Deckel. Er sprang zur Seite und sah, wie der Deckel geöffnet wurde. Darunter lagen Waffen, Munition und Betäubungsgranaten der Polizeikräfte. Vocis nickte.

»Die meinte ich.«

»Ich habe auch Gummigeschosse für das Gewehr«, murmelte Plastikk, als er sich die Taschen füllte. »Ich will den Arsch lebend. Wenn ihn einer meiner Konkurrenten geschickt hat, will ich es wissen. Hamid, brauchst du was?«

Der Angesprochene hob die Waffe. »Ein Magazin dafür. Aber scharfe Munition, falls es schiefgehen sollte.«

Plastikk nickte und warf ihm das Gewünschte zu. Die Handfeuerwaffe war für den Nahkampf gut geeignet und nah würde es werden, wenn sie den Container erst betraten. Hamid hatte keine Ahnung von Häuserkampf, aber er hatte Enterübungen mitgemacht, vornehmlich in der Rolle als Verteidiger. Er war nicht völlig ahnungslos. Dennoch verspürte er entweder viel mehr Angst als Vocis oder sie ließ sich nichts anmerken. Musste der Dienstgrad sein. Ein Sergeant hatte bekanntlich aus rein beruflichen Gründen keine Furcht. Und wenn doch, wurde diese erschossen.

Sie näherten sich der Tür, umkreisten den Container. Vocis hob eine Hand, sie hielten inne. Sie zeigte auf etwas, das sich jetzt deutlich im Spiegelbild der Metallplatten abzeichnete: ein kleines Gerät, schwer zu erkennen, das am Türrahmen klebte.

»Bewegungsmelder«, flüsterte Vocis. »Nicht dumm.«

»Was können wir tun?«, gab Hamid zurück. Die Soldatin sah Plastikk an.

»Erzählen Sie mir nicht, dass es keinen zweiten Eingang gibt!«

Der Händler grummelte etwas. Hamid grinste. Natürlich war dieser Zugang an sich geheim und Plastikk hatte verhindern wollen, dass er ihn preisgeben musste, sowohl gegenüber ihm und Vocis wie auch gegenüber dem Eindringling, der ohne Zweifel erkennen würde, wie er umgangen worden war.

»Muss das sein?«, wandte der Händler sich.

»Sonst rennen wir im Zweifelsfall in Verteidigungsfeuer«, sagte Vocis. »Ich bin das ja gewohnt, aber ich trage keine Kampfrüstung. Und Sie beide ...«

Sie zuckte mit den Achseln. »Wir wollen das hier doch überleben, oder?«

Plastikk hatte gegen das Argument wenig vorzubringen. Er knurrte wieder, dann aber winkte er in eine andere Richtung, hin zu einem Gleiterwrack, dessen gähnende, rostige Öffnung nur wenige Meter von ihrem Standort entfernt war. Ein weiteres, völlig zufälliges Arrangement.

»Da hinein. Eine weitere Falltür und ein Gang. Lasst mich vorgehen, das ist alles mit Codes gesichert und es gibt eine böse Sprengfalle.«

Hamid und Vocis wechselten einen schnellen Blick, er nickte ihr zu. So war es besser, ob es dem Händler nun gefiel oder nicht.

Es dauerte nur wenige Augenblicke, dann standen sie vor dem gähnenden Loch einer geöffneten Falltür. Plastikk versicherte ihnen, dass die Sprengfallen deaktiviert seien, und Vocis sah dies als Aufforderung, die Spitze zu übernehmen. Sie legten die Strecke schnell zurück, der Gang endete vor einer Stahltür, deren Kombinationsschloss Plastikk mit erkennbarer Selbstüberwindung öffnete. Ein sanftes Klicken und das Schmatzen, mit dem sich Kunststoffmanschetten an Türrahmen und Tür aus einer langen, innigen Umarmung lösten, war alles, was zu vernehmen war.

»Wir enden sofort im Lager?«, flüsterte Vocis.

»Ich bin kein Idiot. Es gibt einen Vorraum, der hinter einem Regal ins Lager führt. Da steht nur Krempel drauf und wir können es umschubsen. Oder hindurchschießen. Es gibt einige Lücken in meiner Lagerhaltung.« Plastikk grinste jetzt, erfreut über seine eigene schlaue Voraussicht. »Soll ich?«

Er wies auf die immer noch verschlossene Tür.

Vocis nickte. Plastikk drückte sie auf. Sie standen sofort in einem engen Raum, der definitiv nicht für drei Erwachsene ausgelegt war, und Plastikk öffnete den Zugang zum Lager. Die zweite Tür ließ sich beiseiteschieben und sie verursachte dabei keine Geräusche. Plastikk schob sie ein Drittel auf, lugte hindurch, dann machte er Platz für Vocis.

Er hob einen Finger. Plastikk sah plötzlich verärgert aus, sehr sogar. Hamid ahnte, dass der Einbrecher für ihn kein Unbekannter war. Er schaute über die Schulter der Soldatin. Im Zwielicht der schwachen Beleuchtung stand eine in der Tat bekannte Gestalt, über einem Kasten mit Elektrozeug gebeugt.

Ildaya, die Audh.

Plastikks Ärger war nachvollziehbar. Das war nicht nur Diebstahl, es war auch Illoyalität. Hamid kannte den Händler mittlerweile gut genug, um zu erahnen, wie dieser darauf reagierte. Es war beinahe noch schlimmer als der Einbruch. Plastikk behandelte seine Leute fair und sah über Dinge hinweg, die andere Chefs sofort bekrittelt hätten. Er erwartete aber dafür auch, dass man ihn fair behandelte. Diebstahl gehörte nicht dazu.

Er nickte Vocis zu, die so bereit aussah, wie ein Infanteriesergeant aussehen konnte.

Die Soldatin fackelte nicht lange. Sie schritt durch die Tür, kam hinter dem Regal hervor, die Waffe im Anschlag, und als sie aus dem Halbdunkel hervortrat, zuckte Ildaya zusammen, bewegte sich aber schnell, doch zu spät. Sie gefror im Ansatz und die Spannung, die ihren Körper eben noch elektrisiert hatte, verblasste. Die Audh starrte in die Mündung, sah dahinter einen Standard-Kampfanzug der Streitkräfte, Dienstgradabzeichen und das entschlossene, kalte Gesicht von Sergeant Vocis. Natürlich konnte Hamid das von seinem Standort nicht erkennen, er schaute nur auf Ildayas Reaktion und die sprach Bände. Welche Chancen sich die Diebin auch immer auszurechnen begann, sie musste sehr schnell zu einem Ergebnis gekommen sein – eines, das ihre Überlebenswahrscheinlichkeit auf ein Minimum reduzierte.

Ildaya ließ ihr Werkzeug fallen, hob die Arme. Hamid kam nun auch hervor und begann, ohne zu fragen, die Frau abzutasten. Da war nichts Sexuelles im Spiel. Audh waren für einen Terraner unattraktiv und die Frau reagierte auch nicht so, als hätte sie das nicht bereits einmal erlebt. Hamid blieb professionell und gründlich. Er förderte eine Handfeuerwaffe zutage, weiteres Werkzeug, allerlei Kleinkram, aber nichts, was auf die Identität der Frau hindeuten würde. Falls ihr wirklicher Name nicht doch Ildaya war. Da konnte man sich nicht sicher sein.

»Gut.«

Plastikk erschien und sein Gesichtsausdruck widersprach dem einen Wort, das er beinahe gepresst herausgebracht hatte. Wenn Blicke töten könnten … Nein, Plastikk verbarg seinen Zorn und seine Enttäuschung nur mühsam und das bemerkte wirklich jeder.

»Wie bist du hier reingekommen?«, fragte er gepresst. Ildaya sagte nichts, sah ihn nur an.

»Hiermit«, sagte Hamid, der sich die Sachen angeschaut hatte, die aus Ildayas Taschen zum Vorschein gekommen waren. »Codegeber. Spezialdietrich. Hoch illegal, verdammt teuer.« Er hob die Geräte an, damit Plastikk einen Blick darauf werfen konnte.

»Profi, hm?«, knurrte dieser und fixierte Ildaya. Sie sagte nichts.

Hamid hielt nun einen Zettel mit einer Liste in der Hand. Er reichte ihn dem Händler. Beide mussten keine Angst vor Ablenkung haben. Vocis hatte die Gefangene mit Waffe im Anschlag nicht einen Moment aus den Augen gelassen.

Plastikk nahm die Liste entgegen, überflog sie. Dann weiteten sich seine Augen. Er sah Ildaya an, winkte mit dem Zettel.

»Das sind die Bestandteile eines abgeschirmten Zünders. Du willst eine Bombe bauen, meine Teuerste?«

»Hamid«, sagte Vocis nun, »einen Schritt zurück, Waffe ziehen und zielen.«

Hamid gehorchte fast automatisch und merkte es erst, als er bereits mit Waffe im Anschlag vor Ildaya stand. Es war die Befehlsstimme eines Sergeants, die ihre Wirkung auf niemanden verfehlte, der als Veteran aus dem Dienst zurückgekehrt hatte. Doch er nahm es ihr nicht übel. Er bekam mehr und mehr den Eindruck, dass diese Frau wusste, was sie tat.

Vocis senkte ihre Waffe und drückte sie Plastikk in die Hand. Dann trat sie auf Ildaya zu und begann, ihr den Oberkörper zu entblößen, ein Vorgang, den diese mit bemerkenswerter Ergebenheit über sich ergehen ließ. Dann hob Vocis den Arm der Frau und betrachtete ihre Achselhöhle.

»Hast du eine Lupe, Plastikk?«

»Ich habe alles«, erwiderte der Händler mit neugierigem Unterton und holte einen entsprechenden Gegenstand hervor. Es war eine Lupenkamera, die sofort aufzeichnete, was sie studierte. Vocis examinierte die Achsel und nickte, dann hieß sie Ildaya sich wieder ankleiden, was diese stumm und mit bewegungslosem Gesichtsausdruck auch tat.

»Wonach suchst du?«

»Ich habe es gefunden. Eine Narbe. Da ist sie. Siehst du, Plastikk?«

Sie hielt ihm das Foto hin, das die Lupenkamera gemacht hatte.

Hamid stellte die neue Vertraulichkeit im Umgang zwischen dem Händler und der Soldatin fest. Er lächelte. Das passierte, wenn man gemeinsam auf die Jagd ging.

»Eine Narbe«, bestätigte Plastikk. »Dazu gibt es eine Geschichte, vermute ich.«

Vocis gab ihm die Lupe zurück. »Unter der Achselhöhle gibt es bei dieser Spezies einen Nervenknoten, eine Laune der Natur. Schneidet man in ihn hinein, kann man eine Audh bis zur Besinnungslosigkeit foltern, ohne irgendwelche anderen körperlichen Schäden auszulösen.«

Plastikk sah sie an. »Und die Streitkräfte tun so was?«

Vocis lächelte freudlos. »Die nicht, aber vielleicht der Geheimdienst. Aber es machen auch noch andere: Die Widerständler auf Audur testen auf diese Weise die Loyalität ihrer neuen Rekruten. Eine Art Initiationsritus. Stimuliert man den Nervenknoten zu lange, wird er infektiös, verwandelt sich in einen Krebs und muss operativ entfernt werden. Sehr hilfreich, denn damit kann er vom Feind nicht mehr missbraucht werden. Das geschah hier.«

»Das heißt …«

»Ildaya ist augenscheinlich Mitglied des Audh-Widerstandes. – Richtig?«

Die Gefangene sagte nichts, starrte nur vor sich hin.

»Und sie möchte eine Bombe bauen«, erklärte Plastikk. »Das passt zusammen.«

»Ich bezweifle, dass sie alleine arbeitet«, gab Hamid zu bedenken.

»Ich ebenfalls. Und es ist jetzt wohl auch nicht der Zeitpunkt, sie an die Behörden zu übergeben, nicht zuletzt deswegen, weil ich absolut nicht will, dass diese von meinem kleinen Speziallager erfahren«, sagte Plastikk nachdenklich. Hamid entging nicht das plötzliche Aufflackern von Hoffnung in den Augen Ildayas. Er richtete die Waffe mit Nachdruck auf sie, wechselte die Position etwas, um sich in Erinnerung zu bringen. Sie sollte nicht auf falsche Gedanken kommen.

»Was tun wir mit ihr? Einsperren?«, fragte Vocis.

»Damit wir sie auf ewig durchfüttern?«, gab Plastikk zurück. »Nein.«

Er sah Ildaya an und es lag ein gewisser Fatalismus in diesem Blick. Hamid wusste schon, was jetzt kommen würde, ehe der Händler auch nur ein weiteres Wort sagte.

»Wir nehmen sie mit.«

Vocis hob die Augenbrauen. Ildaya wirkte sowohl verwirrt wie auch alarmiert.

Hamid lächelte und winkte mit der Waffe.

»Ihre Tasche«, sagte Vocis und wies auf den Rucksack. Hamid fluchte, überließ der Soldatin die weitere Bewachung der Audh und hob ihn hoch. Er war leer bis auf …

Hamids Verblüffung in dieser Zeit fand keine Grenzen.

Mit einer andächtigen Bewegung hob er den leuchtenden Gegenstand heraus und starrte ihn fassungslos an. Auch Vocis und Plastikk rissen die Augen auf.

»Das ist nicht möglich«, flüsterte der Händler. Auch Ildaya reagierte, verwirrt, mit Unverständnis, warum der Gegenstand solch eine kollektive Reaktion verursachte. Hamids Hand umschloss den Stein. Er sah Vocis an.

»Es ist der Gleiche. Exakt. Kein Zweifel.«

»Verdammt!«, flüsterte die Soldatin. Ihr Blick fiel wieder auf Ildaya. »Woher hast du den?«

Die Gefangene mochte verwirrt sein, aber ihre Entschlossenheit, den Mund zu halten, war nicht geringer geworden. Vocis wartete gar nicht lange.

»Wir gehen«, sagte sie mit belegter Stimme und schaute auf Plastikk, der immer noch entgeistert wirkte.

»Irgendwas passiert hier«, sagte er leise, als er sich zum Gehen wandte.

Hamid hatte das gleiche Gefühl.

Progress 38

»Wir freuen uns sehr, dass Sie noch leben!«, erklärte der Dispatcher. Er klang so ehrlich, dass Holoban Kerr sein Lächeln von Herzen erwiderte. Als die AUME in das Canopus-System eingetreten war, hatte die Kontrolle die verspätete Ankunft des Schiffes bereits angekündigt. Eine Vielzahl von Nachrichten waren eingetroffen, nicht nur, in welcher Parkposition man beginnen würde, die Entladung vorzunehmen, sondern auch, wann welche Untersuchungskommission an Bord kommen sollte. Das war der große Test, die Bewährung von Aumes Scharade, und Kerr hatte die Nachrichten zwar professionell, scheinbar gelassen, aber dennoch mit feuchten Handflächen beantwortet. Ihm war der Mann in der einfarbigen Uniform des Raumfrachtdienstes nicht unbekannt. Der Dispatcher hatte damals Kerrs verhängnisvolle Ladung konfiguriert und die Ladepapiere erstellt, er schien es für ein persönliches Versagen gehalten zu haben, dass die FRIEDBERT verschwunden war – anders war seine beinahe euphorische Stimmung kaum zu erklären.

Immerhin, jemand freute sich, dass er noch lebte. Das war doch ein schönes Zeichen.

»Erwarten Sie die Ankunft von Raumfähre XC-773 in drei Stunden«, beendete der Dispatcher das kurze Gespräch. »An Bord befinden sich zwei Offiziere der Transportkommission und ein Mann der Abwehr, also des Geheimdienstes. Es geht um den Angriff der Kalten, man will die Aufzeichnungen mit Ihnen durchsprechen. Außerdem muss die Verlustliste der Ladung überprüft werden.«

Der Mann machte ein trauriges Gesicht, als er hinzufügte: »Das wird einige Zeit in Anspruch nehmen, fürchte ich. Und die Werften sind überlastet, ich kann Ihnen auf Wochen hin keinen Reparaturplatz zuweisen.

Sieht so aus, als könnten Sie erst mal Urlaub nehmen, Pilot Kerr. Bezahlten natürlich.«

»Das ist doch keine schlechte Idee«, erwiderte dieser, dankbar für die Atempause. Wie man Werfttechniker über die wahre Natur der falschen FRIEDBERT im Unklaren lassen könnte, war ihm derzeit noch ein großes Rätsel, wenngleich Aume auch hier auf seine Einwände nur mit einem beruhigenden Gurren und einem lasziven Augenaufschlag reagiert hatte.

Er konzentrierte sich noch einmal auf die richtigen Antworten auf jene Fragen, die man ihm sicher stellen würde, und sah die von Aume perfekt gefälschten Telemetriedaten und Aufzeichnungen, die Ladeprotokolle und die Schadensmeldungen durch. Alles passte wunderbar zusammen und stand im perfekten Einklang mit der aktuellen Konfiguration der AUME als leicht beschädigte und etwas gebeutelte FRIEDBERT-Simulation. Natürlich würde ihm Aume persönlich nicht helfen können, wenn es hart auf hart ging – niemand durfte sie sehen oder hören, auf keine erdenkliche Art und Weise. Sie konnte, wie er wusste, in seinen Kopf hineinsprechen, doch das mochte er nicht. Er empfand es als Eindringen in seine Privatsphäre und es verwirrte ihn. Verwirrung aber konnte er nicht gebrauchen, wenn ein Geheimdienstmann ihn verhörte.

Am Ende saß er nur noch so da und starrte auf den Blip auf dem Ortungsschirm, der ihm in der perfekt nachgebauten Zentrale der FRIEDBERT entgegenstarrte und die Ankunft der Fähre signalisierte. Als er die Gänge entlanglief bis zur Andockschleuse, fühlte er sich für einen Moment wirklich wie in der FRIEDBERT, so perfekt hatte sich die AUME konfiguriert. Wenn er es nicht besser gewusst hätte, wäre auch er darauf hereingefallen. Oder er lebte bereits in einer Traumwelt und konnte die Realität nicht mehr von Fantasie unterscheiden.

Dass seine Besucher sehr fest in der Realität verankert waren, stellten sie unter Beweis, als sie die Schleuse verließen und sich vor Kerr aufbauten.

Die beiden Männer der Handelskommission waren freundlich genug, erkundigten sich nach Kerrs Befinden und beglückwünschten ihn, alles gut überstanden zu haben. Er erwiderte ihre Freundlichkeit mit gleicher Münze und entließ sie guten Glaubens in den Laderaum, wo sie sich das, was von der Fracht übrig geblieben war, anschauen würden. Die

Frau von der Abwehr, eine dünnlippige Brünette unbestimmbaren Alters, wirkte hingegen eher so, als sei sie auf dem Schiff eines Hochverräters gelandet, der mit den Kalten kollaboriere. Kerr hatte niemals von einem Kollaborateur gehört – die Kalten hatten eigentlich keine Verwendung für so was – und er wusste, dass seine Akte absolut einwandfrei war, denn bisher war er durch alle Routineüberprüfungen ohne Probleme zertifiziert worden. Es musste ein natürlicher Habitus sein, der sich durch die Arbeit für den Geheimdienst einbrannte, anders konnte er sich die intensive Unfreundlichkeit der Frau nicht erklären.

Er blieb dennoch höflich und war sich auch nicht zu schade, ein wenig Demut zu zeigen, möglicherweise auch ein wenig Angst, die gar nicht gespielt war. Ob sich dies positiv auf ihren Gemütszustand auswirkte, war nicht erkennbar.

»Wo können wir uns setzen?«, fragte sie mit einer nur schwach unterdrückten Ungeduld in der Stimme. Kerr führte sie auf die Brücke, in deren hinterem Teil ein Multifunktionstisch mit ausklappbaren Stühlen stand. Es war nicht bequem, aber in etwa das, was eine Agentin der Abwehr auf einem Schiff vom Typ der FRIEDBERT zu erwarten hatte, wenn sie nicht in die Privaträume des Piloten geführt werden wollte – in die niemand sie freiwillig einlud, wenn es nicht absolut notwendig war. Als sie sich setzte, blieb der säuerliche Gesichtsausdruck bestehen und sie holte ein Pad hervor, das, wie Kerr entdeckte, seinen ursprünglichen Flugplan enthielt, den er eingereicht hatte, bevor er seinen letzten, verhängnisvollen Flug begann.

»Pilot Holoban Kerr … Sie sind seit acht Jahren im Dienst der Flotte unterwegs.«

»Ja«, sagte Kerr, obgleich es keine Frage gewesen war.

»Acht Routineüberprüfungen zur Sicherheit, keine Beanstandungen.«

Er nickte.

»Was genau ist auf dem letzten Flug passiert?«

Es war gut, dass er zu Anfang bei der Wahrheit bleiben durfte, sie half ihm, ein Gefühl für den richtigen Tonfall seiner Lügen zu bekommen. Der Angriff der Kalten, der Absturz – ein wenig abgemildert, damit logisch deutlich wurde, dass er es aus eigener Kraft wieder weitergeschafft hatte – und dann eine dröge, den Beschädigungen und Verlusten entsprechende Geschichte um endlose Reparaturen, vergebliche Notrufe und einen erfolgreichen Startversuch. All dies würde sich nahtlos mit den Logbüchern und allen anderen Aufzeichnungen in Einklang bringen lassen, die natürlich allesamt nach seiner Ankunft im Canopus-System automatisch übermittelt worden waren.

Die Agentin, die sich Kerr bisher noch nicht vorgestellt hatte, hörte geduldig zu und verzog keine weitere Miene, sodass er nicht einmal erahnen konnte, ob sie ihm glaubte oder …

»Sie langweilt sich«, hörte er Aumes Stimme in seinem Kopf. »Ich glaube, das ist ein gutes Zeichen.«

Kerr beherrschte sich mustergültig. Im Stillen hatte er früher oder später mit einem Kommentar des Schiffes gerechnet, obgleich er Aume gebeten hatte, sich dabei wirklich zurückzuhalten – also wurde er nicht völlig überrumpelt. Und ja, wenn die KI recht hatte, dann war es ein gutes Zeichen.

»Ich verstehe«, war der Kommentar der Frau, nachdem er geendet hatte. »Der von Ihnen beschriebene militärische Vorfall wurde bestätigt. Aufgrund der militärischen Gesamtlage fand keine Suchaktion statt. Das ist … bedauerlich.« Es klang, als müsse sie sich dieses Wort förmlich abringen.

»Es ist in Ordnung«, beeilte sich Kerr zu erwidern. »Ich weiß, dass die Situation angespannt ist. Ich habe überlebt, ein Großteil der Ware ist gerettet und ich bin niemandem böse.«

»Das ist gut.« Auch die Erleichterung, die sie eigentlich hätte spüren müssen, schien ihr eher schwerzufallen. Immerhin machte sie jetzt einen um eine Spur entspannteren Eindruck als eben noch. Kerr begann, etwas von seiner eigenen Nervosität zu verlieren, obgleich er sich gemahnte, es weiterhin nicht an Aufmerksamkeit mangeln zu lassen.

Sie stellte noch einige andere Fragen, vor allem bezüglich der Anzahl der Angreifer und ihrer Vorgehensweise. Hier konnte Kerr keine Unkenntnis vortäuschen und die Aufzeichnungen sprachen eine klare Sprache. Er schilderte die Vorfälle, so gut er konnte, und es war nichts Besonderes dabei. Die Kalten waren nicht für taktische Finessen bekannt. Sie kamen, sahen und mal siegten sie. In letzter Zeit öfters, deswegen lagen die Nerven im Imperium blank.

Dann kamen die Leute der Handelskommission zurück und unterbrachen das Interview.

»Von unserer Seite ist alles in Ordnung. Sie haben einiges gerettet, was wir jetzt ausladen werden. Die FRIEDBERT ist flugbereit?«

»Ich benötige Wertstoffe und Vorräte, dann kann ich die notwendigen Reparaturen sogar mithilfe der eigenen Automatik vollenden«, erklärte Kerr.

»Das wäre gut. Die Werften sind voll. Was brauchen Sie?«

Der Pilot war auf diese Frage vorbereitet und präsentierte eine realistische Liste von Rohstoffen und Gegenständen, die die AUME absolut nicht nötig hatte, die aber hervorragend zum simulierten Grad der bestehenden Beschädigungen passten.

»Das wird sich machen lassen. Wie viel Zeit veranschlagen Sie für die Reparatur?«

»Eine Woche, vielleicht zwei – wenn ich alles bekomme«, erwiderte Kerr.

»Wir kümmern uns darum. Und Sie haben zwei Wochen Urlaub bis zur nächsten Fracht. Das haben Sie sich verdient, Pilot Kerr. Viel Glück und alles Gute!«

Die Verabschiedung der Männer verlief so freundlich wie die Begrüßung und sie verließen die Brücke. Die Agentin aber blieb zurück. Die guten Nachrichten schienen ihre Laune nicht gebessert zu haben.

»Sie verfügen über gute Reparaturautomaten, richtig?«, fragte sie in einem beiläufigen Ton, der Kerr sofort hellhörig werden ließ.

»Die FRIEDBERT ist ein Raumfrachter der Expeditor-Klasse, aufgerüstet für militärische Nutzung«, fiel er in den Dozentenmodus. »Alle Schiffe der Expeditor-Klasse sind mit Wartungsautomaten der Stufen 7, 8 und 9 ausgerüstet und können bei ausreichend vorhandenen Rohstoffen Beschädigungen bis zur Kategorie B reparieren. Es dauert eine Weile und es ist grundsätzlich immer besser, eine Werft zu besuchen ... aber ja, es sind gute Automaten und ich bin zuversichtlich, dass sie das Schiff voll raumdiensttauglich wiederherstellen werden.«

»Das ist doch schön«, sagte die Frau und nickte, als sie etwas auf ihrem Pad markierte. »Als die FRIEDBERT in das Canopus-System eingetreten ist, gab es für kurze Zeit ein wenig Verwirrung in der Systemzentrale. Die Potenzialanalyse der Massetaster wies für einen winzigen Moment eine viel höhere Dichte aus, als ein Schiff dieses Typs haben dürfte.« Die Agentin sah hoch und klopfte mit der Faust gegen den Tisch. »Als ob das hier kein Plastik sei und die Wand nicht aus imperialem Stahl bestünde, sondern aus etwas ganz anderem.«

»Ups!«, machte Aume in Kerrs Kopf, die exakt falsche Bemerkung zur exakt falschen Zeit.

»Das kann ich nicht erklären«, erwiderte Kerr wahrheitsgemäß.

»Einen winzigen Moment nur«, sagte die Agentin. »Dann stimmten alle Werte wieder. Es wäre beinahe gar nicht aufgefallen. Sie wissen nicht, was passiert ist?«

»Nein. Vielleicht sind es die Rohmaterialien jener Welt, auf der ich notgelandet bin … ich habe es den Automaten überlassen, sich zu beschaffen, was sie benötigten. Oder die Scanner hatten einen Glitch? Ich bin Pilot, kein Ingenieur.«

»Natürlich, natürlich«, murmelte die Agentin. »Das sind Sie wohl …«

Kerr gefiel diese Art von Bemerkung ganz und gar nicht. Er versuchte, im Gesicht der Frau irgendeinen Anhaltspunkt …

»Erstaunlich, wie sie sich unter Kontrolle hat«, murmelte Aume in seinem Kopf. »Was sind das für Menschen, die das mit sich machen lassen?«

»Was?«, dachte Kerr.

»Diese Operation. Ich habe es jetzt erst entdeckt. Ein tiefer Eingriff. Sie führt ein freudloses Leben.«

Kerr wusste nicht, wovon Aume sprach. Die Agentin legte das Pad hin und tat so, als würde sie lächeln, eine Grimasse, die auf ihrem verkniffenen Gesicht eher erschreckend aussah. Kerr vermutete, dass sie das auch wusste. Er lächelte zurück, mit etwas mehr Wärme, die, so war zu befürchten, völlig verschwendet war.

»Nun gut, dann wären wir wohl am Ende«, sagte die Agentin und steckte das Pad in ein dünnes Etui, das danach genauso angespannt aussah wie sie. Kerr zeigte seine Erleichterung nicht, geleitete die Frau bis zur Schleuse und sah ihr nach. Als sich die Tür schloss und er wieder alleine mit Aume war, stieß er ein vernehmliches Seufzen aus.

»Moment«, sagte die Stimme in seinem Kopf. »Lass mich erst die 36 Nanosonden neutralisieren, die die Agentin hinterlassen hat. Das Pad war ein richtiger Hangar.«

»Wenn du sie ausschaltest, wird das einen Alarm auslösen!«, dachte Kerr zurück.

»Ich sprach von neutralisieren«, belehrte das Schiff ihn. »Die Sonden werden absolut harmlose und stinknormale Daten senden. Holoban Kerr beim Essen. Holoban Kerr beim Schlafen. Holoban Kerr beim Scheißen. Holo…«

»Ja, ich habe es begriffen.«

»Und dazu noch die erwartbaren Schiffsdaten, Bewegungen von Automaten, je nachdem, wohin die Sonden sich begeben. Ich habe sie … *jetzt* vollständig unter Kontrolle. Du darfst jetzt wieder akustisch mit mir kommunizieren.«

Das war eine Erleichterung. Er hasste es, wenn in seinem Kopf herumgemacht wurde.

Als er wieder in der Zentrale angekommen war, sah er sich unwillkürlich um. Natürlich waren die Sonden nicht zu erkennen, aus dem Grund waren sie ja nano.

»Eine sitzt auf deiner Schulter«, sagte Aume, deren Avatar auf dem Sessel Platz genommen hatte, auf dem eben noch die Agentin gesessen hatte. Sie sah dabei viel besser aus als ihre Vorgängerin.

»Ich muss das nicht wissen«, erwiderte er kurz angebunden. »Kannst du die Brücke so lassen? Ich empfinde die Umgebung als beruhigend.«

»Natürlich. Ich lasse die gesamte Konfiguration so. Wir könnten ja wieder Besuch bekommen.«

»Zu dem ›Ups‹ von eben …«

Aume verzog das Gesicht, wirkte beinahe, als wolle sie um Entschuldigung bitten.

»Mein Fehler. Die überlichtschnelle Fortbewegung. Beim Eintritt funktioniert die Massesimulation für eine kurze Zeit nicht. Ich habe nicht damit gerechnet, dass die Ortung so gut aufpasst.«

»Dies ist *Canopus*. Es ist *Krieg*.«

»Es war ein Fehler.«

»Fehler können sich als fatal erweisen.«

»Ich weiß. Deswegen musste ich so lange im Tiefschlaf warten.«

Kerr schaute sie an und holte dann tief Luft. »Gut, was passiert als Nächstes?«

»Ich empfange verschiedene Signale. Ich denke, dass die Entwicklungen einem Höhepunkt zustreben. Wir werden noch ein wenig abwarten, müssen dann aber möglicherweise überstürzt abreisen.«

In Kerrs Kopf klingelten wieder die Alarmglocken. »Warum das?«

»Weil die Dinge weiter fortgeschritten sind, als ich dachte.«

»Du sprichst in Rätseln.«

Aume lächelte.

»Du magst doch das Geheimnisvolle an mir. Gib es zu.«

Kerr beschloss, nichts mehr dazu zu sagen. Er ertappte sich nur dabei, wie er sich immer wieder über die Schulter wischte. Diese ganze Aktion würde ihn noch paranoid machen, dessen war er sich jetzt einigermaßen sicher.

Progress 39

»Das kam nicht ganz unerwartet, aber es ist unangenehm«, murmelte Thasri, als sie den Kopfhörer senkte und den Sergeanten ansah, der sie anstarrte. Er hatte natürlich mitgehört. Imanez wirkte gefasst, aber das war exakt sein Job. Thasri selbst spürte den ersten Anflug einer Panik, den sie mit aller Willenskraft zu unterdrücken trachtete. Es war nicht leicht.

»So schnell? Wieso haben wir sie nicht entdeckt?«

»Ich weiß es nicht. Die VINDICATOR verlässt jetzt den Orbit. Wir sollen uns verstecken.«

»Verstecken?«

Imanez spuckte das Wort förmlich aus.

»Hier unten am besten.«

»Hier ist es *kalt*!«, erinnerte der Sergeant sie und sie holte tief Luft. *Natürlich, ja.*

»Dann verlassen wir die Höhle und suchen uns einen anderen Unterschlupf.«

»Wenn Geher landen, gibt es kein Versteck.«

»Die Kommandantin wird sie aufhalten.«

»Wenn ich mich einmischen darf …« Hephos gesellte sich zu ihnen, in seinem Blick Besorgnis, aber ohne Panik in der Stimme. Dass die Kalten diese Welt schneller als erwartet erreicht hatten, war ein Schock, aber der Mann zeigte bemerkenswerten Gleichmut. Vielleicht lag es daran, dass er hier in seinem Element war.

»Ich höre«, sagte Thasri und signalisierte Imanez damit, den Mund zu halten.

»Ich weiß jetzt, wo die Kälte herkommt. Es ist Residualkälte eines Einsatzes der Geher. Aber hier unten sind keine mehr.«

»Woher wissen Sie das?«

»Weil es in den letzten beiden Stunden um 0,01 Prozent wärmer geworden ist. Wenn es noch Geher gäbe, würde das nicht passieren.« Er sah Imanez an. »Das stimmt doch, oder? Auf einer von Gehern infizierten Welt wird es immer nur kälter, nicht wahr?«

»Das sind Schwankungen«, murrte Imanez.

»Nein, es sind Messungen sehr genauer Instrumente. Hier unten ist es windstill und naturgemäß kühler als an der Oberfläche. Die Hitzeabgabe unserer Instrumente und Körper in Kalkulation gebracht, ist der Temperaturanstieg eindeutig. Es wird wärmer. Die Kalten waren hier. Aber sie sind es nicht mehr.« Er wies auf das sternenförmige Ding, das Tor, und fügte hinzu: »Das hat sie getötet, genauso wie unsere Leute.«

Imanez schaute mit neu erwachtem Interesse auf die Konstruktion. »Das tötet Kalte?«

Hephos lächelte. »Wir sollten den Rat der Kommandantin befolgen und noch etwas bleiben.« Er zeigte in die Dunkelheit. »Dort ist es nur dunkel. Es ist nicht weiter schlimm.«

Der Sergeant wirkte nicht überzeugt, aber Thasri nickte. Es war ja nicht so, dass ihnen großartige Alternativen zur Verfügung stünden.

»So machen wir es.« Sie drehte sich um, hob die Stimme. »Leute, wir packen zusammen. Nehmt vor allem die Vorräte mit. Imanez, sagen Sie der Shuttlepilotin und der Wache Bescheid. Sie sollen zu uns stoßen. Die Automaten ebenfalls, wir könnten sie brauchen. Ich will, dass sich da oben nichts mehr bewegt. Alle Anlagen wieder abschalten, alle Energieerzeuger trennen.«

Energieproduzierende Geräte, und seien es nur Batterien, wirkten auf Kalte wie Licht auf Motten. Ihre Befehle ergaben Sinn, doch Imanez leitete sie mit einem gewissen Unwillen weiter. Aber er gehorchte. Die Disziplin funktionierte und Thasri hatte immer noch das Sagen.

Sie packten zusammen und dann erleuchteten die Scheinwerfer das Dunkel. Die oben gebliebenen Soldaten gesellten sich zu ihnen. Die Gruppe machte sich auf den Weg und Thasri müsste lügen, hätte sie nicht doch ein gewisses Unwohlsein gespürt, als sie weiter in die Tiefe der unterirdischen Anlagen vordrang. Ja, sie verstand Imanez. Die natürliche Scheu des Menschen vor der Schwärze der Nacht und die beißende Kälte bildeten eine Kombination, die Angst auslösen musste. Aber lieber das Unbekannte vor ihr als die bekannte und absolute Gefahr da oben.

Dass die VINDICATOR sich gut schlagen würde, war völlig unstrittig. Aber der Kreuzer war für Einzelmissionen gebaut, nicht für aufwendige Raumschlachten. Die Kommandantin würde tun, was zu tun war, und dann würde sie verschwinden, solange das noch ging. Sie würde Hilfe holen – was hier geschah, hatte immer noch höchste Priorität –, aber das hieß auch, dass sie hier für lange Zeit in der Tiefe gefangen waren, hoffend und bangend, dass die Kalten sie nicht finden würden, ja, gar nicht nach ihnen suchten.

Thasri wusste nicht, wie realistisch diese Hoffnung war. Sie hütete sich, darüber offen zu reden. Das war die Krux, wenn man das Sagen hatte. Den ewigen Optimismus zu verbreiten, die Stimmung der Leute oben zu halten, das war ihre Pflicht und sie fiel umso schwerer, je weniger man empfand, was man nach außen hin zu zeigen hatte.

Es war gut, dass es dunkel war und niemand ihr Gesicht sah.

Es ging abwärts und die Neugierde übernahm wieder, die Freude an der Erforschung. So tief war sie noch nie in eine Kath-Anlage eingedrungen und für einen Moment vergaß sie, dass sie im Grunde auf der Flucht war. Das Durcheinander setzte sich fort mit all dem Gerümpel auf dem Boden, doch es gab hier unten keine Staubschicht mehr und die klare, trockene Luft hatte konserviert, was weiter oben eher dem Verfall ausgesetzt worden war. Die Räume und Hallen, die sie durchstreiften, entsprachen ganz und gar ihren Erwartungen, lagen voller seltsamer Gerätschaften und Trümmerstücke: alles im Kath-Stil, keine anderen Artefakte, keine Tore, keine Kalten. Sie zeichnete alles auf, was sie erblickte, ließ es durch ihren Anzug klassifizieren und kategorisieren. Sie hatte ihre Katalogsoftware eingespielt und sie war für jeden Fetzen Erkenntnis dankbar. Wenn sie all dies überlebte, würde sie Material haben, das zu erforschen sie lange beschäftigen würde. Falls man es ihr ließ.

»Das ist interessant«, murmelte Hephos und sein Scheinwerfer tanzte über eine Gruppe von runden, bläulich schimmernden Bällen, die in einem Halbkreis im Gewimmel der Reste lagen, exakt ausgerichtet und alle mannsgroß. Es war die Tatsache, dass sie ein eigenes Licht ausstrahlten, die alle zum Stehen und Starren brachte. Der Schimmer war kaum zu erkennen und Thasri befahl allen, für einen Moment die Scheinwerfer auszuschalten. Doch, es war eine eigenständige Lichtquelle. Und wenn die Messinstrumente, die sie bei sich trugen, nicht täuschten, war dies Kath-Technologie, nichts anderes, nur eine, die bisher nie zuvor jemand erblickt hatte. Thasris Katalogsoftware jedenfalls speicherte die Bälle sofort unter »bisher unbekannt, später bearbeiten« und das sagte eigentlich alles aus.

»Wie lange sind wir jetzt schon unterwegs?«

»Anderthalb Stunden«, sagte Imanez. »Wir haben dreieinhalb Kilometer mit einer Neigung von sechs bis sieben Prozent zurückgelegt. Ein gutes Stück. Was auch immer da oben passiert, uns bemerkt hier niemand.«

Dass der Sergeant so bereitwillig das Gefühl von Sicherheit und Sorgenfreiheit verbreitete, hing sicher mit seinem Unwillen zusammen, noch weiter zu gehen. Und Thasris Forschergeist war nur zu bereit, sich mit dieser Regung in eine unheilige Allianz zu begeben.

»Wir schlagen hier ein Lager auf. Wachen aufstellen. Beobachten Sie alle Gänge, die nach oben führen. Bauen Sie Bewegungsmelder auf und Kältesensoren. Ich will über jede Schwankung informiert werden.« Sie sah Imanez an. »Ich meine Schwankungen nach unten, wenn es kälter werden sollte. Wenn es weiter wärmer wird, ist das gut.«

»Wird es«, meldete Hephos. »Ich habe es überprüft. Hier unten wird es langsam warm, wir nähern uns den tieferen Erdschichten einer aktiven Welt und das heißt Magma. Es gibt über 800 aktive Vulkane auf diesem Planeten. Die Kalten haben hier mächtig viel zu tun.«

»Es ist nichts, was sie abschreckt«, knurrte Imanez und er hatte natürlich absolut recht damit.

Thasri hörte ihm gar nicht mehr zu. Während hinter ihr die Arbeiten begannen, ein Nachtlager aufzuschlagen, näherte sie sich vorsichtig dem am nächsten liegenden bläulichen Ball. Sie erkannte nun, dass er auf einem kleinen Sockel ruhte, der fest mit dem Boden verbunden zu sein schien. Ihre Instrumente konnten keinerlei schädliche Strahlung auffangen, auch sonst schien nichts den Ball zu verlassen außer dem kaum wahrnehmbaren Lichtschein. Es war klar, dass hier Energie vorhanden war, wenig genug, aber Aktivität, wie ein sanft schimmerndes Ruhekissen. Der Ball strömte auch etwas Wärme aus und trug damit sicher dazu bei, dass die Kälte nicht ganz so intensiv war, wie der Sergeant es befürchtet hatte.

Sie hob eine Hand und zögerte, den Ball zu berühren. Das war eine höchst unwissenschaftliche Vorgehensweise. Man lief nicht umher und berührte Artefakte, deren Funktion man nicht kannte. Es gab Instrumente für so etwas. Und dennoch, sie gab dem Impuls schließlich nach, wohl wissend, dass sie möglicherweise niemals Zeit und Gelegenheit für eine richtige Erforschung dieses Fundes haben würde – ja, sie durchaus hier unten enden könnte, ohne dass jemals jemand davon erfuhr, was sich hier zugetragen hatte.

Also legte sie die Handfläche auf den Ball. Sie trug Handschuhe mit feinen Rezeptoren – immerhin eine Vorsichtsmaßnahme – und dieser übertrug Druck, Temperatur und Beschaffenheit genau so auf ihre Haut, als wenn sie den Ball ohne Bekleidung berührt hätte. Er war warm, er war glatt und er schien ganz, ganz sanft zu vibrieren, ein angenehmes Gefühl, das sie als vertrauenerweckend empfand – erneut eine höchst unwissenschaftliche Regung.

Dann wurde die Hülle plötzlich weich.

Thasris Hand zuckte zurück. Die Stelle, die sie eben berührt hatte, zog Fäden, klebte an ihrem Handschuh, leistete Widerstand. Sie machte einen Schritt zurück. Die anderen bemerkten, was vorfiel, und eilten zu ihr. Imanez hatte seine Waffe gezogen, als ob er das klebrige Ei zu töten beabsichtige. Doch Thasri erlitt keine Verletzung. Die plötzlich weiche Hülle tropfte ab und an ihrem Handschuh war kein Schaden zu erkennen. Der Ball selbst schmolz dahin, als läge er in der Sonne und bestünde aus dünnem Eis. Der Prozess verlief langsam genug, sodass man ihn problemlos verfolgen konnte. Bald war die obere Öffnung so groß, dass man hineinsehen konnte. Thasri lugte durch die Öffnung und stieß einen überraschten Laut aus. Die anderen taten es ihr gleich, alle starrten sie wie versteinert auf die zusammengekrümmte Gestalt, die im Inneren des Balls zum Vorschein gab, mit an dünnen Knochen liegender, ledriger Haut und einem Schädel, der sie aus leeren Augenhöhlen anstarrte. Je mehr sich der Rand des Balls auflöste, desto mehr Details wurden sichtbar. Der Leib des Toten war humanoid und lag wie zusammengefaltet auf einer kleinen Erhöhung. Dünne Metallfäden drangen aus dem Körper und verloren sich im Podest, das nach einigen Minuten das Einzige war, was von der Installation übrig blieb. Ein seltsamer Geruch lag in der Luft, nicht Verwesung, eher so etwas wie Konservierungsmittel, abgestanden und aufgebraucht. Thasri wusste, dass ihre Sinne nur versuchten zu interpretieren, was sie dort sah, und der Anblick erinnerte fatal an konservierte Lebewesen, die in einem alten Labor auf staubigen Regalen Zeugen einer Zeit waren, als man interessante biologische Phänomene noch auf diese Weise erhielt und weiteren Forschungen anheimstellte. Das tat man heute nicht mehr und Thasri wollte auch nicht glauben, dass dies die Funktion des Balls war.

Das Wesen war allerdings tot, daran bestand kein Zweifel.

Aber Thasri glaubte, dass es hätte leben sollen, und als sie aufblickte und dem Blick von Dr. Hephos begegnete, erkannte sie, dass er zu einem ähnlichen Schluss gekommen war. Der Wissenschaftler, ebenfalls bewaffnet mit allerlei Messinstrumenten, beugte sich über die verschrumpelte Gestalt auf dem kleinen Podest. Eine winzige Sonde senkte sich mit einem knisternden Geräusch durch die papierne Haut des Toten und nahm eine Probe. Bald tanzten Symbolketten über den kleinen Schirm.

»Die DNA-Analyse wird ein wenig dauern«, erklärte Hephos. »Ist auch nicht mein Fachgebiet. Ich habe so ein Wesen noch nie gesehen.«

»Nein, ich auch nicht.«

»Sehen so die Kath aus?«

Thasri zuckte mit den Achseln. »Möglich. Aber ich weiß es nicht. Niemand weiß, wie die Kath ausgesehen haben. Wir wissen nur, dass sie ungefähr so groß waren wie wir.«

Thasri zeigte auf die Decke. »Der da ist kleiner.«

»Ja, nicht größer als 1,40 m.« Thasris Blick fiel auf die anderen Bälle. »Ein Versuch der Hibernation, oder? Die Anlage ist endlos alt. Das ist kein Grab.«

»Ist auch meine Vermutung.« Beide sahen von der Betrachtung der Leiche auf, als Kolic neben sie trat. »Oder?«

»Das ist naheliegend genug, dafür brauchen Sie mich nicht«, erklärte der Technospürer. »Es wäre interessant zu erfahren, wie lange dieses Wesen schon tot ist.«

»Das dürfte schwer werden. Es gab Energie in den Bällen, das heißt, sie haben wahrscheinlich ein wenig funktioniert, wenngleich sie das Wesen nicht mehr am Leben erhalten haben – und das bedeutet, dass die Leiche gut konserviert wurde, welche Technik dafür auch immer Anwendung fand. Wir dürften hier vor einem großen Problem stehen.«

Kolic hörte schon gar nicht mehr zu, marschierte die Bälle einen nach dem anderen ab, berührte keinen, starrte alle an, bückte sich immer wieder, betrachtete das jeweilige Podest und schien mit einem Instrument die Lichtstärke des bläulichen Schimmers zu messen. Da er sich sehr vorsichtig verhielt, fast schon mit andächtiger Zurückhaltung, störte ihn niemand dabei, Thasri zuallerletzt, die einen gesunden Respekt vor den Fähigkeiten des jungen Mannes zu entwickeln begonnen hatte.

Vor dem letzten Ball blieb Kolic besonders lange stehen. Er schien das Ding förmlich zu hypnotisieren und irgendwann machte sich Thasri sogar beinahe Sorgen um ihn, wie er da unbeweglich stand, einer Statue gleich, als ob ihn eine unsichtbare Macht in den Bann geschlagen und paralysiert habe. Doch als sie zu ihm ging, sah er auf, lächelte schwach und wies auf den Ball.

»Der da lebt noch.«

Thasri durchfuhr es heiß und kalt. »Das …«

»Bestimmt. Ich weiß nicht, was passieren wird, wenn der Ball deaktiviert wird, aber jetzt, in diesem Augenblick und in diesem Zustand, lebt er noch.«

Die Frau starrte nun auch in den bläulichen Schimmer hinein, einen Moment überwältigt von den Möglichkeiten, die sich vor ihr auftaten. Wenn das hier wirklich … würde sie … Die Gedankenfetzen in ihrem Kopf spiegelten ihre Sprachlosigkeit wider und sie wusste nicht, was oder ob überhaupt etwas davon sie laut äußern sollte.

So nah, so furchtbar nah und doch endlos entfernt. Sie verfügten gar nicht über die Ausrüstung, um das Wesen zu betreuen, sollten sie es erwecken. Sie benötigten dafür mindestens die Krankenstation an Bord der VINDICATOR, und der Kreuzer war derzeit damit beschäftigt, die Kalten abzuwehren.

»Das ist schmerzhaft«, sagte Hephos und schaute Kolic an, der den Ball immer noch hypnotisierte. »Und es ist tragisch.«

Thasri und die anderen wandten sich nach weiteren, sinnlosen Erörterungen von den Bällen ab, gesellten sich zum Rest der Gruppe im Nachtlager, aßen schweigend das fade Militäressen, die übliche, aufgewärmte Nährpampe, an die sie sich niemals würde gewöhnen können. Sie war nun deprimiert, ganz unabhängig davon, welches Schicksal sie hier unten ereilen würde, richtig deprimiert angesichts der Tatsache, dass die Erfüllung all ihrer Träume, der Abschluss all ihres Suchens vor ihren Fingerspitzen lag und dennoch unerreichbar schien.

Sie schlief irgendwann ein und sie träumte von dem, was in jenem einen Ball seit Äonen vor sich hin schlummerte und was ihr so entrückt war, als sei sie Lichtjahre davon entfernt. Und der Schmerz des Verlustes einer Erkenntnis, die sie niemals hatte und wahrscheinlich nie haben würde, verfolgte sie bis hinein in diese Träume.

Progress 40

Ildaya wurde geknebelt und wie immer, wenn man das tat, bekam sie erst einmal Atemnot und musste sich konzentriert um die Sauerstoffaufnahme kümmern. Ihre Nase war natürlich frei und sie war überhaupt nicht in Gefahr zu ersticken, aber das Tape, das Plastikk über ihren Mund geklebt hatte, wirkte beengend, und da ihre Hände hinter ihrem Rücken gefesselt waren, vermischte sich Hilflosigkeit mit Angst. Nach einigen Momenten hatte sie die Panik niedergekämpft, unterstützt durch einige tiefe Atemzüge.

Sie hockte mit vornübergebeugtem Kopf in dem Sitz in der Passagierkabine des Raumbootes, fest angeschnallt, beinahe völlig bewegungsunfähig. Dennoch war darauf geachtet worden, dass ihr Blut frei zirkulieren konnte und die Sitzhaltung erträglich war. Dies waren keine imperialen Soldaten, es waren einfach … Leute, mit seltsamen Absichten und undurchsichtigem Hintergrund, aber eben Leute. Die Tatsache, dass sie zum Widerstand gehörte, war von allen zwar nicht mit Begeisterung, aber eben auch nicht mit dem professionellen Hass der Sicherheitskräfte aufgenommen worden.

Sie wusste zwei Dinge. Zum einen hatte sie versagt und diese Erkenntnis wog schwer. Der Anschlagsplan gegen das Manufaktorium war damit gefährdet, wenn nicht auf lange Zeit gescheitert. Sie hatte die Erwartungen der Kameraden enttäuscht und war gleichzeitig für sie verschwunden. Vielleicht hielten diese sie jetzt für eine Verräterin oder einen Feigling. Im glücklichsten Fall nahmen sie an, dass sie tot war. In jedem Fall war sie gescheitert.

Zum anderen wusste sie, dass sie diese Welt nun verlassen würde. Die Startvorbereitungen waren zu einem Abschluss gekommen, alle saßen festgeschnallt auf ihrem Sitz. Die Soldatin mit dem kalten Blick saß neben dem Mädchen, das ein leuchtendes Ding in der Hand hatte. Ildaya wusste nun, was die anderen so verblüfft hatte, und sie war selbst erstaunt, erst recht, als Hamid ihr ein drittes Exemplar gezeigt hatte. Etwas ging vor und sie verstand es nicht. Was sie verstand, war die Mündung der Waffe, die unentwegt auf sie gerichtet war, entweder durch Hamid oder die Frau namens Vocis. Jeder Gedanke an Flucht war absurd. Sie fand nicht einmal die Kraft, daran auch nur zu denken. Es war klar, dass ihr Schicksal nicht mehr in ihren eigenen Händen lag.

»Wir starten!«, hörte sie vorne aus dem Cockpit, in dem Plastikk im Pilotensitz Platz genommen hatte. »Alle angeschnallt?«

»Leg los«, hörte sie Hamid murmeln, der weiterhin unentwegt Ildaya ansah.

Es ruckte, als die Triebwerke gezündet wurden. Ein feines Heulen stand im Raum; es war durchdringend, aber nicht unangenehm. Das Raumboot zitterte, als sich das Fahrzeug langsam gegen die Schwerkraft stemmte und die Masse in die Luft zu bewegen begann. Einen Andruck spürte Ildaya nicht, das Boot war mit Kompensatoren ausgerüstet, ein kleines, feines Gerät – natürlich hatte Plastikk sich mit seinem Privatschiff keinen Schrott geleistet. Ildaya starrte aus einem der kleinen Bullaugen, die die Passagierkabine entlang angebracht waren, und bemerkte erstaunt, dass der Erdboden bereits weit unter ihnen lag. Das Triebwerk des Raumbootes war mächtig und katapultierte das Fahrzeug mit beachtlicher Geschwindigkeit nach oben.

»Ich habe eine Flugfreigabe der Kontrolle«, meldete Plastikk. »Wir sind ganz harmlos.«

Erneut murmelte Hamid etwas, das Ildaya diesmal aber nicht verstand.

Sie schaute erneut nach draußen. Der gleißende Schein der Atmosphäre machte dem Samtschwarz des Weltalls Platz. Dies war Ildayas zweite Reise im Raum und während der ersten hatte sie wenig davon gesehen. Sie ertappte sich dabei, gedankenverloren in die glitzernde Schwärze zu starren und ein wenig von Freiheit zu träumen und von den Wundern, die da draußen auf jene warteten, die sie bereisen durften. Das Glitzern bestand nicht nur aus Sternen, sondern auch aus den zahllosen Stationen und Raumschiffen, die den Orbit der Welt bevölkerten. Ein großes Orbitaldock wanderte in ihr Blickfeld, als das Raumboot mit steter

Beschleunigung den Schwerkraftschacht der Welt verließ und einen Kurs nach außen nahm.

»Wir haben Sprungdistanz und Geschwindigkeit in drei Stunden erreicht«, sagte Plastikk. »Ich fliege nach Peilsignal, alles andere würde Aufsehen erregen. Wir können uns abschnallen, ich sage Bescheid, wenn es so weit ist.«

Das mit dem Abschnallen galt natürlich nicht für sie. Im Gegenteil, der feste Sitz der Gurte wurde sofort noch einmal überprüft, als sich die anderen frei in der Kabine zu bewegen begannen. Immerhin nahm man ihr jetzt den Knebel ab, denn im Weltraum hörte man niemanden schreien.

Sie sagte trotzdem nichts und bemühte sich, niemanden anzusehen, und doch konnte sich nicht verhindern, dass sich das Mädchen neben sie hockte, den schimmernden Stein in der Hand, dessen angenehme Ausstrahlung nun für Ildaya direkt zu spüren war.

»Woher hast du deinen?«, fragte sie. Die Widerstandskämpferin presste die Lippen aufeinander. Was sollte sie auf diese Frage antworten? Dass sie das Ding in einem alten Bergwerk gefunden hatte, nachdem sie die Leichen eines Polizisten sowie ihres ehemaligen Liebhabers verscharrt hatte, beide gestorben durch ihre Hand? Ildaya war nicht völlig ohne Empathie und sie hatte sich einen kleinen Rest eines moralischen Kompasses bewahrt. So eine Geschichte einem jungen Mädchen aufzutischen, fühlte sich … falsch an. Sie überlegte bereits an einer alternativen Darstellung, als die Kleine von Vocis fortgezogen wurde, was eine Fortsetzung des Gesprächs unmöglich machte.

Sicher besser so.

Hamid setzte sich direkt vor sie, sah sie an. Im Gegensatz zu Vocis wirkte er nicht feindselig.

»Audur, ja?«

Ildaya nickte. Da gab es nichts abzustreiten.

»Üble Sache. Die Kalten kamen zu spät, um die Eroberung noch aufzuhalten, und jetzt habt ihr den Dreck am Hals.« Hamid schaute ihr in die Augen. »Der Widerstand ist schwächer geworden in den letzten Jahren, hat aber nie ganz aufgehört. Ihr seid ein hartnäckiges Völkchen.«

»Audur ist frei«, sagte sie leise.

Hamid nickte. »Ja, das seid ihr sogar. Allerdings werdet ihr eure Freiheit wohl innerhalb des Imperiums finden müssen. Bisher hat es noch keine eroberte Welt geschafft, sich erfolgreich zu widersetzen.«

»Einmal wird es geschehen.«

Hamid kratzte sich am Kopf. Er war nicht einmal böse auf sie für diese Worte, auch nicht genervt. Er akzeptierte ihre Ansicht einfach.

»Ja, einmal sicher. Aber die Kalten bedrängen uns wohl noch nicht stark genug, um das Ausmaß an Kräfteverschiebung auszulösen, das euch helfen würde. Das sagt die Geschichte. Und die wiederholt sich leider dauernd.«

Ildaya erwiderte nichts. Natürlich kannte sie die Geschichte. Aber sie hatte auch Prinzipien – und Hoffnungen. Und Stolz. Und Trotz. Viel Trotz.

»Einen Anschlag habt ihr geplant, nicht wahr?«

Hamid erwartete wohl keine Antwort, denn er sprach einfach weiter.

»Was könnte euer Ziel gewesen sein? Der Raumhafen? Nein, das tut nicht richtig weh – es gibt ein Dutzend davon auf Canopus und es hätte keine ernsthafte Störung verursacht. Eine Polizeistation oder Armeekaserne? Möglich, aber wenn ich das richtig sehe, wolltet ihr eine wirklich große Bombe bauen, eine beeindruckende, zerstörerische und aufwendig vorbereitete Explosion auslösen. Für eine Kaserne hätte weniger gereicht. Nein, euer Ziel war … richtig wichtig.«

Sein Gesicht umwölkte sich etwas. »Bleibt der Sitz des Gouverneurs oder das Manufaktorium.« Er sah sie forschend an. »Ich arbeite im Manufaktorium. Der Gedanke, dass ihr dort zuschlagen wolltet, gefällt mir nicht. Ich hoffe daher für dich, dass der Gouverneur das Ziel war. Den kann, soweit ich weiß, ohnehin niemand leiden.«

Ildaya senkte den Kopf, schloss betont die Augen. Sie würde sich nicht zu einer Antwort hinreißen lassen.

»Gut, gut«, sagte Hamid und prüfte noch einmal ihre Gurte. »Du redest nicht. Macht nichts, ich arbeite nicht für die Abwehr, ich arbeite hier für Plastikk. Wir werden dich irgendwo aussetzen, weit weg, wo du keinen Schaden mehr anrichten kannst. Oder wir töten dich. Aber verhören wird dich hier niemand.«

Er hatte das so nebenbei gesagt, das mit dem Töten. Ildaya konnte den Schrecken, den das auslöste, nur schwer verbergen. Nein, sie war nicht auf den Tod aus, nicht unter diesen Umständen, gescheitert und allein. Es war eine Sache, für die Revolution zu sterben. Es war eine andere, bereits bei den Vorbereitungen zu scheitern und dann von irgendwelchen zwielichtigen Gestalten in irgendeiner Gosse entsorgt zu werden.

So hatte sie sich das nicht vorgestellt.

Aber – und warum diese Erinnerung plötzlich durch ihren Kopf schoss, wusste sie auch nicht – Feydaman sicher auch nicht, als er sich Hilfe suchend an sie gewandt hatte. Ildaya glaubte nicht an ausgleichende Gerechtigkeit. Sie hatte gar kein Gefühl dafür, was das überhaupt war. Aber in diesem Moment dachte sie darüber nach, wo auf ihrem Weg sie möglicherweise in die Irre gegangen war.

Es waren keine angenehmen Gedanken. Aber man ließ sie mit ihnen allein.

Progress 41

»Es ist eng hier.«

Sol sah Kip an und in diesem Blick lag jeder Kommentar, der angesichts ihrer Situation gesagt werden konnte. Sie steckten zu zweit in einer Einmann-Rettungsröhre, einem Torpedo, der Lebenserhaltungssysteme, ein chemisches Triebwerk und ein krudes Orientierungssystem enthielt, dazu ein robustes Funkgerät. Eigentlich gab es einen Autopiloten, doch der gehörte zu den Anlagen, die Sol ausgeschaltet hatte – ebenso wie die Meldung an die Zentrale, dass jemand unautorisiert den Zugang zu einer Röhre geöffnet und eine solche in Beschlag genommen hatte. Es war das Raumfahrzeug, das ihnen als narrensicher und steuerbar ins Auge gesprungen war.

Angenehm war es aber nicht.

Sie lagen eng aneinandergepresst. Sol war derjenige, der sich selbst zum Piloten ernannt hatte, und Kip ließ ihn gewähren, obgleich ihm diese Kontrollen, so krude sie auch sein mochten, ein seltsames Vertrauen einflößten. Er war sich beinahe sicher, dass er in der Lage gewesen war, so etwas zu steuern. War er ein Pilot gewesen?

Eine aufregende Vorstellung. Sie gab ihm eine gewisse Romantik und das war ein angenehmes Gefühl, angenehmer jedenfalls, als jeden spitzen Knochen im Leibe Sols spüren zu müssen.

»Du musst auslösen«, drängte er den Freund.

»Wenn der Alarm deaktiviert ist«, erwiderte dieser, und er ließ sich nicht aus der Ruhe bringen. »Hältst du jetzt mal deinen Mund?«

Kip tat wie ihm geheißen. Es dauerte einige Minuten und eine Abfolge von Knochen, die ihm in den Leib gedrückt wurden, dann stieß Sol Luft aus.

»So. Wir können. Bist du bereit?«

»Ich bin überfällig.«

»Na dann.«

Sol drückte auf einen Schalter und ein unsichtbarer Riese trat ihnen auf den Kopf, als die Röhre mit den Sprengsätzen ins All geschleudert wurde. Etwas knackte und es dauerte, bis Kip verstand, dass es seine protestierende Wirbelsäule war.

»Ach Scheiße!«, stieß er stöhnend aus und versuchte, nicht bewusstlos zu werden.

Sol antwortete nicht. Mit nach vorne ausgestreckten Armen manipulierte er das Orientierungssystem. Auf dem Schirm, der die Nase der Röhre dominierte, erschienen die Daten der Umgebung und Sol gelang es, den vorbereiteten Kurs einzuschlagen. Der große Ball des Planeten wanderte in das Sichtfeld, etwa handgroß und demnach noch durch eine erhebliche Entfernung von ihnen getrennt.

»Die Orbitalortung wird uns bemerken«, zischte Kip.

»Natürlich wird sie das. Ist doch völlig egal. Wenn sie uns auffängt, dann wird man uns aufbringen. Wir sind entflohene Sklaven und damit nach dem Gesetz frei. Sie werden uns nicht zurückbringen.«

»Ich hoffe es.«

Die Röhre ruckelte, als die chemischen Triebwerke ihnen einen zweiten mächtigen Tritt verpassten. Sie beschleunigten das Rettungsgerät von einer vermeintlichen Katastrophe fort, und zwar so schnell, dass jeder Verletzte in dem Ding gnadenlos verreckt wäre. Die Röhre war uralt, über 150 Jahre, und sie war nie ordentlich gewartet worden. Es war keine Rettungseinheit, sondern ein Mordinstrument, und Sol und Kip konnten froh sein, dass sie gesund und vorbereitet waren, denn sonst …

Das chemische Triebwerk hauchte stotternd sein Leben aus.

»Treibstoff alle«, kommentierte Sol, als die Schwerelosigkeit einsetzte. Diese hatte keine andere Auswirkung, als dass ihnen spontan schlecht wurde. Umherschweben würden sie nicht, dafür war es viel zu eng.

»Ich muss kotzen«, murmelte Kip.

»Andere Richtung, wenn's geht«, erwiderte Sol, der auch etwas grün im Gesicht aussah.

»Können wir nicht …?«

»Triebwerk ist alle. Wir haben noch Steuerdüsen. Ich bin kein Pilot, Kip!«

Sein Freund nickte und presste die Lippen aufeinander. Dann kam der erste, erwartete Funkspruch.

»Leitstelle Orbit. Rettungsröhre mit der Kennung CT-5477. Bitte senden Sie Ihren Status. Sind Sie manövrierfähig?«

Immerhin, man ging tatsächlich von einem Notfall aus.

»Wir antworten nicht. Ich will näher an den Planeten«, sagte Kip.

»Es ist …«

»Wir antworten nicht!«, insistierte er und merkte, wie Sol seinen Mund zuklappte und schwieg. »Wir warten.«

Sie mussten nicht lange warten, dann meldete sich die Leitstelle erneut.

»Ich hoffe, Sie können uns hören. Wir haben ein Rettungsteam losgeschickt. Bitte hören Sie: Wir haben ein Rettungsteam losgeschickt. Wir werden die Röhre aufnehmen und bergen. Behalten Sie Ruhe und lassen Sie die Finger von den Kontrollen. Wir haben alles im Griff. Das Team ist in 30 Minuten bei Ihnen. Ich wiederhole: 30 Minuten bis zum Rettungseinsatz.«

Die Stimme klang betont ruhig und sollte wohl aufgeregte Opfer eines Notfalls beruhigen. Kip war nicht aufgeregt, ihm war nur schlecht.

Die Röhre ruckelte.

»Du sollst doch die Finger von den Kontrollen lassen«, zischte Kip.

»Ich habe nichts angerührt«, zischte Sol zurück und reckte seinen Kopf nach oben, um den Schirm zu betrachten. »Das Rettungsteam ist wohl schneller da als gedacht.«

Kip glaubte das keinen Moment. Die große Masse, die sich auf dem Schirm abzeichnete und die sich auf die Röhre hinabsenkte, war kein Rettungskreuzer. Woher er genau diese Gewissheit hatte, wusste er nicht einmal – vielleicht gehörte sie zu jenem verborgenen Wissen, das noch immer in ihm schlummerte. Das Schiff war viel zu groß. *Ein Frachter*, schoss es ihm durch den Kopf.

»Das ist nicht die Rettung«, sagte nun auch Sol. »Was mischen die sich ein?«

»Ein Kollege der CANOPUS TRAVELLER?«

»Blödsinn! In dem Moment, als wir die Hülle der CT verließen, waren wir frei. Jeder kennt das Gesetz. Dies hier ist das Canopus-System, nicht irgendeine Randwelt, wo man mal zur Seite schaut. Nein, nein, da stimmt was nicht.«

Kip dachte an sein letztes Gespräch mit dem Offizier, dem Hinweis darauf, dass es Leute gab, die ihn im Blick behielten. Hing es damit zusammen?

»Können wir entkommen?«, fragte er plötzlich.

»O Kip«, erwiderte Sol. »Du hörst mir nicht zu. Triebwerk. Aus. Geht nicht. Alle. Die saugen uns aus dem All wie ein Staubkorn.«

Wie zur Bestätigung seiner Worte ruckelte es erneut und die Schwärze um sie herum wurde vollkommen.

»Hangar«, wisperte Sol, als sich plötzlich wieder Schiffsschwerkraft auf sie senkte. Ein Licht flammte auf, erhellte einen Raum, der in der Tat wie ein Hangar aussah, mit Zeichen an der Wand, die Kip vertraut erschienen. Er wollte etwas sagen, doch Sol hatte bereits den Auslöser gedrückt und mit einem Zischen klappten die Seitenwände der Röhre auf, um die scheinbar Geretteten in die Freiheit zu entlassen. Kip rollte sich von seinem Freund und rappelte sich auf. Es war kühl hier und außer der Röhre befand sich kein Fahrzeug in der kleinen Halle. Und auch sonst nichts und niemand.

Das war befremdlich.

Sol stand nun neben ihm und sah sich um, wirkte nicht halb so beunruhigt wie sein Freund.

»Sieht doch passabel aus. Wir werden sicher gleich empfangen.«

»Es ist kalt hier«, maulte Kip. Er fühlte sich unsicher. Er hasste das. Und er hatte Angst, was er noch viel weniger leiden konnte.

»Das ist doch absurd. Warum machst du so was?«

Das hatte keiner von ihnen gesagt. Die Sätze stammten von einem Mann, der den Hangar betreten hatte, im Arbeitsoverall eines Besatzungsmitglieds, ohne großartige Abzeichen, aber mit dem Badge des Militärfrachtservices, wie Kip – warum nur? Warum? – intuitiv erkannte. Er war nichts Besonderes, eher klein gewachsen, hager und das einzige andere Erkennbare, was er trug, war die Pilotenspange am Kragen. Ein Pilot also, dazu ein verwirrter, ja nahezu erboster.

Ziel seines Zorns war aber nicht Kip, sondern das bezaubernde Wesen, das ihn begleitete. Auch Sol starrte die Frau großäugig an, für einen Moment ganz in den Krallen seiner Libido gefangen und sehr fasziniert.

Eine Frau, deren Verständnis einer angemessenen Bordbekleidung absolut nichts mit Vorschriften zu tun hatte und deren Haut einen seltsamen ...

Die irisierende, dunkle Haut der Frau, die sich mit schwingenden Hüften den beiden Ankömmlingen näherte, schien auf seinen Blick zu reagieren. Der Pilot verstummte und betrachtete das Schauspiel. Die Frau trat vor Kip. Ein sehr angenehmer, nahezu betörender Duft stieg in seine Nase. *Wahnsinn!*, dachte er.

Sie streckte die Hand aus. Kip schaute auf die Handfläche. Darin lag ein schimmernder Stein, der sanft leuchtete. Er strömte ein Gefühl von Sicherheit und Frieden aus, wie ein kondensiertes Stück Glück, das man anfassen und betrachten konnte. So etwas hatte Kip noch nie zuvor gesehen.

»Ich bin Aume«, sagte sie mit melodiöser Stimme, in der man baden konnte. »Der ist für dich. Nimm ihn.«

Wie automatisch griff er nach dem Stein, der sich sofort angenehm in seine Hand schmeichelte. Kalt war ihm jetzt plötzlich nicht mehr. Er lächelte. Von Aume hätte er jederzeit alles angenommen.

»Ich bin Kip«, stammelte er.

»Nein, bist du nicht.«

Damit hatte sie natürlich recht. Sol schob sich an Aume heran, sein Gesicht trug ein breites und durchweg lüsternes Grinsen.

»Ich bin übrigens Sol. In Wirklichkeit heiße ich ...«

Aume schaute ihn für einen Moment an.

»Edwin Kedian. Willkommen an Bord dieses Schiffes! Ich bin Aume.«

»O ja, o ja«, murmelte Sol und konnte den Blick von ihr nicht abwenden und sein Augenmerk galt nicht ihrem bezaubernden Lächeln.

»Mir wäre lieb, wenn du mir erklären könntest, was wir gerade gemacht haben«, mischte sich der Pilot ein. »Wir lösen Systemalarm aus! Wir haben die Parkposition unerlaubt verlassen – mit einem Innersystemsprung, der absolut verboten ist. Wir haben die verdammte Flotte am Hals und ich ...«

»Das ist Holoban Kerr, der Pilot dieses Schiffes«, sagte Aume zu Kip und Sol.

»Ich bin kein Pilot von irgendwas!«, hörten sie den Protest. »Ich bin ein Passagier, der jetzt knietief in der Scheiße steckt! Die werden uns entern oder abschießen oder beides ...«

»Wir verlassen das Canopus-System in Kürze«, teilte ihm Aume mit. »Wir müssen nur vorher die restlichen Passagiere an Bord nehmen. Sie sind bereits unterwegs.«

»Ich ... Was?«

Aume lächelte lediglich, als würde das als Erklärung völlig genügen. Kip und Sol waren damit durchaus zufrieden. In Händen der Behörden waren sie jedenfalls schon einmal nicht. Eine interessante Abwechslung.

»Wer sind Sie?«, fragte Sol, der im Gegensatz zu Kip seine Sprache sehr schnell wiedergefunden hatte. Aume sah ihn an.

»Aume.«

»Ja, das habe ich gehört. Aber ...«

Sie machte eine umfassende Bewegung mit beiden Armen. »Ich bin das Schiff. Ich bin auf einer Mission.«

Holoban Kerr schüttelte nur den Kopf. Er schien etwas aufgegeben zu haben, was Sol noch zu versuchen schien. Es hing möglicherweise damit zusammen herauszufinden, was Aume war und wollte.

»Sie ist harmlos?«, fragte Kip den Piloten, zu dem er eine seltsame Verwandtschaft empfand. Der ältere Mann lächelte schwach.

»Das kommt darauf an«, war seine Antwort, die in Kip keine große Zuversicht auslöste. Dennoch folgte er einem plötzlichen Impuls und trat auf die seltsame, aufreizende Frau zu, die ihn erwartungsvoll anlächelte.

»Sie wissen, was mit mir ist«, sagte er leise. »Sol und ich ...«

»Schiffssklaven«, sagte sie und es klang ernst, etwas mitleidig. »Ich weiß. – Sol.«

Der Freund gesellte sich hinzu und zuckte nicht zurück, als Aume ihm einen Finger auf die Stirn legte. Mit dem jungen Mann ging eine erstaunliche Veränderung vor. Sein Gesicht glättete sich, das Lächeln verschwand von seinen Lippen. Er sah, als würde er in weiter Ferne etwas ausmachen, das seine ganze Aufmerksamkeit beanspruchte. Er blinzelte mehrmals, und als der andächtige Ausdruck aus seinem Gesicht verschwunden war, blickte er Kip in die Augen.

»Ich erinnere mich«, hauchte er, völlig überwältigt vom plötzlichen Eindruck seiner eigenen Persönlichkeit. Kip bekam etwas Angst. Wie würde ...

»Es ist okay, es ist okay«, sagte Sol leise. »Ich bin Edwin. Edwin, Kip. Ich bin Edwin und ... es ist absolut in Ordnung, Edwin zu sein ... ich bin Edwin ...«

Murmelnd fuhr er sich über die Haare. Es war eine bemerkenswerte Veränderung, die mit Sol – mit Edwin – vonstattengegangen war, als wäre ein Geist in diesen Körper gefahren und hätte von ihm Besitz ergriffen.

»Ich muss das zusammenbekommen«, sagte Edwin. »Ich muss zusammenbekommen, was ich war und wer ich als Sol geworden bin. Shit, ich brauche was zu trinken!«

Und dann verstummte er, versunken in sich selbst, nicht völlig abwesend, nicht weggetreten, und es war auch nicht besorgniserregend – er war nur sehr konzentriert auf etwas, das er verloren und endlich wiedergefunden hatte.

Kip war erleichtert. Er wandte sich Aume zu. Vielleicht war sie seltsam. In Ordnung. Mit einer Berührung die Erinnerungsblockade zu durchbrechen, das war sicher nicht normal. Aber sie konnte es.

Er wollte auch, und das, obgleich er plötzlich Angst verspürte.

Aume sah ihn an. »Keine Angst. Es ist nicht schlimm.«

Sie hob eine Hand und tippte ihn an die Stirn. Etwas explodierte in ihm, erwachte aus einem tiefen Schlummer und schrie seine Existenz in seinen Kopf hinein. Kip taumelte etwas. Verwirrung. Überwältigung. So viel auf einmal, und das so plötzlich und ... *Meine Güte!*, dachte Kip. *O ihr Götter!* Er wankte etwas. Das war viel. Das war ein wenig *zu* viel.

Die Bilder in seinem Kopf tanzten in einem bunten Reigen. Er sah Gesichter, arrogant, streng, andere weich, liebevoll, aber auch voller Sorgen. Er sah große Hallen, Gebäude voller Pomp und er saß auf einer Bank vor einer Frau mit hochgeschlossenem Kleid, die ihn missbilligend ansah. Er sah Raumschiffe, kleine und große, und er sah sich selbst, wie er vor Kontrollen saß, und verstand, dass er in der Tat ein Pilot war, aber ... nein, das war nicht das, was ihn definierte, er konnte es nur. Kip setzte sich hart auf den Hallenboden, konnte sich nicht mehr auf das Stehen konzentrieren, legte den Kopf in die Hände. Die Dinge stürmten auf ihn ein, fanden ihren angestammten Platz in seinem Gehirn, verdrängten andere Erinnerungen, sortierten sich neu. Es war ein Gewirbel und Gewimmel, und Kip sah sich selbst beinahe unbeteiligt dabei zu, wie Erkenntnisse sich in ihm zurechtrückten und eine Persönlichkeit sich reetablierte, die ...

Verrat!, stand da in seinen Gedanken, wie in grellen, roten Lettern geschrieben. Er war verraten worden, nein, verstoßen, nein, bestraft, entwürdigt ... und das von seinem eigenen Vater, vor aller Augen ... und er hatte daraus Konsequenzen gezogen ...

Ah, verdammt!

Kips Augen tränten. Jetzt wusste er, warum er zum Schiffssklaven geworden war. Erst war er untergetaucht, in die Abgründe der imperialen Gesellschaft, ziellos dahintreibend, ein Abbild seiner Selbst. Dann hatte er sich selbst verkauft, um ... Er hatte vergessen wollen, die Erniedrigung, die Beschämung, die Aussichtslosigkeit seines Unterfangens ... Er war zu feige gewesen, sich zu töten, und so hatte er den einfachen Weg gewählt und die Art von Selbstmord begangen, die umkehrbar war. Und das eigentlich nur, um seine Familie zu bestrafen. Sie sollten sich Sorgen machen. Sie sollten bereuen, was sie ihm angetan hatten. Kindisch und albern war er gewesen, und das in seinem Alter. Er war kein Kind mehr. Er hätte sich anders verhalten müssen. Kip holte tief Luft. Jetzt war er etwas erwachsener als vorher, das spürte er. Als sich seine Persönlichkeiten ineinander integrierten, betrachtete er sein früheres Selbst aus der Warte von Kip und er fand in dieser Betrachtung sowohl Missbilligung wie auch Verständnis. Und er lernte daraus, schnell, je weiter sich die beiden Ich annäherten und zu einem neuen Ganzen wurden.

Sein Unterfangen, das fiel ihm ein. Nicht kindisch. Er hatte Gutes tun wollen, das Richtige. Man hatte ihn nicht gelassen. Der Goldene Käfig hatte ihn erdrückt. Dafür hatte er Verständnis. Dahin würde er nicht zurückkehren.

Kip stieß ein Seufzen aus, fast ein weinendes Geräusch, und er öffnete die Augen, fand sie verklebt von Tränen der Anstrengung. Er schaute hoch und blickte in besorgte Gesichter, auch aus Aumes Gesicht war jede Leichtigkeit verschwunden. Sie hockte sich neben ihn, legte die Hand auf seine Schulter, eine sanfte Berührung, ohne jede Erotik, eher mütterlich und fürsorglich. Angenehm, wie Kip fand, der sich nun an die Tatsache entsann, dass das nicht sein Name war. Angenehm blieb auch der Stein in seiner Hand, ein Gefühl der festen Zuversicht, wie ein Anker.

»Es geht«, brachte er hervor. »Es geht.«

»So schlimm?«, fragte Edwin mit ängstlichem Unterton. Für ihn konnte der Freund sich als alles Mögliche entpuppen – sogar als Massenmörder.

»Nicht so schlimm«, erwiderte Kip. »Ich bin kein Verbrecher gewesen, ich war nur ein Feigling.«

»Du urteilst zu hart über dich«, sagte Aume.

»Nein, keine Härte mehr, darüber bin ich hinweg.« Kip holte erneut tief Luft. »Es ist gut. Ich bin wieder da. Ich habe gelernt. Ich möchte aufstehen.«

Er erhob sich, klopfte nicht existenten Staub von seiner Kleidung. Erwartungsvolle Blicke waren auf ihn gerichtet. Er lächelte schwach.

»Mein Name ist Darius«, sagte er dann. »Der vollständige Name ist lang und gewunden und nicht wichtig. Ich bin … ich bin der dritte und jüngste Sohn von Nicos III., dem Imperator des Terranischen Imperiums, unseres Herrn.«

»Shit, er ist verrückt geworden«, murmelte Edwin und schüttelte den Kopf. »Total gaga. Schöner Mist.«

Kerr machte einen Schritt auf Darius zu, betrachtete ihn genau. Dann murmelte er etwas und eine dreidimensionale Projektion entstand im Hangar. Ein junger Mann in einer Uniform, überladen mit Abzeichen und Orden, ein trauriger, etwas trotziger Blick in die Kamera.

»Der verschwundene Prinz«, sagte Kerr. »Und jetzt schaut genau hin.«

Alle taten es und auch aus Edwins Unglaube wurde nun eher ein Schrecken. Es war die gleiche Person, nur besser genährt, besser frisiert und wenn auch nicht besser gekleidet, so doch auffälliger in der Gesamterscheinung.

»Er ist es«, sagte Aume und es war wohl ihre Stimme, die den Ausschlag gab. Holoban Kerr ließ sich auf ein Knie nieder und senkte den Kopf.

»Herr, ich bin Euer Diener und der Eures Vaters«, sagte er. Darius starrte auf den älteren Mann hinab. Dann zog er Kerr auf die Beine, ehe auch Edwin auf dumme Gedanken kam.

»Nein«, sagte er. »Nein, nein. Das will ich nicht. Das bin ich auch nicht. Nicht mehr. Nicht so richtig.«

Aume räusperte sich, ein beinahe melodischer Klang.

»Wir müssen die Mannschaft noch vervollständigen, ehe es auf die Reise geht«, sagte sie.

»Mannschaft? Reise?«, echote Edwin. Kerr sagte nichts, wirkte wieder ergeben und fatalistisch.

Aume schaute in die Runde. »Wir haben doch noch Platz! Alles kein Problem!«

Dann sah sie den Prinzen an, der sie auch nur verständnislos anstarrte.

»Wenn ich bitten dürfte, Hoheit? Ich glaube, wir müssen verhindern, dass die ganze Flotte uns angreift. Ich bin nicht unsterblich.«

Und mit diesem Hinweis drehte sie sich um und ging.

Alle drei Männer starrten auf ihr Hinterteil, als sie davonstolzierte. Es machte sie gleich, auf eine eher primitive, hormongesteuerte Art. Es war peinlich und es wurde ihnen erst bewusst, als Aume den Raum verlassen hatte.

Und genau das hatte sie sicher beabsichtigt.

Sie hatten alle gegen Aume keine Chance.

Progress 42

»Was ist das?«

Vocis drängte sich an Hamid vorbei nach vorne. Das Cockpit des Raumboots war eng und bot eigentlich nur zwei sitzenden Personen Platz.

»Ich bin etwas überwältigt«, erwiderte Plastikk, der angespannt vor den Kontrollen saß. »Nach der ausgestrahlten Kennung handelt es sich um einen Standard-Militärfrachter Typ 6, Eigenname FRIEDBERT. Hamid. FRIEDBERT, hörst du?«

»Ich höre dich gut. Ich darf mal?«

Nun war es an dem Mann, sich an Vocis vorbeizudrängeln. Er setzte sich auf den Kopilotensitz und aktivierte die Schirme. Nach einem Augenblick nickte er. »Definitiv die FRIEDBERT. Die hast du eigentlich nicht erwartet, oder?«

»Nein. Ich meine: Schön, dass sie da ist. Erspart uns die Reise. Aber nein, ich habe damit nicht gerechnet.«

»Sie kennen das Schiff?«, fragte die Soldatin mit ungeduldigem Unterton.

»Wir waren auf dem Weg, es zu suchen«, erwiderte Plastikk. »Der Pilot ist ein … Bekannter. Das Schiff …« Er ließ den Satz unvollendet und Vocis hakte nicht nach. Sie wusste, wie die Dinge liefen. Und sie musste nicht alles wissen.

»Warum hat er uns mit einem Traktorstrahl gepackt?«, fragte sie dann.

»Das weiß ich nicht«, gab Plastikk zurück. Er drückte eine Taste und der Antrieb heulte auf, eine Vibration, die deutlich zu spüren war. Doch der Traktorstrahl blieb stärker und kompensierte mit Leichtigkeit.

»Das ist seltsam«, murmelte Hamid. »Ich wusste nicht, dass die Typ 6 eine so starke Anlage haben. Normalerweise brauchen die doch nicht so viel Kraft. Schau es dir an, die haben Volllast ausgeglichen und es gab nicht mal eine Energiespitze. Plastikk, da stinkt was.«

»Mir stinkt so einiges. Kerr antwortet nicht auf meine Rufe. Ich habe mich identifiziert. Und jetzt bricht die Hölle los. Seht ihr das? Wir haben echt Probleme!«

Vocis starrte auf den Ortungsschirm. Die Orbitalregion war in heller Aufregung. Zivilschiffe feuerten ihre Triebwerke und strebten in alle Richtungen fort von der FRIEDBERT, die drohend über dem Raumboot hing. Dafür kamen andere Einheiten mit hoher Geschwindigkeit herangeschossen und diese plärrten die ID der Systemstreitkräfte in den Äther.

»Was hat er angestellt … ich meine, außer für Sie zu schmuggeln?«, fragte Vocis und vermied den sarkastischen Unterton, der sich beinahe von selbst in ihre Frage geschlichen hätte.

»Ich … weiß … es … nicht!«, presste Plastikk hervor. Er hasste es, die Kontrolle über eine Situation zu verlieren, und in letzter Zeit war zu viel passiert, was ihm nur die Möglichkeit zur Reaktion, aber nicht zur Aktion gegeben hatte. »Ich funke Kerr an und er schweigt.«

»Nun, wir werden gleich viel klüger sein«, orakelte Hamid, als der dunkle Leib des Frachters das optische Sichtfeld vollständig ausfüllte. Der leuchtende Kasten eines geöffneten und reichlich illuminierten Hangartors war der einzige Lichtpunkt und er kam mit beachtlicher Geschwindigkeit näher. Plastikk hatte derweil seine Bemühungen eingestellt, doch noch die Kontrolle über sein Raumboot zu erlangen. Mit einer ergebenen Geste schaltete er die Triebwerke aus.

Es wurde sehr plötzlich sehr leise im Boot.

Vocis sah seitlich an sich hinab, als Yela ihre Hand ergriff und versuchte, einen Blick auf das zu erhaschen, was sich vorne im Cockpit tat. In ihrer anderen Hand hielt sie den leuchtenden Stein. Hatte der Schimmer an Intensität zugenommen? Vocis nahm es fast an.

»Wir sind da. Gleich werden wir mehr wissen.« Plastikk sah nicht halb so zuversichtlich aus, wie er klang, aber niemand äußerte sich dazu. Das Raumboot glitt in den Hangar, in dem nur eine zweite Einheit zu finden war, eine alte Rettungsröhre.

»Die ist noch heiß«, murmelte Hamid, der weiterhin die Scanner beobachtete. »Die ist gerade erst angekommen.«

Plastikk beugte sich vor, erhaschte einen besseren Blick auf das enge Rettungsfahrzeug. »Von der CANOPUS TRAVELLER. Die ist vor Kurzem eingetroffen, war in den Wirtschaftsnachrichten. Seltsam.«

Das Raumboot setzte auf. Plastikk deaktivierte die Anlagen mit einem fatalistischen Seufzen.

»Wir können aussteigen. Vielleicht empfängt uns jemand.«

Plastikk ging als Erster, öffnete die Schleuse, ließ die kleine Treppe hinunter und stapfte hinaus. Er trug eine Waffe, nicht in der Hand, aber deutlich sichtbar am Holster, und er hatte genug Frust aufgebaut, dass er sie auch verwenden würde. Vocis griff nach dem Sturmgewehr und dirigierte ihre Gefangene hinaus, nachdem sie diese losgeschnallt hatte. Die Frau folgte ihren Anweisungen stumm.

Der Hangar war etwas kühl und sie wurden in der Tat erwartet. Aus einem internen Schott traten zwei Gestalten, dann zwei weitere: drei Männer, eine Frau. Zwei der Männer waren jung, in den frühen Zwanzigern, und wirkten genauso verwirrt wie die Neuankömmlinge. Der ältere Mann schüttelte den Kopf, als er Plastikk sah, und war gleichermaßen erschrocken wie erleichtert, während die Frau …

Vocis fiel zu der herzlich wenig ein, außer dass es so ein Wesen in Wahrheit gar nicht gab und diese laszive Erscheinung mit der dunkel irisierenden Haut ganz sicher alles Mögliche war, aber kein echtes Lebewesen. Vielleicht das Sexspielzeug der Bande. Ein exotischer Gangbangroboter.

»Das ist sehr unmanierlich«, sagte die Frau und sah Vocis bezeichnend an, die blass wurde. Telepathie. Das hatte ihr noch gefehlt. Die Mündung ihrer Waffe ruckte nach oben, doch die Frau wirkte unbeeindruckt.

»Kerr«, zischte Plastikk. »Was hat das alles zu bedeuten?«

»Ich habe keine … ach Shit!«

Der helle Schimmer unterbrach die Konversation. Yela kam nach vorne und hielt den Stein hoch, der in Hamids Tasche schien beinahe zu glühen, also holte auch er ihn hervor. Der Stein der Gefangenen leuchtete aus ihrer Brusttasche, doch sie hatte keine freie Hand, ihn zu präsentieren. Und einer der beiden jungen Männer hob sein Exemplar in die Luft und ließ es schimmern.

»Das ist kein Zufall«, sagte Vocis. »Da ist was im Gange.« Sie schritt auch nach vorne, senkte die Waffe und sah die Frau mit der irisierenden Haut an, die einzige Person hier, die von dem Schauspiel unberührt blieb. Sie war kein Sexspielzeug, das war ihr nun klar. Sie war der Schlüssel zu alledem.

»Wer sind Sie?«, fragte sie.

»Ich bin Aume. Ich bin dieses Schiff.«

»Das ist ein Typ-6-Raumfrachter«, kommentierte Plastikk. »Die FRIEDBERT. Kerrs Schiff.«

»Nein, ist es nicht«, sagte der Pilot leise. »Sie hat recht. Hört sie an. Vielleicht versteht ihr es besser als ich. Plastikk, ich habe mit eurer Entführung nichts zu tun. Absolut nichts. Ich bin hier ein Passagier, genauso wie alle anderen.«

»Wer sind die alle?«, fragte Plastikk.

»Das dort ist Aume. Ich habe sie auf einem Planeten gefunden, auf dem ich abstürzte. Sie lag da seit ... mehr als einem Jahrtausend, würde ich sagen.«

Der Händler starrte sie an, erwiderte nichts. Es war ihm anzusehen, dass Unglaube die vorherrschende Emotion war, die ihn derzeit erfüllte.

»Die jungen Männer dort sind Edwin und Darius. Edwin ist ein Hacker, ein Softwarepirat, ein Cyberdieb. Er war Schiffssklave auf der CANOPUS TRAVELLER, hat dort eine Strafe abgesessen und ist mit seinem Freund hier getürmt. Darius. Der Darius. Prinz des Reiches.« Kerr machte eine Pause und sagte dann mit Nachdruck: »Kein Scheiß.«

Plastikk sah den anderen jungen Mann genau an. »Das ist nicht Darius. Er sieht nicht so aus.«

»Ich war auf der Flucht«, erwiderte dieser mit sanfter Stimme, mit Traurigkeit. »Das hat Spuren hinterlassen. Ich habe es selbst veranlasst. Ich verspreche, dass ich mich jetzt wieder besser um meinen Körper kümmern werde. Es ist ... eine lange Geschichte.«

»Er ist es«, sagte Aume. »Er ist es wirklich.«

»Ein Prinz als Schiffssklave?«

»Wie gesagt«, meinte Darius. »Eine lange Geschichte. Wer sind Ihre Freunde? Ihren Namen kenne ich nun. Sie sind ein Bekannter des Piloten.«

»Ein Geschäftsmann«, knurrte Plastikk und niemand widersprach der Darstellung, obgleich sie alle ahnten, was genau damit gemeint war. »Das hier ist Hamid, er arbeitet für mich. Schiffstechniker Erster Klasse, ein Zehnjähriger. Die freundliche Dame mit dem Sturmgewehr ist Sergeant Vocis, eine alte Bekannte, derzeit auf der Flucht vor dem imperialen Geheimdienst, zusammen mit ihrer Schutzbefohlenen, der kleinen Yela. Die Gefesselte heißt irgendwie, wir haben keine Ahnung, aber wir sind sicher, dass es eine audhsche Terroristin ist. Lief uns so über den Weg.«

»Wir sind eine sehr illustre Truppe«, sagte Vocis nun, die ihr Gewehr mittlerweile gesenkt hatte. Sie war etwas überwältigt, sehr irritiert, ein wenig orientierungslos, aber eine Bedrohung empfand sie nicht. Und man hatte nicht einmal Anstalten gemacht, ihnen die Waffen abzunehmen. Nein, sie waren nicht die übliche Kategorie von Entführten oder Gefangenen. Sie waren etwas anderes. Aber was genau?

»Meine Mannschaft«, sagte Aume laut und aller Augen richteten sich auf sie. »Ihr seid meine Mannschaft. Ausreichend Träger, ausreichend Ersatz. Wirte und Wegweiser. Es fällt zusammen, an diesem Ort, auf diesen Punkt. Ich habe so viele Fehler begangen. Ich verriet meinen Herrn und er verriet mich. Ich kann es wiedergutmachen, dazu brauche ich eure Hilfe. Ich habe die Kugeln gezählt. Es sind fast alle und doch darf nicht eine fehlen. Wir sind damit fast komplett. Ich entschuldige mich für die Art und Weise, in der ich Sie alle rekrutiert habe, aber ich habe die Wahl nicht getroffen, nicht bewusst jedenfalls, und obgleich sie nicht völlig zufällig erfolgte, war doch ein wenig die ... Hand des Schicksals im Spiel.«

»Ihre Mannschaft?«, knurrte Plastikk. »Ich gehöre zu keiner Mannschaft.«

»Sie wünschen zurückzukehren? Das lässt sich arrangieren.«

Der Händler machte eine wegwerfende Handbewegung. »Sie haben mich verbrannt, Aume. Mein Raumboot ist registriert. Sie haben es entführt. Was soll ich den Behörden erzählen?«

Aume hob die Schultern. »Es tut mir leid, wie gesagt. Ich werde niemanden von Ihnen festhalten, nicht gegen seinen Willen. Aber ich bin für die Umstände, durch die Sie alle hierhergekommen sind, nicht unmittelbar verantwortlich. Wenn, dann eher in einem ... sehr großen Maßstab. Frei von Schuld bin ich sicher nicht.«

Vocis fuhr herum, als die Gefangene sprach.

»Mein Name ist Ildaya«, sagte sie laut und deutlich.

»Ja?«, wandte sich Aume an sie. »Ist er das?«
Die Audh verzog das Gesicht.
»Wir können gehen – wir werden nicht festgehalten? Ich bin gefesselt.«
»Das sind Sie«, stellte Aume fest. Sie trat an die Gefangene heran. »Und ich frage mich, ob Sie das nicht auch bleiben sollten. Ich brauche Sie, Ildaya von den Audh. Sie sind nicht ohne Grund hier.«
Die Frau schwieg und starrte Aume an, unwillig, enttäuscht, aber auch ein wenig neugierig, wie Vocis wahrnahm. Eine Neugierde, die sie teilte, die die ganze Gruppe bewegte.
»Was passiert jetzt?«, fragte sie.
»Nun, wir verlassen das Canopus-System. Wir müssen noch jemanden aufgabeln und das erfordert noch einige Vorbereitungen. Und ich habe ... Respekt vor dem Ort, an dem sich diese Person befindet. Großen Respekt. Dann beginnen wir unsere eigentliche Mission.«
»Und die wäre?«
Aume sah sie alle an, einen nach dem anderen, ehe sie die Antwort gab.
»Die Kalten vernichten. Damit das Universum in Ruhe sterben kann.«
Vocis lachte nur.
Ein Irrenhaus. Sie war in einem Irrenhaus gelandet.